Impressum

PF 1621 – 72006 Tübingen – Tel. 07071 / 78779 – Fax 763780
E-Mail: office@konkursbuch.com - Internet: www.konkursbuch.com
Die Autorinnen sind für ihre eingesandten Beiträge und
Materialien rechtlich selbst verantwortlich.
Gesamtherstellung: Typo-Druck Roßdorf GmbH
Grafische Gestaltung: Kuhnen, Hack, Nössler & Gehrke
Titel: Daïjna Roos
ISBN 3-88769-151-2

Sophie Hack, Stephanie Kuhnen, Regina Nössler & Laura Méritt

Mein lesbisches Auge

Das Jahrbuch der Erotik XVa

konkursbuch

Vorwort von Sophie Hack, Stephanie Kuhnen und Regina Nössler

Mit einem Auge sieht man nur zweidimensional - die Tiefe fehlt. Und dabei gibt es doch so vieles, daß sich auch in der Tiefe auszuloten lohnt. Deshalb fanden Claudia Gehrke, Laura Méritt und wir, es sollte beim ersten Lesbischen Auge nicht bleiben. Hier ist es nun, das Ergebnis unserer Sammelleidenschaft, der zweite Sonderband zum Jahrbuch der Erotik, Mein lesbisches Auge II.

Del LaGrace Volcano

Das AUGE, sei es das Heimliche oder das Lesbische, ist eine ganz besondere Anthologie. Seine Collagenhaftigkeit macht es zu einer Dokumentation der erotischen Kultur im Zeitraum seines Entstehens, zum Teil einer Chronik, die beständig weitergeschrieben wird - wäre die Vokabel "Zeitgeist" nicht so völlig démodée, müßte man sagen, die AUGEN betrachteten eben diesen. Und was nun sieht dieses AUGE am Ende des Milleniums?

Es ist das Jahr 2000. Lesben sind hip und liegen ganz im Trend, sogar jede Soap hält sich eine. Zumindest, wenn sie wie ein Girlie aussieht. Auch hat die moderne Lesbe von heute es nicht mehr nötig, sich eine Krawatte umzubinden - schenkt frau einer "Expertinnenrunde" Glauben, die das Frauenmagazin Petra jüngst (Ausgabe März 2000) zusammenrief. Optisch habe sich die Szene dahin verändert, so eine der Interviewpartnerinnen, daß in den Clubs immer jüngere, trendige Frauen auftauchen als vor fünf Jahren. Damals seien hauptsächlich Klischee-Lesben unterwegs gewesen. Daß in weiteren fünf Jahren die trendigen, jüngeren Lesben von heute ebenfalls ältere Klischee-Lesben sein werden, kommt der Expertin dabei nicht in den Sinn. Abgesehen davon hat eine Krawatte zu keiner Zeit zur lesbischen Standardgarderobe gehört, sondern allenfalls eine Butch geschmückt.
Selbst die schwule Presse, die sich gerne mal ein "lesbisch" vor den Namen schreibt, aber nach wie vor alles andere als lesbisch-schwul ist, stürzt sich auf den angeblichen Trend zum "besseren Aussehen", und so müssen wir Beiträge schwuler Journalisten ertragen, die uns am liebsten in Barbie-Kostüme stecken würden.
Eher ist es wohl so, daß "wir" schon immer gut aussahen, nur daß es jetzt mehr

Frauen gibt, die zu ihrem Begehren gegenüber Frauen auch stehen, statt wie früher einfach als heterosexuell wahrgenommen zu werden oder sich so wahrnehmen zu lassen. Und das verdanken wir unter anderem den jetzt so verpönten lesbischen Feministinnen. Bei all dem Gejubel der CSDs und massenhaften Sympathiebekundungen durch tolerante Heteros wird leider auch oft vergessen, daß immer noch fast die Hälfte aller homosexuellen Menschen aus Angst vor Diskriminierung das Coming-out nicht wagt.
Mit anderen Worten: Wir sind genauso dick oder dünn, klein oder groß, dunkel oder hell, kurz- oder langhaarig, schlau oder doof, modisch oder schlampig gekleidet wie unsere heterosexuellen Mitmenschen auch. Und nein, wir sind nicht humorlos - auch das wird ja gerne behauptet -, wir sind nur öfter mal sehr genervt.

Sicher ist jedenfalls, daß die Lesbenszene sich in den 90er Jahren deutlich sexuell emanzipiert und auch weiter sexualisiert hat. Das Internet ist mit seinen Chaträumen auch die Sex-Spielwiese, auf der die Lesbe von heute die Identität(en) und Vorlieben ausleben oder ausprobieren kann, bevor sie es im wahren Leben versucht. Es verschafft uns Zugang zu erotischer Literatur und zu Sextoys, wenn wir das wünschen, und zwar ohne daß uns jemand bei der Auswahl beobachten könnte - damit sinkt die Hemmschwelle.
Überhaupt Toys - sie sind unterdessen weitgehend selbstverständlicher Teil des sexuellen Kanons, und insbesondere Dildos sind derzeit offenbar richtig modern. Trügt der Schein oder kommen in diesem Band ungewöhnlich viele Dildos vor?

Die 90er sind zu Ende, und nun dürfen wir sexuell alles (sein), was wir wollen. Allerdings scheint es, als dürften wir nicht nur, sondern müßten auch, wollen wir nicht fürchterlich uncool sein. Dabei wird gelegentlich außer acht gelassen, daß die Neunziger eine Art Quantensprung in Sachen Sex gebracht haben. Noch in den vorherigen beiden Dekaden waren die Frauen sehr bemüht, der Negierung weiblicher Sexualität überhaupt entgegenzuwirken. Das gilt im übrigen nicht nur für die Lesben, sondern, wie unter anderem an den Erotik-Formaten der "Frauenzeitschriften" abzulesen ist, auch für Heteras. Was die Sexpertinnen uns außer dem korrekten Umgang mit Toys und Fesseln bei

aller Fortschrittlichkeit dennoch immer wieder zu lehren haben, ist das Wohlbefinden mit der eigenen Sexualität und der gegenseitige Respekt - die Grundlagen also.

Die Beiträge dieses Bandes spiegeln, so meinen wir, die erotische Kultur der Jahrtausendwende recht repräsentativ wieder. Wir lesen außer vom selbstverständlichen Umgang mit Toys und dem Internet von der Faszination flüchtiger oder anonymer sexueller Begegnungen, aber auch vom Pochen auf das Recht, "uncool" zu sein. Erfreulich viele Autorinnen haben safen Sex wie selbstverständlich in ihre Geschichten eingebaut. Nicht eben wenige Texte sind mit einer Kombination von Humor und Herz geschrieben, die wir ganz besonders schätzen.

Del LaGrace Volcano

Die Grenzen zwischen Künstlerischem und Trivialem sind fließend, auch das läßt sich hier ablesen. Viele Autorinnen sind, wie wir Herausgeberinnen auch, Kinder des Medienzeitalters, und ihre Texte sind von Medienerfahrungen inspiriert. Da sage noch jemand, daß Fernsehen die Fantasie töte!
Die Beiträge zeigen auch, daß Lesben ihre (Bilder-)Sprache für Erotik und Sex weiterentwickeln. Nicht nur, daß sie sich aus der Sprachlosigkeit herausbewegen, zu beobachten ist auch eine zunehmende sprachliche Vielfalt. Weil wie immer auch Frauen an diesem Buch beteiligt sind, die nur gelegentlich schreiben, fotografieren, zeichnen oder malen, dokumentiert das AUGE diese Sprachfindungsprozesse auf eine Art, wie es eine Anthologie mit ausschließlich professionellen Beiträgen kaum könnte.

Im erwähnten Petra-Beitrag wurde übrigens auch ein ungezähltes Mal mehr das Klischee wiederbelebt, daß Lesben Aussichten auf besseren Sex als Heteras haben, weil nur eine Frau wisse, wie man eine Frau anfassen müsse. Mit unserer kleinen Umfrage, was "gut im Bett" sei, können wir hoffentlich dazu beitragen, die Verbreitung dieses Märchens ein wenig einzudämmen. Denn auch nicht zum ersten Mal stellte sich dabei heraus, daß viele Frauen offenbar leider keine Ahnung haben, wie frau eine ebensolche

sinnvollerweise anfassen sollte. Wir hoffen allerdings, daß dieses Buch vergnügliche Anregungen dazu geben kann. Nebenbei - in Zeiten, in denen so gut wie kein Tabu zum Brechen geblieben ist, haben wir mit unserer Sparte "Worst of Sex - Pannen im Bett" wohl doch noch eins gefunden. Über weitere Erfahrungsberichte zu diesem Thema würden wir uns sehr freuen (LesbischesAuge@gmx.de)!
Ja, wir werden weiter sammeln. Auch das zweite soll nicht das letzte Lesbische Auge gewesen sein. Denn wir haben uns sagen lassen, daß man mit dem Dritten Auge noch in ganz andere Dimensionen des Sehens vorstoßen kann.

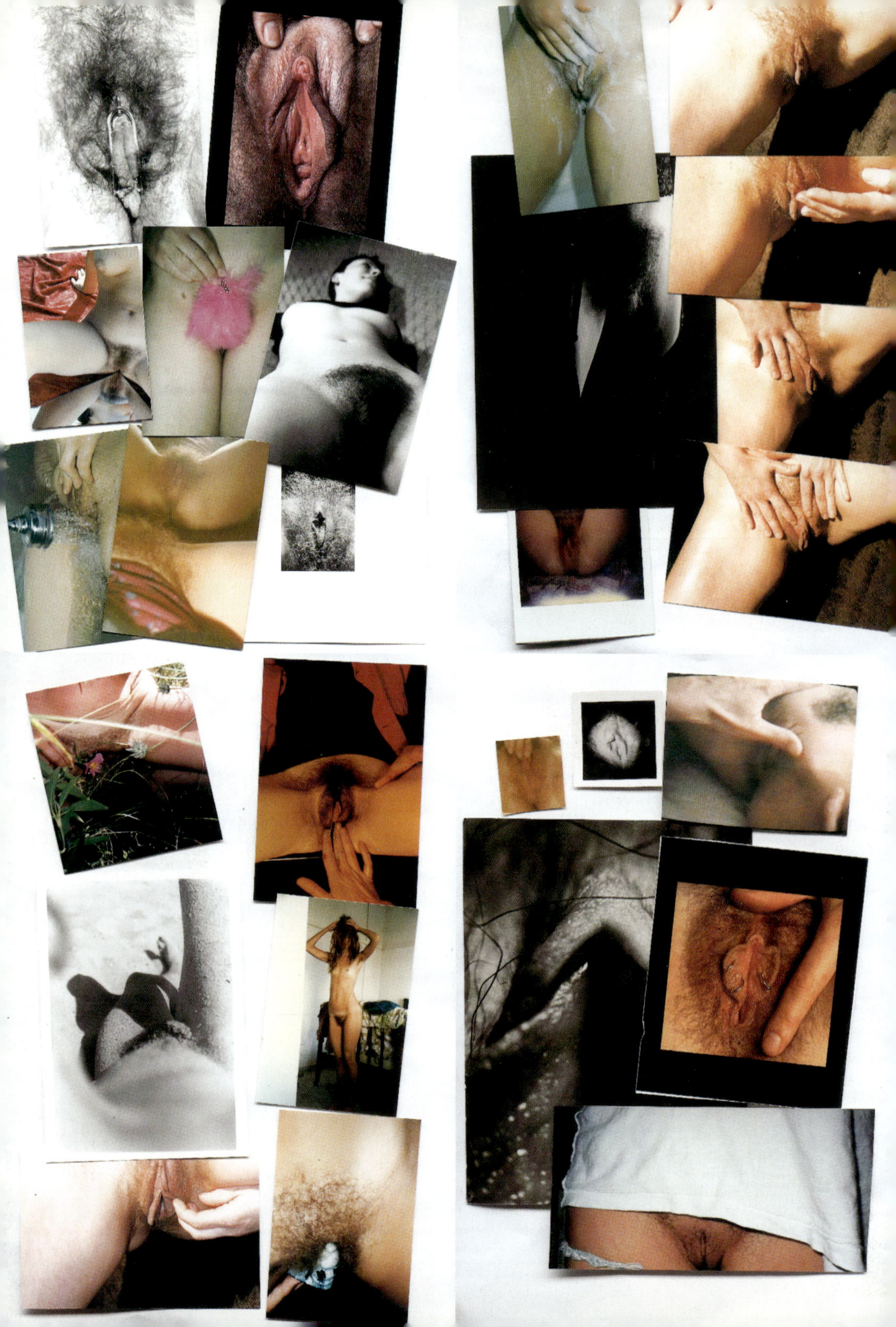

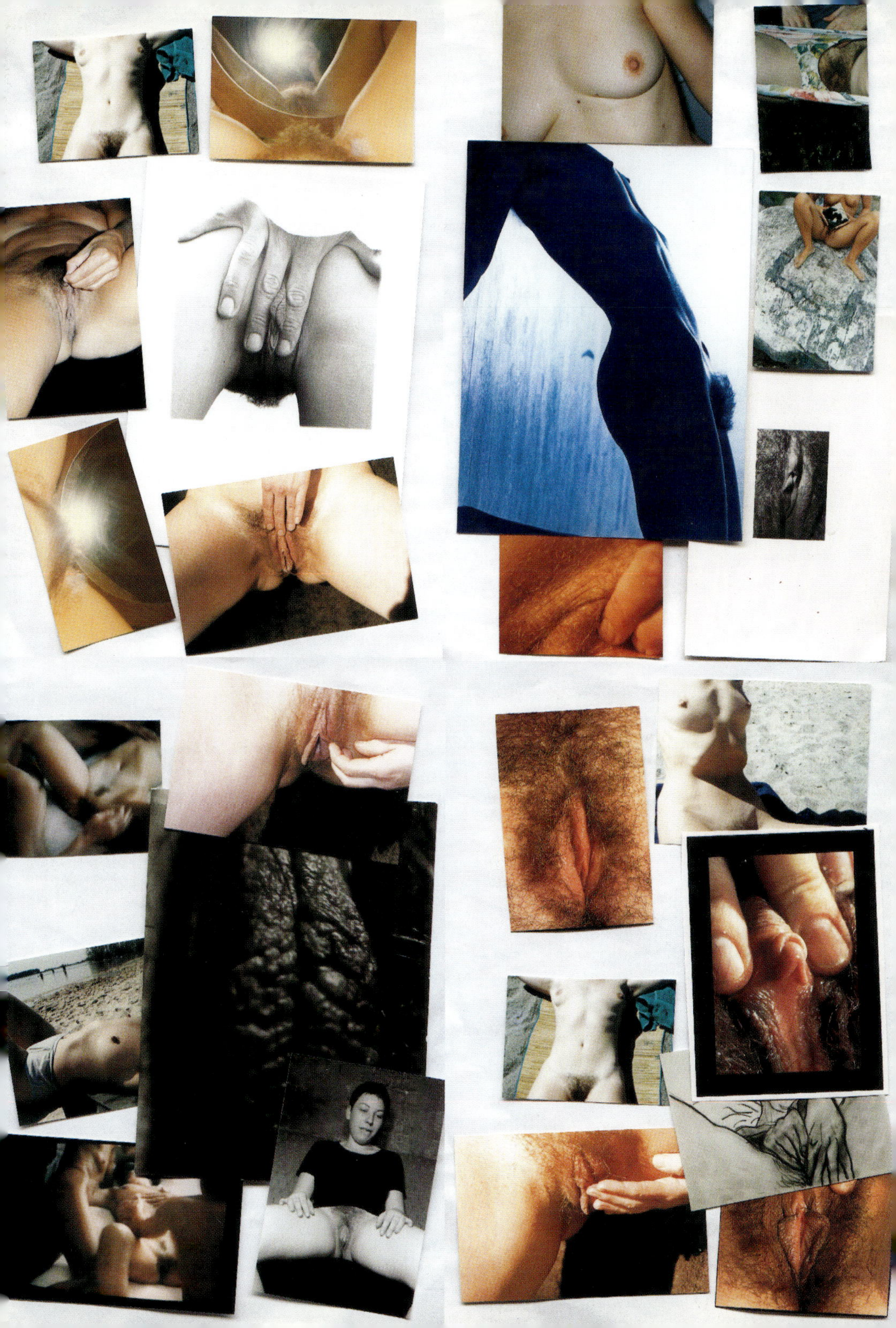

Vorwort von Laura Méritt

Das propagierte Jahrzehnt der lustvollen Lesbe ist ausgeklungen, und wir schreiten selbstbewußt ins nächste Millenium, Doc Marten's und High Heels an den Füßen, die (Safer-) Sex Utensilien zur Hand, alle Möslichkeiten im Kopf. Los geht´s. "Ficken 3000" würden es die Schwulen nennen, wir nicken und tun es auch, wenn auch zuweilen noch etwas zögerlich und vielleicht noch reflektierter. Eine gewisse Normalität hat sich eingeschlichen, und so manch einer ging dieses ewige Sex-Gerangel und Getue auch mächtig auf den Sack. Jetzt haben wir also aufgeholt, und durch die neu erlaubte Vielfältigkeit und vor allem Durchlässigkeit dürfen Lesben sogar einmal wöchentlich in den Darkroom der Jungs, in den wir uns ehedem noch hineinphantasieren oder gelegentlich unter heftigen Schweißausbrüchen reinschmuggeln mußten. Man verkehrt jetzt miteinander, in der queer community. Wenn es auch so aussieht, als ob es die sog. Butches in all ihren Abarten sind, die als Mann durchgehen und "schwulen" Sex wollen, also den jederzeit machbaren Fick, so ist es doch auch der Wunsch oder der Wille von jeder, die eine "weibliche Maskulinität" in sich spürt. Letztere zu stärken ist erklärtes Ziel auch von expliziten Femmes, es geht nach wie vor darum, Freiräume zu schaffen, Platz einzunehmen, die Macherin zu sein. Gemeinhin männliche Attribute, die jederfrau gut stehen, die aber auch den Butch im Bett nicht dazu führen sollten, die Achtung vor der Partnerin zu verlieren. Daß einige lieber gleich stockschwul wären, um die immer noch omnipräsente und auch rücksichtslose Macht der Ypsilons in dieser Gesellschaft zu genießen, bleibt dabei nicht aus.

Lesben breiten sich im dritten Jahrtausend aus, sexpandieren in alle Bereiche. In der erotischen Literatur boomt es geradezu, und jeder anständige Frauen-/Lesbenverlag bringt RatgeberInnen, Anthologien, Sammelbände erotischer Geschichten oder ganz unverschämt "Sex"-Bücher heraus, in kaum einem Lesbenbuch fehlt das mittlerweile fast triebhaft gepflegte Liebesleben der Protagonistinnen. Einhandliteratur hat Hochkunjunktur, sex sells, was zuweilen auf Kosten von ebenso wichtiger Sachliteratur geht. Parallel zum Inhalt der Frauenmagazine wird Sex der wichtigste Bestandteil der lesbischen Presse. Auch in den USA feiert das älteste Lesben-Sex-Magazin On our backs Wiederauferstehung, in Großbritannien flirtet die Diva sehr erfolgreich in Tradition der legendären 80er Jahre Quim, was übrigens den erregten Zustand einer Möse beschreibt.

Das alles zunehmend in Regie einer neuen Generation, der 20-35jährigen, die übrigens im Laufe der Zeit das Wort Feminismus nicht mehr als abzulehnende negative Worthülse begreift, sondern mit alten wie mit neuen, eigenen Inhalten zu füllen beginnt. Schließlich war die Frauenbewegung die Haupttriebfeder der Sex-Gesprächskultur, sie hat Tabus wie Gewalt, Mißbrauch, Belästigung, Penetration als Machtakt u. v. m. thematisiert, das alles auf dem Hintergrund sexueller Selbstbestimmung. Daraus ist eine konsensuelle, eine Verhandlungsmoral entstanden, die grundsätzliches bis allseitiges Einverständnis bei jeglicher Art von Sex erfordert. Alles ist erlaubt, wenn die drei K erfüllt sind: Kommunikation, Kooperation, Kopulation.

Erlaubt und geradezu normal sind mittlerweile Dildos und jegliche Form des Einführens, Rollenspiele incl. SM, das Ja-Wort zur Ehe, Ménage-à-trois oder auch mehr, selbst Seitenspringen unter Mitwissenschaft der Partnerin wird toleriert.

Nicht einverstanden mit unserem ersten lesbischen Auge war letztes Jahr ein Herr, der sich wiederholt auf sog. pornografische Abbildungen versteift und mit Akribie die einzige, ja genau, einzige, Möse im ganzen Buch ausfindig machte und meinte, diese staatsanwaltlich verfolgen zu müssen. Den Erektionsgrad konnte er uns allerdings nicht genau nennen. Andere fleißige LeserInnen meinten, zu wenig Spielzeuge oder Rollenspiele in den Geschichten zu finden, wieder andere sahen auf den Bildern zu viele. Wenn Entenhälse zählen...

Was tun Lesben eigentlich im Bett, wie treiben sie es dieses Jahr? Diese sonderliche Frage wird wohl zunehmend überflüssig werden, denn das neue Jahrtausend wird mehr Frauen denn je mit Frauen zwecks Sex zusammenbringen, und das in allen nur erdenklich vielen Positionen! Die Saat, die Sexpertinnen und andere Freudenaktivistinnen in oftmals mühsamer Pionierinnenarbeit gestreut haben, ist aufgegangen. Es wird jetzt andersrum zugehen, jedeR möchte machen, was und wie Lesben es tun. Heteras werden fisten und fäusteln, die Hetero-Jungs werden in den Arsch gefickt, Swinger und Bisexuelle vollziehen Cross-Dressing oder experimentieren mit Hormonen, Mamas und Matronen spritzen mit ihren Vibratoren ab und auch die Super-Schwulen fangen an, über Gefühle zu sprechen. Was für sexy Zeiten stehen uns bevor!
Im vorliegenden 2. lesbischen Auge ist wieder ein Sammelsurium an Texten und Bildern unterschiedlichster Qualitäten zustandegekommen. Offensichtlich ist das Bedürfnis immer noch sehr groß, und es fließt den Schreiberinnen nur so aus der Hand. Wenn Lesben jetzt auch noch Schwulenpornos schreiben und sich immer mehr in patriarchal besetzte Gebiete vorwagen, kann das durchaus zu neuen Kreationen und vielleicht ureigensten Phantasien führen. Übung macht die Meisterin. Wir brauchen Pornografie, noch viel mehr Pornografie, um uns im wahrsten Sinne des Wortes die Hörner abzustoßen. Vielleicht können wir so auch unsere männliche Stammleserschaft, die ja schon jahrhundertelang auf lesbischen Sex abonniert ist, auf andere Gedanken bringen. In diesen Sinnen wünsche ich uns ein lustvolles Machtspiel im nächsten Jahrtausend...

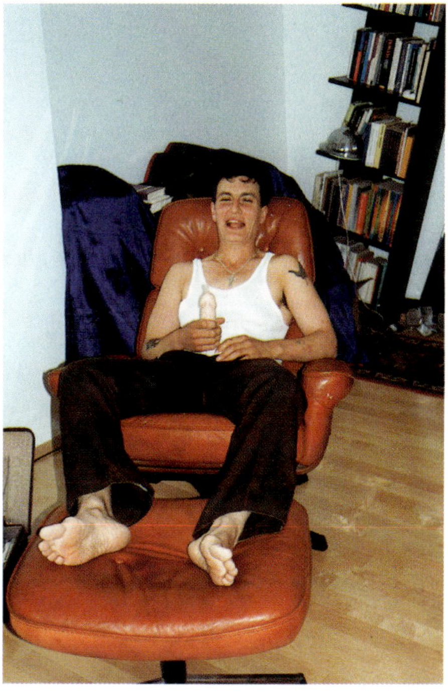

Sabine Kemeter

Freche Frauen

Noa

Eine tropische Hitze saugt sich an den Wänden meiner kleinen Stadtwohnung fest, und obwohl es drückend schwül ist, bettet dieser Sommernebel meine Gedanken angenehm in Watte. Ich öffne alle Fenster, so daß mir der Durchzug mit einem milden Luftflimmern über die Haut streichelt.
Dieser Tag hat etwas Unwirkliches, ein bißchen Südländisches. Wie früher, als Kind, habe ich das wohlige Gefühl, eine andere zu sein. Vielleicht eine Romanheldin in einem exotischen Land, mit einem irgendwie besonderen Leben, voll von Begehren und Sinnlichkeit.
Auch das Klingeln an meiner Haustür vibriert heute in einer seltsam schwingenden Melodie, und ich öffne sie mit einem Vertrauen in diesen Tag.
Sie steht dicht vor mir, in den Türrahmen gelehnt, und sagt: "Ist doch gut, daß ich gekommen bin, oder?"
"Ich glaube schon. Komm rein", antworte ich und gehe, ohne mich nach ihr umzusehen, in die Küche. Ich spüre ihre lautlose Anwesenheit hinter mir.

"Hast du Lust auf Obst?" frage ich.
"Lust ja, Obst nein, danke." Sie setzt sich auf die Ecke des Küchentisches, die Spitze genau zwischen ihren Oberschenkeln, und beugt sich zu mir: "Bekomme ich etwas zu trinken?"
Eine dunkle Haarsträhne fällt ihr ins Gesicht. Ich nehme eine Weintraube aus der Schale und streiche ihr damit über den Mund. Er öffnet sich ein wenig und fragt: "Was machst du?"
"Ich fühle mich sonderbar."
Die flirrende Luft, die Großstadtgeräusche, die gleichmäßig von draußen durch die Fenster hereinplätschern, wie ein fernes Rauschen, packen uns in ein Vakuum. Wir bilden in ihm einen eigenen abgeschlossenen Kosmos, in dem Millionen von kleinsten Erosteilchen durch die Atmosphäre flitzen und unbekannten Gesetzmäßigkeiten zu folgen scheinen.
Meine Hand will gerade ein Glas aus dem Regal holen, als ich warmen Atem in meinem Nacken spüre. Dann höre ich das Klick-Klick-Klick von aufspringenden Druckknöpfen. Ihr warmer Körper mit seinen Brüsten, zwei weichen Kissen, schmiegt sich in meinen Rücken. Ich neige meinen Kopf zur Seite, damit mein Ohr an ihrem Mund eine stille, aber deutliche Aufforderung wird. Ihre Zunge kennt das Spiel und kokettiert mit meiner Ohrmuschel, bis das Prickeln ganz durch mich hindurchgegangen ist.
"Ich habe Durst", flüstert sie.
Ganz langsam schiebt sie mich von hinten, mit ihren Händen auf meinen Hüften, durch die Küche, und wir landen vor dem Kühlschrank. Sie öffnet ihn und drückt mich in die erfrischende Kühle.

"Machst du mir jetzt etwas zu trinken?" lacht sie und verschwindet.

Erdbeeren, Kokosmilch und ein Schuß Barcardi vermischen sich. Unter dem Summen des Mixers gehen sie eine Liaison ein. Sanft fließt der Saft über das zerstoßene Eis. Stückchen für Stückchen werden sie davon bedeckt, bis sie ganz darin untergehen.

Mit den kalten Gläsern in den Händen gehe ich in Richtung Schlafzimmer, als gäbe es keinen anderen Weg. Sie liegt nackt auf dem Bett, mit dem Laken zwischen den Beinen. Die heruntergelassenen Jalousien zeichnen ein Zebramuster aus Licht und Schatten auf ihren Körper. Sie leert den Drink in einem Zug, dabei läuft ein Rinnsal aus ihrem Mund über das Kinn.
"So begierig?" provoziere ich, und sie antwortet mit "Ja, ich will immer mehr als ich kriegen kann" und einem langen, tiefen Kuß. Dann sinkt sie zurück, die Arme hinter dem Kopf verschränkt. Ich ziehe das Wenige, das man an solch einem heißen Tag auf dem Körper erträgt, aus, denn mich überkommt das drängende Bedürfnis, ihre Haut überall auf der meinen zu spüren. Ihr Blick erforscht mich ganz langsam. Ruhig wandert er über meine Beine, über Bauch und Brüste, bis wir uns ansehen. Mit einem vielversprechenden Lächeln um den Mundwinkel streckt sie ihre Arme nach mir aus.

Später, als ich auf ihr liege, fällt mein langes Haar in ihr Gesicht. Sie läßt es dort und sagt leise, kaum hörbar: "Es riecht nach Geborgenheit."
Unsere Brüste küssen sich. Zwischen uns die Feuchtigkeit unseres Schweißes,.die ein Auf- und Abgleiten aneinander mühelos macht. Ich glaube, einen Windhauch auf meinem Po zu spüren. Aber es ist ihre Hand, die ihn federgleich streichelt.
Meine Nase verschmilzt mit ihrer Achselhöhle, dabei sauge ich eine Mischung aus erdigem Körpergeruch und ihrem Parfum "Noa" ein. Ein lustvolles wie zugleich schmerzliches Gefühl von Unendlichkeit geht in mir auf. Für diesen Moment bin ich mir sicher, müßte ich jetzt sterben, so wünschte ich es hier, in diesem Arm, mit diesem Geruch.
Danach nur noch Hände, Beine, Münder. Körper überall und ganz und gar. Meines, ihres, unseres endlos. Heiß.

Ich erwache in nächtlicher Dunkelheit. Ganz langsam komme ich aus dem Reich bleierner Ortslosigkeit in einen Zustand irgendwo zwischen Realität und Schlaf. Ich drehe mich auf die andere Seite des Bettes und blicke in milchiges Mondlicht. Es scheint mir zuzuflüstern: "Sie, sie ist nur ein Traumschatten."
Auf dem Rücken liegend lächle ich, weit weg, in den Deckenhimmel ohne Sterne. Ich habe viel Phantasie.
Lange liege ich so da, mit sonderbar empfindlichen Sinnen. Geräusche von fahrenden Autos, ab und zu ein Hupen, sagen mir, daß auch noch andere wach sind. Gleiche Zeit, verschiedene Leben. Wellen von Musik treiben durch die Straßen. Sie beginnen damit, sich leise und schüchtern, von fern, anzukündigen, das Vorspiel. Sie rollen näher, bauen sich auf, bis sie ihren Höhepunkt erreicht haben, in dem sie kurz verharren. Dann ebben sie ab, um an einen anderen Ort, ein anderes Ohr zu flüchten, wo alles von vorne beginnt.
Satte Müdigkeit macht sich wieder in mir breit. Das Laken lockt mit Schlaf. Es fühlt sich gebraucht an. Ich ziehe es über meinen Kopf und rieche "Noa".

Sylke Rene Meyer

Die Hochzeit des heiligen Johannes oder 12 Gründe den Segen zu verweigern

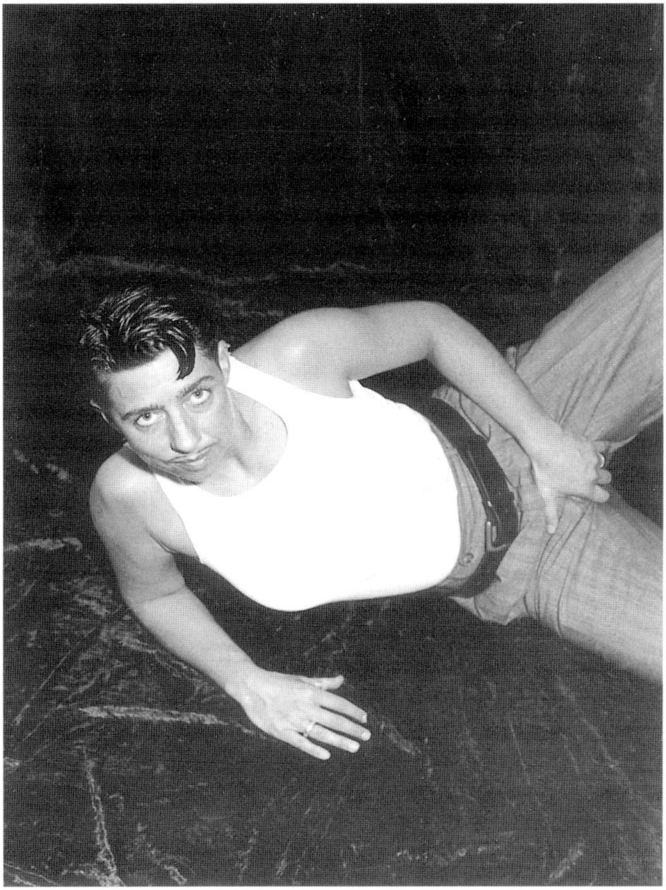

H.H.Staack

I. Ziegelswies

Als Maria Gottlieb 18 Jahre alt wird, stopft sie sich ihre Unterhose mit sandgefüllten Seidenstrümpfen aus und führt ihre Braut, die Steinhuber Traudel, in die St. Benedikt Kirche von Ziegelswies bei Füssen vor den Traualtar. Maria im schwarzen Anzug, die Traudel im weißen Kleid. "Herr Pfarrer", sagt Maria, "vor ihnen steht ein Brautpaar und bittet um den Segen." Der Pfarrer klebt ihr eine und jagt die Liebenden aus der Kirche. Angewidert wischt er sich die Hand am Talar ab: "Durch den Geist der Unzucht wurdet ihr irregeführt (Hos 4,12)." Der Pfarrer zückt sein Kruzifix und hält es zwischen sich und Maria vor die Augen: "Johannes 3,12: Der du geboren bist aus Maria der Jungfrau." Er fixiert Maria: "Du bist schwarz vom Geist her und schwach wie ein Kind."

Maria ist verwirrt: Sie hat doch niemanden geboren, einen Johannes schon gar nicht.

Weinend wandern die Brautleute im Schatten des Märchenschlosses nach Füssen, wo sie auf halbem Wege vom Vater Steinhuber mit dem Pferdegespann eingeholt werden. Wortlos zieht er die Reitpeitsche über den Kopf und schlägt seine Tochter halb tot, bevor er sie hinten auf die Ladefläche wirft. Maria geht dazwischen, ohnmächtig gegenüber dem bulligen Bauern, der ihr eins überzieht und schließlich mit der Faust nachsetzt.

Das letzte, woran sich Maria erinnert, ist der leuchtende Gipfel des Kitzbergs und das Schlagen der Glocke von St. Benedikt.

Im Krankenhaus von Füssen wird ihr der Arm eingegipst, die gebrochenen Rippen gerichtet, eine klaffende Wunde im Gesicht genäht und der Kiefer verdrahtet. Nach vier Wochen ist Maria Gottlieb äußerlich wiederhergestellt. Nur auf einem Ohr bleibt sie taub, eine lange Narbe läuft über ihre Wange, und anstelle des vorderen rechten Schneidezahns klafft eine Lücke.

Und die Traudel? Mutter Gottlieb schüttelt den Kopf: "Nach Altötting gegeben. Die kannste nicht mehr sehen."
Mutter Gottlieb holt ihr Kind aus dem Krankenhaus und bringt ihr einenKoffer mit Mädchenkleidern. Die Krankenschwestern mit ihren langen Ordenskleidern stehen im Kreis um Maria und den Koffer. Doch Maria legt die Kleider fort und zieht ihren Anzug an: "Es ist Gottes Wille, daß ich Hosen trage."

Die Schwestern schlagen Kreuze, daß es Maria schwindlig wird, und entfliehen. Vor der Haustür der Gottliebs lauern die Dorfjungen: "Maria mit dem heiligen Geist - komm raus und erleuchte uns!" Geburtsurkunde, Reisepaß, 100 Mark Handgeld hat Maria bei sich, als sie Ziegelswies verläßt. Mutter Gottlieb umarmt sie zum Abschied: in Benediktbeuren bei den barmherzigen Brüdern würde sie vielleicht aufgenommen werden. Am Bahnhof umarmen sie sich noch einmal, und Mutter Gottlieb hängt ihr ein goldenes Marienmedallion um den Hals. Maria trägt immer noch ihren Hochzeitsanzug, als sie in den nächsten Zug steigt.
An diesem Tag bleibt die Kirchturmuhr von St. Benedikt stehen, d.h. sie bleibt nicht wirklich stehen, denn der große Zeiger bewegt sich beständig vor und zurück direkt vor der vollen Zwölf, so daß die Turmuhrglocke nicht mehr aufhört anzuschlagen. Nach Ziegelswies ruft das Dorf erst den Uhrmacher aus Füssen, dann den aus Passau, dann einen Spezialisten aus München. Vergebens. Die Uhr verharrt in ihrem Zucken.

II. Die Geburt des Johannes in der Nacht
Maria sitzt im Zug und betet zur Jungfrau Maria. Noch benommen von den Schmerzmitteln schläft sie sofort ein. Das beruhigende Rattern des Zuges tut ein Übriges. Maria träumt von St. Benedikt und dem Pfarrer. Über dem Pfarrer schwebt die Mutter Gottes und spricht zu ihr: Maria, meine Schwester, gottgeweihte Jungfrau, warum verlangst du von mir, was du selbst sogleich als Mutter gewähren kannst? Die heilige Mutter verschwindet in dem Pfarrer. Seine Worte klingen ihr nach: "Johannes, der du geboren bist aus Maria der Jungfrau."

Jäh wird Maria von Hunde- und Menschengebell geweckt. Durch das Fenster liest sie "Marienborn" und schlägt ein Kreuz. Ein kantiger Mensch in grau-grüner Uniform studiert ihren Paß: "Frau Gottlieb, Sie fahren nach Berlin (West)?!" Die Stimme ist hell und hoch und doch überrascht sie Maria nicht - ist doch das Wunderbare allgegenwärtig am Geburtsort der heiligen Jungfrau. Maria nickt erleuchtet, bekommt ihren Paß zurück und erwacht erst wieder in der Nacht.
Hier in Marienborn läßt Marias Geist endgültig den falschen Körper zurück und erwacht als Johannes.

Plötzlich steht er unter den Strichern und Junkies am Bahnhof Zoo und weiß nicht,

H.H.Staack

wohin. Die verlorenen Seelen scharen sich schnell um ihn, schnorren ihn an, und er gibt alles, was er hat: sein Geld, seinen Koffer, seinen Mantel. Am Ende bleibt nichts als der Hochzeitsanzug am Körper und sein goldenes Marienbild. Eine wütende Alkoholikerin, die nicht glauben kann, daß sie leer ausgeht, zieht an seinem Revers. Ihr Gesicht ist verkrustet mit Grind und Schorf, ihre Augen trübe, sie stinkt entsetzlich aus ihrem zahnlosen Mund. Er kämpft mit sich, aber bringt es nicht über sich, auch sein Letztes zu opfern. Sie kreischt und droht und behauptet schließlich, daß er sie vergewaltigt habe und jetzt wenigstens zahlen soll.
Polizisten stoßen die Pennerin weg, fragen ihn, ob alles in Ordnung ist. Doch er sagt: "Ja, ich habe gesündigt und bitte um Verzeihung." Die Polizisten starren ihn an und wollen ihn gerade abführen, als ein ein schwuler Zahnarzt dazwischengeht und ihn auslöst.
Er fragt nach seinem Namen, und Maria stellt sich vor: "I bin der Johannes." Was für ein schöner Junge! Schwarzes pomadisiertes Haar mit einer Tolle wie Elvis, schmale Lippen und ein verwegenes Lächeln hinter der unbeholfenen Unschuld.
Der Zahnarzt bittet ihn, den Mund zu öffnen und untersucht seine Zahnlücke. "Johnny", sagt er und lächelt ihn an, "alles wird gut." Der Zahnarzt ist angerührt und nimmt Johnny mit zu sich.

Mit ihm wohnen zwei ehemalige belgische Radrennprofis, denen vom Doping Busen gewachsen sind. Jetzt singen sie als Rita und Chantal im Chez Nous, einer Transvestitenbar.
Gothic Night mit Plüsch und Glitzer und verpißte Toiletten mit klebrigen Kondomen. Das Tingeltangel-Gewerbe, für die Bühne, für das Licht, Zuhälter, Drogendealer. Der Raum gleicht einer Kathedrale, in der sich Säulen zu Kreuzgängen krümmen.
Auf der Bühne eine Stripteaseshow: ein Elefant zieht mit seinem Rüssel einen blutjungen, echten Transsexuellen aus und glotzt dabei wie die Männer im Publikum, denen der Dickhäuter die Dessous entgegenbläst. Der DJ trägt das Kostüm eines griechisch-orthodoxen Patriarchen und hantiert mit seinen Turntables auf einem improvisierten Altar. Nonnen tanzen mit Mönchen in flackerndem Licht. Johnnys Augen leuchten selig, er weiß jetzt: er ist bei den barmherzigen Brüdern und Schwestern in Benediktbeuren angekommen und küßt dankbar das Marienbild.

Der Zahnarzt verschwindet hinter einem Vorhang aus rotem Samt in einem der Séparées, die Johnny für Beichtstühle hält. Johnny preßt immer noch sein Marienbild an die Lippen ... ja, beichten... Er betritt das Nachbarséparée: "Mein Vater, ich habe gesündigt." Hinter dem Vorhang lümmelt sich ein Münchner Modebuffo wie Truman Capote in seiner wildesten Zeit mit heruntergelassenen Hosen. Er verkneift sich das Lachen und hört sich Johnnys Beichte an: seine weltliche Lust an dem Marienbildchen. Er erteilt Johnny die Absolution. Doch die illegalen Hormonpräparate gibt's nicht umsonst: eins für Blasen, zwei für Fisten und drei für alles plus Natursekt.
Johnny muß sich über das Angebot keine Gedanken machen. Hinter ihm steht eine wütende 1,90 Meter große Dragqueen, die sich von dem Schlitzpisser nicht das Revier streitig machen läßt. Der Modebuffo legt Johnny zum Abschied die Hand aufs Haupt und versucht, aus tiefstem Herzen seinen Segen zu geben.

Wieder draußen. Chantal flüstert Johnny ins Ohr: "Die Fünf ist für dich. Erst drücken, dann ficken. Und wenn er dann Kotzen geht, holst du dir die Scheine aus der Jacke und verabschiedest dich." Der Zahnarzt taucht wieder auf, unruhig, aufgekratzt.

Plötzlich leert sich die Bühne, die Musik hört auf. Die Tanzfläche liegt verlassen. Rauch steigt auf. Alle Besucher stehen wie eingefroren, regungslos. Johnny fühlt sich fiebernd: ein erregendes Vibrieren klingt durch die weihrauchgetränkte Halle. Und über die Domplatte schreitet jetzt sie: Jerome. Rotes, langes Haar, grüne Augen, Haut aus Porzellan, rosa schimmernde Wangenknochen, riesige Brüste in einem engen, goldglitzernden Kleid, eine weiße Federboa elegant an den Hüften haltend. Auf spitzen hohen Absätzen nähert sie sich Johnny, nimmt sein Kinn in die Hand und fragt den Zahnarzt: "Entzückend! Kann er denn auch singen wie Elvis?" Kann er? Johnny singt sein Lieblingslied: "Der schwermütge König nahm seufzend das Wachsherz, worin ihn stach der unbändge Schmerz, ging seufzend zum Heiligenbild. Die Träne aus dem Auge quillt, wie kalt die Fluten ihn reißen hinab; Den armen Ludwig ziehn ins feuchte Grab. Da lag er dahingestrecket der Ludwig, und der war tot. Es spielt auf den bleichen Wangen. Das lichte Morgenrot."
Jerome kommen die Tränen, und Johnny zieht aus seiner Anzugjacke galant ein Taschentuch, tupft zart ihr die Tränen.

Jerome ist Johnny ganz nah, nähert sich seinen Lippen: diese anschwellende Energie im abschwellenden, namenlosen Zwischenraum der ersten Begegnung zweier Lippen ist es. Das ist der Beginn ihrer Liebe, der Beginn von Johnny und Jerome.

Am nächsten Tag füllt der Zahnarzt Johnnys Zahnlücke mit Gold. Am übernächsten Tag soll die Hochzeit sein.

III. Ziegelswies

Die Glocke von St. Benedikt bimmelt und bimmelt immer wieder den ersten Schlag, und die Leute von Ziegelswies beten seit Wochen um ihre Erlösung. Einzelne kasteien sich öffentlich, andere schleppen im Büßerhemd überlebensgroße Kruzifixe um die Kirche. Ein Wunderheiler aus Österreich legt Steine und heilige Reliquien aus. Sogar ein Fernsehteam der Bayernrundschau berichtet von der Ziegelswieser Heimsuchung.

Wie Zombies bei Tag ziehen die Nachtgestalten des Chez Nous in Ziegelswies auf. Die Hühner auf dem Kirchplatz picken die Kippen der aufgetakelten Dragqueens und ihrem ketten-, leder- und latexbespannten Anhang. Die Dorfbewohner verstecken sich hinter ihren blickdichten Gardinen und beten Rosenkränze in der sicheren Erwartung des Antichristen.

Lady Angela

Johnny steht mit Jerome vor dem Altar in St. Benedikt. Golden blinkt sein Zahn. Der Hochzeitsanzug ist frisch aufgebügelt, die Narbe über seiner Wange sieht schneidig aus.
Und dazu Jerome: ganz eingehüllt in weißen Taft, einen riesigen langen Schleier hinter sich, ein Meer von Blumen um sich. Herr Pfarrer bitteschön: "Vor ihnen stehen ein Mann und eine Frau, die den Bund fürs Leben schließen wollen."
Doch der Pfarrer hat einen roten Kopf vor Wut und lehnt die Trauung ab: "Verderber des Geistes seid ihr, die ihr den Seelen zuredet, ihren Schöpfer zu verlassen."
Er wird sich nicht zum Werkzeug des Teufels machen und den Segen erteilen solchen, die die Schöpfung höhnen und die heilige Ordnung ins Gegenteil verkehren.
Aus Jeromes Innerstem springt die alte Strassennutte und packt den feisten Sack am Kragen: "Du mußt uns trauen, wir sind Mann und Frau: hier sieh unsere Papiere - Maria Gottlieb und Eddy Schmidt. Du mußt!"
Auf die Altarstufen setzt sich protestierend ein SM-Pärchen und scheißt.
Der Pastor prustet. Jerome läßt ihn los: "Ich bin die Braut und Johnny ist mein Bräutigam. Du kannst den Segen nicht verweigern!" Triumphierend streicht sich der Pastor den Talar glatt: "Ich werde den Segen nicht sprechen. Ich will nicht und ich kann nicht - wegen des zwölften Hindernisses." Denn der zwölfte und letzte Grund den Segen zu verweigern ist dieser: die Trauung muß vorgenommen werden in der Heimatgemeinde der Braut. "Und die Braut", sein Gesicht nähert sich Jerome, "die Braut sind doch sie?!" Jerome

Gabriele Dietrich

weint. "Und wo bitteschön", fragt der Pastor weiter, "ist ihre Heimat?"
Jerome faßt sich wieder und antwortet selbstbewußt: "Auf einer rosa Wolke mit Musik."
Johnny ist begeistert: "Dann laß uns eben dahin fahren." Johnny reicht ihr sein Seidentüchlein: "Weine nicht - wir sind doch nur zum falschen Pastor gegangen. Und es soll doch alles richtig sein." Die Brautleute verlassen St. Benedikt.

In einem pinkfarbenen Cadillac treffen hupend verspätete Damen mit dem Münchener Modebuffo ein. Unter ihnen die szeneobligatorischen Nonnen und Pater Blasphemius, der Weihrauch aus dem Auto schwenkt. Die Dorfjungen sind verunsichert und wagen nicht, das Auto mit Steinen zu beschießen, sondern laufen fort.
Johnny und Jerome treffen vor der Kirchentür auf die schon völlig betrunkene

klerikale Familie. Aus dem Kassettenteil des pink Cadillacs scheppert der Hochzeitsmarsch. Johnny strahlt vor Glück und Erleichterung: "Jerome, sieh nur! Eine rosa Wolke mit Musik. Und der richtige Pfarrer ist auch schon da!"

Etwas wirr, aber sehr stimmungsvoll führt Pater Blasphemius schließlich die Trauung von Johnny und Jerome auf dem Kirchplatz von Ziegelswies zur Kirche von St. Benedikt durch: "Und so erkläre ich euch zu Mann und Frau."
Johnny hebt die Arme wie zum Segen aller und spricht ein lautes: "Amen." Alle weinen vor Rührung, und Johnny küßt Jerome.
In diesem Moment springt der Zeiger der Kirchturmuhr auf den vollen Strich, und es läutet ein Halleluja. Ein Wunder ist geschehen. Die Leute von Ziegelswies laufen auf den Kirchplatz und sprechen Dankgebete und bejubeln das Brautpaar und das Wunder des Johannes.
Der halbbetäubte Pater Blasphemius stellt sich mit großer Geste auf die Motorhaube des Cadillacs, und in die Menschenmenge ruft er: "Kniet nieder und laßt uns danksagen und lobpreisen den heiligen Johannes."
Das Dorf sinkt auf die Knie, und mit schöner Grazie werfen sich die Transen in ihre sentimentalste Pose, und Johnny mit Jerome versinkt in den Polstern des Cadillacs.

Der Pfarrer von St. Benedikt steht vor der Kamera der Bayernrundschau und gibt augenscheinlich ein selbstgefälliges Interview: "...ich hatte von Anfang an seine heilige Kraft gespürt."

Das Auto fährt an und das Brautpaar entschwindet. Die Steinhuber Traudel steht neben Mutter Gottlieb. Sie winken dem Paar hinterher.

Simone Müller

Helga Husemann & Annemarie Oswald

Abschied von der Lesbenszene?

Helga: Erzähl mir noch mal, warum du ein Mann werden möchtest.
Annemarie: Ich will ja gar kein Mann werden, ich will doch transgender werden. Weil ich sowohl weiblich wie auch männlich fühle. Mich nirgendwo so richtig zuordne, weder weiblich noch männlich. Aber es ist für mich leichter, wenn mein Erscheinungsbild sich mit meinem Namen in Übereinstimmung befindet; jetzt hab ich einen Frauennamen.
H: Das heißt, du möchtest nach außen für einen Mann gehalten werden?
A: Im Öffentlichen ja, aber nicht im Privaten.
H: Warum ist dir das wichtig?
A: Zum einen eck ich nicht mehr überall an, weil ich so männlich aussehe – trotz Busen und Becken. Es hält mich ja jeder für'n Mann, sowieso. Zum andern möchte ich aber dich lieben von Frau zu Frau, eine lesbische Beziehung haben.
H: Eine lesbische Beziehung – Ich bin eigentlich davon ausgegangen, daß ich es hier mit einer Frau zu tun habe. Ich habe dich immer, von Anfang an, vom ersten Moment, wo ich dich sah, als Frau gesehen; zugegeben mit sehr männlichen Zügen und Gesten. Aber ich wußte immer, daß du eine Frau bist. Und ich wollte dich als Frau. Ich habe ebenfalls unser Liebesleben immer als lesbisch begriffen. Es ist für mich eine neue Erfahrung, mit einer zu schlafen, eine zu lieben, die sich selbst nicht klar als Frau sieht. Wenn du mit mir schläfst, empfindest du dich also als weiblich?
A: Ja... in erster Linie.
H: Du bist beim Lieben also doch auch männlich?
A: Ein bißchen.
H: Was heißt ein bißchen?
A: Na ja, manchmal ein bißchen so machomäßig. So'ne drängende Art von Dominanz eben. So wie'n Kerl.
H: Was heißt, du liebst mich wie'n Kerl?

A: Ich übergeh dich dann einfach; ich dräng dir dann was auf. Was ich auch sofort merk, daß das eigentlich nicht weiblich ist.

H: Wann zum Beispiel?

A: Wenn wir aus 'ner Kneipe kommen und ich dich dann so ruppig in den Arm nehme, dich zum Auto begleite und dich dann so fürsorglich reinstopf.

H: Das hältst du für männlich?

A: Ja, weiblich wär anders. Wenn ich mich weiblich verhalte, verhalt ich mich anders.

H: Wie?

A: Dann nehm ich dich stürmisch in den Arm, und das ist dann eher so gleichberechtigt, und wir gehen zusammen zum Auto.

H: Eigentlich interessiert mich ja mehr unser Sex im Bett.

A:(grinst) Da bin ich immer weiblich.

H: Ich hab mich schon gewundert. Denn eigentlich müßtest du "als Mann" doch Lust haben, einen Dildo mit Harness zu tragen und mich zu penetrieren.

A: Aber ich mag dich doch als Frau lieben. Da unten so ein Teil zur Schau zu stellen, ist ja gerade männlich, zu penetrieren. Als Spiel ist das ja mal okay, aber immer?!

H: Heißt das, konkret sexuell betrachtet begehrst du mich von Frau zu Frau? Und das Männliche spielt sich eher in deiner Imagination ab?

A: Nee. Das schwingt mit. Das ist immer dabei, aber das ist nicht dominant, das Männliche.

H: Das versteh ich nicht.

A: Das ist doch ganz klar. Das Männliche hat eine ganz andere Art zu lieben. Und ich liebe dich als Frau.

H: Woher weißt du, wie Männer lieben, oder besser: was beim Lieben männlich ist?

A: Das kriegt man doch von seinen heterosexuellen Freundinnen mit, wie deren Männer so sind. Die haben ganz andere Vorstellungen von Sex, und Beziehungen auch. Die sind nicht so offen.

Also, weißt du, was bei mir im Kopf vor-

U. Hesse, Bridge Markland

geht; das so zu reflektieren, das ist für mich nicht so einfach. Das ist ein ganzes Konglomerat.
H: Das klingt für mich alles ganz fremd, das ist alles ganz neu für mich. An transgender hab ich nie gedacht. Ich bin eben cissexuell und nicht transsexuell; Du kennst doch diesen psychiatrischen Begriff, der Menschen beschreibt, die ihr Geschlecht nicht ändern wollen, im Unterschied zu Transsexuellen. Ich will nicht das andere Geschlecht annehmen, ich bleibe lieber, was ich bin. Ich bin zufrieden mit meinem Geschlecht, eine Frau zu sein: Ich bin eine Frau, die Frauen liebt – ganz einfach!
A: Schön, daß du so normal bist.
H: Vielleicht... vielleicht ist da was dran: Für mich als Cissexuelle scheinen die Geschlechtergrenzen natürlich gegeben, unüberwindlich, eine Trennung zwischen Mann und Frau, die ich irgendwie offensichtlich akzeptiere: Wie könnte ich als "Frau" wissen, was ein "Mann" fühlt?! Während du... du darfst diese Grenzen ja gar nicht akzeptieren können!
Irgend etwas verstehe ich da aber immer noch nicht: mal sagst du, daß du beides bist, männlich und weiblich, mal äußerst du so ganz entschiedene Vorurteile gegen Männer, wie die sind; so klingt das jedenfalls für mich.
A: So wie die Männer möchte ich ja auch nicht sein. Ich möchte fordernd sein. Ich will auch nicht solche Weibchenallüren haben, ich will auch keine Frau lieben, die Weibchenallüren hat.
H: Okay, das ist, was du willst. Jetzt sag mir, wie du bist. Wann bist du weiblich und wann männlich, wenn wir miteinander schlafen?
A: Das ist gar nicht leicht zu unterscheiden für mich; wenn du so willst, habe ich eine sehr herbe weibliche Art, dich zu lieben, oder eine sehr weiche männliche Art. Warte, ich glaube, ich fühle mich männlich, wenn ich zum Beispiel so ungeduldig werde, weil ich meinen Orgasmus ganz schnell haben will, während du noch zwanzig Minuten Vorspiel genießen möchtest. Oder andersrum, wenn du so ewig lange brauchst, ich mich abrackere, an dir rumrubbele, nur damit du dann schlußendlich sagst: zu hoch - zu tief - zu spät.
H: Na, das ist aber ein ziemlich frustrierendes Beispiel für mich. Wie ist es denn mit Bildern, die machen dich doch an? Jedenfalls hatte ich immer den Eindruck, daß du mehr auf Bilder abfährst, als ich das von Frauen kenne...
A: Pos, Pos machen mich total an.
H: Und beim Ficken, du hast mal gesagt, daß du dir dabei Frauen vorstellst.
A: Nein, Landschaften. Zum Beispiel wie ich mit dir in 'ner Düne lieg.
H: Nur liegen?
A: Nee, poppen!
H: Ich seh schon, das ist wirklich kompliziert mit dir. Aber gibt es nach den herrschenden Gesetzen in Deutschland denn überhaupt eine Möglichkeit für dich, etwas an deiner sexuellen Identität zu ändern?
A: Die "kleine Lösung" des Transsexuellen-Gesetzes könnte ich mir vorstellen: Dann steht im Paß weder "F" noch "M", und ich kann mir rechtsmäßig einen männlichen Vornamen aussuchen.
H: Da hab ich gleich zwei Fragen: Was mußt du dafür tun, vor dem Gesetz? Muß man dich dann mit Herr oder Frau Oswald ansprechen?
A: Mit Herr. Obgleich ich dann im Paß nichts bin. Ich bin dann nämlich eine geschlechtslose Person und kann es mir selbst aussuchen.
Die Antwort auf deine zweite Frage: Ich brauch zwei Gutachten von Psychiatern

und muß mindestens 25 Jahre alt sein. Natürlich muß man erklären, daß man sich in seiner Geschlechtsrolle nicht glücklich fühlt, daß man in das andere Geschlecht wechseln möchte. Da muß man eben lügen. Das paßt ja nicht in die gängigen Vorstellungen von Geschlechtern.

H: Tut mir leid, daß ich schon wieder so theoretisch werde: Mir scheint, du hast sehr diskursive Vorstellungen von Mann und Frau. Vielleicht könnte man auch sagen, du läßt der Gesellschaft enorm viel Raum, in deine Selbstvorstellungen einzugreifen, dir Vorschriften zu machen, wer und wie du bist.

A: Ich seh das einfach ganz konkret. Ich habe einfach keinen Bock mehr, ewig vom Frauenklo zu fliegen und mich bei jeder Lesbendisco auszuweisen.

H: Du hast mir ja von diesen ewigen Mißverständnissen schon öfter erzählt, und ich begreife nach wie vor nicht, wie blind und besserwisserisch diese Menschen sind, die dir falsche Verhaltensmuster unterstellen; als würde ein Mann zu 'ner Lesbendisco gehen oder aufs Damenklo. Was ja zugegebener Weise gelegentlich passiert. Und es scheint mir, als würden solche Frauen von ihren eigenen Ängsten, daß da ein Mann eindringt, immer wieder eingeholt werden, wenn sie dich nicht anders denn als Mann sehen können.
Aber du willst nach wie vor auf Lesbendiscos?

A: Schwul-lesbische Discos sind mir natürlich lieber.

H: Kann ich mir vorstellen – von allen so begehrt zu werden! [lacht]
Würdest du denn mit 'nem Schwulen schlafen?

A: Theoretisch könnte ich mir das schon vorstellen. Technisch gäb's da ja eigentlich keine Probleme, jedenfalls nicht mehr als unter Frauen.

H: Es ist ja nun auch wirklich nicht heterosexuell, wenn eine Lesbe mit 'nem Schwulen schläft, oder? Aber andererseits: Schwule sind doch auch Männer.

A: Aber marginalisierte Männer – wenn ich jetzt mal theoretisieren darf. Sie weichen mit ihrem Verhalten von der hegemonialen Männlichkeit ab.

H: Würde dich so ein Schwuler wirklich anmachen?

A: Nee, eigentlich nicht. Die sind ja auch so peniszentriert.

H: Ich weiß nicht, ob ich's langsam verstehe: Du möchtest im Alltag ein Mann sein und im Sexualleben eine lesbische Frau?

A: Ja.

H: Okay. Wie komme ich jetzt ins Spiel? Wie soll ich mich dir gegenüber verhalten?

A: Du sollst mich weiterhin so nehmen, wie ich bin, eben als nicht ganz eindeutige Frau, und dich nicht wundern, wenn der Bäcker "Herr Oswald" sagt, und ich das in Ordnung finde.

H: Soll ich in deinem Beisein vor anderen von dir als "er" oder "sie" sprechen?

A: Kommt drauf an, wo. Beim Krawattenkauf von "er". Bei Ilona und Sabine von "sie".

H: Wie, glaubst du, geht es mir damit? (Ich bin ja eine eindeutige, cissexuelle Lesbe.)

A: Das ist nicht einfach. Ich weiß, daß die meisten Lesben in meinem Bekanntenkreis das kategorisch ablehnen. Überhaupt, wer versteht schon, daß eine ihr Geschlecht wechseln möchte.

H: Ich find's eigentlich prima. Erstens ist es ja was ganz Besonderes und ganz schön sexy, dieses floating zwischen den Geschlechtern, auch für mich, und zweitens liebe ich ja dich, und das gehört halt eben zu dir. Auch wenn's wirklich ganz schön queer ist!

Irene Ceballos Messmacher

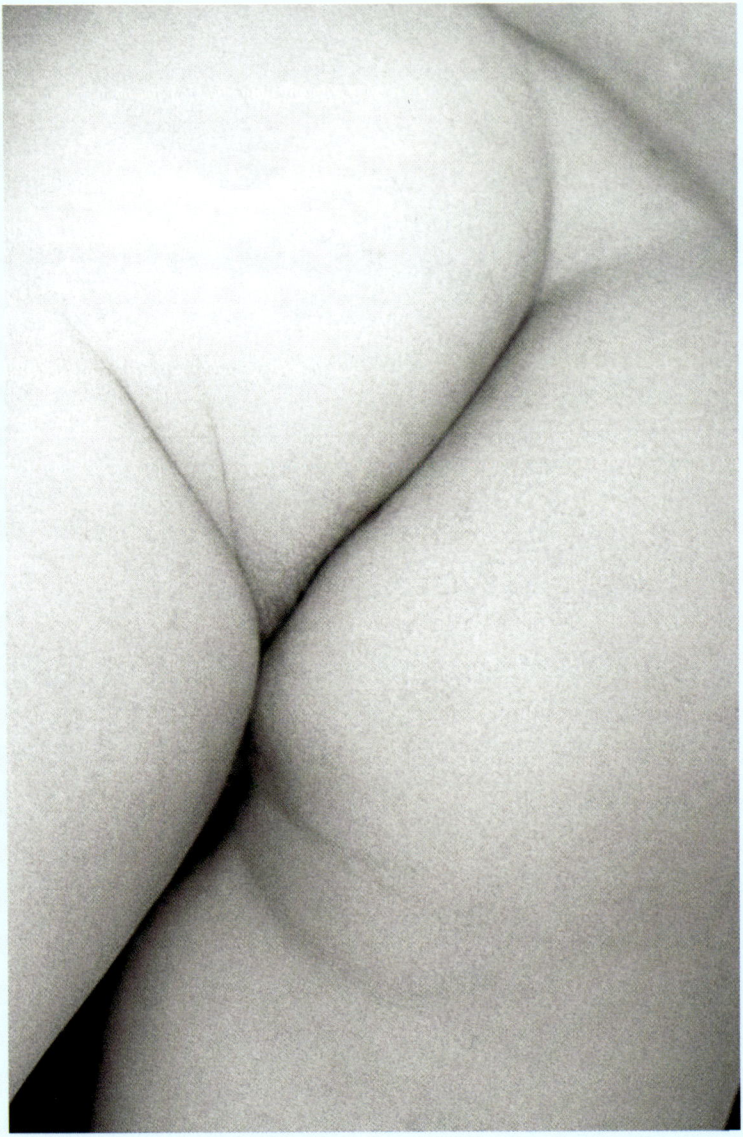

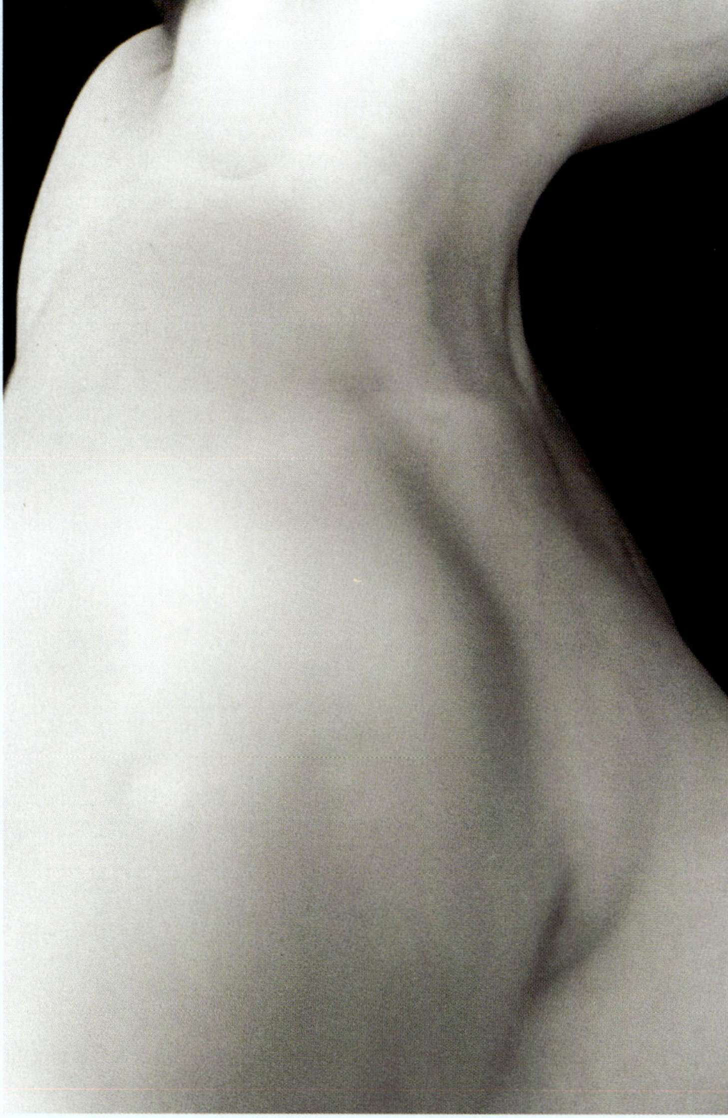

Katrin Kremmler

C. Marie Hoffmann

Serious Business

Als ich sie vor vier Jahren kennenlernte, färbte sie ihr Haar noch Ostblockrot und trug ab und zu Lippenstift und Perlen. Damals war ich Anfang zwanzig und sie vierzig, und eigentlich war sie mir zu alt, aber irgendwie hatte sie was, und Geschäftsfrauen imponierten mir. Ich lebe mittlerweile in Budapest, sie ist dort Gast der Firma, für die ich arbeite. Sie ist etwas eigen, aber ich mag sie wirklich gern.

Wir haben unsere Affäre aufgewärmt, nach einer Party in einem fremden Bett. Sie hat mich gefickt. Nun planen wir die Revanche. Wir sind bei ihr. Die Wohnung ist von der Firma gestellt, eine düstere Großelternwohnung mit Plüsch und Nippes und einem Fernsehgerät, das nur den ersten ungarischen Fernsehkanal empfängt und älter ist als ich.
"Wie magst du es am Liebsten?" fragt sie. "Soll ich nackt sein oder angezogen? Auf dem Rücken oder auf dem Bauch? Die Beine gespreizt oder geschlossen?"
Ich überlege ein wenig. Nackt, auf dem Rücken, die Beine gespreizt, das klingt gut.
"In Ordnung", sagt sie. "Die Frage ist nun, wann. Wir müssen zuerst über die Waschmaschinenfrage reden."
Ein Teil meiner beruflichen Pflichten. Ich muß ihr die Funktionsweise ihrer Waschmaschine erklären, da sie die ungarische Gebrauchsanleitung nicht lesen kann.
"Und ich muß ins Büro und meinen Vortrag für die Konferenz in Bulgarien ausarbeiten. Und außerdem haben wir beide heute nicht geduscht."

Ich will das Radio in der Küche anmachen. Es hat einen Wackelkontakt, wenn man es schlägt, spielt es eine Minute und hört dann wieder auf. Keine Musik also.

Ich erkläre ihr die Waschmaschine. Es wird kompliziert, weil sich herausstellt, daß sie noch nie eine Waschmaschine bedient hat. Das macht sonst immer ihre Mutter, bei der sie wohnt. Dann, so lautet der Plan, rücken wir Möbel. Und dann werden wir ins Büro fahren, und nach der Arbeit werde ich sie hier besuchen und sie wird mich erwarten, nackt, auf dem Rücken liegend, mit gespreizten Beinen.
"In welchem Bett sollen wir es tun", fragt sie, "im Wohnzimmer oder im Schlafzimmer?"
Worauf ich sage, sie soll sich genau in die Mitte legen, mit einem Fuß im Wohnzim-

merbett und einem im Schlafzimmerbett.
Sie lacht und nennt mich unartig.
Ich setze mich auf ihren Schoß und werde zärtlich, und sie meint, vielleicht könnten wir's ja doch heute mittag noch tun.
Es ist ja erst drei.
Sie duscht zuerst. Dann zieht sie ihren türkisfarbenen Frotteeschlafanzug an, legt sich ins Bett, zieht sich die Decke über die Nase und wartet auf mich wie auf's Christkind.
"Wieso hast du dich denn angezogen?"
"Weil es kalt ist", meint sie, "und daß du was zu tun hast."
Sie zieht in Erwägung, noch Socken anzuziehen, aber ich protestiere. Das wäre der Gipfel der Stillosigkeit.

"Schau sie dir an", sagt sie, was ich tue, nachdem ich ihr die türkisfarbene Frotteeschlafanzughose heruntergeschält habe.
Das Schlafzimmerbett ist schmal, vielleicht wäre das Wohnzimmerbett doch besser gewesen. Sie ist naß und rosa mit einem dunklen Rand.
"Weißt du, daß du wunderschöne Farben hast?" frage ich sie.
Sie bejaht.
"Findest du meine Klitoris?"
Ich bin schon etwas herumgekommen und finde sie. Und auch, wo der Eingang ist.
Auch der G-Punkt ist leicht erreichbar.
Ich erinnere mich, daß sie es hart mag und daß es sehr schnell geht und heftig und laut ist. So auch jetzt. Als sie meinen Namen stöhnt und kommt, geht in der Küche das Radio an. Und wieder aus.

Wir sind uns einig, daß Sex Energiewellen produziert, die auch ungarische Transistorradios mit Wackelkontakt empfangen können.

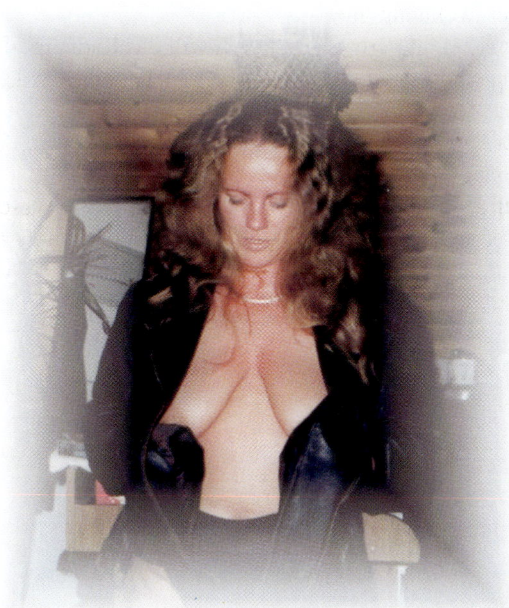

"Erzähl mir was", sagt sie (Nach dem Orgasmus ist planmäßig Konversation angesagt). Wir reden über ihr kompliziertes Liebesleben (sie betrügt ihre Liebste zuhause mit drei Frauen gleichzeitig, mich eingeschlossen) und kuscheln ein wenig, dann mach ich's ihr noch mal. Als sie kommt, geht in der Küche wieder das Radio an. Es kommen Nachrichten.
"Ich kann mir das nicht erklären", sagt sie. Als ich aufgehört habe zu lachen, will sie mir beim Masturbieren zusehen.
Ich mach's mir und komme.
Es geht auch bei mir schnell. Wenn auch nicht so laut.
"Das war's ?" fragt sie.
Das war's. Sie ist schon ungeduldig, springt aus dem Bett und zieht sich an. Es ist schon nach vier, die Pflicht ruft, der Vortrag für Bulgarien. Und die Emails an die Liebsten zuhaus. Ich fahre nach Hause, um zu arbeiten. Aber die Hand tut mir so weh, daß ich kaum den Stift halten kann. Stattdessen sitze ich mit einem Bier in der Küche.
Und grinse breit.

Heidi Kull

Natascha Schurz

Verpiß dich!

Ich beobachte sie. Sie weiß vermutlich nicht, daß ich meinen Abschluß in der Tasche habe. Ihr Gesicht ist regungslos. Sie steht auf und geht nach hinten. Ich folge ihr unauffällig.
Ihr Haar ist streng am Hinterkopf zusammengesteckt und wartet dort wie eine schlafende Schlange auf die sie beschwörende Flöte. Eine silberne Haarnadel steckt präzise im Knoten. Ich hab sie nie lachen sehen. Nur ein schmales, fast mitleidiges Lächeln zieht ihre Lippen auseinander, wenn sich jemand um sie bemüht. Zwei Jahre lang war ich täglich hier. Sie müßte mich wiedererkennen.
Ihre Kleidung sitzt perfekt, die Kostüme sind nie zu eng, nie zu bequem und vor allem nie modern. Marineblau, blaugrau, schwarzgrau. Die Blusen aus Creme-Seide, die Strümpfe ein kleines bißchen heller als der Rock, die Schuhe klassisch.
Ich komme näher, sie sortiert immer noch ihre Bücher. Ich stehe einen Schritt hinter ihr, und sie hört einfach nicht mit ihrer Arbeit auf.
"Ich habe gehört, daß du bestanden hast. Glückwunsch", sagt sie plötzlich, ohne sich umzudrehen. Ich bin irritiert, so war das nicht geplant. Was weiß sie noch?
"Ich nehme an, daß du mir auf Wiedersehen sagen wolltest?" fragt sie kühl.
"Ja, genau, Sie haben mir sehr geholfen, vielen Dank!"
Sie dreht sich jetzt endlich um und schaut mich durch ihre tiefsitzenden Gläser an, mein Alter sinkt rapide. "Gern geschehen." Sie macht eine bedeutungsvolle Pause.
"Tja, dann muß ich jetzt wieder an meine Arbeit. Viel Erfolg noch!" Spricht´s und zeigt mir wieder die kalte Schulter. Verzweifelt fahre ich mir mit schwitzigen Händen durch die kurzen Haare und starre hilfesuchend auf meine schwarzen Stiefel. Aber während ich irgend etwas vor mich hinmurmele, beginnen die wie von selbst enttäuscht den Rückzug.
"Ach, Moment mal! Da ist noch was. Du hast vergessen, mir noch was zu geben!"
In meinem Kopf klingelt es. Ich bleibe stehen und drehe mich um. Sie steht unmittelbar vor mir, so nah wie noch nie. Ich kann sie riechen. Meine Kehle schnürt sich zu. Ihre braunen Augen durchstechen mich.
"Bist du nicht gekommen, um mir etwas zu geben?" Ihre linke Augenbraue schiebt sich leicht hoch.
"Oh ja, das stimmt, ja, ja!" stammle ich idiotisch.
"Na, was?" fragt sie und preßt ihre Uniform an meinen Körper. Ich verliere sofort das Gleichgewicht und kippe gegen ein Bücherregal, aus dem einige Werke herauspurzeln. Sie ist immer noch hinter mir her und preßt sich weiter an mich.
"Ich denke, du solltest es mir auch geben!" haucht sie fordernd in mein Ohr, während ihr eisiges Händchen meinen Körper herunterfährt, auf meiner Hüfte kurz anhält, um sich noch langsamer zu meiner geschwollenen 501 vorzutasten. Ohne sich von mir zu lösen, zieht sie elegant die Jacke aus und läßt sie neben uns fallen. Mir bricht der Schweiß aus. Sie starrt mich an, lehnt sich zurück. Ihre linke Hand liegt auf meiner Beule, ihre rechte bewegt sich zum Nacken hin, wo sie mit

einer grazilen Bewegung die Silbernadel löst und ihre Haare wie eine schwarze Kaskade auf ihre Schultern fallen. Das hätte ich mir nicht träumen lassen, als ich gestern in freudiger Vorwegnahme wixte. Die Nadel, die sie mir an die Kehle hält, auch nicht.

"Also was jetzt? Gibst du es mir jetzt oder nicht? Wenn nicht, dann verpiß dich, aber sofort, und laß dich nie wieder hier blicken, klar?" Deutliche Worte. Ich muß wohl eine Entscheidung treffen. Voller Verzweiflung schlingen sich meine Arme um ihren Hals. Ich küsse sie, weil mein Leben davon abhängt. Ihre Lippen brennen, und ihr Körper kommt mir jetzt fast zerbrechlich vor. Und wie sie riecht! Ihr gemalter Mund verschlingt meine Küsse. Die Nadel fällt auf den Boden. Hände öffnen meine Jacke und zerren am Gürtel, ihre Hand verschwindet in meinen Boxershorts. Irgendwie schafft es dieser kleine Körper, mich auf den Boden zu drücken, wo ich ihr lechzend zusehe, wie sie mich in die Beinschere nimmt. Sie zieht ihren Rock hoch, zeigt ihre Strümpfe, die von Strapsen gehalten werden. Ob sie die täglich trägt? Ihr briefmarkengroßer Slip schaut mich an.

Ich beuge mich nach vorne, schiebe den Hauch von Nichts mit der Nase zur Seite und gehe in einem fein frisierten Damenhaarschnitt baden. Ich trinke, während ich ihre reizvollen Arschbacken in den Händen halte. Ich kann sie stöhnen hören. Sie zuckt in mich rein. Sie ist naß.

Sie schiebt mich zur Seite und macht dem Planschen ein Ende. Ihre forsche Hand holt meinen schwarzen Silikon-Schwanz raus, der bereits mit einem Kondom bekleidet zum Einsatz bereit steht. Sie nickt wohlwollend zu dieser Startposition und grinst mich an.

Bevor ich über ihr Lachen in Freude geraten kann, hat sie schon alles in sich aufgesogen. Ich spüre ihr Gewicht auf mich donnern und halte mich automatisch an ihren Hüften gut fest. Sie nimmt mich und meinen Schwanz und küßt ununterbrochen. Mein Becken streckt sich jedem Stoß genüßlich entgegen, meine Möse willigt getränkt ein, Hitzewellen durchlaufen meinen Körper.

Ihr schwarzes Haar fliegt durch die Luft, während sie auf mir reitet und in Fahrt kommt. Sie befindet sich mit ihrem Kopf bereits auf mittlerer Regalhöhe, schnippt rhythmisch mit den Fingern. Geistesgegenwärtig gebe ich ihr die runtergefallenen Bücher, die sie schwungvoll auf ihren Platz zurückstellt. Soviel Ordnung muß sein. Zum Abschluß dreht sie eine Pirouette auf meinem Schwanz, legt gleich noch eine halbe nach und streckt mir bei der Landung ihren Arsch hin. Ich zögere nicht lange, in die Analen zu gehen und folge mit Erkenntnisinteresse ihren Regungen. Auf ihrem Rücken bildet sich eine zarte glänzende Schweißschicht, und ganz folgerichtig keucht sie umso heftiger, je schneller ich nachforsche. Ich schlage ihr lustvoll auf die Backen, die – ebenfalls normal – erröten. Sie bremst ihr Entgegenkommen noch einmal ab, um dann in die Endrunde zu gleiten und unter meiner regen Mitarbeit vornüberzufallen. Laut stöhnt sie im Blätterwald auf.

"Wenn das mal nicht die Studentinnen gehört haben!" schießt es mir ziemlich zeitig durch den Kopf. Aber hätten sie dann nicht schon viel früher erscheinen müssen? Ich kann nicht mal voyeuristische Augen zwischen den Bücherrücken erkennen. Ist das freitags hier Usus, als kleine Belohnung für artige Fleißbienchen? Ich wende mich meiner Auferlegten zu, die sich zu meinem Bedauern schon sortiert. In kürzester Zeit sitzt ihr Kostüm wieder

Gabriele Dietrich

tadellos, die Haare sind mit einer einzigen Bewegung wieder im Körbchen.
Sie dreht sich um, zeigt mir wie gewohnt die kalte Schulter und läßt mich in einer Sex-Duftwolke zurück. Keine von den StudentInnen bläht die Nüstern oder hebt den Blick, als sie an den Lesereihen vorbeischreitet.

DIE FOTO-LOVE-STORY

Das ist Sabrina. Sie geht seit zwei Jahren mit Vanessa.

Das ist Jessica. Sie ist eine gute Freundin von Sabrina. Insgeheim ist sie aber scharf auf sie.

Das Ist Vanessa, die Freundin von Sabrina.

Das ist Samantha. Sie wohnt in Berlin und macht einen Kurzurlaub im Schwarzwald, um zu relaxen.

Um frischen Wind in ihre etwas eingeschlafene Beziehung zu bringen und gemeinsam etwas zu erleben, machen Sabrina und Vanessa einen Trip von Titisee nach Schonach zur größten Kuckucksuhr der Welt.

Sabrina und Vanessa küssen sich zärtlich.

Sabrina sieht, wie eine fremde Frau, wahrscheinlich eine Touristin, heftig mit Vanessa flirtet.

Fortsetzung folgt...

Jo-Ann

Anja Weber, Caroline & Maryanne

Coming out

Meine Schuhe klappern eilig über den Asphalt der Straße. Es regnet, und ich jongliere mit dem Schirm gegen den Wind. Eisig ist es draußen, November eben. Die Premiere im Schauspielhaus war öde, aber nur weil ich es nicht erwarten konnte, dich zu sehen! In der Pause habe ich all mein Geschick spielen lassen, meine Begleitung zum Gehen zu überreden.
Er durfte nicht wissen, wohin es mich so eilig trieb. Und wie eilig ich es habe. Mein Herz schlägt heftig, und der Hunger hat sich schon seit Tagen verkrochen. Und endlich sehe ich dich durch die große Scheibe. Du bist wie immer im Gespräch und hebst für einen Augenblick den Blick nach draußen. Ob du mich gesehen hast?

Als wäre alles ganz normal, öffne ich die Tür zum Restaurant und steuere zielsicher auf den Tisch zu; am anderen Ende, wo noch Platz ist, will ich mich setzen. Viel zu weit weg von dir! Aber ich fürchte, die anderen könnten Verdacht schöpfen, wenn ich mich neben dich zwänge. Niemand darf von meinen Gefühlen zu dir wissen. Auch du nicht. Und dabei wünsche ich mir nichts mehr, als daß du deine Augen hebst und länger als erlaubt in meinen versinken läßt.

- Da kommt noch jemand. Setz dich doch da unten hin.
Gott hat mein Beben vernommen und Gnade walten lassen! Ich darf mich, ganz offiziell, neben dich setzen!

Was ich essen will? Oh, ich hab keinen Hunger. Hab vorhin schon was gegessen. (Lüge, alles Notlüge.) Es dauert nicht lange, da habe ich alle anderen am Tisch vergessen. Ich sehe nur noch dich, aus den Augenwickeln zwar, aber deutlich. Ab und zu wage ich einen direkten Blick. Du auch, wie mir scheint... Bloß keine Hoffnungen haben und machen, ermahne ich mich. Du fängst ein Gespräch an. Den ganzen Abend hängst du förmlich konzentriert an meinen Lippen und hörst dir zu genau an, was ich sage.

Mir ist egal, über was wir reden. Hauptsache wir reden, und ich darf dich ansehen. Immerzu ansehen. In deine schönen, tief liegenden braunen Augen schauen. Deinen Gesten folgen, wie du dein Glas hebst, wie du die Beine in meine Richtung übereinanderschlägst. Ich wage mit einem Lachen, dich kurz zu berühren. Eben auf diese Schenkel meine Hand zu legen. War das schon zu viel, zu verräterisch? Mir scheint ich will von dir entdeckt, entlarvt werden. Ich will auf einmal nichts so sehr, als daß deine Lippen auf meinen liegen. Ich will dich, ich will es schon fast ein Jahr. Ich habe zuviel Zeit vergehen lassen, und nun hast du morgen Premiere und bist dann erst mal wieder weg.

Unsere Blicke werden deutlicher. Sehe ich da etwas in deinen Augen? Nein, das kann nicht sein, das ist unmöglich. Du zeigst mir ein deutliches Interesse? Ich werde nervös, aber auch mutig. Du weichst mir nicht mehr von der Seite. Wir wechseln das Lokal, und immer noch bist du nur mit mir beschäftigt. Unsere Blicke werden noch eindeutiger, unsere Gespräche verschlüsselt aber eindeutig. Ich sitze auf dem Barhocker und nippe an dem soundsovielten Sekt an diesem Abend. Es ist spät geworden, und ich frage mich allen Ernstes, wie ich es hinkriege, dich mit nach Hause zu nehmen.

Ausgeschlossen denke ich! Die hält dich für verrückt! Plötzlich werde ich mutlos und müde und kündige an, daß ich nach der Zigarette gehe.
Und da passiert das für mich Unfaßbare: Du schaust mich von unten an, schiebst dich vom Barhocker zu dicht auf mich zu, greifst nach mir und küßt mich (endlich!) fordernd auf den Mund.

Heftiges Verlangen durchschießt meinen Körper, ich habe längst keinen Halt mehr, außer deinem Körper und kann nur noch deinen Namen flüstern:
- Anna, Anna, endlich, wie sehr hab ich mir das gewünscht, wie lange schon hab ich mich danach gesehnt.

Du bist sehr heftig. Mein Pullover ist schon aus der Hose geholt, Deine Hände auf meiner Haut, Deine Lippen immer wieder auf meinem Mund...
- Wir wollen jetzt schließen.
Ja, wir gehen jetzt auch. Benommen hebe ich mich von der Bar, auf die du mich geschoben hast. Finde kaum den Boden unter meinen Füßen wieder und möchte ewig in diesem Traum verharren. Zögernd stehen wir uns draußen gegenüber. Für dich war klar, du kommst mit. Ich wußte das noch nicht so recht. Zu lange habe ich auf dich gewartet. Zu viel Gefühl ist bei mir dabei. Ich will nicht nur von dir vernascht werden. Für mich ist es so viel mehr. Ich habe jetzt schon Angst vor der Verletzung, davor, aufzuwachen und zu sehen, du bist weg, warst nie wirklich da.

Aber in dieser Nacht will ich noch mehr: dich und immer wieder nur dich. Verlieren will ich mich in deiner Wärme, deinem harten Zugriff. Mich auflösen in der Berührung eines Frauenkörpers, den ich schon so lange begehre.
Du schiebst mich durch die Wohnung, im Nu liegen wir auf dem Boden. Noch nie hat mich ein Mensch so genommen wie du: Gierig suchen deine Hände meine Haut. Schnell legst du mir Bauch und

Brüste frei und läßt deine Zunge auf meinem Körper tanzen. Mir fliegen die Gedanken fort. Ich bin nur noch ein fühlendes, gieriges Bündel und möchte mehr und mehr von dir. Und du gibst es mir. Mein Hals ist wund von deinen gierigen Bissen, mein Körper naß von deiner Zunge, mein Schambein brennt unter deiner Hand. Du reibst dich fest daran. Ich schreie auf, will den Schmerz und noch mehr.

Ich zerre an deinem Pulli, will deine Haut auf meiner spüren, will deine Brüste zwischen meinen Lippen haben, meine Zähne in sie graben und dich bald, ganz bald in mir spüren. Ich bin berauscht und zugleich unsicher. Wie fasse ich eine Frau an? Wie ein Backfisch fühle ich mich plötzlich. Aber aufhören kann ich jetzt nicht mehr.

Nach langem Ringen landen wir in meinem Bett. Zerschunden bin ich. Jede Pore, jeden Fetzen Haut spüre ich wie noch nie vorher. Gierig läßt du dich auf mich fallen und endlich, endlich bist du in mir...
Laß mich nie wieder wach werden. Laß mich sterben in diesem schönen Traum.

Erschöpft sitze ich auf dem Bettrand und schaue mich vorsichtig um.
Ein Schlachtfeld. Ich habe zu bluten angefangen, zwei Wochen zu früh! Das Bett ist überzogen von meinen roten Spuren.
Ich lächle und falle in einen kurzen traumlosen, wunderbaren Schlaf, meine Arme um dich geschlungen, den Duft deiner Haut in meiner Nase...

Seit diesem Abend werde ich dich immer vermissen müssen.
Du hast mir das Schönste und das Schrecklichste gegeben: Ein Stückchen Liebe, und die Hoffnung auf mehr ruht seitdem in meinem Herzen.

Pia Léssot

Die Mohnwiese

Ich fresse
jetzt
deine orangesn Socken auf
und kippe meine Lust kübelweise
auf die Mohnwiese
während rot der Duft
auf den Schenkel rinnt.

Sie haben mich betört
die Mohnblätter
liegen flach vor meinen Augen.
Und du?
saugst die schwarze Kapsel
bis du vergißt
meine wilde Wiese zu bekehren.

Brigitte Orth

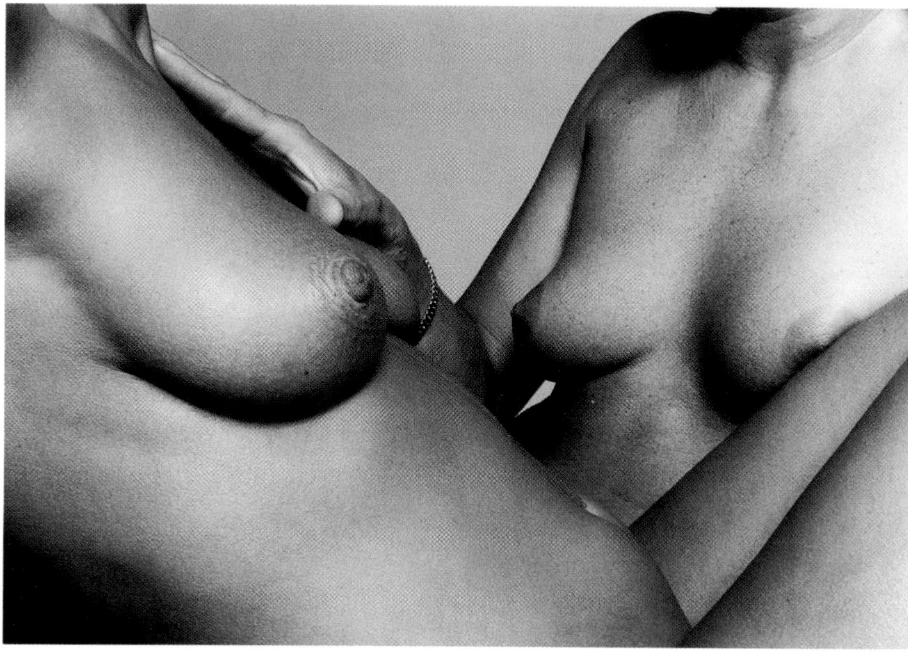

H. Lüders

Sophie Hack

Wie die Bilder von Corry & Lisa entstanden

Corry und Lisa sind ein Paar, seit vier Jahren nun schon. Kennengelernt haben sie sich in San Francisco. In der heimlichen lesbisch-schwulen Hauptstadt der USA standen sie frisch verliebt und staunend vor dem großen Angebot an Postkarten und Postern mit lesbischen erotischen Motiven. Derlei war hierzulande vor einigen Jahren noch keine Selbstverständlichkeit wie heute; Liebhaberinnen erotischer Darstellungen für die Wand oder zum Verschicken suchten oft noch vergeblich danach. Und so warteten in Deutschland die Freundinnen der beiden begierig auf papierne Mitbringsel. Irgend jemand sollte sich daran machen, diese Marktlücke in Deutschland zu füllen, fanden Corry und Lisa und entwickelten Pionierinnengeist. "Wieso nicht eigentlich wir? Das können wir doch auch machen, wir sehen doch schön aus, wir sind verliebt, wir bringen das echt rüber und wir haben wirklich eine Beziehung... was Besseres gibt's doch nicht!" - wenn Corry heute vom Entstehen der gemeinsamen Idee erzählt, spricht die Begeisterung, mit der sie ans Werk gingen, noch immer aus ihrer Stimme.

Professionell produziert sollten die Fotos sein, also mußte jemand her, der oder die das besorgen konnte. Corry kannte einige Fotografinnen aus der Lesbenszene, aber der Gedanke, sich von Frauen fotografieren zu lassen, denen sie in der Szene immer wieder begegnen würden, behagte ihnen nicht besonders: "Die Vorstellung, daß die sich dann hinterher denken: Also

das machen Lisa und Corry im Bett... vielleicht wird dann hinterher in der Szene geredet", schildert Corry die Vorbehalte. Schließlich wandten sie sich an den Fotografen Henning Lüders, den Corry flüchtig kannte und der ihr als sehr angenehm in Erinnerung war. Ihm gefiel die Idee sofort. Weil sie ihn nicht hätten nach Stunden bezahlen können, einigte man sich darauf, die Kosten und den zu erwartenden Gewinn durch drei zu teilen. Entstanden sind die Bilder in Lisas klarer, schlichter Wohnung. Versorgt mit Champagner und vielen Leckereien verbrachten sie einen ganzen Tag mit Lüders. Auf manche Posen hatten Corry und Lisa sich bereits lange vorher verständigt. So sind beide Fans der berühmten Fotografie von Helmut Newton, die die Klamottenfirma Tom Tailor schließlich unter dem Motto "What every man wants" für eine Werbekampagne benutzte. Was vorgeblich jeder Mann will, hängt heute in vielen Lesben-Wohnungen, und Corry und Lisa ließen sich davon zu einer Serie nach dem Vorbild dieses Bildes inspirieren. Anderes entstand spontan, so etwa eine Fitneßserie mit eingeölten Körpern, gestählten Muskeln und Hanteln, Fotos in Spitze und Leder, und natürlich viel nackter, urlaubsbrauner Haut. "Nach vier, fünf Stunden hatten wir den Fotografen völlig vergessen, da ist dann der Punkt eingetreten, wo er wirklich nur das Werkzeug war. Das ging so weit, daß wir dann beinahe wirklich noch miteinander geschlafen hätten... Aber nur beinahe!" erinnert sich Lisa, und Corry räumt ein, daß vielleicht auch ein kleines bißchen Exhibitionismus im Spiel gewesen sein könnte...

Von Freundinnen gab es harsche Kritik, weil die beiden sich zur Realisierung ihres Projekts einen Mann ausgesucht hatten. Sie glaubten, ein Fotograf benutze die beiden Frauen nur, um seinen Voyeurismus zu befriedigen. Corry und Lisa widersprechen dem entschieden - eher haben sie ihn benutzt, schließlich waren sie die Akteurinnen: "Er hat es auf's Bild gebracht, das stimmt, aber die ganzen Ideen kamen von uns, weil wir wollten, daß das unser Projekt ist. Im Endeffekt ist es dann ein Projekt von uns Dreien geworden, so deklarieren wir das jetzt auch", erklärt Corry, die die Einwände ihrer Freundinnen zwar unbegründet findet, sie aber dennoch verstehen kann. Auch deshalb geben sie den Namen des Fotografen meist nur mit H. Lüders, nicht Henning Lüders, an.

Aus vielen hundert Fotos wählten die beiden schließlich zwölf Motive aus und ließen sie auf Postkarten, später auch auf Poster drucken. Damit klapperten sie die Frauenbuchläden ab und boten sie zum Verkauf an. Die Resonanz war ernüchternd: Viele winkten gleich mit der Begründung ab, ihre Klientel interessiere sich nicht für solche Karten, andere wollten nur kleinste Mengen abnehmen, und die auch nur in Kommission. Corry und Lisa konnten das kaum nachvollziehen: "Wenn wir in den Frauenbuchladen gingen, dann haben wir genau sowas gesucht! Und andere Frauen haben uns das auch gesagt!" echauffiert sich Corry und wundert sich nicht über die Pleiten vieler Frauenbuchläden. Aufgeschlossener zeigten sich neben dem Versandhandel Mysterious Women schließlich vornehmlich schwule Buchläden, die auch lesbische Bücher und Karten in ihr Sortiment aufgenommen hatten (z.B. Galerie Janssen, gayart@galerie-janssen.de).

Zweimal haben sie ihre Fotos in Berlin auch ausgestellt, im Café Sundström und in der Frauenkneipe Begine. Verkauft haben die Karten und Poster sich nicht schlecht: "Die Kosten haben wir jetzt raus." Und den Spaß war's allemal wert.

Sophie Hack

Der Gottesbeweis

Sie liegt auf der Seite. Mit der Hand streiche ich ihre Konturen entlang, von den Rippen leicht abwärts bis zur Taille und den Schwung zum Becken hinauf. Die Hand schmiegt sich in die Senke, kostet einen kurzen Moment der Vorfreude aus, ehe es bergauf geht. Dieser Stelle, dieser Form bin ich verfallen. Sie ist perfekt, wunderschön, schmeichelt den Sinnen. Ich nenne sie den Gottesbeweis. Denn in diesen Momenten scheint mir, dieser Teil der weiblichen Silhouette müsse der Beweis sein, daß Gott existiert. Zugegeben, ich meine das nicht ganz ernst. Ich glaube nicht an den Christengott. An das Göttliche vielleicht, wenngleich das für meine spirituellen Auffassungen nicht ganz die richtige Bezeichnung ist. Und trotzdem, wenn meine Hand diesen Weg nimmt, wünsche ich mir von Herzen eine Instanz, der ich persönlich dafür danken kann, daß sie den weiblichen Körper so und nicht anders erschaffen hat. Ich danke diesem Gott, an den ich nicht glaube, für weibliche Taillen jeden Umfangs, solange sie nur ausladend und geschwungen sind. Ich selbst hatte einen beachtlichen Gottesbeweis, ehe sich meine Form vor einigen Jahren seltsam veränderte. Mein Taille bildet seitdem eine fast gerade Linie. Die Wenigsten glauben mir das und schieben es auf Gewichtszunahme, aber das, ich kann es versichern, ist nicht der Grund. Doch woran es wirklich gelegen hat, weiß ich selbst nicht. Noch immer hadere ich mit diesem Gott, an den ich nicht glaube, weil er sich selbst ad absurdum geführt hat.
Mit der ganzen Handfläche streiche ich über ihren Gottesbeweis, von den Rippen leicht abwärts bis zur Taille und den Schwung zum Becken hinauf und spreche leise mein kleines Gebet.

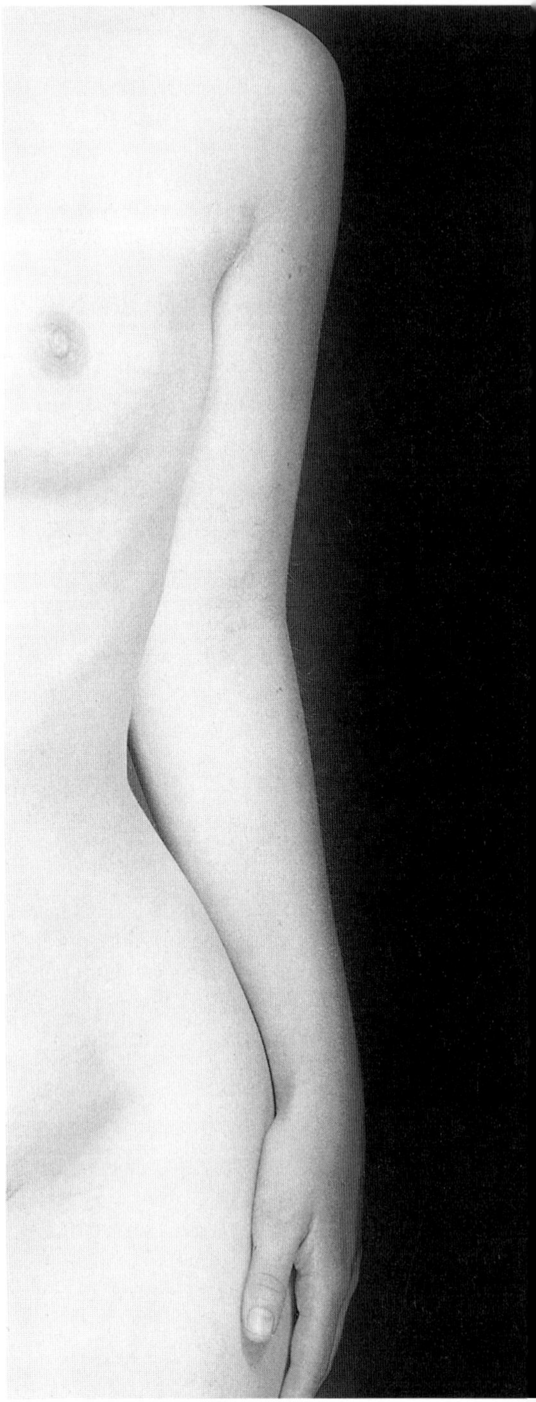

Meike Reichardt

Was ist gut im Bett?

Debbie:
Mit 17, 18 dachte ich immer, daß es nur besser werden kann, wenn ich älter werde, viel besser und daß ich irgendwann ganz toll sein würde.

Und? Wurdest du ganz toll?

Alleine toll im Bett zu sein, finde ich schwierig d.h. es kommt schon sehr darauf an, mit wem ich im Bett bin. Wenn ich das nicht so gut finde, bin ich, glaub ich zumindest, auch nicht toll. Sonst schon.
Ich habe keine genaue Vorstellung davon, was mit "Techniken" gemeint ist. Für mich sind das vielleicht Eigenschaften, die ich schätze. Also, wenn ich das Gefühl habe, da geht was – Knutschen ist die beste Voraussetzung. Britta aus Bochum hat z.B. ihre Zunge zu schnell bewegt, so daß ich die ganze Zeit Kämpfe ausfechten mußte, wer sich durchsetzt sozusagen. Insofern war eigentlich von Anfang an klar, daß daraus nichts werden kann. Um beim Küssen zu bleiben: was ich da aber auch nicht mag, ist das permanente unheimlich zärtliche Küssen, also nie tief und die Zunge nur sehr oberflächlich. Wenn das Küssen gut ist, dann ist das eine Ebene, die erfolgversprechend ist.
Das Sprechen darüber, beim Sex, ist wichtig. Diese Schweigerinnen im Bett – "find doch raus, was ich mag, du mußt das spüren" – finde ich nicht gut.
Und eine Grundvoraussetzung für "gut im Bett" ist Humor. Humor und fragen fragen fragen.
"Jetzt bist du dran!", so gerecht verteilt – das finde ich auch manchmal anstrengend. Manchmal will ich gar nicht dran sein.

Susanne Beimann

Oder nicht "dann auch noch dran sein", weil das jetzt eben so sein muß.

Wo du gerade "anstrengend" sagst. Ich finde, Sex ist – auch – anstrengend , und ich finde, darüber wird nie gesprochen. Das ist sozusagen ein Tabu.

Ja, ich finde Sex auch anstrengend! Am Anfang meistens nicht, weil da Endorphin- und Adrenalinausschüttung noch so hoch sind, daß auch wenig Schlaf egal ist. Wenn die akute Verliebtheitsphase dann nachgelassen hat oder vorbei ist, dann finde ich Sex kurz vorm Einschlafen d.h. so nach 23 Uhr oft total anstrengend, weil

ich muß ja früh aufstehen und bin sonst, auch nach gutem Sex, am nächsten Morgen oft total erledigt und schlecht gelaunt. Außerdem ist es mir schon ab und an mal passiert, daß mein Arm beim Sex total schwach wurde und daß ich dann, kurz vorm Zusammenbrechen, immer gehofft hab: "Hoffentlich kommt sie bald!" oder aber ´ne Pause einlegen mußte, was der anderen auch nicht immer in den Kram gepaßt hat. Oder Schamhaare im Hals finde ich auch sehr anstrengend, so sie nicht wieder rauskommen oder sich schlucken lassen wollen.
Was ich gut im Bett finde, ist das Wechseln der Positionen. Also z.B. nicht immer die Position: ich bin diejenige, die es besorgt. Es braucht Bestimmtheit, um mich "passiv" zu kriegen. Eigentlich mag ich die Begriffe "passiv" und "aktiv" nicht besonders.

Ja, sie erinnern irgendwie an Grammatik. Aktiv- und Passivsätze. Aber zur Verständigung können wir ja mal dabei bleiben. Oder fällt dir was anderes ein? Ist "aktiv" und "passiv" denn wichtig? Von Bedeutung? Im Bett, für das Gut-Sein im Bett?

Nicht unbedingt, nein. Ich hab auch was gegen dieses strikte Einhalten vom Egalitätsprinzip, also beide gleichzeitig oder erst sie, dann ich oder andersrum.
Sex hat für mich immer etwas mit Macht zu tun. Bei Lesben habe ich manchmal das Gefühl, das Bett sollte möglichst eine machtfreie Zone sein. Aber das ist es nicht. Macht spielt allein deshalb eine Rolle, weil ich im Bett buchstäblich nackt und offen bin.

Also verletzbar?

Ja. Bei S/M ist das ja ein klarer Bestandteil. Man kann dort nicht so tun, als gäbe es sie nicht: Macht. Man MUSS darüber sprechen – wer was tut, tun darf. Von S/M könnten viele eine ganze Menge lernen,

Claude Alexandre

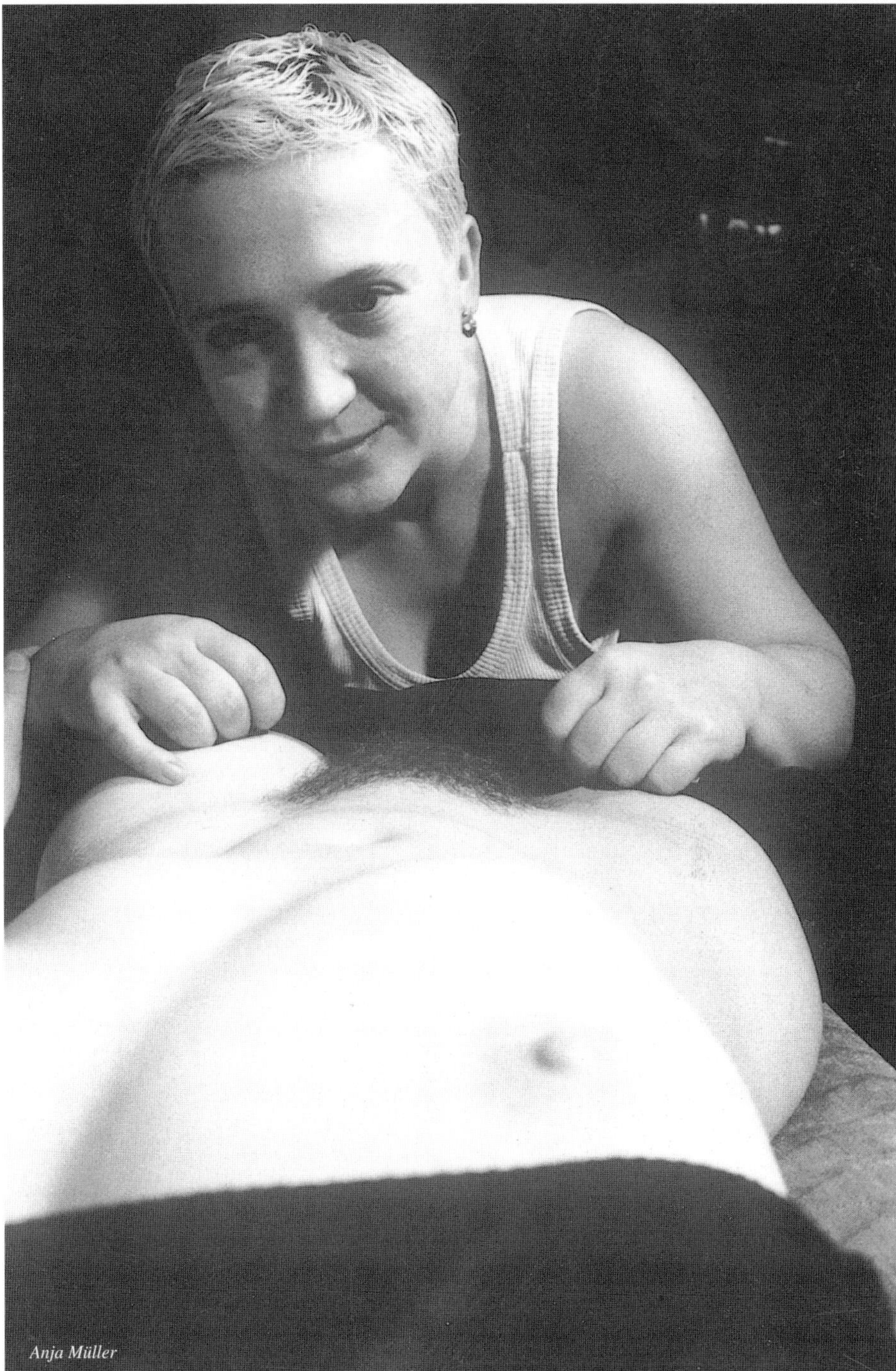
Anja Müller

wenn sie nur wollten. Es kämen nicht so viele unangenehme Situationen zustande, also es ließe sich präventiv viel machen.

Wie meinst du das? Welche unangenehmen Situationen?

Naja, z.B. da packt eine meinen Kopf und will, daß ich sie lecke, und ich hab da aber gerade gar keine Lust drauf – ich kann aber in dem Moment auch nicht beginnen zu sprechen, weil das die ganze schöne Dramaturgie zerstören würde.

Die ganze schöne schweigsame Dramaturgie.

Genau. Aber jetzt nochmal zu dem Technikzeug. Ich hab nicht das Problem zu sagen, sie soll einen Finger mehr nehmen oder es so und so machen. Ich finde, es gibt viele Dinge, die man miteinander tun kann. Ein eingeschränktes Repertoire mag ich nicht. Es gibt nicht nur Hände und Münder, die man benutzen kann.
Wir können das Gespräch ja auch mit einer Frage beenden, die mich schon immer interessiert hat: Machen Lesben eigentlich immer nur Petting oder auch richtigen Sex?

Willst du noch ein Bier?

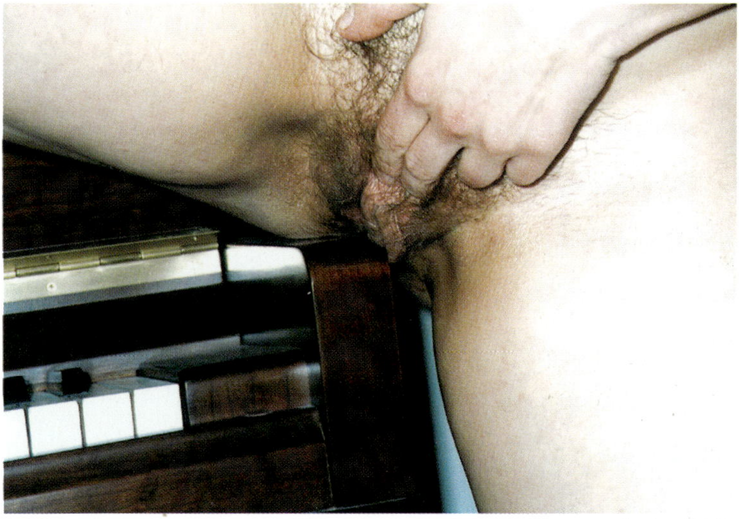

Gudrun Schütz

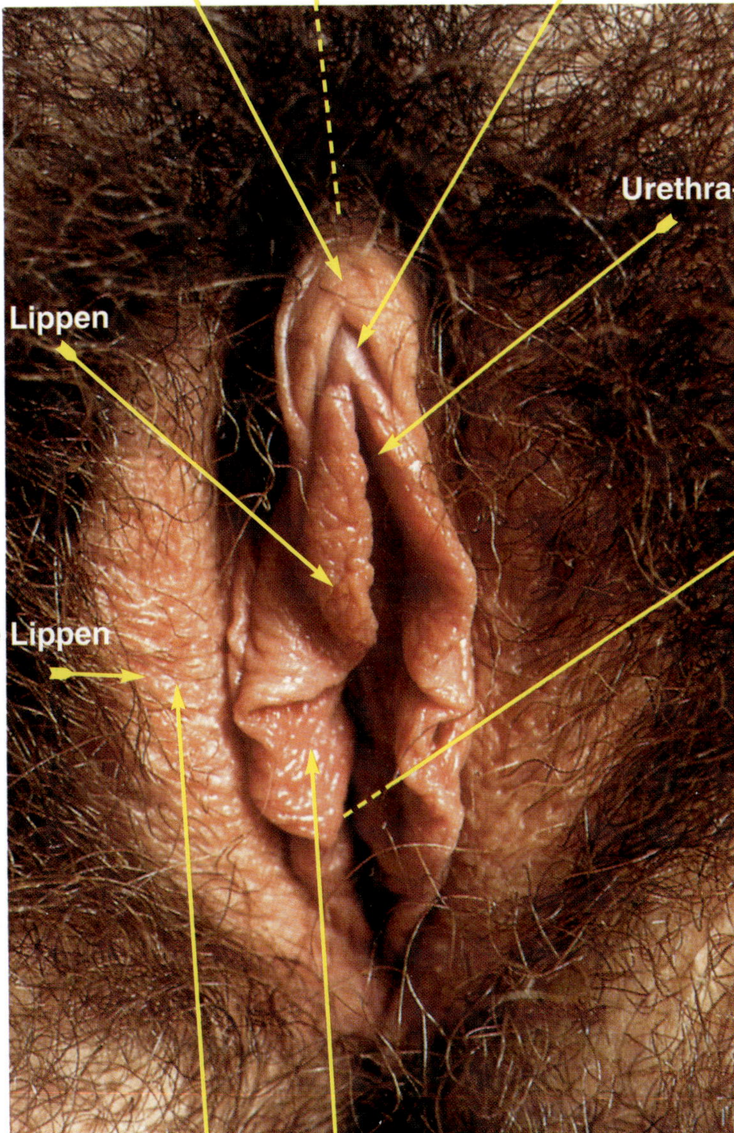
G-Punkt-Gebiet (Richtung Bauchnabel)
Präputium
Klitoris
Urethra-Mündung
Innere Lippen
Vagina
Äußere Lippen
Bartholindrüsen
Bartholindrüsen-Mündungen

Was ist gut im Bett?

Beate:
Ich verstehe darunter, daß eine einfach spürt, was die andere möchte, daß ich nicht immer sagen muß, da lang oder da, daß sie nicht so ihr Ding durchzieht, sondern einfach auch die andere spürt und das auch einbezieht.

Ute:
Ich sage sowas nie. Ich finde das voll abgeschmackt. Das erinnert mich an Kneipengespräche.

Bettina:
Also, ich weiß das jetzt nicht genau, aber es geht halt wohl darum, eine Frau "einzupunkten", was weiß ich, eine besonders tolle Frau kriegt dann z.B. zwei Punkte oder drei, ja, quasi wirklich so doofe Spiele da abzuziehen.

Sabine:
"Gut im Bett" hat für mich so einen negativen Beigeschmack, weil es so eine allgemeine Bewertung ist. Für mich stellt sich dann eher die Frage – wann ist es für mich guter Sex mit einer? Ein bißchen Handwerk gehört für mich schon auch dazu, durchaus auch anatomische Kenntnisse, es gibt auch Unterschiede in der Virtuosität, in der Fingerfertigkeit – ja, und dieses, muß ich jetzt alles erspüren und erahnen und riechen, oder darf ich auch mal fragen oder Klartext reden; da finde ich, gehört auch eine Mischung dazu, natürlich auch sich trauen zu fragen, herausgefordert zu werden, herauszufordern, zu lachen – das sind alles Kenntnisse, die für mich zu gutem Sex dazugehören.

Susanne Beimann

Franziska:
Ich denke schon die ganze Zeit über die "Frauenanatomie" nach. Ich habe den

Eindruck, man geht davon aus, wenn man das jetzt sozusagen gelernt hat, daß man jetzt für jede Frau genau Bescheid weiß. Ich habe die Erfahrung gemacht, daß das absolut unterschiedlich zu sein scheint, also z.B. tut der einen das weh und der anderen tut das weh. Also ich bin z.B. ganz anders als die Partnerinnen, die ist bisher hatte, und woher sollen die das denn wissen? Die machen irgendwas, und ich gehe vor Schmerz an die Decke, und die sagen Moment mal, ich finde das aber ganz toll – ich denke, da kann man nie auslernen.

Margit:
Um gut im Bett zu sein, gehört tatsächlich auch ein Interesse an der anderen dazu, also nicht: ich weiß genau, wie es geht, das kann ich auch im Buch auf Seite Soundso nachschlagen, sondern daß man sich für die andere ehrlich interessiert und sie kennenlernen möchte, in ihrer Eigenart.

Mareike:
Ich finde, gut im Bett entwickelt sich erst nach einer gewissen Zeit; ich finde, man muß sich erst kennenlernen, man muß aufeinander eingehen können, dann erst entwickelt sich "gut im Bett".

Alexandra:
Wenn man gerade eine kennengelernt hat und das Freundinnen erzählt, und die Freundinnen fragen dann: Und? Ist sie gut im Bett? – Da würde doch keine "Nein" sagen, oder? Alle, die Wert auf Eroberungen legen, die würden doch nicht sagen: Ich hab eine erobert, die ist total Scheiße im Bett.

Anke:
Was ich nicht gut im Bett finde, beim Kuß fängt es an, wenn es da nicht prickelt und kribbelt, dann sollte man da aufhören – und wenn ich trotzdem weitermache, dann kann ich mir hinterher ehrlich sagen: Tja, es war halt Scheiße mit ihr. Und was noch schlecht im Bett ist: kalte Hände!

Viola:
Bevor eine Frau gut im Bett sein kann, muß sie die Grundtechniken beherrschen. Sie muß es ihrer Partnerin ohne Firlefanz mit der Hand machen können. Denn erst dadurch kriegt sie mit, wie die andere funktioniert und kann sich was drumherum überlegen. Sie sollte keine Klischees verfolgen, daß alles von selbst geht z.B. Sie sollte Spaß daran haben und nicht z.B. ständig meinen, dadurch ihrer Liebe Ausdruck zu verleihen. Auch Flexibilität ist gefragt, sie darf sich nicht einbilden, daß wenn es auf die Weise ein-, zweimal geklappt hat, es immer so sein muß.

Dajana:
Also ich kannte da mal eine, die hätte noch nicht mal den Grundkurs bestanden.

Liliane:
Ehrlich gesagt finde ich gut im Bett, wenn ich zum Orgasmus komme.

Jutta:
Anatomische Sachkenntnisse bzw., falls nicht vorhanden, wenigstens den Schneid, das zuzugeben, bevor Schlimmeres passiert. Konzentration finde ich wichtig, in dem Moment wirklich Sex zu haben, die ganze Aufmerksamkeit der Partnerin widmen, statt über den nächsten Tag nachzudenken oder mittendrin damit anfangen, über Banalitäten zu faseln. Erfahrung macht sexy. Dabei kommt es auch nicht darauf an, mit wie vielen eine im Bett war, sondern, ob sie aus diesen Begegun-

gen etwas mitgenommen hat. Eigeninitative ist auch gut – nicht immer die andere machen lassen. Letzteres gilt vor allem für Bottoms.

Barbara:
Hemmungslosigkeit, wenn sich eine für die Dauer der sexuellen Aktivität keine Gedanken darüber macht, wie sie gerade aussieht oder ob sie sich erwartungsgemäß anhört. Also nicht irgendwelche Bilder über Sex – Das muß so oder so aussehen – reproduzieren. Wenn sie sagen oder zeigen kann, was sie will. Und vor allem auch weiß, was sie will.

Silke:
Anatomische Kenntnisse, auch über Erregungsphasen, wissen, was bei der anderen gerade abgeht. Kommunikation. Daß sie bei der Sache ist.

Anyam:
Die Fähigkeit, sich so weit zu öffnen, daß sie ihren eigenen Energiefluß und den ihrer Partnerin spüren und mit ihm umgehen kann.

Henriette:
Wenn eine andere an mir Sex macht, muß ich spüren, daß sie auch feucht ist. Nicht gut im Bett ist, wenn sie ungeduldig wird und dann fragt: Ist das jetzt gut so?

Doreen:
Ich!

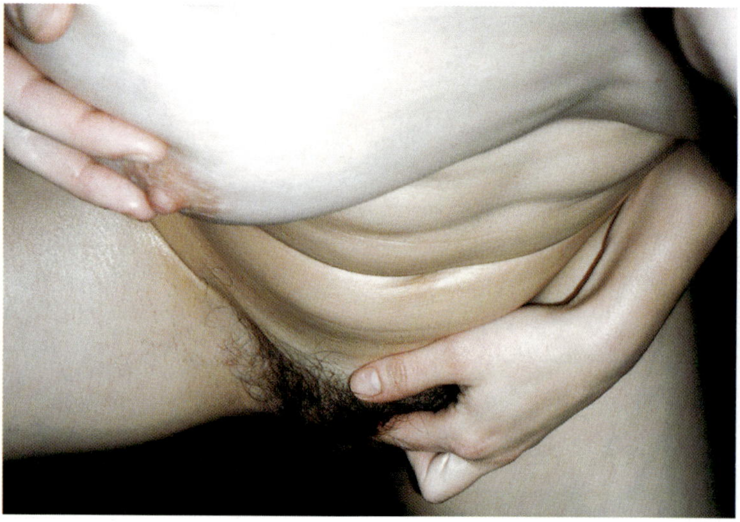

Gudrun Schütz

Susanne Beimann

Simone Müller

FUCK!

Da! Ich erstarre, ich hab's geahnt. Schon wieder diese Frage: Was möchtest du? Ich will mir die Ohren zustopfen, Mauern um meine Gehirnzellen basteln. Immer, wenn diese Frage kommt, falle ich ins Koma. Ich will keine Rätsel lösen, um Worte knobeln! Ich will diese Frau doch nur genießen, will sie anfassen dürfen, ihr einen schönen Fick verschaffen, ihr Gestöhne, Gebrumme, Geröchle, Geschreie entlocken - (letztendlich) als Beweis meiner Geschicklichkeit. Was willst du denn mit mir?! Mach dir um mich keine Sorgen bei/mit mir ist alles in Ordnung. NEIN! Ich kann dir nicht sagen, was ich möchte, Scheiße! Ich rolle meinen Kopf unters Bett. Jetzt tut sie irgendwas, autsch! Kopf zurück, nee, so geht das nicht. Vielleicht so. Stille. Abwarten. Au backe! Was ist DAS denn? Die läßt nicht locker. Uff!, meine armen Titten! Himmel, was tut sie? Oh là là, ganz schön clever, dieser Finger, uah! Schnell, sag was, nicht aufhören, jetzt hört sie auf, verdammt! Ich keuche heftig, sie schaut mich fragend an: na? - Brummel. - Wie bitte? - War gut da. - Wo? - Na da doch, wo du eben warst. - Wo war ich denn? - Fuck!, bin ich hier in der Schule?! Wegdrehen, eingeschnappt. - Hallo? - WAS? - Ich geh mal aufs Klo, kannst dir ja solange was überlegen. Panik. Ich werd irre, will weg hier, Mist, meine Bude! Was soll ich bloß erzählen, Scheiße, und alles fing so klasse an. Nie wieder One-night-stands, ich schwöre! Na, Sprache wiedergefunden? - Mh. - Willst du's nun schön haben oder nicht? - Wer sagt dir, daß ich's nicht schön habe, ich red nur nicht gern darüber, ich mach halt einfach. - Ah ja, und irgendwie sortierst du dich dann ein, nich? Schweigen. Mach dich nur lustig über mich. Warum steh ich nur auf solche Weiber? Jetzt wird sie ganz zärtlich. Geht's jetzt doch weiter? Huch! - Und? - Mhmh, sehr angenehm, ja, ja, grins nur, oh!, jetzt nicht wieder aufhören! BITTE!, da so bleiben und schneller. Und vielleicht könntest du... - mehr Finger? - oh ja bitte!, und hier noch mal heftigst saugen.....aaaaaaaaaaaaaaaaaaaaaahhhh-hhhhhhhhhhhhhh!

Illo Lehr

Rinaldo Hopf

Diana Knezevic

Warum Blondinen anders riechen und nicht kochen können

Als ich sie das erste Mal sah, mußte ich lächeln. Und sie lächelte zurück. Es gibt diese Art von Frauen, die mit einem Blick bereits mehr gesagt haben, als andere in zwei Jahren voller Augenblicke zu sagen vermögen. Das reizte mich, und ich lud sie zu mir ein.

Dann lag sie da. Sie sah wunderschön aus, hatte ebenmäßige Gesichtszüge, intelligente, warme Augen, in deren Grün eine bemerkenswerte Neugier wucherte. Ihr Körper war durchtrainiert und schimmerte mit lässiger Eleganz im Sonnenaufgang, der sich durch mein Fenster schlich. Die Haut wie aus Bronze, eine Hymne an Kuba. Am Ende ihres langen Rückens streckte sich mir ein knackiger Po entgegen, der vielversprechend danach gierte, berührt zu werden.

"Schlaf mit mir."

"Nein", sagte ich aus tiefer Überzeugung. Ich konnte einfach keinen Sex mit ihr haben. Es ging nicht.

Später, als sie fort war, fragte ich mich, warum. Für gewöhnlich lasse ich nichts anbrennen, schließlich bin ich eine Abenteurerin, die von ihren Abenteuern lebt. Nun war sie nicht zu einem klassischen Abenteuer geworden, gab mir aber mit ihrem Weggehen dieses Rätsel auf.

Es könnte an ihrem Geruch gelegen haben, grübelte ich. Süß und herb, eine Mischung aus Poren und Parfüm. Oder an ihrer Haarfarbe? Sie war blond. Ob blonde Frauen anders riechen?

Ich machte mich auf, dieses Phänomen zu ergründen. Im Zug weiteten sich meine

Naomi Lawrence

Nasenflügel, sobald sich eine Blondine neben mich setzte. Blonde Freundinnen mußten sich einer Geruchsprobe unterziehen. Mit nicht zu bändigendem Wissensdurst steckte ich meine hungrige Nase hinter ihre Ohren, weil ich dort eine besonders intensive Duftnote von Haut und Haaren vermutete. Das Ergebnis war erschreckend: Ja, Blondinen rochen anders. Jede für sich genommen noch einmal ganz besonders anders.

Ich fragte Marion. Sie war Friseurin und mußte es wissen.

"Blondinen sind klasse", behauptete sie und biß in ihr dreifach belegtes Baguette, so daß ein Klumpen Remoulade zwischen ihren Zehen landete. Es schien sie nicht weiter zu irritieren. Ich hatte sie in ihrer Mittagspause mit dem Baguette bestochen und auf einen Spaziergang eingeladen.

"Wie kommst du darauf?" bohrte ich nach und bestand auf einer Erklärung. Jetzt schaute ich auf ihre Füße und beobachtete, wie sich die Soße gleichmäßig im Fußbett ihrer Sandale verteilte. Während sie aß und lief und Remoulade zwischen ihren Zehen verschmierte, gab sie mir eine Einführung in Goethes Farbenlehre. Marion entpuppte sich als wahre Pigmentexpertin mit Hang zur Genitalfixierung. Sie vertrat die Auffassung, Blondinen verbergen hinter einer matten Oberfläche eine hinreißende Tiefgründigkeit, zu der man Schicht für Schicht vordringen müsse. Das sei allemal besser, als das fadenscheinige rassige Temperament der Dunkelhaarigen. Dahinter stecke meist gähnende Leere, und unterm Strich seien alle Dunkelhaarigen eine riesige Mogelpackung. Außerdem hätten Blondinen so schöne rosige Muschis. Eine Brünette dagegen verfüge aufgrund gut verteilter roter und grüner Pigmente für gewöhnlich über eine olivefarbene Muschi.

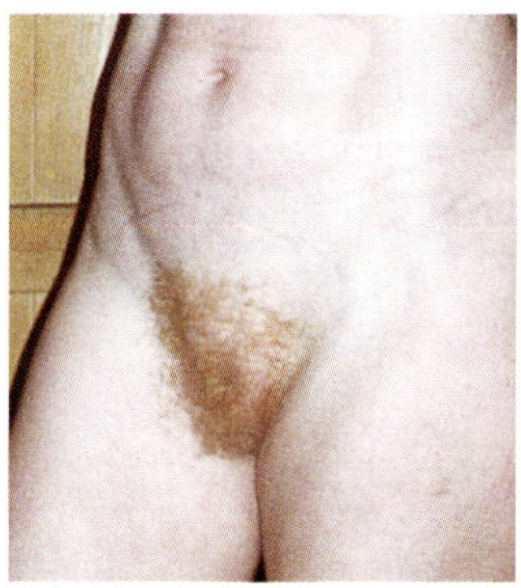

"Mein Gott, Marion! Was du alles weißt!" entfuhr es mir mit Hochachtung in der Stimme. Insgeheim dachte ich aber darüber nach, ob ich als Brünette eine olivefarbene Muschi hatte und ob dies am Ende verwerflich war. War ich ordinär? Geschmacklos? Hatte ich grob fahrlässig gehandelt, indem ich mir diese blütenfrische und rosige Muschi hatte entgehen lassen? War ich denn noch zu retten? Wo doch Blondinen neuesten Erkenntnissen zufolge wegen des wachsenden Ozonloches vom Aussterben bedroht waren. Ich ärgerte mich maßlos über das entgangene Abenteuer.

So informativ Marions Ausführungen auch gewesen sein mochten, eine Antwort auf meine Frage boten sie mir nicht. Ich versuchte, mich zu erinnern, ob ich schon einmal mit einer blonden Frau zusammen gewesen war. Katja, Maria, Ellen, Stephanie, Doris. Doris hatte ihre Haare schwarz gefärbt, und immer wenn wir uns stritten, konterte ich routiniert: "Ach, du bist doch im Grunde blond", was gleichbedeutend war mit: "Du brauchst nicht mehr weiter zu reden, ist ja eh alles Blödsinn, was du von dir gibst." Aber roch sie anders? Anders als wer überhaupt?

Ich kombinierte weiter und beschloß, die Thematik zu psychologisieren. Welche Haarfarbe hatte meine Mutter, bevor sie anfing, sich die Haare zu tönen? Hier schien der Schlüssel zu liegen. Sie war blond! Und sie konnte nicht kochen. Es war naheliegend, daß Blondinen aus meinem Beutefangschema herausfallen. Nicht nur Männer suchen in der Frau eine gute Versorgungsgrundlage. Nein, auch Lesben brauchen hin und wieder eine warme Mahlzeit. Um meine Hypothese zu verifizieren, rief ich bei der eingangs erwähnten Blondine mit der – so ist zu vermuten – rosigen Muschi an. Beiläufig fragte ich sie, wie gut sie in der Küche sei. Als sie ohne zu zögern gestand, nicht kochen zu können, setzte ich mich an meinen Schreibtisch und verfaßte einen wissenschaftlichen Aufsatz für die tiefenpsychologische Zeitschrift "Meine Mutter und ich" mit dem Titel: Warum Blondinen anders riechen und nicht kochen können. In der Zwischenzeit habe ich auf zahlreichen Kongressen zu diesem Thema referiert. Im Moment befasse ich mich mit der Signalfunktion blonder Schamhaare in der Werbung und mit der Frage, warum man nie blonde Schamhaare in der Werbung sieht.

DIE FOTO-LOVE-STORY

Was bisher geschah...

Sabrina und Vanessa machen einen Ausflug, um ihre eingeschlafene Beziehung zu beleben. Doch eine Fremde flirtet mit Vanessa...

Und nun die Fortsetzung:

Vanessa geht zum Klo und macht Samantha verstohlen ein Zeichen, ihr zu folgen. Samantha schlendert unauffällig hinterher.

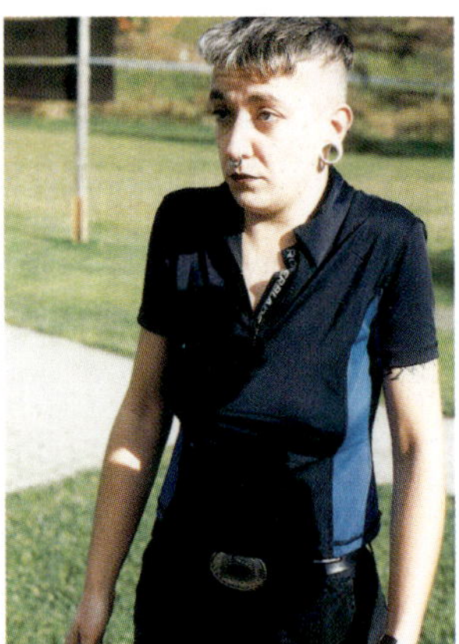

Samantha macht voll auf unschuldig und keine Ahnung.

Samantha reicht Vanessa ihre Telefonnummer.

Doch dabei bleibt es nicht.
Megagierig fallen die beiden übereinander her.

Es kommt zum Äußersten.

Sabrina wundert sich, warum Vanessa so lange weg bleibt.
Sie wird mißtrauisch und beschließt nachzusehen.

Vanessa und Samantha werden brutal in ihrem Liebesspiel unterbrochen.

Sabrina knallt Vanessa eine.

Total enttäuscht und sauer rennt sie heulend weg.

Vanessa bricht zusammen. Sie ist voll fertig.

Fortsetzung folgt...

Karin Rick

MEDUSA

Sex ist noch das Beste in der Beziehung zu ihr. Zumeist ärgert oder langweilt sie mich, und ich erwog schon oft, mich zurückzuziehen, immer wieder darüber entsetzt, wie bieder und langsam, ja schwerfällig sie ist, wie sehr es ihr an Originalität, an Witz und an Pfiffigkeit mangelt, an all dem, was mir an ihren Vorgängerinnen immer so gut gefallen hat. Neben diesen Frauen, aber auch neben mir wirkt sie verschlafen und plump, zugepackt von Komplexen und von ihrer Angst, in der Gesellschaft meiner Freundinnen zu versagen. Und sie versteckt diese Furcht in einem bemühten, arrogant gemeinten Blick, Augenlider halb herabgezogen, so als stünde sie unter Drogen oder hätte Medikamente genommen. Tut überheblich, gibt vor, alles im Griff zu haben, dabei weiß ich, sie ist drauf und dran, wegzulaufen, so unbeholfen fühlt sie sich in unserer Runde. Eine jammrige Gestalt, die sich über die Vorkommnisse in ihrem Leben immer und überall beschwert. Sogar in ihrer eigenen Wohnung hat sie ihren Oberkörper leidend nach vorgeschoben, das Becken angehoben. Sie geht durch ihre Räume, als würde sie es nicht wagen, richtig aufzutreten. Die Zehenspitzen zuerst.

Was auch immer sie für mich macht, und sei es auch nur ein Frühstück, sie hat einen leidenden, anklagenden Ausdruck im Gesicht, die Maske der geknechteten Kreatur. Wenn sie sich unbeobachtet glaubt, entkommt ihr manchmal der resignierte Seufzer "ach ja", der zu alten Weibern in schlecht gelüfteten Wohnungen passen würde. Und ich habe Lust, sie anzuschreien und zu rufen: ich kann doch nichts dafür.
Aber wofür?

Im Bett ist alles anders. Ich knipse, sobald ich neben ihr im Bett liege, das Licht aus, damit wir schnell einschlafen, sie auf ihrer Seite, ich auf meiner, denn die langen, durchfickten Nächte strapazieren mich allmählich. Wir geben uns einen Gutenachtkuß, als hätten wir beide nur das im Sinn. Und schon bleiben unsere Lippen aneinander kleben und öffnen sich wie feuchte Gefäße. Weiche Schnäbel tasten sich wieder und wieder aneinander heran, die Schleimhäute wölben sich zueinander. Ihre Zunge zuckt zu mir herüber, schlüpfrig. Ihre Lippen rutschen an meinen Wangenhaaren vorbei, als wären sie kurz vor dem Absturz in eine tiefe Kluft und hielten sich noch schnell vorher an mir an. Eine explosive Trägheit bemächtigt sich allen Seins.

In mir beginnt es zu rumoren. In meiner Scheide regt sich vorerst noch nichts, nur eine Ahnung von Aufruhr bereitet sich in ihr vor, die die Taubheit von vorhin unterbricht. Kurze Sekunden körperlich noch nicht spürbarer Ungehaltenheit in meinem Geschlecht, gehen der pulsierenden Aufgeregtheit voran. Es genügt, wahrzunehmen, wie ihre Lippen sich an meinen verlangsamen, als würden sie sich in einer Denkpause befinden, und ich werde innerlich unruhig. Auch sie wird unerbittlich nach vor geschoben zur Wollust. Sollte ich keinen Sex gewollt haben, ist es jetzt schon längst zu spät für solche Überlegungen. Ich bin mir selbst zuwider, weil mein Körper, trotz der Verachtung, die ich für sie hege, so schamlos auf ihre

Claude Alexandre

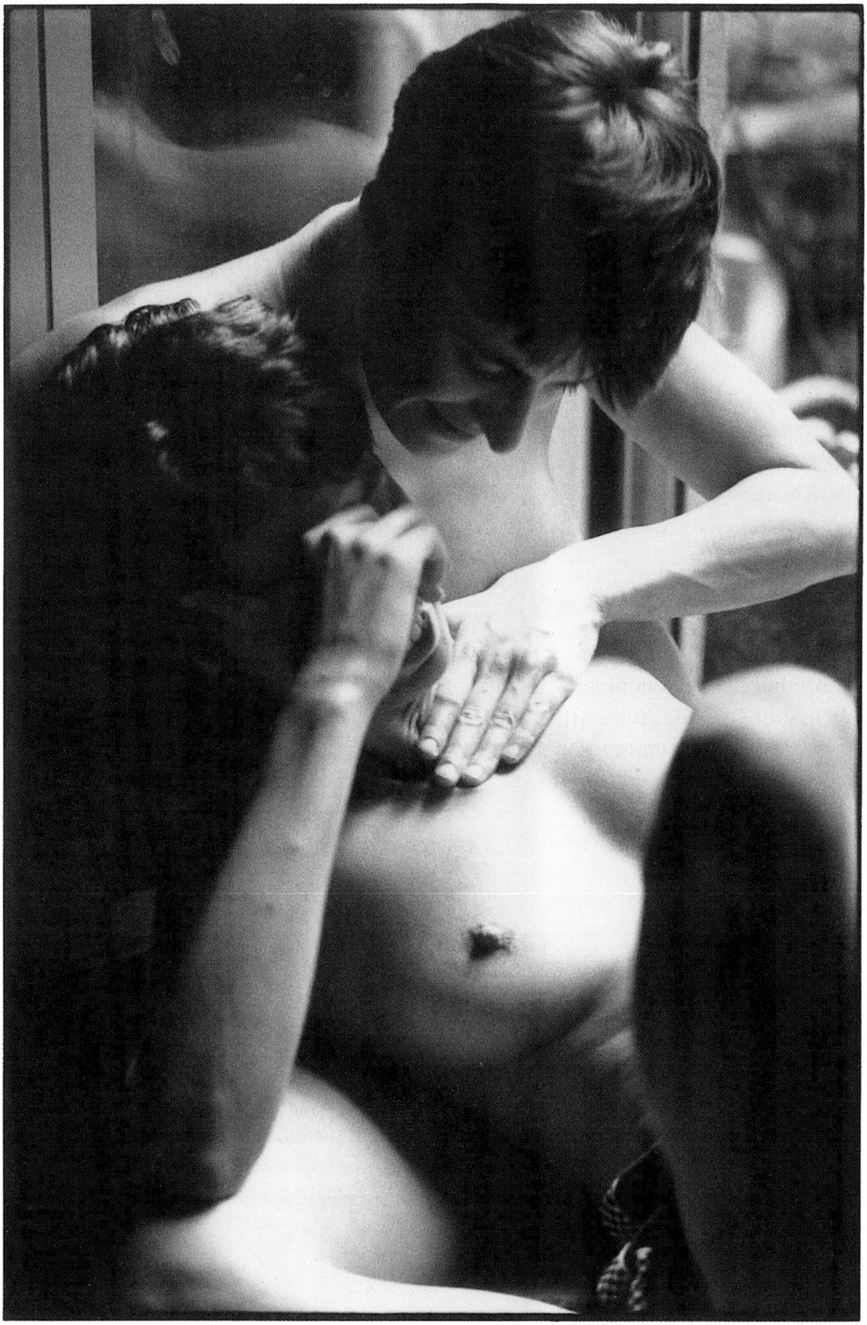

Berührungen anspringt. Wie leicht korrumpierbar ich bin und schon auf alles vergesse, auf den durchdringenden Geruch ihrer Räucherstäbchen, auf die Gurubilder an der Wand und die himmlischen Chöre, die in der Wohnung widerhallen, so daß man sein eigenes Wort nicht versteht, ihren heimlichen Griff nach der Flasche, denn das Meditieren wirkt nicht. Armer Wurm, denke ich und weiß nicht, ob ich mich oder sie damit meine, meine Getriebenheit oder ihre.

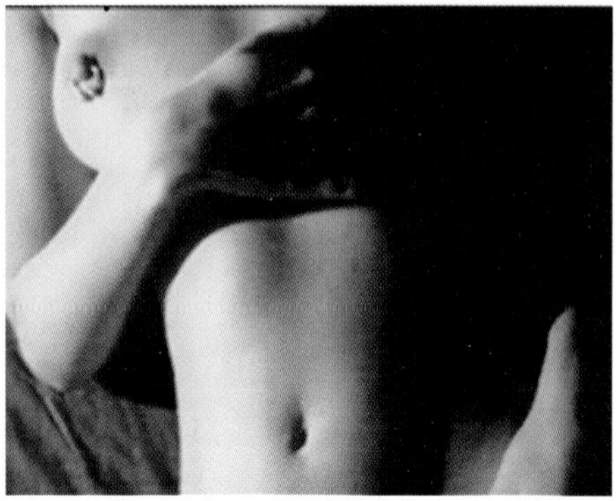

aus der Videosammlung „Love Bites", Laura Swenson fistful

Armer Wurm, denn es wird weitergehen, ich sehe es kommen und kann mich nicht dagegen wehren. Nicht, daß ihre Zunge fordernd wäre, eher spielerisch tastet sie in mich hinein, ohne aufzugeben, ohne etwas Bestimmtes im Sinn zu haben, leichthin, wie man sich an einem Geländer anhält, obwohl man auch so mühelos die Treppen hinunterlaufen könnte. Immer wieder kommt sie an meinem weichen Mundinneren an, und ich bin von dieser Ziellosigkeit irritiert.

Ich weiß, daß sie, während sie in mich hineinleckt, darauf wartet, ja ihr ganzer Körper wartet schon darauf, daß eine kleine, auch nur winzige Reaktion von mir mich verrät. Die würde ihr sagen, sie darf. Ein Schmeicheln meiner Hüfte zum Beispiel, ein automatisches, unmerkliches Auf und Ab meines Beckens. Aber ich halte still, nur meine Lippen öffnen sich immer wieder. Lange geht dies so, bis ich mich in meiner Erregung doch unwillkürlich etwas härter, schneller in ihre Hals-

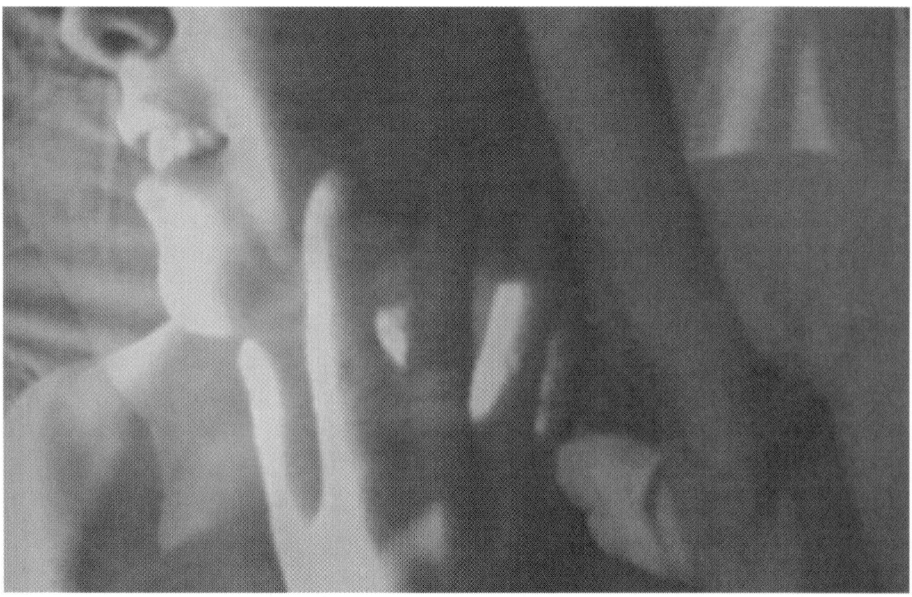

beuge schmiege. Und schon schleift ihre Zunge schnell an meinen Schläfen hinunter, und mir entkommt ein Stöhnen und Zusammenzucken. Wir werden beide davon durchgebeutelt, so daß das Schlimmste, Schönste, Schrecklichste, Aufregendste langsam Gestalt anzunehmen beginnt: ihre Gier, eine unbändige, nicht einzuschätzende Kraft, wie ein Monster aus den Tiefen der See, das seinen schlingenden, nassen, gewölbten Körper nach mir ausstreckt und überall an mir anlegt, ohne mich zu erdrücken, aber doch so, daß seine quallige Masse mein ganzes Wahrnehmungs- und Körperfeld mit sich mitzieht, nach mir faßt und mich an sich saugt.

Sie ist nicht mehr wiederzuerkennen in diesen dunklen, nächtlichen Stunden. Sie ist ein anderer Mensch, nicht mehr kalt vor Abwehr und falschverstandenem Stolz oder halb betäubt vor trüber Lebenslethargie, auch nicht mehr linkisch. Nein. In ihrem Körper stampft und schlingt es, und sie will mich. Darin ist sie ist nicht mehr zu bremsen. Sie will mich, und alles an ihr langt und brennt nach mir, so daß ich hochgehoben, getragen werde von der flutenden Bewegung ihrer Finger, ihrer Hüften, ihrer Zunge, die in großen, groben, rauhen Bahnen jetzt schnell und wie unabsichtlich über mein Gesicht streicht. Ihre Schenkel schieben sich glatt und massig zwischen meine, lassen mich aufreiten. Nicht im Geringsten hat sie bis jetzt noch meine Fut berührt, und doch trieft diese jetzt vor Nässe, allein durch die Mächtigkeit ihrer Lust, durch dieses unaufhaltsame Ansteigen und nach mir verlangen und mich wollen und an mir nichts mehr in Ruhe lassen, bis sie mich ganz hat, geöffnet, weich und feucht gemacht, tief bearbeitet, durchgerieben oder durchgefickt, je nachdem.

Es ist nun alles gut an ihr in diesen Momenten, die Feinfühligkeit ihrer Finger und wie sie Berührungen einsetzt, wie sie selber an mir sich bewegt. Es genügen Momente, kurz wie Augenaufschläge. Ein Tasten, beiläufig wie Zufall, um meine Erregung zu einer unaushaltbaren Grenze hinaufzupeitschen. Es genügt, an ihrem Schenkel zu liegen und leicht mein Becken anzuheben, und mir dabei vorzustellen, wie obszön die Wölbung meines Hinterns für sie ist, und gleich darauf ihre Hände wie einen Lufthauch an meinen Pobacken zu spüren. Es genügt der Gedanke, daß sie zupacken wird, oder daß sie ihn geil findet, diesen Arsch. Es genügt, daran zu denken, was ich mit ihr alles machen werde, und wie es in ihr losflutscht, wenn sie sich mir hingibt. Nicht ich nämlich scheine sie dann zu ficken, sondern sie tobt sich mit ihrem Schwellkörper an meinem Finger aus, in immer neuen Konvulsionen gebraucht sie meine Handballen, um ihrer Lust zu frönen, dampft und stampft dem Höhepunkt entgegen.

Die Uferlosigkeit ihrer Lust ängstigt und ärgert mich auch manchmal, weil sie noch größer als meine zu sein scheint, noch mehr darin geübt, sich zu nehmen, was sie braucht, so lange sie es braucht und darin zu verharren.

Nach und nach geraten wir beide bei unserem Liebesspiel in einen Zustand, der zu einem langem Verharren im Orgasmus wird. Ihr Mund bleibt nach meinem Höhepunkt auf der Scham liegen und bewegt sich an ihr, auch in mir rührt sie weiter, und es ist als würde sich die Körperzone um mein Schambein herum ausweiten und breiter werden, dicker, sensibler und sich in den Bewegungen nicht mehr von den ihren, von ihren Lippengesauge und ihrem darauflosdrückenden Gelutsche unterscheiden. Ja, wie eine gelbe Leuchtgarbe breitet sich die Lust an dieser Stelle aus. Es ist prächtig, könnte ich sagen.

Natürlich habe ich immer wieder geile, böse, schweinische Phantasien. Besonders, wenn wir anfangen, schießen sie mir wie Pfeile ein und machen mich noch durchtriebener, anlassiger, aufreizender, brünftiger, so daß sie noch mehr auf mich anspringt. In diesen Phantasien kommt sie nicht vor, aber sie werden von ihr ausgelöst und je geschickter und feinfühliger, je anmachender sie sich bewegt, umso "schärfer" werden sie. "Spicy". "Juicy". So haben sie doch mit ihr zu tun, sind Antwort auf die wirkliche Rauheit und die schleimigen Untiefen ihrer Fut, die mein Finger eben aufstachelt. Ich stürze mich in schäbige Vorstellungen, was mit dieser Fut alles geschehen könnte, wenn ich nicht ich, und sie nicht sie wäre, was mit einer Frau in meiner Macht so alles passieren könnte, wenn ich z.b. pervers wäre und sie nötigen würde, dies zu tun, oder jenes zuzulassen. Diese Gedanken lassen mich vor Gier fast ausrasten. In einem solchen Augenblick braucht meine Klitoris bloß den Schatten einer Berührung zu spüren und schon komme ich.

Am nächsten Morgen wird mir ihr Gesicht mit seiner ungesunden Blässe und seinem trüben Ausdruck wieder über den Rand der Teetasse leblos entgegenstarren und mich wütend machen. Aber jetzt, in der anonymen Schwärze der Nacht scheint jeder sensible Punkt in meiner Möse transparent vor ihr zu liegen und sich auf sie zu übertragen. Als wäre sie ich: eine Verlängerung dieses feuchten, ungeformten, verformbaren, sich vergrößernden, die andere verschlingenden, sich in Zuckungen und Schwellungen, in Bauschungen und klaffenden Öffnungen bemerkbar machenden Geschlechts, das das unsere ist.

Daniela Weber

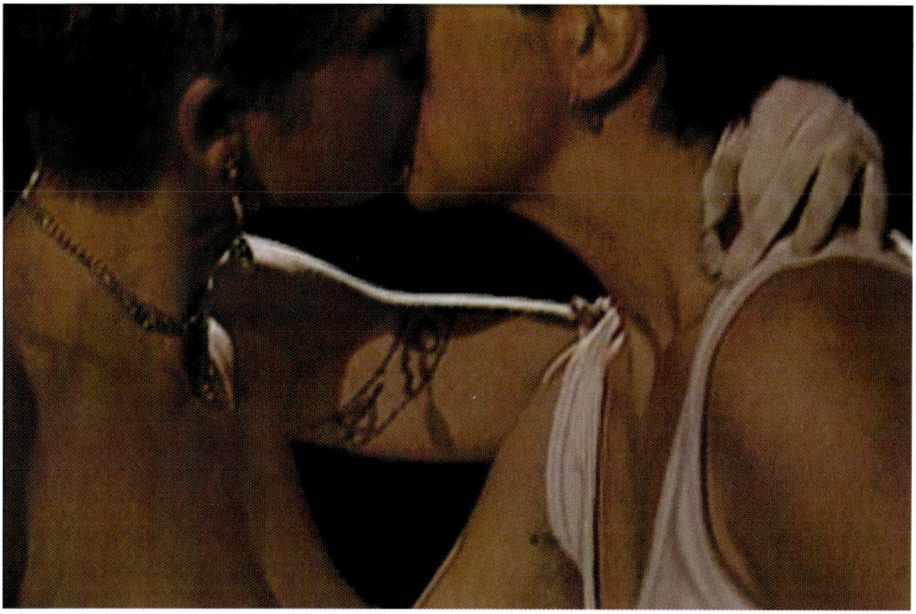

aus „Love Bites", Charline Boudriau, Ravissement

Romantik des Fistens

Bald ist sie soweit. Seit einer Ewigkeit halte ich sie hin, weide mich am Flehen in ihrem Blick und weiß genau, was sie will, was sie unbedingt haben muß. Aber ein bißchen muß sie noch warten, immerhin lebe ich davon, das Vertrauen in ihren Augen gepaart mit Ohnmacht und Verlangen in mich aufzusaugen. Meine Hände arbeiten mechanisch, darüber nachzudenken kommt Zeitverschwendung gleich, denn was ich auch tue, es wird sie weiter hin zu diesem Punkt bringen, den sie fürchtet und liebt.
Also höre ich auf, mich zu bewegen.
Sie reißt die Augen auf, ungläubig und verängstigt von ihrer Lust. "Bitte, mach weiter!" "Weiter womit?" "Bitte, ich will dich ganz."
Vier Finger fangen wieder an, sich zu bewegen, sie ist so weit und naß, daß ich fast aus Versehen hineingleite, aber davon soll sie mehr haben.
Sie windet sich vor Geilheit und wird ganz still, als sie merkt, daß sie nun doch bekommt, was sie braucht. Vorsichtig, damit es nicht wehtut, wenn es nicht soll, schiebe ich meine Hand in sie hinein und verwandele sie dort in eine Faust.
Jedesmal derselbe Ausdruck auf ihrem Gesicht, Verwunderung, daß ich es wirklich tue, Angst vor Schmerzen und über allem der Wunsch nach noch viel mehr.
Ihr Kopf kracht rhythmisch gegen die Wand, sie schreit das Haus zusammen und spürt nichts außer mich. Auch das ist Romantik.

Daniela Weber

Abends

Wo hab ich nur das Lederwachs hingetan? Der Harness liegt jetzt seit Wochen unbenutzt im Regal; wenn er schon keine Anwendung im sexuellen Rahmen findet, kann er wenigstens als Halterung des Ausgehdildos dienen, den ich neulich erstanden habe. Der große trägt doch ziemlich auf, und es macht mir Spaß, diesen Zusatz in meiner Hose zu spüren, ohne daß andere ihn bemerken; das soll dann doch bestimmten Menschen vorbehalten bleiben. Heute trage ich ihn nur für mich. Im Regal ganz hinten finde ich noch einen Rest Wachs, somit ist für glänzend schwarzes Leder gesorgt, und ich kann mich um das kümmern, was ich darüber tragen werde. Geht das wohl jeder Lesbe so, daß sie Stunden vor dem Kleiderschrank steht und überlegt, um dann doch immer das gleiche anzuziehen? Schwarze 501, ein schwarzes Hemd, Stiefel und die Lederjacke darüber; hallo Klischee! Aber was soll's, ich finde, daß ich gut so aussehe und mich unter Menschen trauen kann (Menschen? Manchmal kommt es mir wie ein Raubtierkäfig vor, wenn ich die Szene gehe), also verlasse ich nach der obligatorischen Suche nach dem Schlüsselbund und dem Abschlußblick in den Spiegel die Wohnung.

Es ist ein komisches Gefühl, mal wieder alleine auszugehen. Die letzte Beziehung ist beendet, ich bin wieder frei und weiß nicht, ob ich auf der Suche nach Ablenkung bin, aber eigentlich habe ich ohnehin nur eine andere Frau im Kopf, eine, die ich nicht haben kann, und so fühle ich mich nicht besonders abenteuerlustig. Den Eintritt bezahlt, die Jacke an der Garderobe und das erste Bier in der Hand, stehe ich an die Wand gelehnt und zünde mir eine Zigarette an. Natürlich sehe ich bekannte Gesichter, ein kleiner Plausch am Eingang, ein Tänzchen mit einer der Exen, die noch mit mir reden, alles ist wie immer, und ich fange an, mich nach einer arbeitsreichen Woche zu entspannen. Irgendwie fühle ich mich hier zu Hause, es ist ein furchtbarer Klüngel, aber es ist die Familie, die ich mir ausgesucht habe, als ich sonst keinen Ort fand, an dem ich mich passend gefühlt habe.

Der Abend plätschert vor sich hin, die Musik ist gut, ich flirte hier und da ein wenig, und die zunehmende Zahl konsumierter Biere tut ihr Übriges dazu, mich weiter zu entspannen.
Bis, tja, bis dann diese Frau an der Bar steht, die ich schon so lange will und die mich gründlicher ignoriert als je ein Mensch zuvor. Dahin die lockere Art, ich traue mich nicht mehr vom Fleck und überlege, wie ich wohl an sie rankomme. Ansprechen scheidet aus, diese Abfuhr würde mir doch zu viel ausmachen, und außerdem finde ich es zu plump, mich mit einem " Na, wie geht's?" oder ähnlichem aufzudrängen. Nur, wie sonst?
Unbewußt spiele ich mit der Hand in der Hosentasche am Sitz der Lederriemen herum und stelle mir vor, wie sie auf mich zukommt, mich fragt, ob ich mit zu ihr kommen will und was dann passieren würde. Wie sie wohl unter den Klamotten aussieht? Sie trägt auch Jeans und ein T-Shirt, und mit Sicherheit hängt auch ihre Lederjacke an der Garderobe. Breite Schultern, soviel ist zu sehen, sehr stabil, und vielleicht ein klitzekleines Piercing irgendwo? Zumindest wirkt sie sehr cool

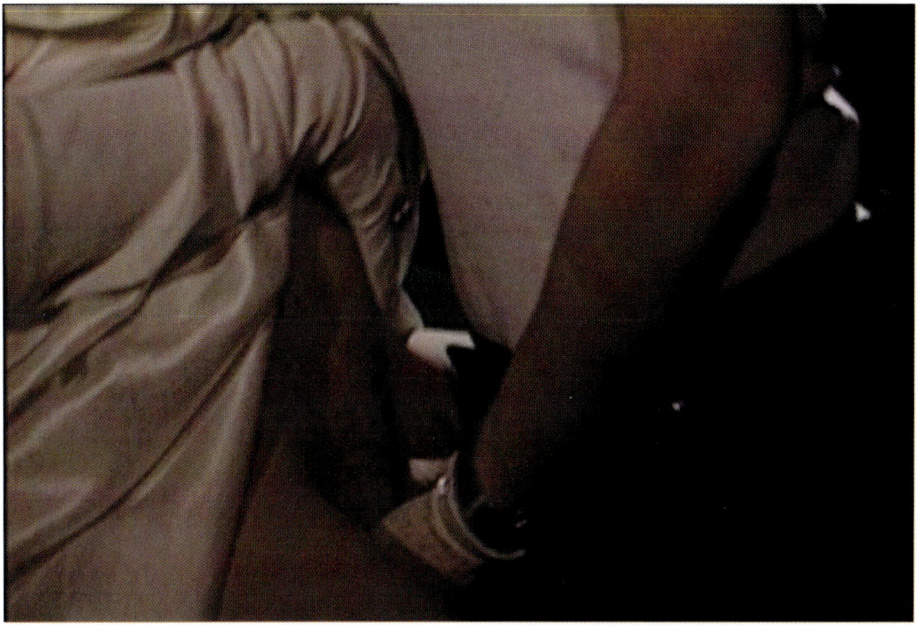

und abgeklärt, Marke 80er Jahre-Lesbe, leicht angegraut (in meinen Augen ja erotisch), und wieder eine von der Sorte, die viel zu alt und desillusioniert für mich sind, also genau mein Beuteraster...
Aber ich stehe ja nach wie vor an der Wand und weiß nicht, was ich tun soll. Das Bier macht sich bemerkbar, und ich beschließe, möglichst unauffällig und wenig schwankend an der Bar vorbei in Richtung Toiletten zu wandern. Nur nicht hinsehen, ich habe ohnehin schon weiche Knie.

Es kommt wie es kommen muß: Als ich die Kabine verlasse, steht sie vor mir, grinst anzüglich, als sie bemerkt, daß ich auf der Stelle eine andere Gesichtsfarbe annehme und wirft ein "Ziemlich heiß, wenn man tanzt" rüber. Heiß, das ist wohl der richtige Ausdruck...!
Jetzt wollen meine Füße schleunigst Richtung Ausgang, mein Bauch sagt "Hiergeblieben!", und der Kopf ist mit dem kleinsten Gedanken überfordert. Doch da bringt sie mich schon in die nächste Verlegenheit " Na ja, wenn man auch noch so viel mit sich rumschleppt..." Was bitte meint sie damit? Hat sie etwas gesehen? Nicht, daß ich sonst nicht dazu stehe, aber ich erinnere mich an die Gedanken, die ich wenige Minuten zuvor im Zusammenhang mit dem Dildo und dieser Frau hatte, und mir wird noch heißer. "Wie wär's mit 'nem Bier zur Abkühlung? Warte doch an der Bar."
Was ist denn das für eine Rollenverteilung? Moment mal, normalerweise bin doch ich die Ruhige, die andere liebend gern in Verlegenheit bringt, normalerweise stehe ich nicht wie eine Grundschülerin mit hochrotem Kopf vor einer Frau und bringe kein Wort raus, normalerweise habe ich mich besser im Griff; aber das hier ist nicht normal. Schlagartig wird mir bewußt, daß diese hier anders ist als alle, die ich bisher gekannt habe, daß sie mir in Sachen Dominanz wohl in nicht viel

nachsteht - von meiner war ja bisher nicht viel zu bemerken -, daß sie mein Textbuch vorträgt und ich wie ein Idiot nicht die richtigen Antworten finden kann. Also bleibt nur eine Möglichkeit: der Gang an die Bar, schnell noch einen Tequila gekippt (oh, gefährlich und der Selbstkontrolle nicht besonders zuträglich!) und einige Male durchgeatmet. Vielleicht läßt sich diese Situation ja noch irgendwie zu meinen Gunsten wenden, wer steht schon gern als sprachloser Feuermelder rum!?

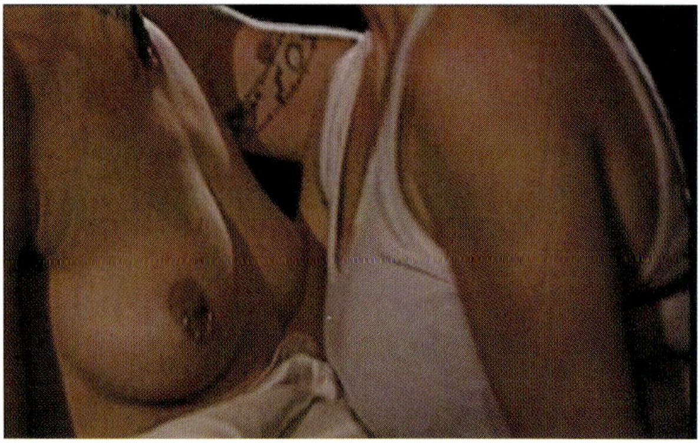

Sie läßt sich (natürlich) Zeit, aber so kann ich wenigstens ein selbstsicheres Grinsen in mein Gesicht befördern, bis sie wieder vor mir steht. Glücklicherweise redet sie weiter, das heißt, eigentlich redet sie nicht wirklich. Sie schießt einen Kommentar nach dem nächsten ab mit einer Stimme, die, hätte der Dildo einen Zugang zum Kreislauf, die Jeans sprengen würde: tief und rauh und mit einem leicht ironischem Unterton. Zu gern würde ich diese Stimme all die eindeutigen Dinge sagen hören, die mir durch den Kopf gehen.
"Krieg ich eine Antwort...?" Hoppla, da war ich wohl zu sehr von der Tonlage gefangen, um ihr auch noch zuzuhören. "Sorry, wie bitte?" "Ich habe dich gefragt, warum du mich die ganze Zeit beobachtet hast." Na was sagt man dazu? Als ob das nicht auf der Hand läge! Der Tequila wirkt, und ich kann wieder geradeaus denken. "Was glaubst du denn? Vielleicht, weil du mir gefällst? Außerdem sind dir offensichtlich Details an mir auch schon aufgefallen, was darauf schließen läßt, daß du auch nicht nur an mir vorbeigeschaut hast." Jetzt sucht sie nach einer Antwort, während ich ihren Körper genauer in Augenschein nehme. Einen netten Hintern hat sie in der Hose und das über ziemlich langen Beinen.

Seltsam; ich weiß nicht mal, wie sie heißt und trotzdem dieses Gefühl, daß wir schon Sex haben, ohne uns auch nur zu berühren. Wir verlassen die Bar mit den Bierflaschen in der Hand, setzen uns ein

paar Meter weiter und halten uns mit Small talk auf. Sie hat diesen "Ich lasse mich nicht ficken"-Blick, der mich immer besonders reizt. Wäre das die Wahrheit, würde jetzt nicht ihre Hand von meinem Oberschenkel, auf den sie sie beiläufig gelegt hatte, höher wandern. Wieder das anzügliche Grinsen von vorhin, aber nun erkenne ich auch eine gewisse Unsicherheit darin; also hat sie auch Angst vor einer Abfuhr, gut. Langsam reicht mir das Austesten; ich fasse mir ein Herz und frage, was sie heute abend noch vorhat. "Gehen" ist die knappe Antwort, und wenig später sind die beiden Lederjacken aus der Garderobe befreit und wir in einer kühlen Frühlingsnacht auf dem Parkplatz. Wir haben uns nicht mehr berührt, seit wir aufgestanden sind, und es fühlt sich an, als ob Funken zwischen uns sprühen, so groß ist die Spannung. Ich bleibe stehen, sie dreht sich fragend um, und ich stelle mich einen halben Zentimeter vor ihr auf. Ein tiefer Blick, die kalten grauen Augen werden durch ein bißchen grün und braun fast weich. Ich stehe einfach nur da, und ihre Hände wandern langsam über mein Hemd nach unten. Sie erreicht das Silikon und schaut mich erstaunt an, weil ich zusammenzucke als sie darüberstreicht. "Wer hat gesagt, daß da kein Gefühl drinsteckt?" Sie greift fester zu, und ich spüre einen Stromschlag durch meinen Körper gehen, dränge sie an das Auto hinter ihr und begrabe die Hoffnung, die erste Runde in einem bequemen Bett auszutragen. Gleich hier, gleich jetzt, ich will diese Frau - und sie mich. Hart presse ich mich gegen sie, suche ihren Mund mit meinem und ersticke fast an diesem Kuß, der uns nicht ans Atmen denken läßt. Sie öffnet meinen Gürtel, umfaßt den Dildo, und im selben Moment habe ich auch schon Zugang zu ihrer tropfenden Möse geschaffen, die ich erst vorsichtig, dann kraftvoller erkunde. Alles ist naß, heiß und weich, bis auf die kleine Stelle, die ich bewußt auslasse, so sehr sie sich auch auf der Hand windet. Das kann warten. Ab und zu laufen Frauen an uns vorbei, es ist mir egal, solange sie nicht ausgerechnet das Auto wegfahren wollen, das uns als Stütze dient. Ihre Stimmen dringen von fern in das Stöhnen dicht an meinem Ohr, und der Mond bescheint eine Szenerie, mit der ich nicht gerechnet hätte. Nichts ist perfekt, und ein Ausgehdildo zum Ficken schon gar nicht. Trotzdem; sie ist so bereit, und ich kann an nichts anderes denken, als endlich in ihr zu sein. Mit einem Ruck drehe ich sie gegen den Wagen, weit über den Kofferraum gelehnt steht sie breitbeinig vor mir, Einladung und Aufforderung in einem. "Fick mich!" Nichts lieber als das. Die Höhe paßt, und ich dringe immer heftiger in sie ein, eine Hand um ihre Hüfte geschlungen, jetzt doch auf ihrer Klit. Rhythmisches Stöhnen, das immer lauter wird, dringt durch die Nacht, als sie sich auf meinen Takt einläßt, und endet mit einem "Oh Gott, ja, jaaa!", das diese Runde abschließt.
Als sie zu Atem gekommen ist, erscheint wieder dieses Grinsen. Sie knöpft ihre Hose zu, ich meine. Ich zünde die letzte Zigarette der Schachtel an. Ein tiefer Zug, "Laß mich auch mal" - "Ich habe dich noch nie rauchen gesehen", ein leichtes Lächeln: "Tu' ich auch nur selten". Ich reiche ihr die Zigarette. "Meinst du, wir schaffen es jetzt bis in irgendeine Wohnung?" "Klar, ich wohne um die Ecke. Kommst du noch mit?" Das werde ich mir wohl kaum entgehen lassen. Ein ganzes Wochenende wartet darauf, im Bett verbracht zu werden, und vielleicht steht ihr Name ja auf dem Klingelschild...

Was mich anmacht

Lesben von 22 bis 70 im Gespräch nach einer gemeinsamen Filmschau

H: Mich macht Krista Beinsteins allererster Film, dieser Dildotanz von Ihrem Video „true love", wirklich an. Wie sie sich bewegt in dieser kurzen Hose, der Moment, wo sie sich umdreht, dann ihr Gesicht mit der Zunge und dem Dildo. Krista Beinstein hat sich selbst erregt, während sie sich filmte. Anmachend sind Bewegungen, die ich selber mache, von denen ich weiß, daß sie funktionieren, auch bei Schillingers "between" – obwohl mir das beim Wiedersehen sehr schnell geschnitten schien, zu schnell diesmal für meinen Rhythmus. Wenn ich einen anmachenden Film sehen möchte dann stelle ich mich darauf ein, also sooo lange brauche ich dann nicht – wahrscheinlich war ich nicht darauf eingestellt heute.

A: Ich fahre auf manche schwule Pornofilme ab, z.B. ein Cazzo-Film, "Skin Gang". Da gibt es gute Musik, verschiedene Szenen laufen nebeneinander, es ist zugleich ironisch. Was ich anmachend fand, war, wie die miteinander rumgebubelt haben. Es gab nichts Ernstes dabei, doch etwas Aktives, das nicht in erster Linie mit Sex zu tun hatte, aber dahin geführt hat. Daß aus einem anderen Kontext konstruktive Sexualität entsteht. Das hat mich erregt.

C: Gibt es auch ein konkretes Bild?

A: Ja, da wo diese zwei Skins sich auf der Wiese erst gegenseitig geschubt haben - wie kleine Kinder oder kleine Hunde – Sie haben sich gebalgt auf dem Boden. Das ging dann sofort in Zärtlichkeit, in Sex über. Dieser Moment.

Del LaGrace: Menschen, die Macht ausstrahlen, machen mich an. G. hier zum Beispiel - sie strahlt eine Menge persönliche Macht aus.

M: Was für ein Gefühl hast du, wenn du deinen eigenen Film "PanPublicPorn" zusammen mit anderen Leuten siehst?

D: Das ist ein richtiger Thrill für mich. Ich glaube, ich habe exhibitionistische Tendenzen. Das ist irgendwie machtvoll. Ich mache das jetzt schon ziemlich lange. Die Bilder, in denen ich gefistet werde, habe ich in allen lebhaften Farben in akademischen Konferenzen gezeigt. Das war ein seltsames Gefühl, weil ich dachte, es würde mir peinlich sein. War's aber nicht. Es hat mir Macht gegeben. Ja, es war ein machtvolles Gefühl. Und ich mag diese Einstellung mit mir, wie ich dem Typen im Kilt einen blase - ich mag wirklich gerne, wie ich darin aussehe. Ja. Das ist lustig, weil ich normalerweise nicht leiden kann, wie ich aussehe. Aber da gefällt es mir.

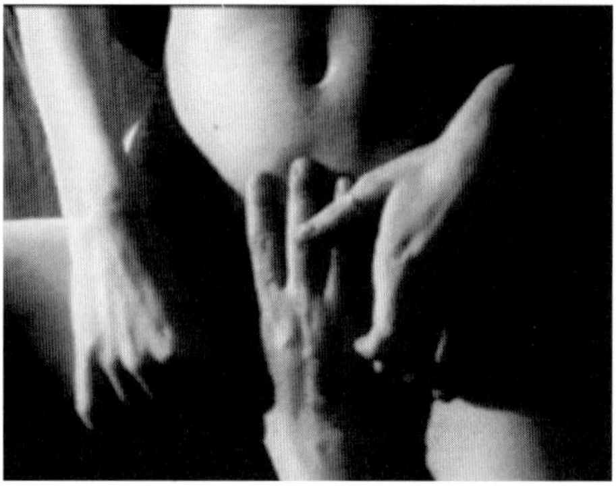

Laurel Swenson fistful

G: Warum laufen die Bilder in deinem Film manchmal so langsam?

D: Damit soll ein Rhythmus betont werden. Für mich ist die sexyste Szene die mit der dicken Frau mit der Brille. Da ist Rhythmus drin. Ich glaube auch, daß die Bilder so langsam sind, ist ein Versuch, den Film zu ästhetisieren. Ihn sanfter zu machen. So sieht er aus wie die ganz alten Pornofilme, die mag ich gerne. Ich habe ein paar aus den Dreißigern, die sind viel natürlicher als die von heute, als ob die Akteure wirklich zu genießen scheinen, was sie tun. Nicht so steril. In einem gibt es eine lesbische Bondage-Szene, und die werden richtig scharf dabei.

M: Ich liebe diesen neuen Film von Annie Sprinkle.Die Mermaids, Sex unter Wasser. Er ist nicht unbedingt pornografisch, also, er turnt mich nicht so total an, daß ich vielleicht feucht werde oder so, aber er wirkt in der Phantasie ziemlich lange nach. Annie Sprinkle gelingt es wirklich, etwas wie einen Freiraum zu schaffen für Selbstentwürfe, eigentlich keine Selbstentwürfe, eher Fremdentwürfe für spielerische Umgänge. Das wirkt in mir wirklich weiter – nicht in dem Sinn, daß ich das in sexuellen Phantasien verwende - aber in Phantasien, die mich konstruieren als: ich bin sexuell. Also, ich glaube nicht, daß mit diesem Film Phantasien von scharfen Szenen entstehen, auf die man dann abfährt. Als ich den Film das erste Mal gesehen hatte, fand ich ihn einfach ungeheuer befreiend. Wow, wieviel ist möglich, wie spleenig oder wie kreativ kann man sein. Das hat Horizonte eröffnet. Es gibt auch Filme, die mich sexuell anmachen. Ich habe viele Lesbenpornos gesehen, Produktionen von Lesben aus den USA. Am Anfang waren sie mir zu nah. Vergleichbar vielleicht mit Del, der zu dem Porno "Der Mann mit der Möse" sagte: der hat einen Körper ähnlich wie ich ihn vielleicht habe, aber die Art, wie sich dieser Körper verhält, gefällt mir nicht. Del wollte mit seinem eigenen Film so etwas wie pornografische Subjektivität inszenieren: sein Begehren und Abenteuerlust

darstellen. Hans und Del gehen in einen schwulen Park und haben als transgender Frauen, als queer dykes Sex mit schwulen Männern. Ein Porno ist das trotzdem nicht, finde ich – wenn wir Porno definieren als etwas vor allem für die Erregung Gemachtes. Bei den Lesbenpornos hatte ich also den Gedanken, so, das sind jetzt wirklich die Pornos für mich, da muß jetzt ganz viel passieren.
Und gerade mit dieser Erwartung war dann eine spezielle Abwehr da: Die schaut blöd aus, deren Haare gefallen mir nicht, das Setting ist ätzend. Ich habe erstmal ganz viele Barrieren aufgebaut. Doch mittlerweile , wenn ich manche Filme öfter sehe, gewinnen die Bilder doch was Anturnendes. Merkwürdigerweise hatte ich die erregendsten Reflexe eher mit manchen schwulen und auch heterosexuellen Filmen. Und ruhig mit schäbigem Zeug. Das wirkt unmittelbar. Es ist komischerweise physisch wirksam, aber mein Kopf ist gänzlich unerregt. Es funktioniert, ich kann mich erregen ohne daß ich es merke. Vielleicht war es einfach schon der Akt: ich guck mir jetzt einen Porno an, schieb eine Kassette rein und dann natürlich auch der kritische Blick, so schaut das in diesem Film also aus, dieses dämliche Schema, und der Orgasmus der Frau in ihren Mund verlegt als dummes Stöhnen, und dann merkte ich, Mensch, das macht mich naß. Und das mochte ich schon, bei diesen hetero und vor allem auch schwulen Pornos. Total erregt - ohne daß mein Kopf sagen würde, oh geil. Doch eigentlich will ich nicht trennen zwischen Kopf und Körper.
Auch diese Lesbenfilme fangen an zu wirken in dem Moment, in dem ich nicht mehr denke: soll ich das sein, wenn ich mich nicht mehr zwangsidentifiziere. Wahrscheinlich haben die anderen so gut funktioniert, weil dieser Druck gar nicht erst da war. Übrigens - Fotos turnen mich auch an, gute Mösenbilder zum Beispiel.
Bei den "blush"-Filmen habe ich auch diesen besonders kritischen Blick geworfen: wie ist das gemacht – Wie in der einen Sequenz bei "Clips" oder "Shadows" die Frauen in diesen Keller fahren und einem das Gefühl vermitteln: wir probieren das jetzt erstmals aus, einen animierenden Film zu machen – und später bei den langen Sexszenen in diesem Keller, die ja schon erregend sind, war mein Problem lange gewesen, daß mir diese beiden Frauen so absolut nicht gefallen, also die Blonde und die Dunkelhaarige mit diesen Haaren zwischen Pop und Punk - es waren schon dilettantische Produktionen da Anfang der 90er, aber so viel anderes habe ich auch in späteren Produktionen nicht gefunden.
In vielen Filmen wird der lesbische Sex immer überdeckt von Stimmen. Bei den Ejakulations-Aufklärungsfilmen findet die Ejakulation vor allem verbal statt. Es reicht nicht aus, daß die Frauen spritzen. Und in anderen Filmen wird, wenn es zum Orgas-

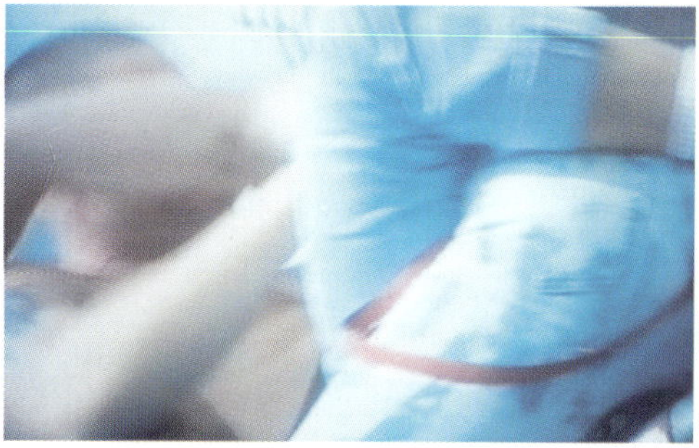

Cazzo -Film

mus kommt, ausgeblendet – da wird zwar ganz viel SM und Sex gezeigt, z.B. in diesen "Bathroom Sluts" – doch dann der große lila Punkt – oder ein Wow-Stern – oder Feuer – der weibliche Orgasmus wird ersetzt – um die Phantasie in Gang zu bringen. Und es gab auch Zufallstreffer bei den Lesbenpornos. Z.B. ein SM-Film, einfach mal in der Videothek ausgeliehen, nur Frauen, "Alexis goes to hell", den fand ich geil. Und da war auch der Kopf dabei. Es funktionierte. Du sieht die Spuren, aber am Schluß ist jede Frau befriedigt - du siehst, wie die SM-Inszenierungen in Lust kippen. Die Stimmen, alles drückt Lust aus, ganz im Gegenteil zu diesem Kreischteil,was wir da eben zusammen gesehen haben, diesem Zufalls-SM-Porno aus der Videothek, mit dieser Splatterfilmstimme der Frau, die eigentlich mit SM nichts zu tun hat. Die Aktionen in dem Film waren gar nicht so hart, das Peitschen war eher ein Streicheln, die Haut rötete sich ja nicht mal, aber dieses dämliche Kreischen suggerierte so was wie Vergewaltigung, hier wird jemand gelyncht.
Also, sehr gut gemachte lesbische Fetisch- und SM-Filme turnen mich an. So wäre ich z.B. auch sehr neugierig auf diese Filme von Maria Beatty – da gibt es so eine Langsamkeit, die die Erregung aufbauen kann, und es wird immer schärfer, was die zwei Frauen z.B. in "The black glove" machen.
C: Mir gefiel daran nur nicht die Schlußsequenz, wo die Grenze zwischen Leben und Tod nicht mehr klar ist, das hat mich eher abgeturnt.
Und ein neuerer Lesbenfilm hat mich wirklich absolut angemacht :"Hommage à trois".(Bilder in Auge 13) . Ich habe darüber nachgedacht, warum. Dieser Film ist irre dokumentarisch. Scheinbar das Beispiel für den Lesben-Amateur-Porno. Kamera aufgestellt und gefilmt. Doch die Kamera wird einbezogen, sie wird bewegt, schon das unterläuft die simple Konstruktion, es ist zu sehen, wie die Frauen immer wieder hinter die Kamera gehen. Und dann gibt es diese eine Stelle, das Bild ist so halb abgeschnitten. Dort ist diese vierte Frau zu sehen, wie sie im Bett zu den scharfen Aktionen im Nachbarbett onaniert. Diese Szene finde ich so absolut scharf, sie zeigt: diese Frau hat ihre Erregung nicht mehr im Griff. Ich sehe

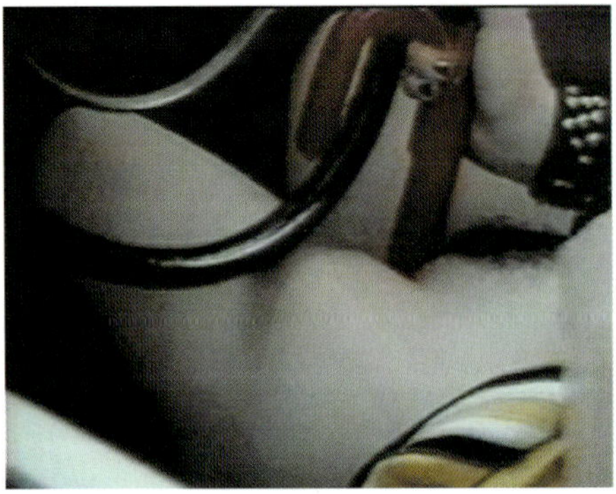

aus: Kadett Kuhnen, Sophie Constantineo, impact zone

etwas, was eigentlich im Pornofilm verboten ist. Die authentische Lust der Zuschauerin, die überspringt. Eine kurze Sequenz, wo etwas ausgelöst wird, was gar nicht inszeniert werden kann. Eine Bewegung zwischen innen und außen. Es geht nicht mal um die Sichtbarkeit.

S: Im Film mit den Mermaids war so viel Spaß und Witz drin, das fand ich sehr schön, aber ich glaube ich bin keine Konsumentin von solchen Filmen. Aber zu den Bildern kann ich etwas sagen: Mir gefallen zwei Bilder aus "Rituale der Begierde" von Krista Beinstein ganz außerordentlich gut. Das, wo sich die beiden Frauen anschauen. Dieser Blick. Und dann das mit der Schräge , da gibt es eine intensive Verbindung zwischen den Frauen, und diese sichtbare ernste, intensive Verbindung ist anregend.

H: Das ist doch das Verbotene, das mit der Hand, das (für Zensoren) gefährliche Fisting.

S: Das ist doch nicht gefährlich, das ist einfach Sexualität. Mir gefällt das sehr, was sich zwischen den beiden abspielt. Da ist zwar so eine Kette am Fuß, aber die stört mich hier nicht - das ist mein spezielles, besonders schönes Bild.

Mir ist jetzt verständlich, daß die Künstlerin auch diese harten, gewalttätigen Bilder drin haben wollte, es ist ein Buch für Frauen und eine Lektion, also bitte, so sind Frauen auch - aber dennoch, man sollte dieses Buch nicht alleine ansehen, ich muß mit Frauen drüber sprechen – beim ersten Ansehen dieser Serie mit der Frau mit der Pistole habe ich mich identifiziert: Die mit der Pistole konnte ich nicht sein, aber die andere war ich ganz schnell. Die Angst, und nachher zeigte sich, das sie mit ihr umgehen konnten wie sie wollen. Da dachte ich, das gibt's doch nicht. So viel Macht, so viel Gewalt (daß es zum "Erfolg" führt, das Gewalttätige) auf der einen Seite, das hat mich entsetzt - und auf der anderen Seite habe ich jetzt verstanden, was sie damit sagen möchte.

H: Wunderschön ist die Schwarze, die da im Bett liegt mit dem wunderbar dicken Hintern, ahh. Da gibt es so viele anmachende Bilder.

S: Bei dem ersten Bild, wie diese zwei Frauen da stehen und sich anblicken, da habe ich auch darüber nachgedacht, daß ich in meiner Generation (der 70-jährigen) eine ganze Reihe Frauen zu kennen glaube, die, hätten sie diesen Blick werfen können, ein ganz anderes Sexualleben hätten führen können. Ich dachte, wie schade, daß in meiner Generation so viele Frauen ein für meine Begriffe lustloses sexuelles Leben geführt haben.

H: Ich finde das Buch genial. Eine Auseinandersetzung über Begierde, da gehören die verschiedenen Seiten dazu. Erst sehe ich diese zarten Sachen, und die nehme ich so einfach sexuell anturnend runter - aber erst, wenn ich zu den anderen Bildern komme, begreife ich, daß Sexualität auch etwas ganz anderes ist, auch bei mir etwas anderes ist, daß sie viel weiter reicht, und dann ist das mit dem Fleisch ok, weil Sex auch Fleisch ist. Es wird da abstrakt. Und der nächste Schritt ist der Gedanke, daß Gewalt auch zum Sex gehört, und die Frage, wie ich damit umgehe.

Man sieht in der Serie, sie haben alle die gleiche Tätowierung.- sie waren alle mal miteinander befreundet, ein Liebespaar, und sie lacht. Es ist inszenierte Gewalt.

M: Und sie sind alle mit sich beschäftigt: sie schaut ihren Schwanz an

S: Und ich würde zu diesen Serien mit des Fleisches Lust die anderen Worte von Luce Irigaray über das weibliche Fleisch, über die "Glorie des Fleisches" hinzufügen. Denn vielen Frauen könnte man über Luce Irigaray die spirituelle Seite dieser Bilder sichtbar machen.

M: Ich kriege das mit bei meinen Vorträgen über Lesbensexfilme, da kommen die Frauen und sind total begierig, endlich die lesbischen Bilder zu sehen, die sie repräsentieren, von denen sie sagen, das ist meins - und ich liefere das nicht. Und dann sind sie sauer. Dieser verdammte Wunsch, der immer da ist. Ich will endlich mal DAS Bild haben, mein Bild. Und das findet nicht statt. Bei Beinstein

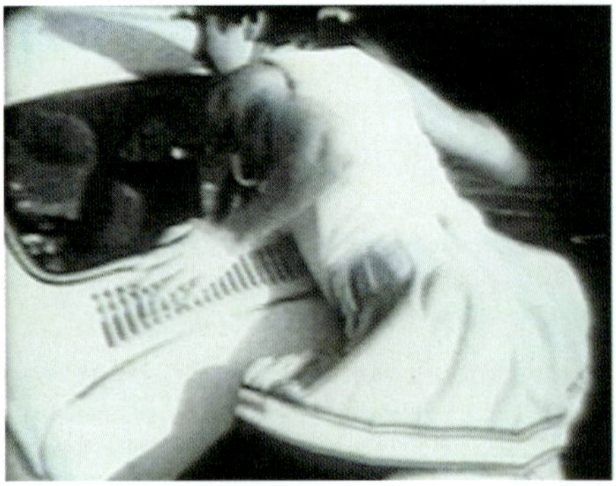

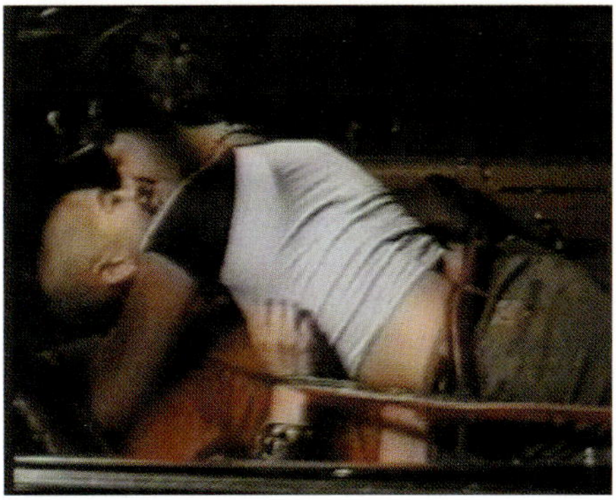

sind zunächst diese vertrauten Zitate da, Matrosen, Werkstatt. Dann das Blut. Doch wenn du zu diesem Blut kommst und nicht gerade kunstinteressiert bist, dann denkst du höchstens an Wiener Blut, Nitsch und Co und findest das überflüssig und eklig und verdirbst dir die anderen Bilder damit, diese Art Bilder sind zwar in der Kunst, aber nicht in lesbischer Theorie diskursiviert worden. Manche Sachen mit dem Fleisch finde ich auch absolut kitschig, und einzelne Bilder sind schlicht schlecht - wir können über Qualität reden, unabhängig von pc-korrekt oder nicht.

Dieses Ja-Nein Schema ist nun wirklich überholt. Denn inzwischen ist ja wohl jeder klar, daß dieses totale "Nein", also die Aussage "das finde ich abscheulich, Gewalt usf." das "Ja" produziert: die Beschreibungen dessen, was sie ablehnen, sind selber oft pornografischer als die Pornografie, die damit bekämpft werden soll, das alte nette Beispiel, wo Messer in Mösen gesehen und beschrieben wurden, die nie in diesem Film waren. Man muss differenzieren und über Qualitäten und Wirkungen reden. Also Beinstein hat gute und schlechte Bilder.

H: Vielleicht soll es schlecht und platt sein. Lies doch mal die Kapitelüberschriften. Das Buch ist voll mit Ironie.

M: Kommen wir wieder auf "anmachend". Vielleicht brauchst du eine gewisse Ernsthaftigkeit deines Tuns. Eine gewisse Konzentration und Fokussierung. Eine wirklich Widmung und Hingabe an dein Tun, um wirklich ironisch und zugleich anmachend wirken zu können.Krista Beinsteins Gesicht zieht meinen Blick an, wieviele sich auch über sie mokieren mögen - ihr Gesicht ist das Erotische.

Super war auch dieser Autofilm ("Impact Zone")... Diese Matchboxautos, das habe ich auch immer gemacht, sie so über den Körper fahren zu lassen, und dann dieses Ding (eine Fernbedienung) zwischen den Beinen! Das habe ich als Kind alles auch gemacht! Sehr nachvollziehbar und sehr anregend, daß dieses Kindliche am Sex so rauskommt – wie das Raufen – und diese Motorengeräusche, wenn du es mit dem Vibrator machst, hast du auch immer diese Phantasie? Wunderbar umgesetzt, und das Tanken!

U: ich finde, daß die Bewegungen in diesem Film absolut anturnend sind, daß sie Erregung - obwohl das kein Pornofilm ist – ausdrücken. Als Einzelbild funktionieren sie weniger, es geht da wirklich um die Kombination Geräusche, Bewegung. Der Film erzählt was vom Gefühl der Erregung, das es natürlich nicht nur beim Sex gibt. Es schwingen immer Erinnerungen mit, z.B. an das Rutschbahnfahren, an deine Raufereien, oder an diese Videospiele – der Kick , da in einem solchen Stuhl zu sitzen und durch die Gegend zu rasen, der geht auch zwischen die Beine. Abenteuer. Sexuelle Erregung ist diesen Erregungen sehr nah. Erst am Ende des Films zwei Frauen, die im Auto Sex machen. Das ist eben nicht so viel anders vom Gefühl her wie einem immer suggeriert wird. Sex hat was von kindlichen Aufregungen. Ich trau mich das nur kaum zu sagen, dann denkt man heutzutage gleich an Mißbrauch, dabei hat das eine mit dem anderen ja nun nix zu tun.

G: Das ist aber eher ein Nachdenken über Erregung, was da angeturnt wird? Ich fand ja "Ravissement" (S.66 u.a.)super, das hätte stundenlang so weitergehen können. Schade, daß der Film so kurz ist. Diese antiquierte Festszene und dazwischen die kurzen scharfen Bilder. Da ist auch Safer Sex sexy. Beim ersten Mal habe ich das gar nicht wahrgenommen, da dachte ich, nett, aber wo ist der Sex? Als ich das dann langsam laufen ließ, da sprang's mich dann richtig an., weil ich es ja nicht erwartete. Zack. Aber zum Ausleben meiner Erregung reichte die Zeit hier nun wirklich nicht. Auch "Fistful"(S.64) ist schön, hier mag ich auch die Stimme, so suggestiv. Übrigens muß ich zugeben, daß mir das mit der Videotechnik oft zu kompliziert ist, ich mich aber mit einem scharfen Comic im Bett wirklich anturnen kann... die Mösen sind da immer so super sexy. Und diese irren Sexgeräte...

U: Also, unter uns gesagt, ich finde eigentlich einfach nur so VÖGELN auch ganz nett...

aus: nice girls don't do it

Regina Nössler

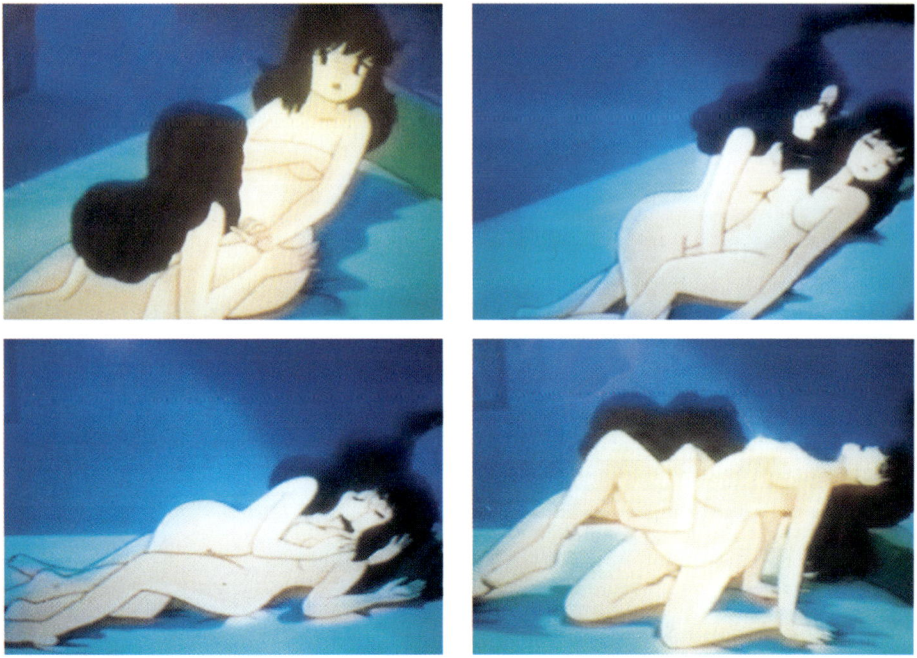

Nora (34), verklemmt

Nora ist in den 60er Jahren geboren, war bereits in ihrer Jugend latent lesbisch und sehnte sich damals nach zärtlichem Schmusen und vorsichtigen Zungenküssen mit anderen Mädchen.
Natürlich hatte sie nie eine Freundin. In der Kleinstadt, in der sie aufwuchs, gab es keine anderen Lesben; noch nicht einmal das Wort "lesbisch" gehörte zum aktiven Wortschatz der Einheimischen. Bis auf vielleicht dieses eine Mal, als Nora hörte, wie Babette Hermannski über sie sagte: "Die ist bestimmt lesbisch. Die hat immer Hosen an."

Lange Zeit blieben selbst Schmusen und Zungenküsse nur ein Wunsch. Kein frommer Wunsch in Noras Augen, denn bereits das fand sie ungeheuerlich. Ungeheuer sexuell.
Lange Zeit dachte sie: Wenn ich nur eine fände! Nämlich sie! Die mit mir rumknutscht und vielleicht ein bißchen fummelt. Damals hieß es bei Nora natürlich keinesfalls "knutschen" – und schon gar nicht "fummeln". Igitt! Das machten die anderen. Aber nicht sie. Sie ersehnte leidenschaftliche Küsse, die zugleich zärtlich waren, so zärtlich nämlich, wie man

es gar nicht beschreiben kann.
Ihre erste Freundin war ein Wunder. Endlich konnte Nora sich voll austoben. Sie küßte zärtlich, was das Zeug hielt. Sie beschlabberte die Freundin, das Geschenk des Himmels, überall, rundum, und wagte sich auch in tiefere Regionen. Der Erfolg ihrer Künste war so überwältigend, daß Nora sich für die beste Liebhaberin der Welt hielt.
Bei Freundin 2 blieb das Paradies noch erhalten. Nora im Glück. Bei Freundin 3 war Nora Ende Zwanzig und kam ins Zweifeln. Freundin 3 hatte die häßliche Angewohnheit, sich ständig über sexuelle Fehlleistungen zu beschweren.
Zeitgleich mit der krittelnden Freundin 3 lernte Nora viele neue Frauen kennen, die es den ganzen Tag trieben, wie sie sagten. Und zwar so, wie Nora es noch nie getrieben hatte. Plötzlich bewegte sie sich in einer Welt, in der alle Lesben um sie herum mit Gerätschaften hantierten und von nichts anderem sprachen. Nora hatte zwei linke Hände und fragte sich, was nur aus ihr werden solle. Jeden Abend vor dem Schlafengehen las sie Sexbücher; das war ihre heimliche Fortbildung. Sie bemühte sich, einen coolen, erfahrenen Eindruck zu machen. So, als wüßte sie genau, worum es ging. In Wahrheit verabschiedete sie sich von Nora-als-bester-Liebhaberin-der-Welt.
Und dann, eines Tages, hatte sie ein Date mit einem solchen Wesen. Es war eindeutig, was passieren würde – Sex, tabuloser Sex –, und ihr schlotterten schon lange vorher die Knie.
Sie stellte sich seelisch auf alles, auf absolut alles ein, was sie sich ausmalen konnte. Und das war eine Menge. Sie wußte, daß Lesben, und zwar alle, Dildos nicht nur als Schmuck ins Regal stellten, sondern auch welche in der Hose trugen, wenn sie ein Bier trinken gingen. Auf dem Klo fickten sie dann andere schnell damit durch. Nora phantasierte Halden von Latex, eine Armada von Sextoys, Belehrungen über Körperöffnungen und gut sichtbare Folterwerkzeuge direkt neben dem Bett. Ihre neue Bekannte hatte oft betont, sie praktiziere geilen schwulen Sex. Alle Lesben taten heutzutage so etwas, nur sie nicht. Sie war ein Klemmi, der hinter dem Mond lebte. Eine elende Kuschel-Provinz-Maus, die sich gleich einsargen lassen konnte, weil sie nur Omasex beherrschte. Und jetzt hatte sie sich auch noch so eine besonders Wilde ausgesucht. Nora versuchte, im Geiste zu proben, wie sie darauf reagieren würde. Gelassen. Erfahren. Ja, klar, machen wir. Supergeil. Hab ich schon oft gemacht. Schließlich würde sie schlecht mittendrin aufhören können, um ihrer neuen Bekanntschaft zu sagen: Entschuldigung,

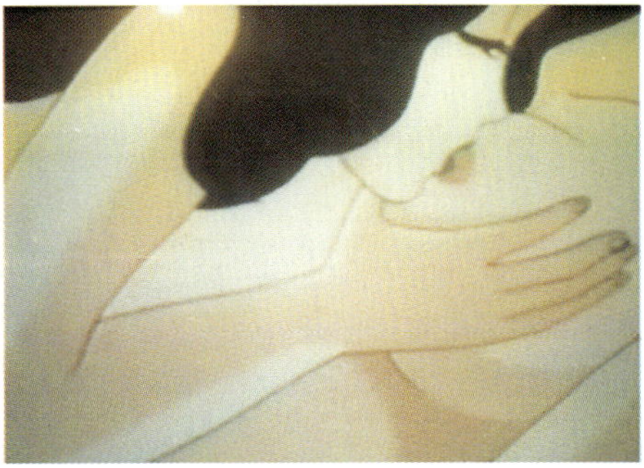

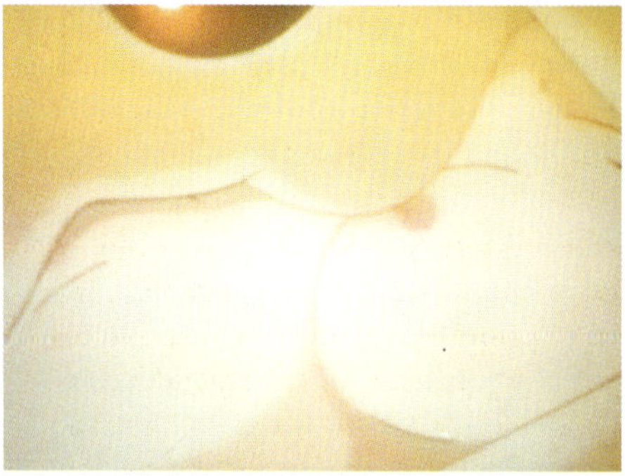
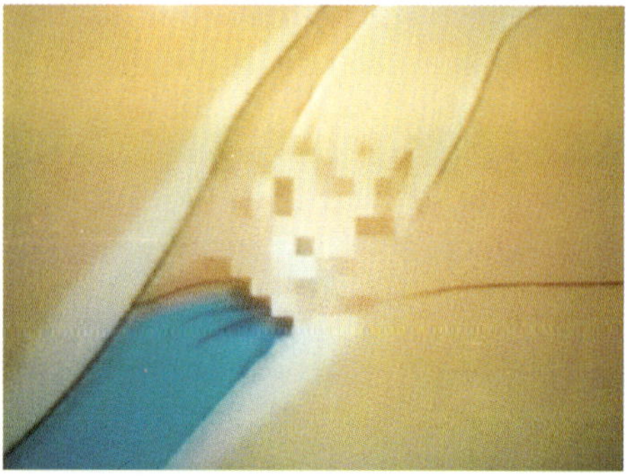
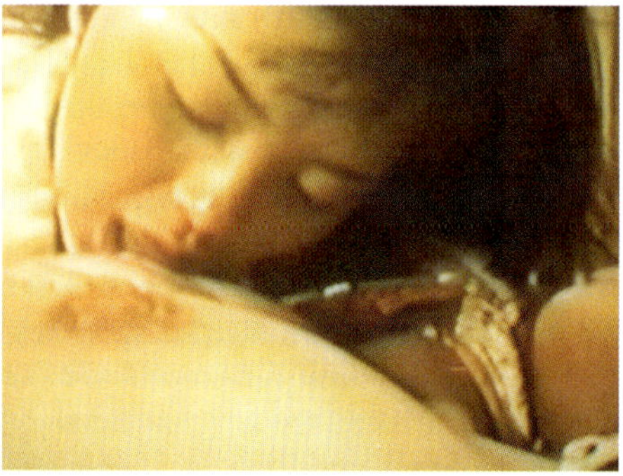
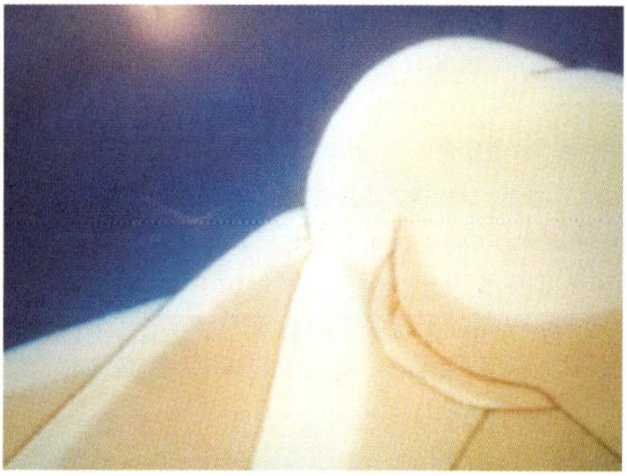
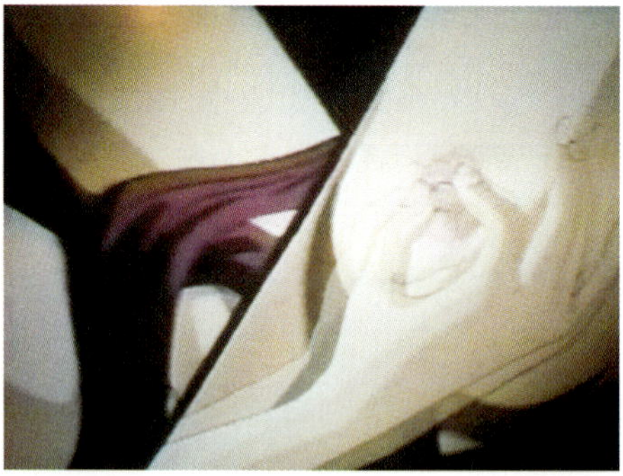
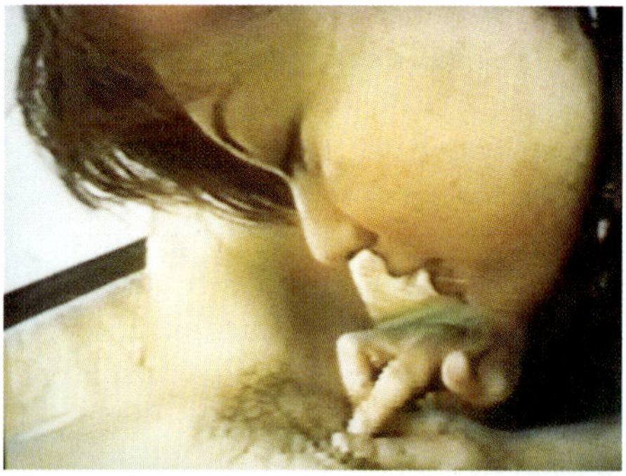
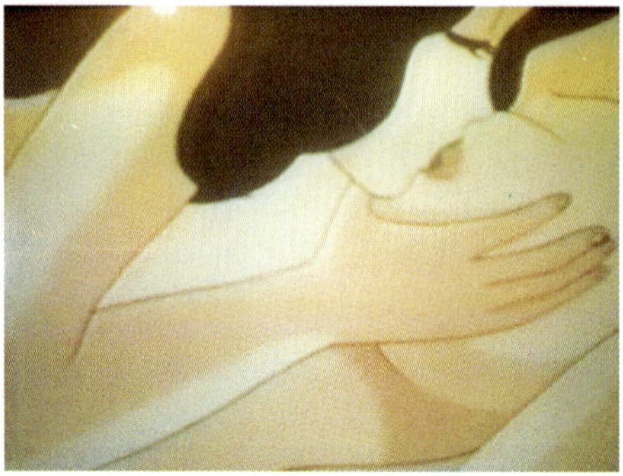

aber es gibt da etwas. Darüber solltest du unbedingt Bescheid wissen, bevor wir jetzt weiter machen. Es könnte stören. Es könnte gleich irgendwie komisch werden. Ich bin nämlich total verklemmt.
In der Wohnung ihrer neuen Bekanntschaft spähte sie sofort nach Sexartikeln. Vergebens. In der Küche fanden sich nur die dort üblichen Utensilien. Kurzfristig machte sie die Form der Pfeffermühle nachdenklich. Im Badezimmer wartete keine finstere Leder-Butch, die schon den Riesenschwanz aus der Hose geholt hatte und sie über die Wanne legen wollte. Stattdessen lächelte sie vom Badewannenrand eine gelbe Gummiente freundlich an, aber die erschien Nora zu rund. Möglicherweise hatte sie sich noch nicht ausreichend weitergebildet und abends in den Sexbüchern die Lektion über Gummienten verpaßt.
Neben dem Bett stand – der Fernseher. Nora konnte kein Dildo-Arsenal entdecken, aber vielleicht war es zu dunkel. Die Neue zog sie zu sich heran und raunte ihr lauter zärtliche Dinge ins Ohr. Sicher war das nur der Anfang. Nora öffnete die Augen mitten im Kuß, schielte zur Seite und suchte die Handschellen. An diesem Bett gab es jedoch kein Kopfteil zu ihrer Befestigung. Aber da! Hilfe! Anstelle der Handschellen entdeckte sie ein verdächtiges, säulenartiges Gebilde auf dem Fußboden, über das ein schwarzes Tuch gehängt war. Ein Dildo. Ein SO großer? Unterdessen wurde Nora immer weiter geküßt und geküßt und anrührend gestreichelt. Nach einer Stunde lagen sie noch immer bekleidet auf dem Bett. Nur die Pullover hatten sie ausgezogen. Wann kommt es denn alles? fragte sich Nora. Der schwule Sex? Was verbarg sich unter dem schwarzen Tuch? Was für eine enorme Ficksäule mußte das sein! Und gerade, als sie es sich fragte, kündigte die Neue an, sie würde jetzt nun doch lieber das Licht löschen, bevor es weiterginge, okay? Aber zuerst gäbe es etwas zu naschen. Willst du?
Mit diesen Worten lehnte sie sich nach vorne und zog das schwarze Tuch herunter. Jetzt wird´s ernst, dachte Nora. Tut das nicht weh?
Das monströse Penetrationsgerät unter dem Tuch – es entpuppte sich als eine Flasche Eierlikör. Zwei kleine, niedliche Schnapsgläser standen auch schon bereit.

K.-S. Reichelt

Schwarzwäsche, 40 Grad

Vorwäsche
mit Enthärter
noch nicht
weichgespült
durch harte Schläge
sachte Klatschgeräusche
abgepumpt
Wasserzulauf
Hauptwäsche
kochendes Leder
pumpender Schmerz
schonungsloser Spülstop
neuer Druck
schon schleudern?
Schonschleudern
Spielstop

Samira Zingaro

Was man von Bäumen aus nicht alles zu sehen kriegt oder Jede verliert irgendwann ihre erste Liebe

Ich bin schon als Kind gerne Bäume hochgeklettert, kannte jedes Stück Holz in dem nahegelegenen Wald und später, als sich das Klettern nicht mehr schickte, habe ich begonnen, an Wänden und Felsen hochzuklettern. So saß ich in meinem Leben bereits auf unzähligen Baumwipfeln und Berggipfeln und habe mich von dort aus an den unbeschreiblichen Bildern erfreut, die sich jeweils vor mir ergossen. Man gewinnt oft Abstand von irdischen Realitäten und schafft sich auf diese Weise einen himmlischen Überblick. Doch vorgestern schwor ich mir aus tiefster Überzeugung, daß sich diese Vorliebe für immer ändern sollte. Denn was ich von diesem schicksalsschweren Baum aus zu sehen bekam, war mehr irdische Realität und himmlischer Überblick, als ich ertragen konnte, und ich wünschte, ich hätte es nie gesehen.

Vier Jahre habe ich mit Sophie verbracht. Vier mal vier Jahreszeiten. Macht sechzehn. Und dieser Sommer war der letzte. Ich war irgendwie weggetreten, fühlte einen Schock, eine Art Trauma, das mir das Gefühl verlieh, auf einem Hoch zu sein.
Nach zwei Tagen Rausch, Taubheit der Gefühle und einem 24-Stunden-FreundInnen-Programm fühlte ich mich endlich stark genug, Claudia, die Wohnungspartnerin meiner Ex-Freundin Sophie, zu treffen, um zu reden und den Gütertausch zu vollziehen. Mit Gütertausch meine ich, daß sie mir eine Plastiktüte gefüllt mit beinahe in Vergessenheit geratenen Unterhosen (immer eine sehr beliebte Ware), Kuschelpullis und CD's brachte. Wir tauschten die zwei Säcke gleich bei unserer Begrüßung aus. Ich seufzte wehmütig, denn Sophies Unterhosen und der restliche Inhalt waren mir im Laufe der Jahre schon ans Herz gewachsen. Lag ihr Geruch nun für immer in dieser Supermarkttüte?
Claudia, ihre Mitbewohnerin, nahm sich meiner an und schlug vor, uns auf die nächstgelegene Parkbank zu setzen, um zu reden und mich zu trösten. Ich mußte ausgesehen haben wie ein Kind nach der Trennung seiner Eltern, nur daß ich in diesem Fall selbst zu den Scheidenden gehörte. Nach einem kurzen Spaziergang Richtung Natur fanden wir einen Traumplatz mit Aussicht auf die Stadt und den Sonnenuntergang. Etwas skeptisch betrachtete ich die Himmelsfärbung und begann augenblicklich zu überlegen, ob es schon wieder Nacht wurde oder dies jetzt ein Zeichen für das ewige Ende des Tages sei. Ich hörte Claudia fragen, wie es mir gehe. Ich antwortete wahrheitsgetreu, daß ich mich wohl in einem Schockzustand befände und deshalb in wirklich guter Laune sei. Daß ich Sophies Argumente in meiner momentanen Rationalität verstehe. Daß wir noch jung seien, uns zu lösen versuchen sollten, um offen zu sein für andere Menschen. Daß sie halt Drogen fressen und Frauen vögeln will. Daß ich die Trennung nicht erwartet habe und daß für mich nach vier Jahren eine neue Zeit an-

bricht, deren Beginn ich nicht selbst bestimmt habe, sondern die mir aufgezwungen wurde. Von der Liebsten aller Liebsten. Etwas verwirrt und für Claudia wohl unverständlich beantwortete ich ihre banale Frage. Sie munterte mich mit ihrer Zuneigung auf. Sie hätte in den letzten Tagen viel an mich gedacht. Besonders als sie die andere in der Küche frühstücken sah. Claudia beschwerte sich lauthals, sie wolle doch mit mir frühstücken.

Ich mußte lächeln, auch ich hatte mich an all die Sonntage gewöhnt, als wir stundenlang am Küchentisch saßen und unsere Wochenenden rekapitulierten. Meist schlecht gelaunt, fühlten wir uns stets auf irgendeine Art verbunden. Das gehörte in das Bild. Drei Frauen, die verkatert und lustlos auf ihren Brötchen herumkauten. Und ich dachte daran, wie Claudia zu meinem Entsetzen nach dem Frühstück einen Joint zu rauchen pflegte.

So fuhren wir unzählige Stunden mit all unseren Theorien über das Leben und die Liebe und den Siff fort, weinten und lachten zur selben Zeit, gaben uns Wärme und Bestätigung.

Es war ein wunderschöner Abend, und man hätte nie vermutet, daß ich vor 72 Stunden von der Liebe meines Lebens verlassen worden war. Ich war stark und fühlte eine unglaubliche Energie, die mir bisher verborgen geblieben war. Plötzlich stieß ich wieder auf das Elementarste im Leben, das Atmen und Funktionieren. Nur so hatte ich die Möglichkeit weiterzugehen, obwohl alles nach Lähmung und Lüge stank. Wenn das Ich-Bewußtsein aus den trüben Gewässern einer langjährigen Symbiose auftaucht, die Vernunft im Bauch zu boxen beginnt und Klarheit nur im Rausch zu finden ist, dann entsteht ein Single in Kinderschuhen.

Ich wußte, meine Freundin hatte sich aus dem Nichts heraus von mir getrennt, trotz aller Liebe für mich entschied sie sich für sich, und trotz aller Liebe ging sie seit einer Woche mit einer anderen fremd. Es sei ihr Kopf, der nach Freiheit schreie und ihr Körper, der von Lust getrieben werde. Ich müsse ihre Gier dulden und sie loslassen. Ich war großzügig und hatte nicht einmal etwas dagegen einzuwenden, im Gegenteil, ich verstand sie. Ja, ich unterstützte sie sogar.

Nach einem endlosen Gespräch, vier Päckchen Zigaretten und zwei Sex on the Beach traf ich die falsche Entscheidung. Kann sein, daß ich diesen Entschluß aus unbewußten Vorahnungen oder Hoffnungen fällte. Ich kann dies in meiner Verwirrung nicht mehr genau nachvollziehen. Soweit ich mich erinnere, wollte ich Claudia mit guten Absichten nach Hause begleiten, um mir von dort aus ein Taxi zu rufen. Vielleicht sollte ich noch sagen, daß wir während unseres Rückwegs an unzähligen Taxis und Telefonkabinen vorbeizogen, doch ich bestand darauf, Claudia vor die Haustüre zu begleiten, zumal die Straßen dunkel und unheimlich waren.

Das erste was, ich sah, als wir vor Claudias Haus ankamen, war das Licht in der Wohnung. Wenn sich eine Glühbirne in deinen Körper brennt, kann etwas nicht stimmen. Mein Herz begann zu rasen. Claudia schlug sofort die Hände über dem Kopf zusammen und warf mir einen verzweifelten Blick zu, wie man es zu tun pflegt, wenn man eine gute Freundin vor dem schlimmsten Anblick bewahren will. Claudia gab zu bedenken, daß die andere heute bei Sophie zum Nachtessen eingeladen sei.

Wir stiegen auf die Terrasse, um zu

Bettina Fischer

sehen, ob das Licht aus Sophies Zimmer strömte. Es kam, wie erwartet, aus ihrem Zimmer. Von der Veranda aus brauchte man bloß einen Schritt zu tun, und man hatte die Möglichkeit, sich an einem Baum hochzuziehen und in ihr Zimmer zu blicken. Nicht nur zu blicken, nein schlimmer, der Ast war kaum zwanzig Zentimeter von der riesigen Fensterfront ihres Zimmers entfernt.
Es war der Baum, den wir jeden Sonntagmorgen zusammen angeschaut und an ihm jeweils die Jahreszeit abgelesen hatten. Es war der Baum, von dem wir im Herbst die Äpfel vom Bett aus pflückten. Es war der schönste und verfluchteste Baum überhaupt. Ein Baum, der die gaffenden Nachbarn im Sommer davon abhielt, über unser Sexleben Protokoll zu führen. ("Guten Morgen Herr B." "Hallo! Sind Sie neu hergezogen?" "Ja seit einer Woche." "Ich wußte gar nicht, daß Lesben so schöne Haare haben."...)
Es vollzog sich auf dieser Terrasse eine meiner Kurzschlußhandlungen, die ich mir und meiner unschuldigen Seele künftig lieber vorenthalten sollte. Doch was hatte ich in meiner Lage noch für Möglichkeiten? Ich konnte doch jetzt nicht ruhig nach Hause gehen und mich artig bei Claudia für den Abend bedanken. Der Abend war noch nicht zu Ende und die Nacht, wenn sie denn für immer über mich hereinbrechen sollte, schuldete mir eine Erklärung. Ich war schon immer so, suchte das Extreme und lief ständig und

oftmals absichtlich ins Messer. Das tut gut und tötet die Langeweile. Es läßt mich spüren, daß ich lebendig bin. Aber dieses eine Mal hätte ich gut daran getan, mich in Langeweile zu üben. Denn dieses eine Mal sollte mich so tief verwunden, daß es mich meiner Lebendigkeit beraubte. Es gibt Lebenssituationen, die mit all ihrer Grausamkeit scheinbar das Ende deiner Existenz hervorrufen, doch meist bedeuten genau solche Erfahrungen einen Anfang.

So stieg ich auf den Ast. Ich wollte mir die Hoffnung rauben, daß sie nur im Bett liegt und ein Buch vor dem Einschlafen liest. Ich stieg auf diesen Ast, um hassen zu können und endlich wieder zu weinen. Um die Gefühle zurückzugewinnen.. Um das Schlimmste überhaupt zu sehen.

Zu wissen, deine Freundin geht fremd und zu sehen, wie sie es tut, ist ein himmelweiter Unterschied.

Ich sah nur sie. Hätte nur den Arm auszustrecken brauchen und die Möglichkeit gehabt, sie an den Haaren zu ziehen. Spürte mein Herz rasen und meinen Verstand schwinden. Sie war nackt über einen vom Baum aus unsichtbaren Körper gebeugt. Zwanzig Zentimeter vor mir. Durch eine Glasscheibe getrennt. Sie bäumte sich auf, lächelte, warf ihre Locken nach hinten. Zweisamkeit. Harmonie. Ruhe. Kein Fick. Das was ich hier sah, war Zärtlichkeit. Zwanzig Sekunden schaute ich hin. Fassungslos, sprachlos, verloren und verletzt. Ich glaubte zu träumen oder zu spinnen. Ein Hieb tief in die Magengrube; dann überkam mich das Gefühl, vom Baum zu fallen, ein Sturz ins schwarze, unendliche Nichts. Ich schloß meine Augen. Öffnete sie wieder. Das Bild ging nicht weg. Auch nicht die Zärtlichkeit und ihr verdammt glückliches Lachen auf den Lippen. Ich wollte Sophie packen, alles rückgängig machen und erblinden. Vor mir schlief meine seit-72-Stunden-Ex-Geliebte mit einer anderen. Wie aus einem Koma erwachten urplötzlich meine Sinne, und auf einmal strömten die Luftzeichen meines Horoskops, der Zwilling und die Waage, zusammen und gaben mir die Rationalität und Gefühllosigkeit zurück. Jahrelang habe ich verzweifelt nach einem solchen Zustand gesucht, total beherrscht, in Kampfstellung ihr gegenüber zu treten, ohne Angst, ohne Hysterie. Nichts. Nie hätte ich gedacht, daß mich eine solche Kälte ausgerechnet in diesem schlimmen Moment befallen würde.

Auf einmal erschien mir das Leben so wunderbar schräg und absurd; ich mußte daran denken, daß sich in hundert Jahren kein Schwein mehr an diese Situation hier erinnern würde. Daran, daß nur ich allein dieses Bild sah und ein ganzes Universum auf mich niederprallte. Wie ich hier auf diesem Scheiß-Baum saß und meine Freundin zufällig beim Sex mit einer anderen erwischte. Auf einem knackenden Geäst. Um zwei Uhr morgens. Montags. Ich begann zu lachen.

- Claudia, falls du noch da unten bist, sage ich dir hiermit, daß ich das Schlimmste überhaupt vor mir sehe, und ich habe wirklich keine Ahnung, wie ich dies jemals verarbeiten werde. Ich weiß nur, daß ich so etwas noch nie gesehen habe, vor allem nicht zwanzig Zentimeter vor mir, in einem Bett, in dem ich vor einer Woche noch selbst lag, mit einer Frau, die mir noch vor einer Woche weismachen wollte, ich sei die Liebe ihres Lebens.

Claudia machte den letzten Versuch, mich davon abzuhalten, in die Wohnung zu stürzen und eine Katastrophe zu verursachen.

- Tu es nicht, ich verstehe dich ja, aber tu es nicht! Du wirst sie ganz verlieren, sie liebt dich. Enge sie nicht ein, sonst wird sie endgültig gehen.
- Es geht nicht darum, ob ich sie verliere. Es geht darum, ob sie mich verliert!

Ich weiß nicht mehr, wie ich von dem Baum herunterkam, die Straße entlang zur Haustüre rannte und die Treppen hinaufstürzte. Wenn ich es nicht getan hätte, wäre dieses Bild noch Stunden weiter zu sehen gewesen. Die ganze Nacht hindurch. Das wollte ich weder den Nachbarn noch mir antun und beabsichtigte, dies auf egoistische, jedoch menschliche Art zu verhindern.
Ich riß die Türen auf, betrat das dunkle Zimmer, wo die zwei Frauen, die wohl das Knacken des Astes gehört hatten, vorsorglich das Licht ausgeschaltet hatten. Mit einer vierjährigen Zielsicherheit fand ich in Sekundenschnelle den Lichtschalter.
Da stand ich nun vor zwei nackten Frauen; eine davon war meine Freundin oder Ex-Freundin, war meine Mutter, meine Schwester, meine Symbiose, meine beste Freundin, meine Geliebte und meine Leidenschaft.

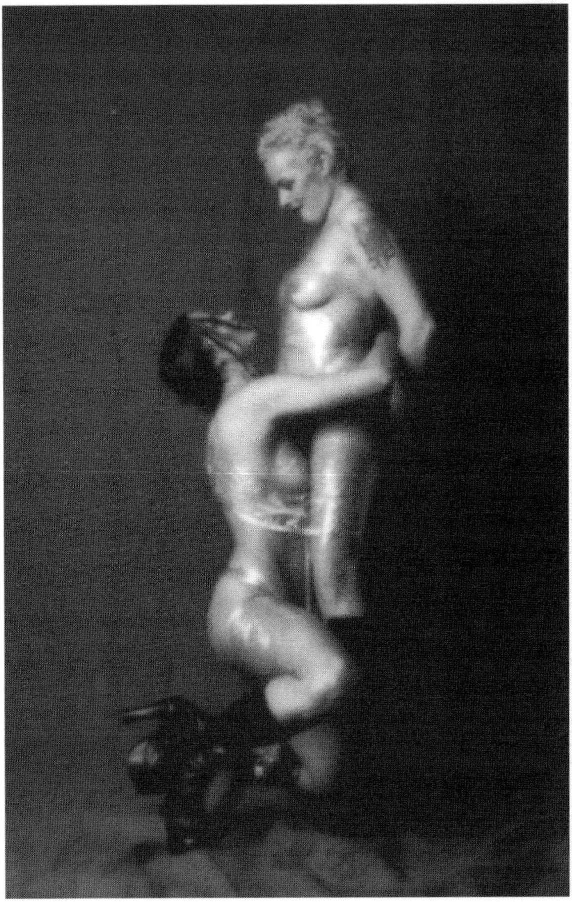
Bettina Fischer

Wir schauten uns an. Alle drei sprachlos. Bis die andere auf einmal mit ihrem lächerlichen St. Galler Dialekt Nein sagte. Ich befahl ihr, gefälligst zu schweigen und ging mit meiner Gar-nichts-mehr in die Küche, wo mir die Argumente ausgingen, als sei die Glühbirne erloschen und ich wieder voller Dunkelheit. Ich hatte kein Recht, ihr eine Szene zu machen, denn sie hatte unsere Beziehung vorher beendet. Sie war ehrlich gewesen. Ich wußte es.
- Ja, aber ich habe mitangesehen, wie du dich auf ihr lächelnd zurückgelehnt hast. Was hättest du denn gemacht?
- Ich hätte weggeschaut.
Sie unterdrückte ein Lächeln.
- Ich wußte, als ich das Knacken hörte, daß entweder die Nachbarn draußen Fußball spielen oder du auf dem Baum sitzt.

Sie wollte mir weismachen, daß sie mich noch immer liebe, doch momentan einfach rational sei und nur noch auf ihren Kopf hören wolle, der ihr diktiere, was gut oder schlecht sei. Ich hoffte insgeheim, daß die andere dies gehört hatte. Und plötzlich hegte die andere den Verdacht, die ganze Szene sei von uns beiden inszeniert gewesen. Ich hätte mich auf diesem Baum am Sex der beiden aufgegeilt, um unsere Liebe wieder aufzufrischen. Ich mußte schon wieder lachen. Als hätte ich nichts Besseres zu tun, als um zwei Uhr morgens auf einem Ast zu sitzen und verletzt zu werden.
Ich sah, daß allen die Argumente fehlten, daß sie genauso unter Schock standen und sprachlos waren; also ging ich, bevor noch jemand auf die Idee kam, mich aus der Wohnung zu schmeißen. Das hätte ich nicht verkraftet. Ich redete ihr noch Mut zu, sie solle ein wenig für sich schauen. Der anderen schüttelte ich beinahe die Hand, entschied mich jedoch lieber für die Mackervariante und sagte ihr freundlich, aber kühl, daß ich sie gern habe, sie mich jedoch ankotze und ich froh sei über jedes Feindbild, das ich mir aufbauen könne und daß sie es jetzt sei - mein Feindbild. Ich wünschte beiden noch einen schönen Abend und verließ die Wohnung.

Claudia war nicht mehr aufzufinden, und nach minutenlangem Suchen ging ich alleine die Straße entlang. Mit einem eingefrorenen Herzen. Ich hätte vielleicht noch auf eine Party gehen können. Ich lief, mußte mich übergeben und lief weiter. Mir gingen all die Liebesdramen im Kino durch den Kopf. Ich wünschte, hetera zu sein. Eine Lebensversicherung zu haben. In ein Flugzeug zu steigen, das mich in ein anderes Universum fliegen würde. Ich wünschte, sie wäre mit einem Mann fremdgegangen.
Ich lief ziellos durch die Dunkelheit. Ohne Tränen, aber mit einem Bild im Kopf, das schmerzte. Ich hatte es mir selbst ausgesucht und mir ähnliches auch vorgestellt. Doch es auf diese Weise zu sehen, das gehört zu den schlimmeren Dinge im Leben.

Es war ein Bild, das stank. Bis zum Himmel. Es stank nach Eifersucht und Verletzung, nach Fremdgehen und Verlogenheit, nach Verrat und Liebe. Es stank nach Trennung und Einsamkeit. Nach Herausforderung und nach Neubeginn.
Und während ich in der tiefsten und schwärzesten Nacht durch die Straßen zog, wurde mir deutlich, daß ich mit diesem Geruch wohl zu leben lernen mußte; und ich schwor mir, fortan nie mehr auf irgendwelche Bäume in Gärten meiner Freundinnen zu steigen.

Bettina Fischer

Barbara Richter

aus: The Erotic Review

Gloria – Eine Frau reitet ihren Weg
(Ein lesbischer Schicksalsroman)

Gloria ritt durch die Prärie und toupierte sich die Haare.
Sie versuchte es jetzt schon seit ein paar Tagen, aber es wollte ihr nicht gelingen, ihre Haare zu einem helmartigen Schopf aufzutürmen. Hilfesuchend wandte sie sich um.
Der Häuptling verzog keine Miene, ließ seinen Rappen aufschließen und brachte ihre Haare in Ordnung.
"Meine weiße Schwester braucht nur noch die Geduld eines Bären beim Lachsfang und das Geschick der Spinne, die ihr Nest webt, dann wird es auch ihr gelingen, den Schopf des Kriegers zu tragen."
"Danke", Gloria strahlte ihn an. Dann schob sie noch schnell ein "Mein roter Bruder" hinterher; sie konnte sich nicht so recht an diese Floskel gewöhnen. Ansonsten fand sie es äußerst nett von Winnetou, daß er ihr gezeigt hatte, wie sie ihre Frisur verbessern könnte. Überhaupt mochte sie den Häuptling sofort, als sie ihn und seinen weißen Bruder vor drei Tagen getroffen hatte.

Gloria betrachtete den Stand der Sonne; nicht mehr lange, und sie würde untergehen. Gloria überlegte, ob sie zu Dariah Mae reiten sollte. Die würde bestimmt auf die Kräuter warten, die Gloria ihr bringen sollte. Aber mittlerweile konnte sie sich viel besser vorstellen, einen Grizzlybären zu suchen und zu erwürgen, statt langweiliger, ungefährlicher Kräuter, weil ihr die Halskette von Winnetou, die aus den Krallen eines Grizzly gemacht waren, ausgesprochen gut gefiel. Oder noch ein bißchen mit Winnetou und Old Shatterhand zu reiten und Abenteuer zu erleben. Und dabei vielleicht Winnetous beste Freundin zu werden, so daß er ihr seine Grizzlybärenkette schenken konnte. Allerdings stand es, so fand Gloria, nicht allzu gut damit. Vor allem mit Old Shatterhand hatte sie ihre Probleme. Er redete

so abgehackt – und er redete ständig. "Und beachtet die Weite der Prärie und die Höhe der Berge. Und beachtet auch das kleine Wäldchen dort links und den Haufen Büffelscheiße. Und bedenkt, wer das alles geschaffen hat, und fühlt man sich nicht ganz klein und unbedeutend angesichts solcher Schöpfung?"- Blablabla. Daß die beiden jeden Abend kurz vor Sonnenuntergang miteinander fort ritten und für mindestens zwei Stunden verschwunden blieben, war ihr auch ein Dorn im Auge. "Fleisch machen" - pah!
"Weiße Schwester, wir müssen Fleisch machen, bevor es dunkel wird." Die haben wohl Angst im Dunkeln! Und das ich dann ewig lange alleine herumsitze, interessiert die nicht. Gloria brabbelte weiter vor sich hin. "Fleisch machen! Für wie blöd halten die mich? Sollen sie doch gleich sagen, Fleisch lutschen, hat doch keine was dagegen!"
Natürlich war Gloria eigentlich nur neidisch. Auch sie würde gerne zu zweit durch die Prärie reiten, vielleicht mit einer Lady, die sie zuerst vor irgendetwas retten könnte, woraufhin sie sich unsterblich verlieben würde. Oder besser mit einer Westläuferin, die Gloria retten könnte – nein, das ging nicht, Gloria war ja gar nie in Gefahr. Oder, noch viel besser, mit einer Gleichgesinnten, einer, die auch Westläuferin werden will, und sie würden sich gegenseitig retten und ineinander verlieben und gemeinsam zur Jagd reiten. Vielleicht würde ja Dariah Mae doch eines Tages Lust haben und mitkommen? Und mit welcher auch immer – da war Gloria ganz sicher – sie würde nicht jeden Tag bei Sonnenuntergang Fleisch machen, sie würde zweimal täglich, nein fünfmal täglich – mindestens – Fleisch machen!
Gloria riß sich von diesem Gedanken los und trieb ihr Pferd zwischen Winnetou und Old Shatterhand.
"Nun, Maam, wir beraten gerade darüber, ob es nicht Zeit ist, das Lager aufzuschlagen" wandte Old Shatterhand sich an sie.
"Meine weiße Schwester wird müde und hungrig sein", ergänzte Winnetou, "der Häuptling wird mit seinem weißen Bruder Fleisch machen gehen, sobald wir eine geeignete Lagerstätte gefunden haben."
"Oh nein, ich bin gar nicht müde. Ich möchte auch mal mit einem von euch Fleisch machen gehen." Vielleicht hatte sie ja Glück?
Gloria beobachtete gespannt, wie die Farbe aus Winnetous bronzenem Gesicht wich. Und trotz Old Shatterhands blondem Krausbart konnte sie gut erkennen, daß er rot wurde. Meine Güte, dachte Gloria, so schlimm konnte es doch nicht sein. Es war ja auch nicht gerade so, daß sie sich darum reißen würde, aber wäre es für sie nicht besser als nichts und für die beiden eine kleine Abwechslung?
"Uff uff", stieß Winnetou hervor "meine weiße Schwester will mit Winnetou oder seinem weißen Bruder Fleisch machen gehen?"
"Ja, klar!" Gloria versuchte, aufmunternd zu klingen.
"Nun Maam, macht euch nicht die Mühe, wir erledigen das gerne!"
"Die Silberbüchse Winnetous und der Bärentöter Old Shatterhands verfehlen ihr Ziel nie", versuchte Winnetou es.
"Ach, ich glaube, meine Lipstick ist auch nicht übel." Gloria hielt ihr hübsches Gewehr, an dessen Schaft die Spiegel glänzten, hoch. Sie wollte sich nicht so schnell abwimmeln lassen.

Gloria hätte die Diskussion gerne noch länger fortgesetzt, da fielen ihr Spuren in die Augen.

"Guckt mal!" Sie wies auf den Boden. Erleichtert sprangen Winnetou und Old Shatterhand von ihren Pferden und suchten jeden Zentimeter des Bodens genau ab, wobei sie immer größere Kreise zogen. Gloria zog es vor, sich alles vom Pferd aus anzusehen.
Nach ein paar Minuten bemerkte Old Shatterhand: "Vier Pferde."
"Die Augen meines Bruders gleichen denen eines Adlers. Winnetou stimmt zu. Drei kamen von Osten. Sie sind hier auf die vierte Person gestoßen", sagte Winnetou.
"Der Scharfsinn meines roten Bruders ist unfehlbar. Und dann sind sie in eine Richtung weiter geritten", fügte Old Shatterhand hinzu.
"Mein weißer Bruder hat wie immer recht. Entweder sie trafen sich hier, oder sie begegneten sich zufällig."
Gloria gähnte verstohlen und sah sich um. Daß darüber hinaus die Spuren etwa eine Stunde alt waren und nach diesem Treffen eine wilde Verfolgungsjagd stattgefunden hatte, sah doch jedes Kind.
"Ich hab was gefunden", rief sie und pflückte ein paar lange, rote Haare von einem Baum. Ihre Gefährten sahen sich die Haare genau an. Dann sprang Old Shatterhand auf sein Pferd. "Kommt", rief er, "wir müssen hinterher!" Winnetou ritt jetzt auch los.
"Ja aber was denn?" Gloria verstand nicht. Sie hatte aber grundsätzlich nichts dagegen, jemanden zu verfolgen. "Was ist denn jetzt? Sagt mir endlich mal jemand, was hier los ist?" Gloria fand, eine Antwort wäre nicht zuviel verlangt.
"Winnetou und ich verstehen uns, ohne sagen zu müssen, was wir denken. Das war von Anfang an so. Wir sind eine Seele mit zwei Körpern" rief Old Shatterhand ihr zu. "Wir brauchen uns nur anzusehen, um zu wissen, was wir wollen. Ja, selbst wenn wir weit voneinander entfernt sind, so handeln wir doch im Einklang. Das liegt an unserer tiefen Zuneigung und gegenseitigen Ergebenheit. Euch das jetzt zu erklären, würde viel zu lange dauern."
"So lange wie die Erklärung jetzt?" fragte Gloria bissig zurück. "Macht es Spaß, immer nur mit seiner eigenen Seele Fleisch zu machen?" schrie sie noch, aber Old Shatterhand hörte sie nicht und so beließ sie es dabei. Bald würde es zu dunkel sein, um in diesem Tempo weiterzureiten. Und dann würde sie noch etwas zu dieser Erklärung zu sagen haben! Sie einfach so abzufertigen!

"Und jetzt?" fragte Gloria, als die Spuren nicht mehr zu erkennen waren. An einem Wald angelangt kamen sie überein, auf die gegenüberliegende Seite zu schleichen, um herauszufinden, ob dort jemand war. Gloria seufzte, denn sie schlich nicht gerne. Es ruinierte die Fingernägel, wenn sie sich nur auf Finger- und Zehenspitzen fortbewegte. Und die Stiefel. Konnten sie nicht einfach um den Wald herumreiten? Gloria seufzte noch einmal, versteckte ihre Haare unter einem Tuch und schlich los.
Lautlos bewegten sie sich durch den Wald. Gloria schlich vor, wobei sie im Weg hängende Zweige geräuschlos abknickte und die Bruchstellen sorgfältig mit Erde beschmierte. Auf diese Weise würde nicht auffallen, daß hier erst kürzlich jemand vorbei gekommen war. Sie wußte, daß Winnetou als Letzter jedes Blatt wieder an die richtige Stelle rücken und jeden Grashalm wieder aufrichten würde. Sie persönlich fand diese Methoden ja etwas paranoid, aber so waren nun einmal die üblichen Gebräuche des Schleichens.

Endlich sahen sie ein Feuer durch die Bäume schimmern. Gloria hörte seltsame, keuchende Geräusche, ab und zu auch dumpfe Schläge. Und auf alle Fälle keuchte und stöhnte hier und da eine Frau. "Uih", dachte sie, "sollte ich schon wieder in eine Sex-Orgie geraten sein? Vielleicht ist eine Westernbraut für mich dabei?" Wie auch immer, sie fand, daß die Beschlichenen wohl abgelenkt genug waren und krabbelte etwas schneller weiter. Sie schaute sich um; Winnetou und Old Shatterhand folgten ihr. "Olle Spanner, die beiden", Gloria mußte grinsen, "würde ich ja nie tun!" Unter einem dichten Gebüsch fand sie sicheren Unterschlupf und eine gute Sicht. Winnetou und Old Shatterhand lagen neben ihr.
"Uff, uff", sagte Winnetou.
"Pshaw", sagte Old Shatterhand.
"Hoppla", sagte Gloria.
Eine Frau mit einem langen roten Pferdeschwanz sprang gerade mit einem Salto über das Feuer und schoß dabei einem Gegner mit einer Pistole ins Bein. Zwei andere lagen auf dem Boden, rappelten sich aber wieder auf.
"Sollen wir helfen?" fragte Gloria aufgeregt.
"Meine weiße Schwester mag abwarten und zusehen", antwortete Winnetou. Gloria legte sich bequem auf den Bauch und sah zu. Nach dem Salto folgte ein FlicFlac. "Wow", dachte Gloria und stützte ihr Kinn auf ihre Hände. Die Frau hockte jetzt kurz auf dem Boden. Dann sprang sie wieder hoch und mit beiden Füßen gegen einen Gegner; gleichzeitig schoß sie wie wild auf den Dritten, der gerade auf sie zukam.
"Kurze Hosen! Sie trägt kurze Hosen!" Gloria fuhr hoch. Winnetou drückte sie wieder auf den Boden.
"Meine weiße Schwester mag aufpassen!" mahnte er. "Old Lara C. schießt viel." Old Lara C.! Gloria war beeindruckt. Sie, deren Name jedes Kind kannte, von der unzählige Geschichten an den Lagerfeuern erzählt wurden, deren Name in einem Atemzug genannt wurde mit Winnetou, Old Modesty B., Old Scarlett O.H.! Es hieß, sie sei aus Old England und die Tochter eines Herzogs oder Earls oder ähnliches. Und daß sie Indianergräber suchte und überhaupt ein Faible für Altertümer hatte. Und daß sie ziemlich viel schoß.

Der Kampf fand nun ein schnelles Ende; mit einem kurzen Aufschrei streckte Old Lara C. ihren letzten Gegner mit dem Messer nieder.
"Winnetou begrüßt seine große weiße Schwester Old Lara C."
Gloria wunderte sich zunächst, daß Winnetou nicht aufstand bei seiner

Simone Müller

Begrüßung, fand dieses Vorgehen aber sehr klug, als Old Lara C. sich blitzschnell umwandte und mehrere Schüsse in seine Richtung abfeuerte.
“Oh – Winnetou? Bist du´s?” Eine so helle Stimme hatte Gloria nicht erwartet.
“Howgh.” Zusammen mit Winnetou kamen auch Old Shatterhand und Gloria aus dem Gebüsch.
Tatsächlich kurze Hosen. Gloria starrte auf die langen, hübschen Beine. Wie konnte sie damit nur reiten? Und bis zu den Zähnen bewaffnet. Mehrere Patronengürtel hingen um ihre Schulter. Aus Seitentaschen an den Hosen schauten Messer und Pistolen. Wie kann sie damit so schöne Salti machen? Die leicht eckigen und abgehackten Bewegungen ließen jedoch darauf schließen, daß es doch ein wenig störte. Und wie hatte sie bisher diese enorm großen Brüste übersehen können? Nur wegen der kurzen Hosen. Ganz in ihre Betrachtung versunken verpaßte Gloria die Begrüßung der drei und horchte erst auf, als ihr Name fiel.
“Guten Tag”, sagte Old Lara C.
“Tag”, sagte Gloria. Diese Beine! Diese Brüste! Diese kurze Hose!
“Sehr erfreut, dich kennen zu lernen” sagte Old Lara C. Manieren hatte sie auch! Ob rote Haare wohl zu blonden paßten? Gloria zog das Tuch vom Kopf.
“Was machen wir mit den dreien hier?” fragte Gloria.
“Liegenlassen”, sagte Old Lara C.
“Howgh”, sagte Winnetou.
“Prima”, sagte Gloria.
“Sollte nicht selbst der übelste Schurke noch Menschlichkeit erfahren? Sollten wir nicht eine helfende Hand ausstrecken und gute Samariter sein?” fragte Old Shatterhand.
“Nein!” sagten Gloria, Winnetou und Old Lara C. gleichzeitig.
Nach einer Weile hatten sie einen geeigneten Lagerplatz gefunden.
Old Shatterhand erzählte, wie er und Winnetou in diesen Teil der Prärie gekommen waren, Old Lara C. erzählte, wie sie in diesen Teil der Prärie gekommen war, und widerwillig erzählte Gloria, daß sie eigentlich Kräuter hatte suchen sollen und nur versehentlich in diesem Teil der Prärie gelandet war. Danach erzählte Old Shatterhand unermüdlich Lagerfeuergeschichten. Gloria guckte auf Old Lara C.´s kurze Hose. Old Lara C. hörte aufmerksam zu. Winnetou spielte mit den Fransen an Old Shatterhands Leggins herum.
Als der Mond aufging, unterbrach Old Shatterhand sich: “Wir sind heute nicht dazu gekommen, Fleisch zu machen. Vielleicht sollten mein roter Bruder und ich es jetzt versuchen; die Vorräte werden bald zur Neige gehen.”
Winnetou fuhr hoch. “Mein weißer Bruder ist so klug wie der Fuchs und so listig wie die Schlange. Doch auch der Fuchs geht nachts nicht auf die Jagd.”
“Mein roter Bruder kennt die Prärie wie kein anderer. Er weiß, daß es klüger wäre, jetzt noch für Mundvorrat zu sorgen, da niemand wissen kann, ob morgen die Zeit dafür ist.”
“Der große Mannitou sorgt für seine Kinder. Mit Old Shatterhands Geschick wird es uns auch morgen gelingen, Nahrung zu finden.”
Gloria war begeistert. Sie stritten sich, tatsächlich, sie stritten sich. Es war nicht gerade das, was sie unter einem ordentlichen Streit verstand, aber immerhin. Nachdem sie tagelang unter der aufdringlichen Fleischmacherei gelitten hatte und sogar so weit war, daß sie selbst mit jeder oder jedem Fleisch gemacht hätte, gab ihr diese Zickerei ein tiefes Gefühl der Genugtuung.

"Ich schlage vor, Gloria und ich gehen Fleisch machen." Old Lara C. klang bestimmt.
Was war das? War es das, wonach es sich anhörte? "Au ja, au ja!" dachte Gloria, sagte aber gedehnt: "Meinetwegen."
Old Lara C. steckte noch schnell fünf Pistolen und drei Messer ein – ein Zeichen dafür, daß sie die Situation als ungefährlich einschätzte, befand Gloria – nahm ihre zwei Gewehre und ging voran.
Mit erhobenem Kopf schlenderte Gloria Old Lara C. hinterher. Sollte das Vorzeigepärchen sich doch weiter streiten. Sollten sie weiterhin ihre langweilige Sonnenuntergangsfleischmacherei betreiben. Sie schaute auf die Beine, die roten Haare und die kurzen Hosen. "Fleisch machen!" dachte Gloria, "Fleisch berühren, Fleisch küssen, Fleisch kneten, Fleisch lecken!" Sie schaute auf die zackigen Bewegungen der Hüften und den wippenden Pferdeschwanz. "Sex!" dachte Gloria, "Sex, Sex, Sex!"
"Setz dich", sagte Old Lara C. nach einer Weile, "und schließe die Augen." Wie befohlen setzte Gloria sich mitten in die Prärie. Was würde geschehen? Würde Old Lara C. sie jetzt küssen, zärtlich, tief, anmachend? Würde sie sie von hinten umfassen, ihre Brüste streicheln, ihren Nacken küssen, an ihren Ohren knabbern? Hatte sie eine echte Butch vor sich?
Gloria hörte das Scheppern von Pistolen und blinzelte. Old Lara C. hatte sich ihr gegenüber hingesetzt und die Augen geschlossen.
"Unsere Seelen müssen eins werden", sagte Old Lara C.
"Wie, eins werden?" dachte Gloria. "Wie meine Obermetzger? Ich will nicht so werden wie die. Ich will Sex." Nun ja, vielleicht brauchte Old Lara C. diese Art von Vorspiel, und wenn es was nützte...

Kerstin Drechsel

"Oh, ja, gerne!" hauchte sie.
"Spürst du die Schwingungen? Laß dich in unser Energiefeld fallen!"
Gloria bemühte sich. Sie betrachtete Old Lara C.´s lange Beine. Und wie sie in die kurze Hose mündeten. Warum trugen nicht alle Frauen kurze Hosen? Es würde ihr die Arbeit durch zig Unterröcke ersparen.
"Bist du noch da?" fragte Old Lara C.
"Japp", sagte Gloria.
"Konzentriere dich und vereinige dich mit mir!"
War das eine Aufforderung? Konnte sie Old Lara C. jetzt küssen? Durfte sie die betörenden Beine streicheln und die ausladenen Brüste liebkosen? War es jetzt so weit, das Geheimnis der kurzen Hosen zu ergründen? Ein Griff, und das Fleisch wäre in ihrer Hand. Sollte sie jetzt Fleisch machen?
"Bist du noch da?" fragte Old Lara C.
"Japp", schnappte Gloria.
"Öffne dich und spüre meine Energie!"
Gloria rackerte sich redlich ab. Sie fühlte sich schon schrecklich geöffnet. Sie stellte sich vor, wie es wäre, sich mit Old Lara C. in der Prärie herumzuwälzen, ihr die wenigen Kleider von Leib zu reißen, sie zu beißen, zu lecken, ihre Arme festzuhalten und an den Brustwarzen zu saugen. Sie wie wild zu vögeln – vielleicht ginge das auch mit einer Pistole, wenn sie sie vorher entlud? Und wie es wohl wäre, von Old Lara C. berührt zu werden, die so lange Beine hatte und so schöne Salti machen konnte. Wie es sich anfühlte, wenn Lara ihr mit beiden Händen über die Oberschenkel fuhr, die Hüften, den Bauch. Gloria würde es dann nicht mehr aushalten können und sich den Händen schamlos entgegenrecken. Sie würde sich nichts mehr wünschen, als daß die Hände ihr Schamhaar verwüsteten, mühelos zwischen ihre Schamlippen glitten und ganz

Kerstin Drechsel

tief in sie hinein. Gloria stellte sich vor, daß sie dann hingehalten würde, und wie sie sich wand und wimmerte, wie sich das Nähern des Höhepunkts anfühlte, wie es sich stetig und unaufhaltsam ankündigte. Und wie der Orgasmus sich anfühlte, was es wohl für einer werden würde? Heftig und kurz, so daß es sie durchschütteln würde, oder so ein ganz inniger, der bis in die Fußspitzen ging, einer, der in den Ohren rauschte. Aber Schluß jetzt mit der Theorie!
Gloria beugte sich vor und strich über Old Lara C´s Knie.
"Unterbrich nicht den Energiefluß!"
Glorias Hand zuckte zurück. Und was war mit ihrem eigenen überschäumenden Energiefluß? Old Lara C. saß mit geschlossenen Augen da und schien die Energie wohlig zu fühlen. Das konnte doch wohl nicht alles sein? Sollte sie es noch einmal versuchen? War irgendetwas an der Verabredung, Fleisch zu machen, mißverständlich? Wußte nicht wirklich jeder und jede, was das hieß? Gloria war beleidigt. Sie wußte nicht, wohin mit sich, die ganze aufgestaute Erregung tat ihr jetzt weh, ihre Klit fühlte sich wie ein Eiswürfel an, im Magen hatte sie einen Klumpen vor lauter Enttäuschung und im Hals auch!

Old Lara C. hingegen atmete regelmäßig und entspannt. Sie sah ein wenig entrückt aus. "Und nun?" fragte sich Gloria. Vielleicht sollte sie kleine Steinchen auf Old Lara C. werfen? Und wenn sie einfach sich selbst auf Old Lara C. warf, sich wild an ihr rieb und sie nahm?
Old Lara C. seufzte tief und schlug die Augen auf: "Ach, das tat gut. Das mache ich, so oft es geht, es entspannt und fördert die Konzentration. Findest du nicht?" Sie sammelte ihre Pistolen auf, schulterte die Gewehre und ging beschwingt Richtung Lager.
Steif und unwirsch stakste Gloria hinterher. Wohin nur mit der Enttäuschung? "Du, Old Lara C., ich bin stärker als du, und schneller bin ich auch!"
Old Lara C. lachte freundlich.

Am nächsten Morgen verabschiedete Gloria sich von der Gesellschaft; die drei wollten nach Frisco, zu irgendeinem Westläufer- und Westläuferinnentreffen. Gloria lehnte es eisern ab mitzukommen. Sie würde jetzt Kräuter und als Draufgabe ein paar Blümchen pflücken und zu Dariah Mae nach Westwood reiten. Dariah Mae brauchte keine fließende Energie. Dariah Mae wollte richtig angefaßt werden. Und Gloria arbeitete sich gern durch unzählige Unterröcke. Während Dariah Mae ihre Patienten operierte, könnte sie schon daran denken, und wenn Dariah Mae dann blutbeschmiert wiederkäme, würden sie es auch in Wirklichkeit TUN. Dariah Mae würde zärtlich "Oh, Sully!" zu ihr sagen, und dieses Mal würde Gloria nicht finden, daß es ein blöder Spitzname wäre.
Nach einer wortreichen Verabschiedung, als sie schon auf ihrem Pferd saß, beugte sie sich noch einmal zu Winnetou. "Winnetou, mein roter Bruder, sag mal, darf ich mal fragen, was ihr eigentlich genau tut, wenn ihr Fleisch macht?"
"Ein Krieger ist verschwiegen wie der Mund des Felsens und die Lippen der Nacht. Meiner weißen Schwester Gloria, die ihre Augen immer so wohlgefällig auf Winnetous Grizzlybärenkette ruhen ließ, will der Häuptling es aber sagen: Winnetou und Old Shatterhand sind eine Seele mit zwei Körpern. Wenn sie Fleisch machen, üben sie sich darin, eine Seele mit einem Körper zu werden."
"Japp", sagte Gloria und ritt ihren Weg.

Stephanie Kuhnen

Bussi Bär hat keinen glamourösen Sex
Interview

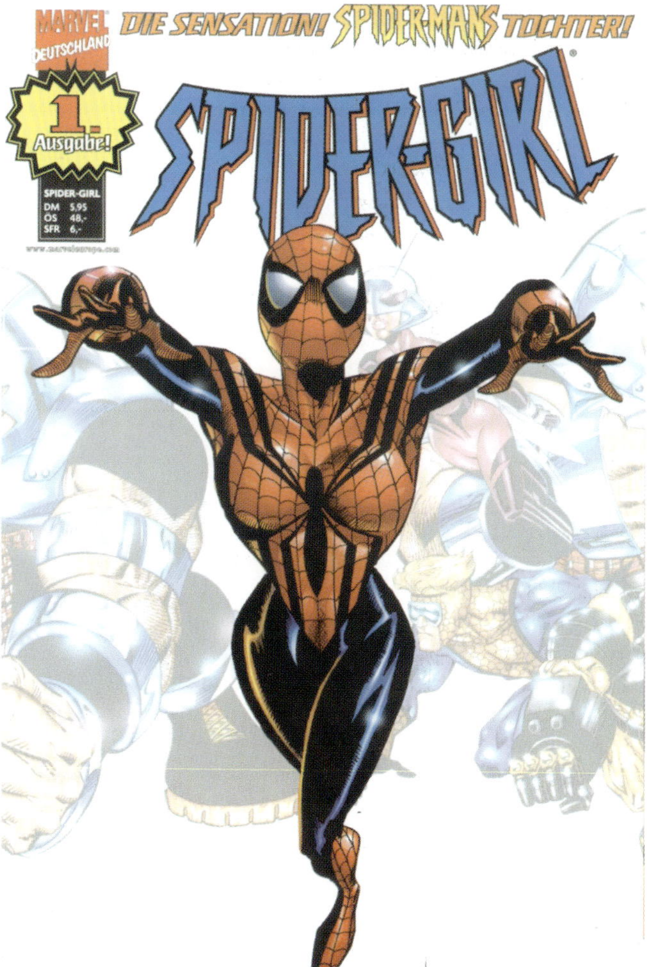

Stephanie:
Ich habe schon als Kind angefangen, Comics zu sammeln. Als ich vier war, sind meine Eltern in die USA gezogen . Vorher kannte ich nur *Bussi Bär* und *Fix und Foxi*. Die fand ich schon damals unspannend. In Amerika kannte ich die Sprache noch nicht. Daher konnten sie mir also keine Kinderbücher kaufen, da haben sie mir dann Comics mitgebracht. Die meisten waren aus der Marvel-Reihe. Das sind diese Superhelden, *Superman*, *Spiderman*, *die Fantastischen Vier* u.a.. Ich wußte zwar noch nicht so genau, mit wem ich mich identifizieren sollte, aber ich hätte gerne *Wonderwoman* zur besten Freundin gehabt. Und wäre natürlich gern *Superman* gewesen. Als wir 3 Jahre später nach Deutschland zurückgezogen sind, haben mir meine Eltern die Comics wieder weggenommen, weil sie meinten, für Mädchen wär das nichts und sowas ist eben Schund. Da war's dann aber schon zu spät.
Interessanterweise liest meine Mutter auch Comics. Sie hat mir regelmäßig *Asterix und Obelix* Hefte mitgebracht, die ich dann immer eine Woche nicht zu sehen bekam, weil sie die erst selber gelesen hat. Wir können heute noch sämtliche Dialoge auswendig.

Über die Jahre habe ich mich zu einer echten Sammlerin entwickelt. Das heißt auch zu Comicbörsen zu gehen, auf der Jagd nach Raritäten, vergriffenen Heften oder günstigen Importen. Das ist nach wie vor eine Männerdomäne, und ich bekomme nicht selten verdatterte Blicke von Comicfreaks, die sich in ihre Große-Jungen-Welt penetriert fühlen, weil eine Frau ebenfalls frühe Mangas und sämtliche *Captain Future* Folgen kennt und gezielt nach Zeichnern und Sonderausgaben fragt. An die jungen Mädels, die alles von *Sailor Moon* sammeln, haben sie sich gewöhnt und sehen sich von kleinen Mädchen in ihrem Fachwissen auch nicht bedroht.

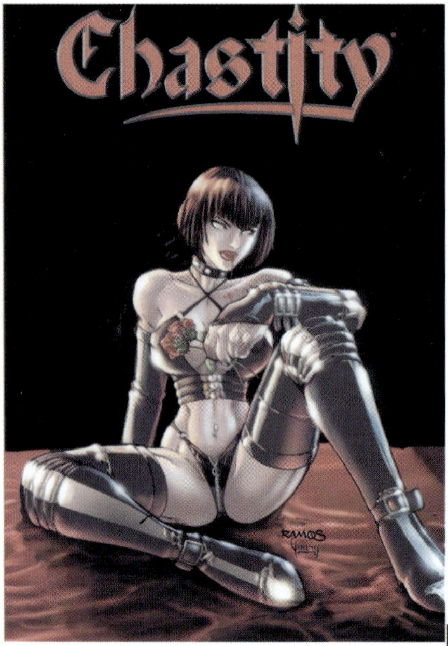

Bei den Erotikcomis interessieren mich die, in denen die Frauen diese klassische Superheldinnenanatomie haben, also total überzeichnet sind. Sie haben diesen unwirklichen Körperbau. Wahrscheinlich wollte ich schon immer mit *Catwoman* wilden Sex haben und dabei *Spidergirl* sein oder so. Zur Zeit habe ich mich in *Purgatori* verliebt. Sie ist eine Vampirdämonin mit einer recht eigenen Auffassung von Gerechtigkeit, und sie ist lesbisch! In einem Heft bringt sie den Despoten Dracula in die ewigen Fledermausjagdgründe und saugt Luzifer persönlich aus. Das fand ich ziemlich anarchistisch und frech für dieses Genre Oder *Chastity*, eine Heldin, die in den Mittsiebzigern während der Punkära in London zur Vampirin wurde. *Chastity* trägt supercoole Fetischleibchen aus Lack und Latex, hat überhaupt einen sehr sexy Stil. Ein Sex'n'Drugs'n'Rock'n'Roll-Vampircomic.

Es gibt viele Zeichner erotischer Comics, die ich ziemlich gut finde, besonders den Amerikaner Michael Manning. Seine Art zu zeichnen , schwarzweiß, mit hoher Abstraktion, der Sex ist meistens pansexuell, Lesben, Schwule, viel Transgender, Männer mir

Ich kaufe mir eigentlich alles, was mich anspricht, also nicht, um irgendetwas komplett im Regal stehen zu haben, wo es dann verstaubt. Sondern Sachen, die ich immer wieder gerne lese oder ansehe. Das eine sind richtig klassische Kunstcomics wie von Art Spiegelman, Enki Bilal, Moebius und Hergé. Aber auch vereinzelte Serien wie *Strangers in Paradise*, die sich um eine supersweete Frauenfreundschaft dreht, *Bone* von Jim Smith, *Modesty Blaise* oder *The Invisibles* von Grant Morrison. Vereinzelt auch Crossover-Sonderausgaben, in denen diverse Superheldinnen miteinander in die Schlacht ziehen wie *Vampirella/Catwoman* oder *Lara Croft/Witchblade*. Und eben sogenannte Adult-Comics. Die bekommt man dann eher selten im Laden oder am Bahnhofskiosk, weil viele auf dem Index stehen. Dafür muß man sich dann schon ein bißchen lang machen, um dranzukommen. Gefreut hat mich ja sehr, daß man beim auch solche coolen Hefte aus den USA bekommt wie das Bondagecomic *BLONDE* von Saudelli oder diverse lesbische Pornocomics wie *Two Hot Girls*. Letzteres ist schon deswegen ein super Sexcomic, weil es Geschichten von "echten" Lesben erzählt, aber von einem Typ geschrieben und gezeichnet wurde. Also keine Tussen mit langen Fingernägeln, sondern auch Liebe ist im Spiel.
Die Betreiberin vom Lesbenkaufhaus hat auch Ahnung, ist für Anfragen immer offen und kann Sachen besorgen.

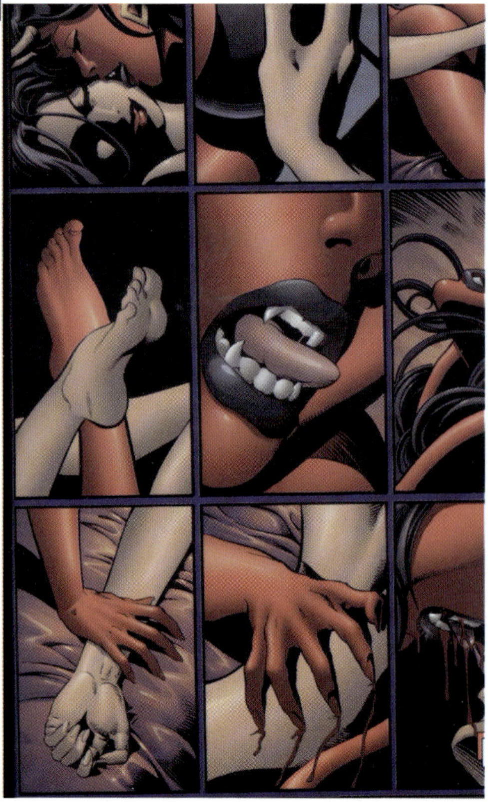

Mösen, Frauen mit Schwänzen, Fetischoutfits, SM-Strecken - einfach brilliant.
Leider gibt es kaum Frauen, die solche Comics zeichnen. Andererseits, warum sollte ich da einen Unterschied machen und nicht an den Fantasien von Männern partizipieren. Wenn es mir gefällt und mich teilweise auch anmacht, wär ich doch blöd, wenn ich mein Unterbewußtsein ignorieren würde. Außerdem gibt es mittlerweile viele Comiczeichner, die gerade die Subkulturen und ihre Ethik in ihre Stories integrieren. Und meiner Meinung nach sind Bilder tatsächlich weniger subtil und manipulativ in ihrer Wirkung als Worte. Worte nehmen erst in meinem Kopf Gestalt an, da erbringt mein Gehirn die Interpretation.
Und das macht diese Comic-Heldinnen zur sehr viel einfacheren Projektionsfläche, weil ich auch visuelle Vorgaben habe. Ansonsten liebe ich einfach die Verbindung von Sex und Wonderwomen. Wonderwomen haben Sex mit anderen Superfrauen, sind also sexuelle Wesen. Das ist der Teil Popkultur, den ich nur in Nischen finde.

Die erotischen Comicbilder finde ich tatsächlich anregend. Erregung ist visuell erzeugbar. Das ist eine ganz andere Form der Erregung als die durchs Lesen. Erstaunlicherweise funktionieren Pornofilme bei mir nicht. Ich habe keinen eigenen Spielraum für meine Phantasien. Das sind ganz eindeutige drastische Vorgaben. Dazu kommt, daß noch ein zusätzlicher Sinn einbezogen wird. Das auditive Konsumieren von sexuellen Bildern ist mir manchmal einfach zu intim und das ist nicht meine Intimität. Sex in Comics hat auch ein seine eigene Romantik, die es in Pornos nicht gibt. In sehr vielen Comics sind die Figuren Gesetzlose, moderne Robin Hoods.
Es ist diese Mischung aus Blut und Weltretten, auf eigene Faust gut sein und Sex und Existenz. Also alles, was man als Kind so tagträumt und später als Erwachsene einfach ein wenig erweitert.
In Verbindung mit Erotik zeigen Comicbilder sehr starke leidenschaftliche Gefühle. Der Sex ist fast immer eine Spur brutal gezeichnet. Das findet im tatsächlichen Leben natürlich nicht so statt. Weil wir "zivilisiert" sind. Auch beim realen Geschlechtsakt versuchen wir, uns möglichst "zivilisiert" zu verhalten. Wirkliche Hemmungslosigkeit oder Animalität gelten für Frauen in den seltensten Fällen als Ideal. Bei Comics gibt es diesen Spielraum, so was wie ganz elementare sexuelle Energien zu zeigen.
Außerdem zeigen Comicbilder in den einzelnen Panels eine sehr ausschnitthafte Sexualität. Im realen Leben, empfindet man Sex als Ganzes, mit allen Sinnen, mit dem ganzen Körper, also nie selektiert. Ein Biß kann sehr viel drastischer gezeichnet werden, eine Reduzierung und Verschärfung dessen, was man beim Sex als Ganzes spürt. Oder einfach nur das Bild einer Hand, die sich wollüstig in das Fleisch eines Oberschenkels gräbt und tief rote Striemen zieht. Diese kleinen Sequenzen aus dem Sex in dieser überdeutlichen Form dargestellt, finde ich mitunter sehr anregend.
Die Zeichnungen der Comics sind ja zugleich auch eine harmlose Ausarbeitung dieser elementaren Energie, die ja auch sehr zerstörerisch sein kann. Das ist jetzt natürlich ein Klischee, aber ich denke, Sexualität ist jenseits von Zerstörerischem und Erschaffenden, man muß sich nur entscheiden, in wel-

che Richtung man sie lenken will. In der Realität muß man sich gegen das Zerstörerische entscheiden. Comics, finde ich, können das aufbrechen. Zumal uns auch körperliche Grenzen gesetzt sind, von denen Comicfiguren verschont sind. Das ist auch der Reiz von *Lara Croft*, so knapp bekleidet mit diesen Riesentitten, bezweifle ich, daß sie damit wirklich einen Tyrannosaurus erledigen kann, aber es geht um dieses Übermenschliche der Comicfiguren. Diese Superheldinnen sind überhaupt immer sehr leicht bekleidet. Im realen Leben würde man natürlich nie im kleinen Latexkostüm die Welt retten gehen, aber die können das und sehen dabei cool aus. Das macht es sexy. Alles wirkt sehr glamourös. Comicfiguren haben einfach glamourösen Sex!!

Leider werden viele Comics, wie beispielsweise SM-Comics von Erich van Gotha und Pichard, indiziert und sind nur erschwert zugänglich. Dabei wissen die meisten Jugendliche doch von vornherein, daß Comics rein fiktiv sind. Ich finde Literatur im Prinzip gefährlicher. Weil Literatur viel subtiler wirkt als ein Comic. Wenn ich eine Roman lese und innerhalb eines Plots schweinische oder gewalttätige Sachen passieren, nehme ich sie in einem Roman mehr auf, als ich das rein visuell, in einem Comic tue. Im Comic sehe ich es mit der absoluten Sicherheit – und das egal wie alt ich bin – daß das ein "Märchen ist" – es geht schnell hinein und schnell hinaus, die Welten sind getrennt. Anders als wenn ich das wirklich intellektuell verarbeiten muß. Vielleicht hat das geschriebene Wort auch mehr Autorität.

Sophie:
Wenn du Bilder hast, also Comics, stellt sich das von selbst unmittelbar in einen Zusammenhang. Wenn du liest, mußt du dir das erst aus den einzelnen Zeilen zusammenbauen. Während des Lesens entsteht das Bild. Wenn du zum Beispiel Vergewaltigungen hast und du hast nur den einen Satz, der die Penetration beschreibt, dann mußt du das in dem Moment selber intellektuell in den Zusammenhang der Vergewaltigung stellen. Wenn du das gleiche in einem Comic hast, dann gibt es dazu gleich das ganze Bild. Deswegen finde ich, daß Gewaltdarstellungen in Schrift sehr viel suggestiver sein können. Die Literatur entsteht in deinem Kopf, das setzt sich vielleicht anders fest, auch die Gewalt. Comics leben von der Überzeichnung, du siehst es sofort, aber es ist irreal. Du kannst dir keinen normalen Menschen vorstellen, der so aussieht. Bei einem literarischen Satz stelle ich mir noch immer einen eher realen Menschen vor, die Trennung zwischen Realem und Irrealem ist schwieriger. Ich kann die beschriebene Situation im Kopf schönen.

Stephanie:
Es ist ja auch nichts Schlechtes daran, wenn man sich von gewaltdarstellenden oder sehr drastischen SM-Szenen in Erotikcomics anturnen läßt. Das sind Fantasien, reine Fiktion. Sex und Gewalt sind ganz elementare Energien, die in soweit nur nicht ins reale Leben geholt werden sollten, als daß sie anderen Menschen physischen oder psychischen Schaden zufügen. Fast jede Frau hat Vergewaltigungsfantasien (viele Männer übrigens auch), aber keine will und darf vergewaltigt werden. Viel gefährlicher als Sexcomics mit gewalttätigen Szenen, finde ich diese "Sex und Gewalt"-Verbindungen, die gesellschaftlich legitimiert sind, wie zum Beispiel Armeen; ein Haufen junger, durchtrainierter Kerle mit sadomasochistischen Strukturen, in schnittigen Klamotten und schicken Glaubensgrundsätzen überfällt nach Spielregeln, die sie selbst oder andere Männer aufgestellt haben, eine andere Armee und schlägt möglichst gekonnt auf sie ein. Das ist leider real. Was nützt da eine wohlmeinende Bundesprüfstelle, wenn die Realität völlig legal brutaler als ein Comic ist? Es sind die großen Jungs mit ihren realen Horrorspielzeugen, die die Zivilisation bedrohen, nicht fiktive Bilder. Da baller ich doch lieber vorm Computer mit *Lara Croft* auf Zombies und Mutanten oder genieße ein Comic, in dem *Vampirella* die Vatikanvampire in tausend Stücke zerfetzt.

EROS Comix: Two Hot Girls
EROS Comix: Saudelli; BLONDE I.-III.
AMEROTICA: Michael Manning: Cathexis
PURGATORI, CHASTITY und LADY DEATH bei Chaos!Comics

Anja Weber

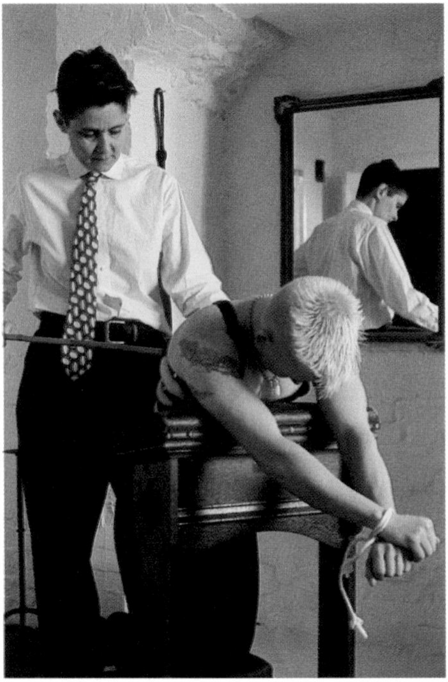

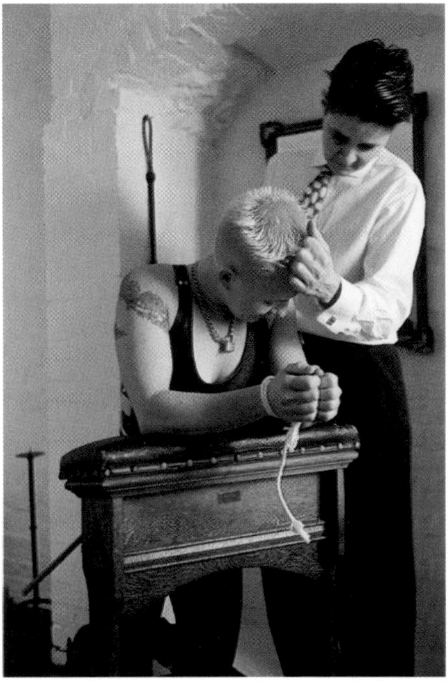

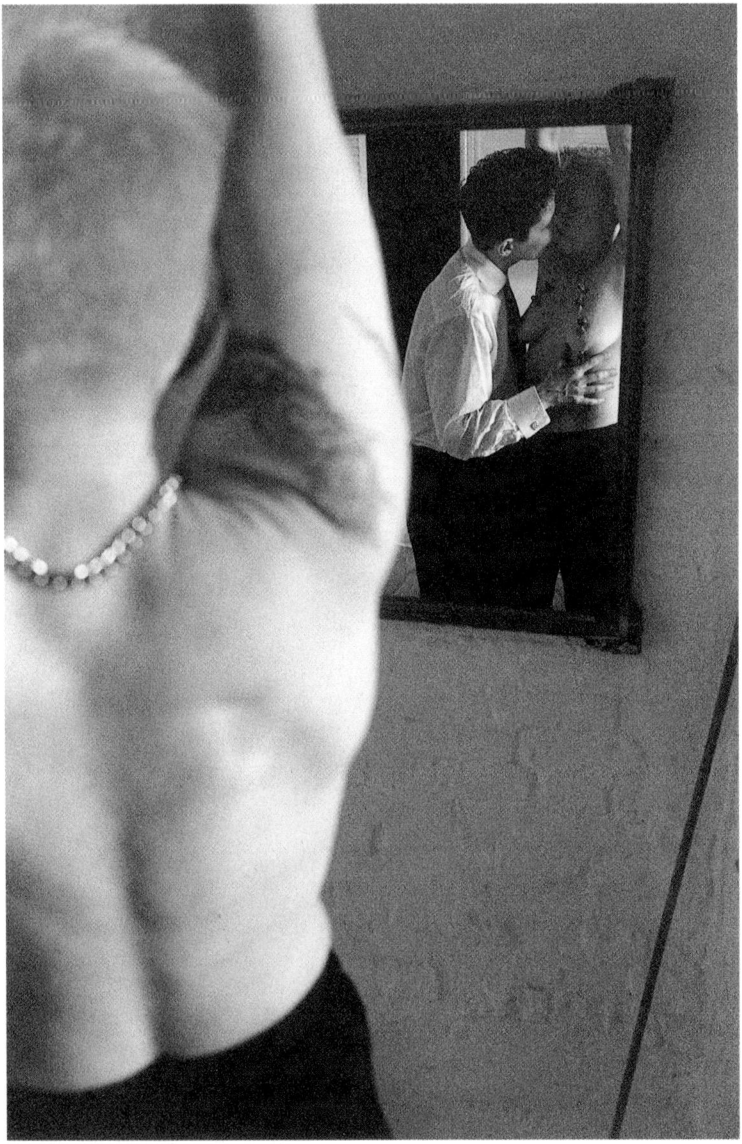

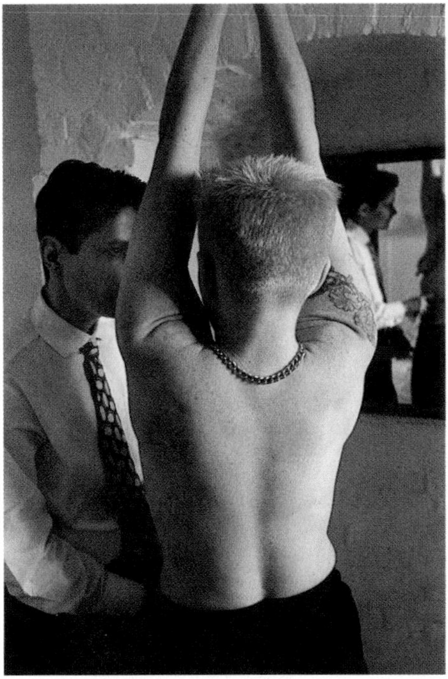

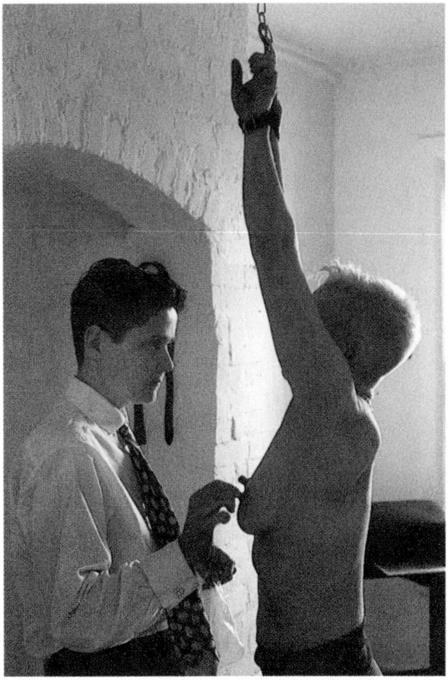

Anna Weiß

Hände

Ich platze aus meinem Körper, ertrage ihn nicht mehr. Es frißt mich auf, ohne daß es ein Ventil gibt. Ich bin nichts anderes mehr als dieses Verlangen. Ich möchte raus gehen. In ein Lokal, eine Bar, wo Frauen sind.

Frauen, die meinem Körper ansehen, wie er angefaßt werden möchte. Coole Frauen, die mich warten, betteln lassen mit meinem Körper. Sie sitzen an der Bar auf ein Bier, auf der Jagd. Nein, jagen tue ich. Sie lassen sich Zeit, sie haben die Zeit. Die Frauen begutachten mich beim Hereinkommen, das lange Haar offen, im leichten Rock und Bluse.

Der Rock gerade so lang, daß er halterlose Nylonstrümpfe erahnen läßt. Ein paar der Frauen kenne ich schon. Eva sitzt mit drei Freundinnen und spielt Karten. Ich lehne mich an die Bar, bestelle irgendwas, hoffe. Mein Körper schwingt, meine Beine tragen mich kaum. Die Lippen leicht geöffnet, mit großen Augen stehe ich und warte.

Ich kenne auch ein paar von den Femmes. Wir reden manchmal miteinander vor dem Spiegel. Von einer habe ich Evas Namen erfahren. Befreundet bin ich hier nicht. Meine Freundinnen habe ich in meinem anderen Leben. Gute Freundinnen, die von dieser Bar nichts wissen. Die nicht wissen, wie ich zerfließe, wenn eine starke Frauenhand von hinten in meine offenen Haare greift und meinen Kopf langsam zur Seite nach hinten zieht, bis ich fast in die Knie gehe: Evas Begrüßung. Die anderen Frauen sehen zu. Ich spüre einen Blick auf der schwarzen Spitze, die meine Schenkel bedeckt. Eva kommt nah an meinen Rücken und bewegt dann meinen Körper vorwärts, in Richtung der Toiletten im Hintergrund der Bar. Sie führt mich durch das Lokal, öffnet mit ihrer freien Hand die Toilettentür und stößt mich hinein. Die Tür schließt sich und wir sind allein.

Die Hand immer noch in meinen Haaren, drückt sie mich an die Wand. Meine Brüste und meine Wange werden fest an

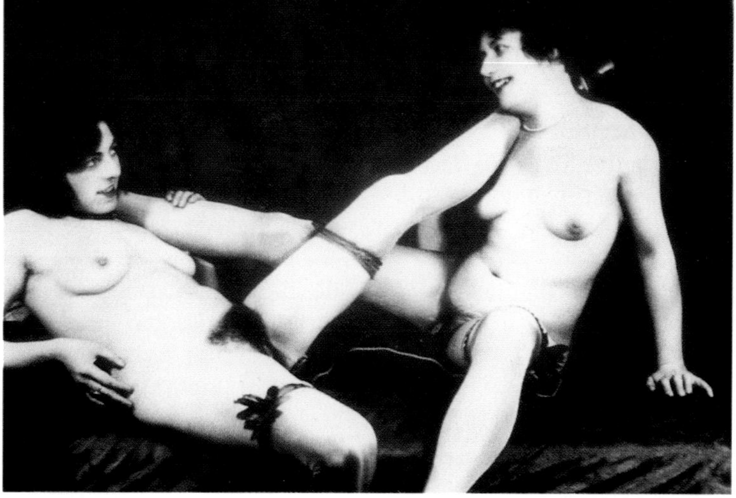

die Wand gepreßt. Mit ihrer freien Hand nimmt sie meinen Rock, schlägt den Saum nach oben und steckt ihn im Bündchen fest. Sie zischt lobend, als sie meinen nackten Hintern sieht, und spreizt meine Beine: "Braves Mädchen." Langsam löst sie ihre Hand aus meinen Haaren und tritt zwei Schritte zurück. Ohne Worte weiß ich, daß ich mich nicht rühren darf. Sie sucht in ihren Taschen. Dann zündet sie sich eine Zigarette an, raucht, schweigt und schaut mich an. "Nimm die Arme nach oben!" Ich gehorche sofort. Drücke die Arme an die Wand über mir. Lege den Kopf noch weiter in den Nacken und spanne meinen Rücken ins Hohlkreuz, um mich anzubieten. Meine Möse ist weh vor Verlangen nach ihren Händen.
"Was möchtest du, Kleine?"
Ich stöhne auf, versuche, mit meinem Körper zu antworten. Sie muß doch sehen, wie sehr ich ihre Berührung brauche. Sie sieht es.
"Sag es, sonst kriegst du gar nichts. Sag, was du möchtest." Streng, ihre Stimme.
"Bitte!" mit rauher Stimme.
"Bitte was?" sagt sie unnachgiebig.
"Bitte, faß mich an", flüstere ich.
"Anfassen? So?" Sie streicht mit ihren Fingern langsam über meine Haut, die Linie des umgeschlagenen Rockes entlang.
"Oder so?"
Sie gibt mir einen Schlag auf den Hintern, dann tritt sie wieder zurück. Mein Becken zuckt ihr hinterher, und es sprudelt aus mir heraus:
"Bitte, faß mich richtig an, faß mich dort an, faß mich an, wo du möchtest, nur vögel mich." Daß sie ja nicht geht, denn das könnte ich jetzt nicht mehr ertragen.
"Sehr brav bist du heute - und sehr heiß, hm?".
"Bitte!" stöhne ich heraus. Das Rascheln von Plastik. Sie streift Handschuhe über und tritt nah heran. Eine Hand hält meine Hüfte, mit den anderen Fingern fährt sie bestimmend der Linie meines Körpers entlang zwischen meine Beine und dringt mit zwei Fingern ganz langsam in meine Möse ein. Mir entfährt ein Wimmern der Erleichterung, das ich sofort unterdrucke. Die draußen dürfen mich nicht hören. Dennoch stöhne ich weiter, als sie mich langsam fickt mit ihrer harten Hand. Mein Körper antwortet ihr, ist ein Bogen in ihren Händen. Die Tür geht auf. Eine Frau kommt herein. Ich kann sie nicht sehen, weil mein Kopf von der Tür abgewandt ist und ich mich nicht zu rühren traue. Mein Körper verspannt sich, was Eva mit harten, schnellen Stößen ihrer Hand bestraft, die mich vor Schmerz aufstöhnen lassen. Es sind mehr als zwei Finger.
"Sie klingt gut" sagt die Fremde. Eva lädt sie mit einer Bewegung ein zu bleiben. Ohne Vorwarnung dringt sie jetzt mit einem Finger der anderen Hand in meinen After ein. Wieder gebe ich mich unter den brennenden Schmerz ihrer Hände, werde weich und offen und antworte bereitwillig. Als mein Körper dem Orgasmus entgegen treibt, wird sie härter und schneller, bis ich mich ergebe und komme. Sofort nimmt sie ihre Hände von meinem Körper und tritt zurück. Sie stehen da und sehen mich an, während ich aufgelöst und noch zuckend an der Wand lehne und warte. Die Fremde geht. Eva streift die Handschuhe ab und gibt mir einen Klaps auf den Hintern, meine Erlösung, dann geht sie auch. Ich richte meinen Rock, wasche mir das Gesicht, glätte mein Haar. Gehe zurück in die Bar zu meinem Drink. Eva spielt schon wieder an ihrem Tisch, wer die Fremde war, kann ich nicht sagen.
Ich bleibe noch eine Weile.

Gvhe Sagwu Ungadali

Frau und Mann in einem
Ein Chat über indianische Auffassungen zu Homosexualität

<Patience> Good evening, Gvhe Sagwu Ungadali
<Gvhe Sagwu Ungadali> Good evening, Patience, how are you?
<Patience> Fine, thanks, hope so are you?
<Gvhe Sagwu Ungadali> Yes *s*
<Patience> Where are you from?
<Gvhe Sagwu Ungadali> Oklahoma
<Patience> Berlin, Germany here
<Patience> That's an interesting name you have, what language is that?
<Gvhe Sagwu Ungadali> that's Cherokee
<Patience> oic, thank you - does it mean anything?
<Gvhe Sagwu Ungadali> yes... Gvhe means Wildcat and Sagwu Ungadali means One-Feather
<Patience> Wildcat OneFeather... what a name!
<Gvhe Sagwu Ungadali> LOL
<Patience> Are you Cherokee?
<Gvhe Sagwu Ungadali> Eastern Cherokee and Blackfeet *S
<Patience> Sorry to ask, I've met so many people in chats with native-sounding nicknames who weren't really Natives...
<Patience> Can I ask you a question, Gvhe?
<Gvhe Sagwu Ungadali> Shoot
<Patience> I read something about native perception of homosexuality as the people being two-spirited...
<Patience> ... is that right?
<Gvhe Sagwu Ungadali> yes... but not all Nations call it two spirit... I think the word came from a Lakota interpetation...
<Gvhe Sagwu Ungadali> but gay people where seen as having the spirit of both man and woman and some where held in very high positions *S
<Patience> high positions such as?
<Gvhe Sagwu Ungadali> most sat on coucil and made many decisions for their clan
<Gvhe Sagwu Ungadali> the Natives believe you have both spirits inside you... it was thought that gay people had both in a spiritual way *S
<Patience> What exactly does that mean?
<Gvhe Sagwu Ungadali> well... let me try to get it worded right
<Patience> *S*
<Gvhe Sagwu Ungadali> ok... like if a man was feminine...
<Gvhe Sagwu Ungadali> then he was said to have a great female spirit inside him and he could feel both man and woman things equally
<Gvhe Sagwu Ungadali> he would then be allowed to perform female duties as well as men's
<Patience> and that was seen as an advantage?
<Gvhe Sagwu Ungadali> yes... because roles were very important... eveyone had a specific job to do and...
<Gvhe Sagwu Ungadali> they would be able to do both *S
<Patience> what were those duties?
<Gvhe Sagwu Ungadali> basic living really... hunting... gathering... sewing... providing for the clan... skinning... etc
<Patience> men's or women's?
<Gvhe Sagwu Ungadali> both... the men did mostly hunting... the women did most everything else... LOL
<Patience> LOL... what's left of these roles today, if anything?
<Gvhe Sagwu Ungadali> oh geeeezzzzz.... nothing... today's lifestyles don't call for the work that was done by the Natives before the Europeans came over
<Patience> I thought so... well maybe the gals go shopping and the men... well... ummm... :-)
<Gvhe Sagwu Ungadali> LMAO
<Patience> no the men should go shopping...

<Gvhe Sagwu Ungadali> oh gawd NO!!!!
<Gvhe Sagwu Ungadali> LMAO
<Patience> *sighs* things are *definetely* not as they used to be...
<Gvhe Sagwu Ungadali> the way the Europeans perceived the Indians was NOT the way they really were
<Patience> yes, I think I understood that...
<Gvhe Sagwu Ungadali> it was a Matriarchal Society
<Patience> in all the Nations?
<Gvhe Sagwu Ungadali> yes... the women were the healers
<Gvhe Sagwu Ungadali> the child bearers where VERY important...*S
<Patience> were two-spirited people accepted when they bonded to a person of the same sex?
<Patience> Were there women couples?
<Gvhe Sagwu Ungadali> not as much as men that we know of...
<Gvhe Sagwu Ungadali> and the Apache were known to banish 2 women that got together *sigh*
<Patience> although they acknowledged them to be two-spirited?
<Gvhe Sagwu Ungadali> yes... they had to live outside the clan... not in the circle
<Patience> why's that? *shock*
<Gvhe Sagwu Ungadali> not sure really... there hasn't been too much research in this area.
<Patience> as to the men... they could live together? Hold hands (or whatever they did)? Have sex?
<Gvhe Sagwu Ungadali> it wasnt so much the sex thing that was spoken of... just the behavior of the two spirit people... there is a book out...*thinking of the name*
<Gvhe Sagwu Ungadali> its about a two spirit man.... I think from the Hopi Nation
<Gvhe Sagwu Ungadali> and the title is two spirit in the Hopi language
<Patience> *looking for her Hopi dictionary* *s*
<Gvhe Sagwu Ungadali> LOL
<Patience> I've read about Hopis acknowledging more than one sex - like a third between men and women - would that be the same as two spirit?
<Gvhe Sagwu Ungadali> yes *S
<Patience> these men were allowed to wear women's clothes...
<Gvhe Sagwu Ungadali> every Nation had their own interpretation of the situation *S
<Patience> ...and were given special spiritual education...
<Gvhe Sagwu Ungadali> yes
<Gvhe Sagwu Ungadali> and some woman were Warriors
<Patience> am thinking of Christians...
<Gvhe Sagwu Ungadali> Christians???
<Patience> ...Catholics especially...
<Gvhe Sagwu Ungadali> how did we go from Native to Catholics??? LOL
<Patience> many have the position that if you're homosexual, that's okay cause God made you that way... but...
<Gvhe Sagwu Ungadali> oh
<Patience> it's okay as long as you don't act it out...
<Gvhe Sagwu Ungadali> lol
<Patience> that is: don't have any unnatural relationships...
<Patience> in other words: DON'T FUCK!
<Gvhe Sagwu Ungadali> no no... Natives were a live and let live kind of ppl *S
<Gvhe Sagwu Ungadali> note the WERE!
<Gvhe Sagwu Ungadali> hehe
<Patience> So how's it today?
<Gvhe Sagwu Ungadali> not great... there's been alot of gay bashing on reservations
<Patience> now how could *that* be given the spiritual tradition???
<Gvhe Sagwu Ungadali> most everything is lost now a days... dont forget...
<Gvhe Sagwu Ungadali> our traditions were pasted down orally... and when the whites took the children away... they were not allowed to speak their language or practice their spirituality
<Patience> So native teens coming out to their families can't expect to have it any easier than everyone else?

<Gvhe Sagwu Ungadali> HELL NO!!!

<Gvhe Sagwu Ungadali> Natives have taken on white ways

<Patience> Just imagine... Natives taking on white ways, whites being so fascinated with Natives they pretend to be Natives... what a world

<Gvhe Sagwu Ungadali> LOL

<Patience> what do you mean when the whites took the children away?

<Gvhe Sagwu Ungadali> well they came to the homes and took away the Indian children to make them Christian and make the "savage" go away!

<Patience> oh yes, sure... *getting sick*

<Patience> I still wonder about the sex...

<Patience> Over here, homosexuality has almost always been defined over the body and its desires...

<Gvhe Sagwu Ungadali> can't help you there... sorry... I wasn't there!

<Patience> oh, ok - what a pity...

<Gvhe Sagwu Ungadali> same here... everything is about sex... LOL

<Patience> Can you tell me more about other Nations views of it, else than Lakota and Hopi?LOL

<Gvhe Sagwu Ungadali> the Cherokee were the same live and let live kind of people too

<Gvhe Sagwu Ungadali> there are a lot of Nations... I can't go thru them all... LOL

<Patience> But is it that two-spiritedness is practically as good as heterosexuality because one of the partners has a strong part of the other sex? (You get that...?)

<Patience> So it's not *really* homosexual?

<Gvhe Sagwu Ungadali> ummm

<Gvhe Sagwu Ungadali> *scratching head*

<Patience> LOL

<Gvhe Sagwu Ungadali> either it's too early or too late for me to understand what you mean... LOL

<Patience> another try...

<Patience> homosexuality at least in Europe has always been banned (whatever you call it)...

<Gvhe Sagwu Ungadali> *listening harder*

<Patience> because people of the same sex bonded, which was seen as unnatural...

<Patience> now given that at least one of the two...

<Gvhe Sagwu Ungadali> ok

<Patience> has a strong spirit of the *other* sex (a two-spirited woman is "half a man") -

<Gvhe Sagwu Ungadali> right... lol

<Patience> and bonds with another woman, you could call it "heterosexual" again...

<Patience> so it's not that bad in this logic...

<Patience> ?

<Gvhe Sagwu Ungadali> well...

<Gvhe Sagwu Ungadali> it wasn't really labled like it is now...

<Gvhe Sagwu Ungadali> it just was

<Gvhe Sagwu Ungadali> that's hard to comprehend in this day and age

<Patience> I see, just a try... lol

<Gvhe Sagwu Ungadali> LOL

<Gvhe Sagwu Ungadali> there were many old ways that just were with no lables... no explanations *S

<Patience> Were there distinctions made like we do today with butch and femme? Any such thing?

<Gvhe Sagwu Ungadali> nope

<Gvhe Sagwu Ungadali> just was... lol

<Gvhe Sagwu Ungadali> it wasn't " defined"....

<Gvhe Sagwu Ungadali> it just *was*... LOL

<Patience> *thinks she gets the point*

<Gvhe Sagwu Ungadali> ok... well... I think it's pillow time for me...

<Patience> oh, ok then, I'd better not keep you from getting enough sleep *S*

<Patience> It's been a pleasure... Thank you so much, and see you soon!

<Gvhe Sagwu Ungadali> Pleasure's all mine... byeeeeeeee!!!! *S*

<Patience> Bye and good night!

Antje Strubel

lakonie

von rosen redet sie, ein schwuler hat sie
ihr geschenkt, die blume ist hinüber wie
der abend, es ist vier uhr früh,
im auto ist es kalt.
sie redet von rosen, sie hat ihre tapeten
rosa gestrichen aus versehen, sie hat zu-
viel weiß in die farbe getan,
da entsteht rosa, sagt sie, ich lege das
lenkrad aus den händen, drehe am licht,
warte, daß sie aussteigt oder anfängt.
die wände sollten rot werden, sagt sie,
hellrot, aber wenn du zuviel weiß hinein-
mischst, entsteht rosa, sagt sie,
sie meidet meine augen, dreht den blu-
menstiel zwischen den fingern. ich wußte
nicht, wieviel man nimmt, flüstert sie,
es stand nicht drauf.
dann legt sie sich über mich und zeigt
mir das fenster, wo sie wohnt zwischen
rosa tapeten.
ich halte meine hände still.
beim tanzen war ihr schritt kantig und
fest, jetzt fallen blätter von der rose, die-
ses schreckliche rosa, sagt sie,
sie richtet sich umständlich wieder auf
und streichelt die visitenkarte. sie ver-
tauscht mich mit meiner telefonnummer,
weil sie glaubt, ich kenne freud.
entschuldigung, sagt sie, ich habe wohl
zuviel getrunken.
draußen fällt schnee unter eine laterne,
wir haben uns erst gestern kennengelernt,
so früh am abend, und als sie später an
die bar kam, war ihr gesicht sehr weiß.
jetzt führt doch immer einer die liegesit-
ze vor, oder? sagt sie und lacht. im film.
und pause.
na dann.
sie legt die finger an den türgriff. magst
du die rose haben? fragt sie. ich meine,
für die heimfahrt. dann bist du nicht so
ganz allein. ein schwuler hat sie ihr ge-
schenkt. am auto beim einsteigen hat er
sie verwechselt und ihr einen antrag ge-
macht. jetzt liegt die rose in meinem
schoß, neben dem zündschlüssel, wir frie-
ren, und das standlicht ist an.
sie kann mich nicht einladen in ihre rosa
wände, sie hätte es längst getan. sie wird
nicht gehen, und sie wird nicht anfangen,
es ist immer dasselbe. ich würde es nicht
mögen, wenn sie anfängt. der sitz hat
hebel wie in jedem film.
sie küßt gut, denn sie ist erleichtert.
das auto riecht danach nach alkohol.
und draußen gehen die laternen aus. es lag
an der Anleitung auf der Verpackung,
sagt sie, es stand nicht drauf.
sex im auto hab ich nie gemocht.

Kirsten Bilz

Meike Reichardt

Barbara Krantz

Heilige Nacht

Dies ist die Nacht der Weihe. Wir schließen die Fenster und ziehen die Gardinen zu. Draußen ist es finster, und du bist hier. Es ist die dunkelste Zeit des Jahres, doch ich bringe dir mein Licht. Ich bin Lucia und du bist Maria, und während wir einander in den Armen halten, schreiben wir die alte Geschichte neu. Wir legen Zeugnis ab unserer Würde, unserer Herkunft und unserer Leidenschaft. Wenn ich deine Schultern entblöße, durchzieht dich ein Schauer. Heute nacht zeugen wir das Kind. Heute nacht wird uns ein Sohn geboren. Heute nacht erscheint uns die Engelschar, und ich versinke in deinen Haaren. Es begab sich nämlich zu der Zeit, daß alle Welt geschätzet wurde. Ich bat dich in mein Haus. Betrachte meine Schätze, lege dein Zeug ab und weihe mich ein. Ich traf dich beim Einkauf, doch unser Konsumrausch begann erst danach. Wir lagen noch im Bett, als die heiligen Drei an unsere Türe klopften und um Einlaß baten. Wir stellten fest, daß wir das neue Jahr verschlafen hatten und sprangen erschrocken aus den Federn. Mit wirren Haaren und eilig übergeworfenen Kleidern standen wir im Flur, als die drei an uns vorüberrauschten und im Schlafzimmer auf die Knie fielen. Tag und Nacht hatten wir das Bett mit unseren Säften getränkt, ohne zwischendurch die Laken zu waschen. Der Duft war betörend. Wir dachten, das sei der Grund dafür, daß alle drei zu Boden gingen, kaum hatten sie das Zimmer betreten, doch dann begannen sie zu singen, und wir blickten einander verwundert an. Wir folgten ihnen, und da lag

Bettina Fischer

es, das Kindlein, die Frucht unseres Schoßes. Es nuckelte an seinem Daumen und schaute zu uns auf. Meine Augen füllten sich mit Tränen, und Marias Brüste schossen voll Milch. Sie legte den Sohn an, um ihn zu stillen, oh heilige Nacht. Die drei aus dem Osten überreichten Gold, Weihrauch und Myrrhe, bevor sie uns schließlich verließen und wir das Bettzeug wechselten, um erneut ins Schlafzimmer Einzug zu halten.
Seither versuche ich, in jedem Jahr aufs Neue das Kindlein zu zeugen, zu gebären und an meiner Brust zu stillen. In der dunkelsten Zeit des Jahres, hinter geschlossenen Fenstern und zugezogenen Gardinen. Ich rufe dich, reiche dir den Kelch und erzähle dir die alte Geschichte neu.
Es begab sich zu der Zeit, daß ich dich beim Einkauf traf. Du standest in der

Buchhandlung auf der anderen Seite des Regals, als ich Tolstoi herauszog und wir uns in die Augen blickten. Ich lud dich zu mir nach hause ein, um dir meine Schätze zu zeigen. Du legtest deine Geschenke ab und bliebst. Unter der häßlichen Lampe im Korridor habe ich deine Lippen zum ersten Mal geküßt, die süß schmeckten und nach Metall rochen und so saftig waren, daß ich begann, an ihnen zu saugen, bis dein Speichel in meinen Mund rann und ich trank und trank. Ich entblößte deine Schulter und zauderte nicht. Meine Hand tastete sich an deine Wölbungen heran. Bei der ersten Berührung schriest du auf. Daraufhin riß ich dir die Bluse vom Leib und befreite deine Brüste aus ihren Haltern. Ich steckte meine Nase in deine Achsel und einen Finger in den Nabel. Du krümmtest dich leicht. Mit den Zähnen biß ich deinen Gürtel durch und schälte dich aus den restlichen Kleidern heraus. Du hieltest dich am Garderobenständer fest, der gefährlich wackelte, während ich einen Finger suchend und bohrend in dich hineinschob, ihn herauszog und wieder hineinschob, raus und rein, raus und rein immer schneller und schneller, während du keuchtest und stöhntest und zucktest und schriest. Du schwammst in deiner Feuchtigkeit, als du kamst, als du dich aufbäumtest, als der Kleiderständer umfiel, wir unter Jacken und Mänteln, Hüten, Mützen, Handschuhen und Schals begraben auf dem Boden landeten und ein dünner Strahl zwischen deinen Beinen hervorzusprudeln begann. Hellrotes Blut tränkte den Teppich und hinterließ einen dunklen Flecken darauf. Die häßliche Lampe läßt nun ihr Licht über deine Jungfräulichkeit scheinen, die mir damals das größte der Wunder schien. Maria verschwand, als Lichtmeß war. Ich ging auf die Straße, und als ich zurückkam, war die Wohnung leer, nur das Kind war noch da. Es nuckelte an seinem Daumen und schaute zu mir auf. Ich nahm es in den Arm, küßte es und erzählte ihm von seiner Mutter, die innert dreizehn Tagen empfing und gebar. Ich flüsterte ihm die Geschichte von den Heiligen ins Ohr und von den Geschenken aus dem Morgenland, das Kind lächelte dazu, es ähnelt seiner Mutter.

Danach kehrte ich in jedem Jahr zur selben Zeit an dieselbe hochheilige Stelle zurück. Im zweiten Jahr bereits lief der Sohn an meiner Hand. Ich nahm das Buch aus dem Regal und hob das Kind hoch, um ihm die Jungfrau Maria zu zeigen. Ihre Augen blickten uns an und segneten uns. Als ich das Geschäft verließ, trug ich das Kind und Krieg und Frieden immer noch auf dem Arm.

Silvia Fulde

"Szenelesbe"

Kaum die Trennung beschlossen
Steht schon die Nächste auf deiner Matte
Soll ich da traurig drüber sein
Was ich an dir hatte?

He du Kampflesbe, ich will nicht dein Betthäschen sein
Nee Kampflesbe, lieber bleib ich allein

Austauschbar wie eine Marionette
Da muß schnell ´ne andre her
Wenn ich´s nun auch so eilig hätte
Vielleicht gibt´s ja schon morgen keine mehr?

He du Powerlesbe, hast ´nen ziemlichen Verschleiß
Nee Powerlesbe, ich bin nicht ständig heiß

Du bist offen für alles
Ist das nicht toll
Beine öffnen für alle
Möchte wissen was das soll

He du Discolesbe, mach deinen Toilettensex allein
Nee Discolesbe, mich kriegst du da nicht rein

Du trinkst immer mehr
Und bist darauf noch stolz
Baust ´nen Bierbüchsenturm
Ach, was soll´s...

He du Kneipenlesbe, ich bleib erst mal allein
Nee Kneipenlesbe, ein bißchen Stolz darf´s schon sein

Versuchen Sie dieses Gedicht doch mal als Rap...

Xóchil Andrea Schütz

Fardy C.: Zwölf mal Leben

2. April
Tagebucheintrag
An nichts kann ich mehr glauben. An die Liebe sowieso nicht. Wie traurig, wo ich mich so nach ihr sehne, so sehr. [...]
Nach dem Tag und unseren Orgasmen liege ich auf dem Rücken, Campher im Arm, sie den Kopf an meiner Brust und Schulter, in Seitenlage ein "Ich brauch dich" hauchen im Halbschlaf. Auch wenn's nur für den Augenblick ist, das habe ich schon ein Stück gelernt. Sonst würde ich das Zusammensein mit ihr gar nicht mehr ertragen.
Also eine Affäre. [...] Ihr Hin und Her ist schwierig für mich. Sie: "Ich vermisse an Dir Weichheit. Vertrauen. Zutrauen." Dann: "Wichtig für deine kommenden Beziehungen." Und dann: "Damit hab ich wohl jedes Gefühl zerstört." Und ich noch: "Warum?"
Du hast mir erklärt, vor einigen Jahren, da wären wir ein glückliches Paar gewesen, da wolltest du auch noch Zeit und Entwicklungen oder so. Und nicht nur den puren Glücksmoment, weil frau ja doch mit keiner allein ganz glücklich sein kann. Ach Campher. du Kind, kleine süße Prinzessin, Engel. Du Egoistische, Skrupellose. Du unglaublich Unklare. Warum ich dich will? Da fragst du mich echt was. Ist es, weil ich fühle, irgendwas FÜHLE? Wenn ich auch nicht vertraue, nicht wirklich zärtlich bin und vor allem nicht offen? Ach, ich könnt' heulen. Mag mein Herz ausschütteln wie Frau Holle ihre Kissen (die muß ja doof sein), alle Steine rausklauben und schmeißen, und wenn sie treffen - mich doch immer auch. Wild werden mag ich und zarter als jemals.

Heidi Kull

Ich suche verzweifelt Zukunft. Ich lag so leer neben dir, daß es mir peinlich war. Ich war Keine, so bilderlos. Und hab mich so sehr gesehnt nach Geborgenheit. Nach der Möglichkeit, unangefochten bilderlos sein zu können; natürlich nicht für immer, aber bis ich wieder Träumen kann.

3. April

Mit Campher im Bett

Campher: “Heiratest du mich, wenn ich groß bin?”

8. Juni

Brief an Jana

[...] Keine Ahnung, wann ich mal wieder nach Europa komme, zur Zeit sehne ich mich nach Abstand von dieser Stadt... - eigentlich von all den seltsamen Beziehungen, in denen ich hier stecke, und denke ich noch weiter, so sehne ich mich letztendlich nach Abstand von mir selbst. Bin immer noch so unruhig und bringe mich in irgendwelche anstrengenden Situationen. Ich bin traurig und weiß nicht wirklich, warum. Hm. Ich mag begehren, unglaublich stark begehren und habe so Angst davor. Ich süchte nach Frauen. Sitze gerade vor einem Pub in der Slender Road, zwei Lesben schräg vor mir, könnt mich so vernaschen lassen von der einen, super sporty und butchy, kurze blonde Haare und den Blick. Den Blick, bei dem ich schmelze. Mehr, den Ausdruck, bei dem ich schmelze. Weiß nicht, ob Du das kennst (ging's Dir mit Georg so oder geht's Dir vielleicht immer noch manchmal so mit ihm?) - jemanden sehen und feucht werden, dasitzen und alles dreht sich, Wischmop in der Magengrube. Keine Ahnung, ob die zwei zusammen sind, die sexy Butch sieht die andere leider etwas lüstern an, warum nur, schön ist die nicht. Immerhin schaut sie öfter zu mir rüber. Ach, und ich bekomme ein schlechtes Gewissen. Bin doch/noch mit Judy zusammen. Ich glaube, ich liebe sie, aber irgendwas fehlt. Vielleicht hab ich sie nur lieb. Sie ist wirklich wunderschön und zart, filigran, sag ich gern. Und ich weiß nicht, bei welcher Frau ich das letzte Mal das Gefühl hatte, Vertrauen zu dürfen. Ich denk, bei Sabina. Vorbei ist es mit Sabina auch nach sechs Jahren noch nicht, im Dezember war sie wieder da und wie immer konnten wir's nicht lassen. Deshalb war auch mit Mel Schluß, und das ganz übel, mag ich gar nicht erzählen... Sabina verfolgt mich, ich hasse und genieße. Und habe Angst, mit ihrem Tod leben zu müssen. Hört sich schlimm an, ich weiß. Aber weißt Du, wie oft sie droht? Mir ihr Leben zu schenken (was soll ich damit), wieder 80 Pillen zu schmeißen und es dann

Marlon Shy

zu schaffen. Mir wird schon übel, wenn sie nur von ihrer Lebensunlust erzählt. Nach unserer Trennung hat sie's ja versucht und ich durfte mir von ihren "Freunden" sagen lassen, ich habe da ja eindeutig (Mit-)Schuld, und das, als sie noch auf der Intensiv lag. Ihre letzte Freundin hat sich, nachdem Schluß war, vorsorglich eine neue Telefonnummer zugelegt. Ach, die erotischen Phantasien sind mir doch gerade vergangen. Und die schöne Butch ist mit der Kleinen abgezogen.
Glaubst Du, ich könnte einmal den Alltag leben? Scheitere doch schon wieder. Irgendwas sehnt sich nach Monogamie. Und Judy könnt's doch sein! Eine Frau für's Leben, sagt mein Kopf. FICKEN,

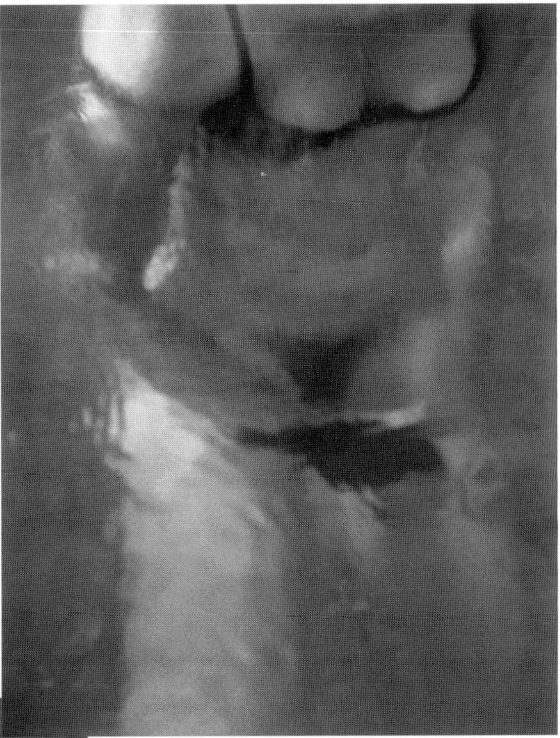

Anja Weber

FICKEN, schreit mein Herz, nee, die Möse, und die ist lauter. Ficken mit Judy? Klappt (noch?) nicht. Kann sie bergen, konnt ich noch nie so, und das ist ein schönes Gefühl. Kann sie küssen, und Du glaubst nicht, wie heiß sie wird. Kann's ihr besorgen, aber will's kaum. Bin da im Konflikt mit mir: darf ich sie so glücklich machen und selbst nur lauwarm sein? Ist das nicht fieser als kein Orgasmus, weil sie liebt?
Bin 29 und hab's noch immer nicht raus, weder die glückliche Beziehung, noch die unkomplizierte Affaire. Wie sollte es anders sein? Vor Judy wollt ich, was ich jetzt hab, und schon wieder bin ich rastlos. Und kann Campher nicht vergessen. Seh sie oft im Queens mit ihrer Neuen. Warum hat's nicht geklappt mit uns beiden? Ich glaub, sie ist noch rastloser als

ich. Und den Fick hab ich mir wohl auch versaut - war irgendwann tierisch arrogant, jetzt krieg ich's zurück. Kopf: Freu Dich, Du warst die Tage nach den Nächten nur fertig. Möse: Warum, warum, ich will Dich! Bin mit Judy zusammen und träum von Campher. Find mich Scheiße. Aber kann Judy nicht gehen lassen, sie ist zu schön, vor allem als Mensch. Aber auf Dauer geht's so nicht weiter.
Und dann ist da noch immer wieder Billy, hab Dir ja von ihr erzählt. Sie berührt mich und ich werde geiler als lang. Falle durch Nebelwolken und komme an meine Grenzen. Wahnsinn. Wär gern bei ihr jetzt, ob ich gleich mal anrufe...? Und da kommt wieder das schlechte Gewissen hoch: Judy. Hab ja nicht wirklich Sex mit Billy, aber es ist das Gefühl, das Judy nicht auslöst. Hab ein Gedicht geschrieben für Billy (würd ich ihr nie geben), vielleicht verstehst Du noch besser, wie ich mich fühle, wenn Du's kennst. Sie meinte, im nächsten Leben würde ich als Katze geboren. Quatschkopp, ich leb nur einmal. Also:
Katze werden im nächsten Jahrtausend? Die / kann ich lange schon sein. Hast mich nicht / Schnurren gehört unter Deinen Händen, / hab ich nicht mich / herausgewunden aus ihnen, als / Du mich fassen suchtest und / bin ich nicht fortgeschlichen nach / unserer, nein: meiner Nacht? / Von Katzenleben im nächsten Jahrtausend / brauch ich doch nicht träumen, Miau.
[...] Als ich letzten Samstag nach dem Abend mit Billy noch im Lilium war, wollte ich mir den Satz vorsagen, den sie zu mir gesagt hat, als ich ehrlich Wachs unter ihren Händen war (und ihr davor grundsätzlich von meinem schlechten Gewissen gegenüber Judy erzählt hatte...): Wer so fühlt wie Du, kann nicht schlecht sein. Wollte mich wohl beruhigen. Und was hab ich zu mir, wie ich wenig beruhigt feststellen mußte, gesagt? - Wer so fühlt wie Du, kann nicht glücklich sein. Ich hör jetzt auf mit meinen Psycho-Sex-Beziehungs-Stories, sonst denk ich da noch den ganzen Abend dran, shit, ich bekomme zum schlechten Gewissen schon schlechte Laune. Werde wohl statt zu Billy zum Training gehen, da bin ich danach zumindest nicht psychisch k.o.
Tausend Küsse & liebe Grüße an Deine fünf Süßen!
Deine Fardy

Im "Pool"

Fardy sitzt im Pool in der Third Avenue und weiß nicht mehr, was Sache ist. Zuviel geliebt oder geschlafen? Ihr ist übel schwindelig und mal wieder die Frage: Schaffe ich den Tag und auch die danach? Geld genug und Grips genug und ein paar Freunde, die ehrlich da sind, wenn ich Scheiße drauf bin, denkt Fardy, und trotzdem nicht in der Lage, glücklich zu sein oder mal gesellschaftlich und politisch auf dem Laufenden. Wozu hab ich studiert?, kreist es in Fardys Birne, nix mehr da, scheinbar zumindestens. Mein Horizont schrumpft, war ich nicht echt mal mitten in - Diskursen? Und war das nicht spannend?
Fardy winkt Blurt ran und bestellt den zweiten Martini, trocken. Riders on the storm. Fardy denkt an Lena, die gleich nach dem Abi an den Baum gefahren ist. Es war ihr Lied. Fardy weint schon lang nicht mehr, sie kann sich nicht erinnern an das letzte Mal. Dabei bin ich so oft traurig, was heul ich denn nicht mehr?
Im Pool sitzen und auf Bridge warten. Was kommt sie nicht? Fardy hat eh ein komisches Gefühl, kennt die Frau kaum und ist seltsam drauf. Fardys Angst, Men-

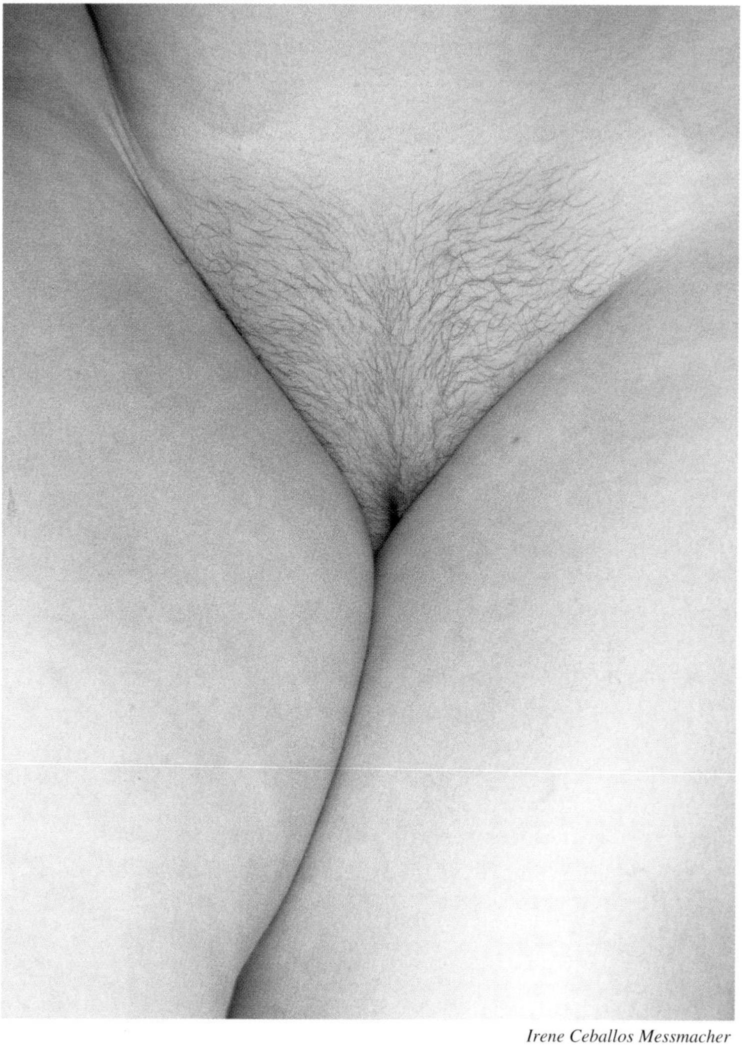

Irene Ceballos Messmacher

schen zu begegnen und irgendwie nicht ganz da zu sein und die anderen merken's. Wundern sich, finden mich seltsam. Denkt Fardy. Nicht drüber nachdenken. Blurt bringt den Martini und lacht Fardy an. Bridge kommt.

9. Juni

Tagebucheintrag

Bridge. Zweieinhalb Stunden und kein Stück weiter. Erzählt mir von ihren drei Frauen: die eine am Hals, die zweite an der Hand, die dritte so fest als möglich im Auge; Szenebrei. Wie vertrauensselig sie war! Sieht mich zweimal und erzählt ohne Punkt und Komma. Oder bin ich nur verkrampft? Paar Sätze über Judy, so dezent, Bridge kennt Judy und fand sie wohl mal ziemlich nett. Und es ist Perl, die Bridge im Auge hat, Perl und Judy hatten ein Verhältnis und mögen sich noch supergern. Perl könnte gefährlich werden, sie ist begehrt und unglaublich sarkastisch. Will nicht, daß sie erfährt, daß ich zweifle wegen Judy. Ach, Judy ist zu schön, als daß irgendwer zweifeln dürfte; warum zweifle ich?

12. Juni

Im "Pool"

Auf einen Zettel geschrieben

Das Hellblau gesucht und nicht gefunden: selbst im Pool nur Altrosa und Grün. Ich will den Frau-Menschen, gewaltig und sexy, der soll mich reißen aus meinem Film. Laß gerade keine Freunde zu mir vor; ich will den ultimativen Dauer-Fick und schlage meine Augen auf bis zum Muskelkater und doch nicht offensiv (genug). Kann Leben neben bunten Bildern tatsächlich auch Nicht-Finden heißen? Ich will nicht noch Jahre schielen. Wann kommt das Weib, ein geiles Weib, das mich frißt? (Judy will ich nicht.)

Ich hab Beton um mein Ich gegossen, da will ich nicht suchen, daß da was falschläuft, kommt nicht in Betracht... ach, wenn ich nur wüßte, ob ich selbst meinem Glück im Weg stehe... Ich sehe keine Handlungsoptionen, die mir Sicherheit lassen und mich glücklich machen.

19. Juni

Tagebucheintrag

Birgit Pulz, Renate Feldmann

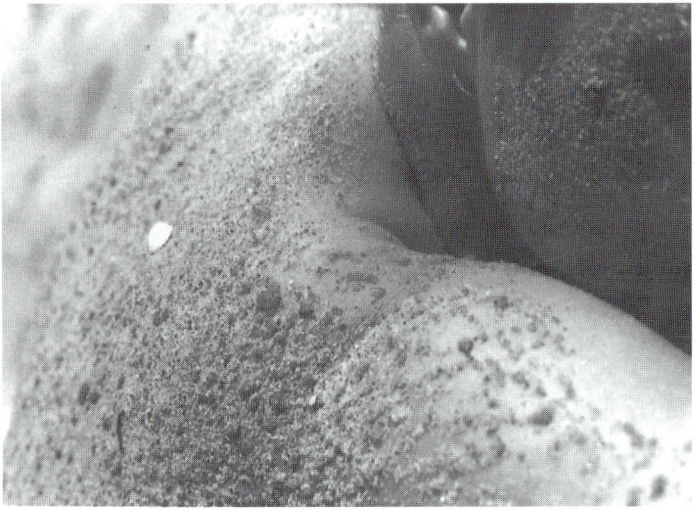

Ich bin so fickwütend. Das Kitzeln zwischen Klit und Magengrube. Könnte Campher anspringen. Und an Judy und an Judy denk ich nicht. An Judy denk ich, wenn ich überlege, wie ich ihr für morgen abend absagen kann. Wie ich jedes zweite Treffen absagen kann. Hilfe! Sie ist so

lieb und zart, daß ich kaum wage, meine Interessen durchzusetzen. Eine Zukunft haben wir nur, wenn ich das lerne und sie es akzeptiert.
Warum wieder dieses Verlangen nach Campher? Warum, warum, warum? Wo ich so viele Seiten an ihr nicht mag? - Weil ich zuviele Seiten zu sehr mag. Campher in Seitenlage... Ob ich von ihr wegkomme? BIN ES DOCH LÄNGST! Campher, noch einmal, immer wieder dich! Du bist eine falsche Sau.
Campher, will dich wiedersehen, wiedersehen, nur du und ich.

25. Juni
In der Straßenbahn
Auf einen Zettel geschrieben
Ein kühler Junimorgen mit kleinen Orgasmen, die kitzeln, ich lächle und grinse.
Ein Junimorgen voll blonder Frauen mit süßen Ärschen, die anderen haben Kirschmünder, grüne Augenseen.
Ich bin eine Rabenbraut und krächze glücklich ins Wunderland leichtgemachter Mädchen.
Ein Tag zum Stadthonig naschen, der ist heute so weiß wie die Taubenfrau neben mir.
Erzähl' mir was Schöneres! (So ein Morgen!)

5. Juli
Brief an Björk
[...] Ich sitze gerade ziemlich fertig in meiner Bude, zu fertig, um wegzugehen, bin sowas von schlapp und irgendwie durch den Wind, und das paßt mir gar nicht. [...]
Ehrlich ein seltsamer Sommer. Ein schiefer Sommer, und der letzte war auch schon schief. In schiefen Sommern schlafen die Spatzen, ich kann nicht weinen, und die Ohnmacht lauert auf allem Asphalt und Grün. Wahn grüßt jetzt öfter hysterisch, den kennst Du doch noch, Sinn hat ihn mal wieder verlassen, auch eine anstrengende Beziehung. Ich fühl mich schon wie eine Beratungsstelle, will ihr Verhältnis retten. Ich meine - Sinn kann meist auch ganz gut ohne Wahn... aber Wahn dreht ohne Sinn fast durch und nervt dann eben.
Nun gut - was schreib ich Dir von solchen Beziehungsproblemen, die werden Dich wohl wenig tangieren, und wenn ich mal bewußt nachdenke, dann merk ich, daß ich mich da auch nicht reinziehen lassen

sollte/brauche.
Was ist mit Helene? Bist Du noch so verliebt und aktiv? Ich drück Dir die Daumen, daß da endlich mal was läuft...!
Ich habe mich endlich von Judy getrennt, die Beziehung war einfach zu anstrengend. Irgendwie hat die Frau mich an meine Mutter erinnert, die war auch immer nur lieb und hat ihren Mund nicht aufbekommen, wenn "Bekenntnisse" gefordert waren. Und ich habe, was Judy betrifft, das gleiche schlechte Gewissen, wie bis zu ihrem Tod meiner Mutter gegenüber, die ich ja auch "emotional verlassen" hatte. Ach, wie nervig, ich hoffe, ich bin bald drüber weg und mach mir keine blöden Vorwürfe mehr. Es müßte doch reichen, mir zu sagen, daß ich einfach nicht glücklich und gelangweilt war. Siehst Du: Und sobald ich mir das sage, rattert es: Du hattest keinen Grund, unglücklich zu sein, Judy war die liebste und innerlich schönste Frau, die Du in den letzten Jahren kennengelernt hast; warum hast Du Dich gelangweilt? Du bist einfach eingefahren in Deinen Erwartungen an einen anderen Menschen, und wärst Du flexibler und ausdauernder, dann hätte das mit Judy die Traumbeziehung sein können, und: Du wolltest doch endlich mal eine monogame Zweierbeziehung - was schmeißt Du die jetzt weg? etc.
Ach, ich wünschte, ich könnte da mal abschalten - alles, was ich versuche, um das zu erreichen, ist auf Sexanzeigen zu antworten in der Hoffnung, mich austoben und ablenken zu können. Bin immer noch etwas chaotisch und unreif, habe ich im Gefühl.
Ich grüß Dich von ganzem Herzen und wünsche Dir noch wunderschöne Sommertage! Denk mal an mich und mein Wirrwarr, dann geht's mir bestimmt besser...
Deine Fardy

6. Juli
Email an Mara
[...] Zur Zeit bin ich ziemlich angestrengt, die Trennung von Judy belastet mich schon ein bißchen. Fühle mich schuldig, sie verlassen zu haben und mich nicht mehr (so) um sie zu kümmern. Ihr war die Beziehung ziemlich ernst und sie hatte, obwohl sie auch gemerkt hatte, daß nicht alles "stimmte", nicht damit gerechnet, daß ich die Beziehung beende. Und dazu ist sie ein so lieber, zarter Mensch und hat wirklich nichts falsch gemacht... und gerade das hat mich genervt, es gab einfach null Reibung, nicht eine Meinungsverschiedenheit, und so ein Verhältnis zu einem Menschen erlebe ich als unfruchtbar. Kannst Du das nachvollziehen oder fühlst Du das anders? Ich denke, es gibt auch wirklich Menschen, die in völliger Harmonie aufgehen können... und vielleicht bin ich ja einfach noch nicht an dem Punkt, wo ich in einer Beziehung zur Ruhe kommen mag.
[...] Und was einen Besuch bei mir betrifft - ich bin die nächsten Wochen in jedem Fall hier. Schlafen könnt Ihr bei mir oder im Ocean View eine Ecke weiter, da gibt's sehr schöne Appartements - logischerweise mit Pazifikblick...! Und ein köstliches Frühstücksbuffet! Speise da des öfteren nach durchgemachten Nächten mit irgendwelchen Stundenliebsten... ja, ja, hab ich in der Zeit mit Judy aber nicht mehr gemacht, steht wirklich wieder an. (Bei meinem ganzen schlechten Gewissen - meine Sexgier kommt doch immer wieder durch...).
All right, melde Dich bald und gib Bescheid, ob Ihr kommt! Gruß an Larissa!
Alles Liebe, Fardy

22. August
Tagebucheintrag

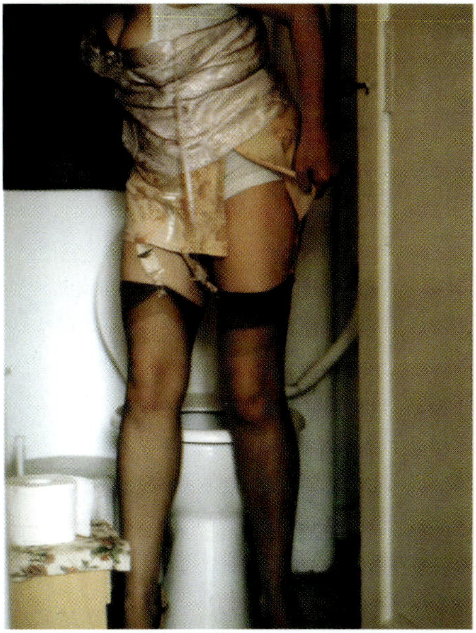
Gabriele Dietrich

Ich will nicht mehr alles mit mir erleben, konzentriert und zielstrebig agieren bis zu Orgasmen, die nett sind, aber nicht viel. Fallen, wieder fallen will ich; und endlich Tau auf unserer Haut.
Streichel mich süchtig bis auf unsere Gründe, und diesmal bleiben meine Arme um deinen Hals, diesmal geh ich nicht, ich komme und bleibe für unseren Augenblick und länger, bis in den Mittag.
Bei dir (wer bist du und wo?) will ich bleiben, einmal, mehrmals, unbestimmt bleiben können.
Ich will nicht weiter und weiter alleine agieren.

12. September

Im "Queens"
Fardy: "Judy nervt so!"
Nick: "Wieso?"
Fardy: "Es ist seit über zwei Monaten Schluß und die Frau schreibt mir immer noch irgendwelche Karten, ruft mich an... -Das war echt der Hammer! Vor zwei Wochen schickt sie mir eine Karte mit 'ner superfertigen Frau drauf. Titel der Karte: Leid."
Nick: "Oh Gott."
Fardy: "Ich dachte, ich spinne, ehrlich mal. Und dann so der Satz: Dachte, Du meldest Dich mal. Fühl mich echt unter Druck gesetzt."
Nick: "Klar."
Fardy: "Erst wollte ich gar nicht reagieren, aber dann hab ich ihr doch 'ne Karte zurückgeschrieben - daß ich grad super im Streß bin, und daß ich mich melden werde, wenn ich mehr Zeit hab. Ich hatte das auch ehrlich vor, irgendwann. Aber weißt du was?"
Nick: "Hm?"
Fardy: "Ein paar Tage später ruft sie mich an und entschuldigt sich, daß sie meinen Geburtstag vergessen hätte. Dabei hatte ich gar nicht Geburtstag! - aber sie mich eben an der Strippe. Sehr witzig. Ich hab ihr extra eine Karte geschrieben und nicht angerufen, weil ich einfach noch keinen Bock hatte, ihr irgendwie wieder so nah zu sein. Und jetzt hab ich schon wieder so 'ne Karte bekommen."
Nick: "Nee, oder?"
Fardy: "Ehrlich, mittlerweile hab' ich schon gar keine Lust mehr, mich zu melden. Aber dann kommt mein scheißschlechtes Gewissen hoch! Und ich glaube immer noch irgendwie, ich müßte mein Verhalten ihr gegenüber rechtfertigen... und bloß auf eine Art und Weise, die jede Kritik an ihr ausschließt."
Nick: "Komm, da hast du aber auch einen Schaden! Laß es! Zieh dir den Schuh bloß nicht an! Ich glaub, ich würde mich gar nicht mehr melden und Judy Judy sein lassen."
Fardy: "Danke. Hm. Mal sehn, ob ich das schaffe."

Sabine Küster

Weit nach Mitternacht

Birgit ging regelmäßig in den Sub und hatte nach und nach mitbekommen, daß nach ein Uhr, wenn viele schon begierig-trunken herumhingen, ein Sog das Lokal von hinten zu erfassen schien. Hinten im Gang neben dem Klo mußte es eine Treppe nach unten zu weiteren Räumen geben; den Zugang zur Unterwelt hatte ihn Birgit bei sich genannt. Die Neugier auf diese Unterwelt war von Mal zu Mal gestiegen, die Angst vor dem Betreten ebenfalls.
So manche, die sich vom Druck ihrer Blase befreit hatte, kehrte nicht mehr in den vorderen Bar-Raum zurück, sondern bog rechts um die Ecke. Viele taten es heimlich, verstohlen. Einige, meist in Leder oder anders auffällig gekleidet, stampften auf die Treppe zu, als wollten sie bereits hier oben ihren Anspruch auf ein Stück sinnlichen Fleisches demonstrieren. Als ein ganzer Trupp Frauen auf einmal um die Ecke verschwand, folgte Birgit. Den gesammelten Mut der letzten Wochen zusammennehmend, stolperte sie die Stufen hinunter. Unten angekommen, mußte sie erst einmal innehalten. Das Herz schlug ihr vor Aufregung bis zum Halse. Aber hier, gegenüber der Treppe war kein schlechter Platz. Die Herabkommenden waren wie in einem Film für einen Moment zu sehen, bevor sie im Dunkel des Raums verschwanden. Es dauerte eine ganze Weile, bis sich Birgit weiter hineinwagte.
Je überfüllter der Raum wurde, um so mehr wurde Birgit von Händen und anderen Körperteilen bedrängt. Der erste Blick ins Dunkel traf. Diese Frau sah wirklich geil aus mit ihrer punkigen Frisur und dem frechen Grinsen. Ihr kurzes Ledertop betonte den gebräunten Bauch und die verschlungene Piercing-Schlange im Bauchnabel. Die ganze Erscheinung war traumhaft ins Bild gesetzt. Ab und zu stürzte sich die Schöne ins stöhnende Dunkel, tanzte wild, um nach kurzer Zeit doch wieder zurückzukehren. Sie mußte

ein Auge auf Birgit geworfen haben. Denn plötzlich stand sie vor ihr, packte mit einer Hand in Birgits Haarschopf, mit der anderen öffnete sie sich schnell ihre Hose. Sie zwang Birgit, ihr tief in die Augen zu schauen. Dann raunte sie ihr spöttisch, aber bestimmt zu:
"Leck meine Möse, bis ich komme."
Birgit war so erschrocken, daß sie versuchte wegzulaufen, doch der Griff in ihrem Haar wurde stärker und der Befehl nochmals unmißverständlich wiederholt.
Voller Angst, Lust und anderem tat Birgit was ihr gesagt wurde. Erst vorsichtiger, dann immer schneller.
Plötzlich ließ die andere sie los, knöpfte sich die Hose zu und verschwand wieder in der dunklen Menge.
"Nichts wie raus hier", hämmerte es in Birgits Kopf.
In ihrer Panik und Verwirrung lief sie in die falsche Richtung, weg von der Treppe, hinein ins Dunkel, auf die Tanzfläche, die sie bisher gemieden hatte.
Sie erstarrte. Von hinten umfaßten sie Hände und Arme und begannen, ihr das T-Shirt abzustreifen und die Hose hinunterzuziehen. Sie wußte nicht, wieviele es waren.
Alles ging sehr schnell, ihre Gedanken setzten aus. Von mehreren Seiten wurde an ihren Brüsten gedrückt, geknetet, an ihren Nippeln gesaugt, Finger schoben sich vorne und hinten in sie hinein. Immer weiter, immer mehr. Birgit stöhnte, erst unterdrückt, dann immer lauter. Sie schrie und wand sich; irgendwann schloß sie die Augen und überließ sich hilflos und erschöpft den Vielen, die sich an ihr zu schaffen machten.
Stunden danach war sie nur noch nasser Körper und süchtig nach der Unterwelt.

Anja Müller

Cornelia Gürtler

Lesbenfrühling

Ute, ihre Ute, mußte jetzt eine Amour ausleben. Ihre Ute hatte Sardinien gebucht - für sich und ihre Flamme. Es müsse einfach sein, hatte sie beteuert. Roswitha solle sich aber bloß keine Sorgen machen. Auf ihre bewährte Beziehungsvereinbarung könne sie bauen. Vertrauen sei schließlich alles. Diese Gedanken verfolgten Roswitha, seit sie Ute, ihre Partnerin seit acht Jahren, zum Flieger nach Sardinien gefahren hatte.
"Bauen kann ich nur auf mich", dachte Roswitha laut, und knallte das Badeöl auf den Hotelbadewannenrand. Wegen der Verführungschancen und nur deswegen war sie angereist. Lesbenfrühlingstreffen am Rhein – einmal aus dem Vollen schöpfen. War ihr doch egal, ob die sich in Sardinien die Klippen rauf- und runterfickten. Vertrauen! Kontrolle ist besser. Kontrolle über eine Frau, die man nicht wiedersieht. Frühstück, okay. Aber dann wieder auf die Pirsch.

Der Wildlederanzug läßt sie warm und erdig wirken. Und butch ist sowieso gefragter. Heute nacht ist Riesenparty , Höhepunkt des LFTs. Deswegen ist sie schließlich gekommen. Nicht wegen der lesbischen Standortdebatten, die kann sie nicht mehr hören. Sie beobachtet lieber und jagt.
Die Akazienblüten sind das, die so duften. Sehen aus wie Schnee im Rinnstein. Und diese Sträucher, jeden umgibt eine Duftwolke, und keiner weiß, wie die heißen. Das LFT ist in einer Fachhochschule, improvisiert, wie immer. Pädagogische

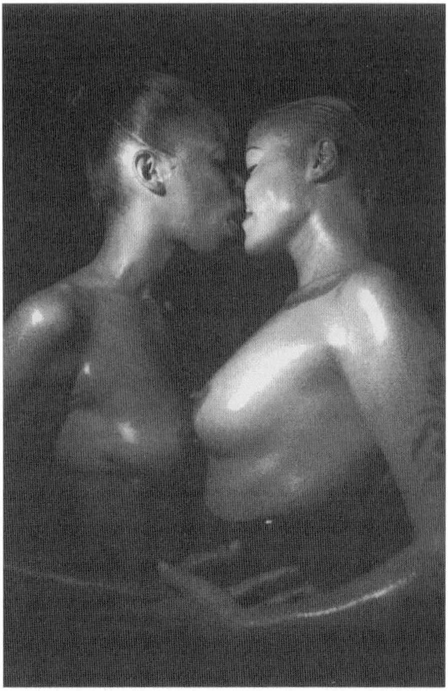

Lady Angela

Flure, ökonomische Räume, Tafeln und Overheadprojektoren. Viertausend Frauen sollen es sein. Massenweise Flyer liegen überall rum und Aufrufe an Helferinnen. Für lesbische Produkte, lesbische Ferien, lesbische Kurse. Irgendwie unsexy das ganze, denkt Roswitha.

Die beiden Süßen da, die kennt sie noch aus Freiburg. Freudige Umarmungen. Sie verkaufen wieder ihre Sextoys. Ob sie mal für zwei Stunden den Verkauf machen könne. Sie haben jetzt ihre Veranstaltung - "Sextoys historisch betrachtet". Klar, gerne macht Roswitha das. Wer weiß, was für scharfe Frauen sie dann kennenlernen wird. Die Harmlosen finden Sextoys ja immer noch patriarchal, sinniert sie. Schwänze sind nun mal böse für viele Lesben. Obwohl man das Patriarchat sowieso nicht mehr los wird. Einfluß nehmen auf die Politik, das hat sie früher gewollt. Plena, Frauenuni, Frauenwoche in Hamburg, Selbsthilfegruppen. Heute hat sie ihren Job, und die Söhne sind 15 und 16. Und ihr Leben mit ihrem Übersetzungsbüro und ihren Internetschulungen ist organisiert. Das reicht. Sie hat keinen Pascha im Haus, der sie nicht weggehen läßt abends, stattdessen hat sie Ute mitsamt dieser Sardine, denkt Roswitha.
Es ist viel los am Stand. Noch kaufen wenige, fragen erstmal ihre Freundin um Erlaubnis. Ein sonnengebräunter Schädel blickt sie aus einem schwarzen Hemd an. Keine Haare, dafür einen Nasenring. Sie legt ein Häufchen schwarzer Zettel vor Roswitha auf den Verkaufstisch.
"Darf ich hier für unsere Net-Adresse werben?"
Eine Frauen-SM-Website. Die Veranstalterinnen haben es abgelehnt, die Party im Programm anzukündigen.
"Eine Sexparty mit Voranmeldung? Die könnt ihr doch privat machen", sagt Roswitha.
"Nein, wir wollen Öffentlichkeit. Was wir bieten, ist Anonymität in einem geschützten Raum. Frauen können auch einfach nur zuschauen. Und Ketten und Kreuze, Handschuhe und Gleitgel, alles da. Der Raum hat seinen Reiz, ist halt ein Keller." Und das im katholischen Rheinland. Die Frau heißt Smarty, wie passend, und läßt die schwarzen Zettel da. Roswitha schaut ihr hinterher. Bißchen viel Metall im Gesicht, aber ein toller Körper.

Es ist lau, der Rhein riecht. Lichter rasen über die Brücke. Diese Sexparty ist um die Ecke. Die Schrift auf dem schwarzen Zettel leuchtet. Raffiniert. Sie kann ja auch nur zugucken, hat Smarty ihr gesagt. Aber um Mitternacht sei alles wieder vorbei, weil das eine schwule SM-Kneipe sei, und danach beginne deren Nachtbetrieb. Man muß klingeln. Der Laden heißt Hole, keine Fenster. Ein rasierter Schwuler macht auf.
"Bist du auf der Liste?"
"Nein, aber ich kenne Smarty."
"Moment", er holt sie.
Warum muß das alles so geheim ablaufen? Er kommt zurück.
"Smarty ist gerade beschäftigt. Aber es ist okay. Hier kannst du dich ausziehen, und dreißig Mark bekomme ich von dir, bitteschön."
Roswitha kann wenig erkennen. Wieso soll sie sich ausziehen? Wieso ein Umkleideraum in einer Kneipe? Naja, ihr BH ist fleischfarben, sowas turnt ab. Sie zieht ihn und die Unterhose aus und den Wildlederanzug wieder an. Man kann nie wissen. Der Rasierte nimmt die Wäsche, als machte er das täglich. Sie geht die enge dunkle Treppe runter. Warm und feucht. Schreie und Schläge. Also, sowas findet

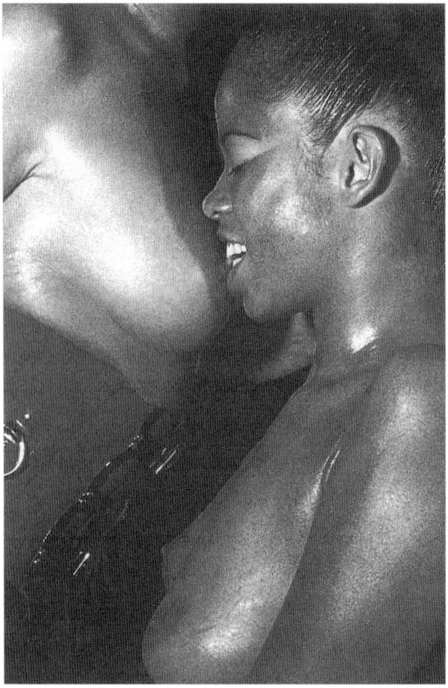

sie nicht witzig. Aber man muß sich immer klarmachen, die Frauen wollen es so. Dreißig Frauen sind im Dunkeln zu erkennen, halbnackt, mal ein Mieder, mal eine Lederhose mit nacktem Hintern, mal ein Brustgeschirr. Sie stehen in seltsamen Pferdeboxen mit Kopfsteinpflaster und Balken und Tarnnetzen dazwischen. Und Punktstrahlern.
Roswitha erstarrt. Ein Polizist. Stiernacken, Uniform, Handschellen und Koppel. Halbnackt und muskulös kniet einer mit Mecki vor ihm und lutscht ihm sorgfältig den Schwanz. Was machen die Männer hier? Roswitha läßt die Luft ab. Es sind zwei Frauen. Sie hockt sich in die erste Box und wartet erst mal ab. Sie ist die einzige im Rock. Dabei sind Röcke doch viel praktischer als Hosen. Die Männermasche ist eben angesagter. Es reicht ihr, die Figuren von weitem zu sehen. Die Schreie reichen ihr auch.
"Grüß dich." Es ist Ruth aus ihrer Lesbenvolleyballgruppe in Stuttgart.
"Äh, hallo, was machst du denn hier?"
"Dasselbe wie du." Ruths Mundwinkel reichen von einem Ohr zum anderen. Lässig schlendert sie mit ihrer gefesselten Freundin in eine der Boxen. Roswitha atmet mit verkrampftem Brustkorb. Erstmal entspannen. Sie geht in die hintere Ecke. Vor ihr hängt eine Lederschaukel an vier Ketten. Roswitha will nicht auffallen. Was will die denn hier, die kommt direkt auf sie zu. Lächelt charmant, Glatze, oben ohne, rotlackierte Lippen, freier Hintern, runde Hüften. Sie schwenkt sie beim Gehen hin und her.
"Bewachst du das Plätzchen, oder können wir hier was machen?"
"Wenn ich zugucken kann, ja." Wo sie bloß die Kühnheit hernimmt?
"Kannst gerne mitmachen."
"Mal gucken". Roswitha beäugt die zweite Frau. Vollmondgesicht mit Kinderaugen, sie trägt nur Lederweste und Militärhose. Sie legt sich in die Schaukel, die andere bindet ihre Hände und Füße an die Ketten. Roswitha wartet ab, bereit zu verschwinden, wenn es Prügel geben sollte. Es sieht nicht so aus.

Die rasierte Möse liegt unter dem Punktstrahler. Die Glatzköpfige züngelt darüber immer dann, wenn die Schaukel die klaffende Spalte der Vollmondfrau zu ihrer Zunge schwingt. Roswitha ist plötzlich voll dabei. Die Schreie von nebenan hört sie nicht mehr, sieht nicht die Augen hinter den Tarnnetzen. Sie muß der Vollmondfrau jetzt auch was Gutes tun. Sie stellt sich neben sie, ihre Beine werden langsam klebrig, ihre Hände sind heiß. Die Glatzköpfige deutet auf die Toys in ihrem Rucksack, zuvorkommend, wie sie ist. Roswitha nimmt eine Peitsche und

zieht die weichen Lederfransen über den Körper der Vollmondfrau. Sie verbindet ihr die Augen. Während die Glatzköpfige die Vollmondfrau mit dem Latexhandschuh fickt, dreht Roswitha ihre Brustwarzen spiralig herum. "Seid - ihr - geil!" stöhnt die Vollmondfrau stoßweise. Sie will die Faust der Glatzköpfigen in sich haben, sie macht ganz auf und schreit. Roswitha hält ihr den Mund zu und dreht noch mehr an der Brustwarze. Die Vollmondfrau bäumt sich auf.
Roswitha merkt nicht mehr, wieviel Zeit vergeht. Sie nimmt die Vollmondfrau in den Arm, die Glatzköpfige legt die Hände beruhigend auf ihre Möse. Die Vollmondfrau ist sichtlich glücklich.

Benommen verläßt Roswitha den Keller. Diese Glatzköpfige aus Bochum. Der hat Roswitha es aber gegeben - bis sie quiekte. Diese Vollmondin aus Berlin. Nur sie selbst ist nicht mehr drangekommen. Der Laden mußte wieder öffnen für die schwulen Gäste. Nachher haben sie sich umarmt. Roswitha ist gerührt, erschöpft und geil zugleich. Sie freut sich auf die surrende Zunge des schwarzen Ratten-Vibrators in ihrem Hotel. Mit Rheinblick. Der Hotelflur ist mit Duftöl angereichert und mit gedämpftem Licht. Wie angenehm. Sie erschrickt.
"Let me come in, please. You won't regret it."
Die Stimme von heute morgen. Was für eine plumpe Anmache. Sie dreht sich nicht um. Hinter ihr steht ihr Zimmernachbar, der Kanadier aus Texas. Beim Frühstück war er höflich und witzig, holte ihr alles vom Buffet, was sie verlangte. Nettes Spiel. Sie machte sich lustig über die Clinton-Lewinsky-Show, die Prüderie und das ganze Getue. Und jetzt? Sie schaut dem Kanadier ins Gesicht. Schon lange macht sie sich nichts mehr aus Männern, also was soll das jetzt. Seine Augen sind schön. Dieser Bär mit den weißen Locken könnte ihr Vater sein. "Life is risky." Zack. Wo er Recht hat, hat er Recht.
"What do you have to offer?", fragt Roswitha.
Er lächelt nicht, er schleimt nicht, es scheint sein Ernst zu sein. "Everything you want me to do for you. I'll try to do my best. If you want me to go, I'll leave." Diese Stimme geht runter wie Öl, er sollte einfach weiterreden, irgend etwas. Sie öffnet wortlos die Tür, weist ihn zum Bett.
"Go down on your knees."
Er schluckt, atmet tief ein, sieht sie an und tut es. Er hat einen Bauch, den will sie gar nicht sehen. Dieser Kanadier im Jogginganzug, der wird seine Chance kriegen, und dann wird sie ihn rausschmeißen.
"Face the bed. I want to change."
Sie putzt sich die Zähne in aller Ruhe und überlegt. Dann zieht sie sich hinter ihm aus, bis auf ihr T-Shirt. Seltsame Situation. Sie beobachtet den Knieenden mit Wohlgefallen. Er dreht sich nicht um. Roswitha legt sich aufs Bett, auf den Bauch, und macht das Licht aus.
"Please let me see you."
"No. Feel my ass. Be careful."
Vorsichtige Berührung in der Dunkelheit. Die Straßenbeleuchtung macht die Blätter grün im Maiwind. Wie romantisch. Ein Fremder kniet vor ihrem Bett und macht es für sie, er macht es ausführlich. Er

massiert und knetet ihre Lippen, dann packt er fest zu und stößt mit der Faust. Sie spreizt die Beine, sie kann gar nicht anders. Oh, là là, denkt sie. Sie entspannt sich. Bis er ihre Backe fest packt und eine Hand unter ihr Becken schiebt, es hochhebt. Auf der Stelle ist sie auf Hundertachtzig. Seine Griffe sind langsam und fest. Er kennt sich aus, und Roswitha stöhnt. Eine Strömung trägt ihr Becken noch höher, spült ihre Beine noch weiter auseinander, läßt sie fließen und ausatmen mit einem tiefen rauhen Ton.
"Fuck me with your hand!"
Er fickt sie, mit seiner Riesenhand, das gibt es ja gar nicht. Roswitha kontrolliert nichts mehr. Sie ergießt sich und schreit. Der Kanadier küßt ihren Hintern, schleckt die Tropfen von ihrer Möse und ihren Schenkeln.
"What a lady." Er will ins Bett.
"No", flüstert Roswitha, "you have to go now." Sie rollt sich in ihre Decke ein, neben der Pfütze.
Nach einigem Schweigen: "Good night." Braver Kanadier. Kein Streß mehr. Die Tür wird leise von außen zugezogen. Morgen ist auch noch ein Tag. Lesbenfrühlingstreffen sind klasse, denkt sie als letztes.

Naomi Lawrence

Lawrence Schimel

Ein Sonntag mit Roger

Es war elf Uhr am Sonntagvormittag, als ich Roger anrief und ihn bekniete, mit mir in eine Sexklitsche zu gehen.
"Lisa, bist du das, oder habe ich einen Alptraum?" fragte er mich, als er ans Telephon ging.
"Natürlich ist das kein Alptraum, du Dummkopf. Ich mein's ernst. Peepshows, Stripkabinen. Ich will in sowas noch rein, bevor sie den Times Square säubern, und ich brauch' dich als Begleitung." Eine lange Pause entstand am anderen Ende der Leitung. Für einen Moment fürchtete ich, Roger sei wieder eingeschlafen; er steht eigentlich nie vor ein oder zwei Uhr nachmittags auf, wenn schon der halbe Tag vorbei ist. "Ich zahl auch alles", fügte ich hinzu.
"Warum sollte ich mir nackte Mädels angucken wollen? Warum willst du überhaupt nackte Mädels gucken gehen - verletzt das nicht irgendeine Regel des Lesbischen Manifests oder so? Und weshalb willst du ausgerechnet mit mir da hin?"
"Ich will mit dir da hin, weil's alleine nicht geht. Sie lassen ‚Damen ohne Begleitung' in diese Läden nicht rein." Ich feixte über diese Formulierung.
Roger mußte auch lachen und fragte mich dann ganz ernst: "Wieso lassen sie Frauen nicht alleine rein?"
Ich seufzte. "Für jemanden, der mit so vielen Männern schläft wie du, Herzchen, bist du bemerkenswert naiv in Sachen Sex."
"Ich bin vielleicht eine Schlampe, aber ansonsten von der ganz traditionellen Ficken-und-Blasen-Sorte - total vanille. Also sag schon, warum lassen sie keine Mädels rein?"
"Frauen ohne Begleitung sind meistens Huren, die im Revier der Mädels wildern, die dort arbeiten. Kein Freier blecht für eine Frau hinter Glas, wenn eine Tussi ihm für zwanzig Mäuse in der Videokabine einen bläst."
"Faszinierend", sagte Roger trocken. "Wie gut, daß ich noch nichts gegessen habe."
"Du solltest aufhören, mit dem Arsch zu denken und deinen Horizont ein wenig erweitern, Herzchen. Deshalb sollst du ja auch mitkommen. Nimm es als Lektion in Sachen heterosexueller Kultur."
"Vielleicht leg' ich einfach auf und tu so, als wär' das alles nur ein Alptraum."
"Komm um halb zwei zu mir, ich übernehm' auch dein Mittagessen. Wenn du zu spät bist, zahlst du selbst."
"Ich glaube nicht, daß ich etwas essen sollte, bevor wir das sehen, was wir vorhaben zu sehen", argwöhnte Roger. Ich konnte mir vorstellen, wie er die Nase rümpfte und mußte lächeln. Ich war froh, daß er vorhatte, mitzukommen, auch wenn er sich noch etwas zierte.
"Ich führ dich ins Pietra Santra aus", lockte ich ihn.
"Wir sehen uns eine Minute vor halb zwei", gab er zurück und legte auf.

Roger, in seiner üblichen Art, war wesentlich umgänglicher, nachdem ich die Rechnung für unser Mittagessen beglichen hatte. "Jetzt sag mal", fragte er mich, als wir die Eigth Avenue in Richtung Zweiundvierzigste hinunterliefen, "warum willst du in eine Peep Show? Und das ausgerechnet an einem Sonntag nachmittag?".
"Ist das nicht einfach wundervoll blasphemisch?" sagte ich. "Deshalb. Das ist von jeher ein Tabu - Ich will sehen, wie's da ist. Warst du nie wenigstens ein ganz kleines bißchen neugierig darauf?"

"Nicht im Geringsten!" Er machte ein betont unschuldiges Gesicht. "Und warum gerade ich?"
"Spart Zeit. Wenn du dabei bist, muß ich dich nicht hinterher anrufen und dir erzählen, wie's war."
Roger lachte. "Weißt du schon, in welchen Laden wir gehen?"
"Ich dachte mir, wir suchen uns einfach einen, der besonders schmierig aussieht und versuchen's da mal."
"Wir wär's dann mit diesem hier", schlug Roger vor, da wir zufällig vor einem solchen Pornoschuppen standen - dem Playpen II. Auf der Eighth Avenue schien es mehr von diesen Pornokinos und Striplokalen zu geben als ich mir vorgestellt hatte - einer oder zwei auf jedem Block hier in der Gegend.

"NACKTE GIRLS LIVE", schallte eine Frauenstimme aus einem Lautsprecher, als ob sie wüßte, daß wir uns hier auf der Schwelle rumdrückten.
"NACKTE GIRLS LIVE AUF DER BÜHNE!"
"Ich dachte mir, wir sollten's um der Tradition willen auf der Zweiundvierzigsten versuchen", sagte ich. Gleichzeitig fürchtete ich, Roger könnte seine Meinung bis dorthin ändern. Vielleicht würde er dann sein Mittagessen verdaut haben und kneifen, wenn's ernst würde. "Aber wo wir schon mal hier sind", lenkte ich ein, "können wir's uns ja mal ansehen."
Mein Magen zog sich zusammen, als wir hineingingen. Ich hatte mich immer gefragt, wie es wohl in einem dieser Läden wäre, ob sie wirklich so frauenverachtend waren, wie alle behaupten, und wie sein würde, als eine Frau, die auf Frauen steht, da reinzugehen.
Es kam mir vor, als sei in dem Moment, in dem ich durch die Tür trat, die Aufmerksamkeit sämtlicher Männer plötzlich auf mich gerichtet. Ihre Blicke waren hungrig und erwartungsvoll, und ich war froh, Roger dabei zu haben.
"Ich fühl' mich nicht sonderlich wohl", sagte Roger. Er glotzte das Warensortiment an, als ob er Angst hätte, daß wir gleich angegriffen werden würden; dort gab es unendlich viele Regale mit Hetero-Videos, aufblasbaren Puppen und ähnlichem. "Ich glaube, jeder Typ hier weiß, daß ich eine Schwuchtel bin", flüsterte er mir zu.
"Blödsinn", sagte ich.
"NACKTE GIRLS LIVE", kam die Frauenstimme wieder aus dem Lautsprecher. "DU DA, IN DEN JEANS UND DEM WEISSEN T-SHIRT, NUR NICHT SO SCHÜCHTERN, KOMM RÜBER UND RISKIER AUCH MAL 'NEN BLICK. NACKTE GIRLS LIVE AUF DER BÜHNE!"
Roger sah sich über beide Schultern nach irgendwem sonst um, der Jeans und ein weißes T-Shirt trug.
"BRING DEINE FREUNDIN MIT."
"Wie hat sie das gemacht?" flüstert Roger mit brechender Stimme.
Ich lächelte und zeigte auf die Kabinen. Eins der Mädchen spähte mit einem Mikrophon in der Hand über den Rand. Als sie bemerkte, daß wir in ihre Richtung schauten, winkte sie uns zu.

"Sollen wir?" fragte ich.
"Wenn's denn sein muß."
Wir bewegten uns auf die Türenreihe zu, und die Frau verschwand von ihrem Ausguck - um sich für unsere Show vorzubereiten, dachte ich. "Die da", sagte ich und zeigte auf eine der Türen. Roger ekelte sich davor, den Turknauf zu berühren, ich wußte, ihm stand vor Augen, was die meisten Hände vorher angefaßt hatten...
Hinter der Tür befand sich eine kleine Kammer mit einer undurchsichtigen

Marlon Shy

Trennscheibe in der gegenüberliegenden Wand.
"Wir müssen Chips kaufen", sagte ich, auf das Fenster deutend. "Du hast das ganze Geld, hol uns doch mal welche."
"Ich bin gleich wieder da. Warte hier."
Was glaubt er, wo ich sonst hin will? fragte ich mich.
Ein Typ stierte mich vom Gang aus in meiner Zelle an. Unter seinem Blick fühlte ich mich schmutzig, aber ich stierte einfach zurück, bis die Tür sich schloß. Fühlten sich so die Frauen auf der anderen Seite der Scheibe? Schnell verriegelte ich die Tür, und augenblicklich ging es mir besser. Ich wandte mich der Trennscheibe zu und stellte mir die Frau auf der anderen Seite vor, wie sie auf uns wartete. Wußte sie, in welcher Kabine wir waren? War irgendwer in den anderen Kabinen? Trat sie gerade für einen von denen auf? Beim Gedanken daran wurde ich eifersüchtig, obwohl ich wußte, daß sie ihren Körper den ganzen Tag lang jedem präsentieren mußte, der in Chips dafür bezahlte, daß die Sichtblende sich öffnete.
Nach dem kurzen Blick, den ich auf sie erhascht hatte, als sie uns über den Rand

des Rondells hinweg beobachtet hatte, versuchte ich mir vorzustellen, wie ihr Körper wohl nackt aussehen würde. Allein schon die Tatsache, daß ich hier war, machte mich naß. Ich schob eine Hand in meine Shorts. Die Tür war verschlossen, und ich hatte kein Geld, um das Fenster zu öffnen. Ich war allein mit meinen verdorbensten Phantasien und sicher in dieser kleinen Zelle in einem Pornopalast.

Es war eigenartig, Roger bei mir zu haben. Aber ich brauchte ihn, um überhaupt hier sein zu können. Gleichzeitig war es mir peinlich, in seiner Gegenwart scharf zu werden. Er war mein engster Vertrauter und kannte die Geschichten meiner wildesten Beutezüge - aber das war mit Abstand zum Sex, nach dem Ereignis selbst.

Marlon Shy

Und während ich spitz wie sonstwas war, ließ Roger das alles, glaubte ich, völlig kalt. Er war nervös und gereizt, fühlte sich vielleicht sogar unwohl. Dennoch hoffte ich, daß er neugierig war, obwohl er das Gegenteil von sich behauptete. Ich war froh, daß er das hier mit mir durchstand.

Jemand rüttelte an der Tür. "Rasieren und Haareschneiden bitte", ließ sich Roger von draußen vernehmen. Ich zog die Hand aus meiner Unterhose. Meine Finger waren klebrig. Ich leckte daran, schmeckte mich und wischte sie dann an meinen Shorts ab. Ich ließ ihn rein und verriegelte wieder die Tür.

Roger rümpfte die Nase. "Das ist alles sehr seltsam", sagte er und gab mir die Chips. "Hier zu sein, meine ich. Es wäre eine Sache, wenn's dir ums Kommen

ginge, aber deshalb sind wir ja nicht hier, sondern nur zum Gucken. Dieser Laden ist so dermaßen billig."
Also, ich könnte hier ohne weiteres kommen - mehr ganz einfach, weil ich hier war, als wegen allem, was wir an diesem Ort tun oder sehen könnten. Ich stand vor dem Fenster. "Sei keine Memme", sagte ich und zog ihn an meine Seite, als ich einen Chip in den Schlitz warf.
Langsam hob sich die Trennscheibe. Auf der anderen Seite waren zwei Mädels, eine vollkommen nackte Afro-Amerikanerin und die Frau, die uns herangerufen hatte; sie trug ein T-Shirt, aber keine Unterwäsche. Beide wandten sich sofort in Richtung des sich öffnenden Fensters, aber diejenige, die uns von oben zuerst gesehen hatte, erhob Anspruch auf uns.
"Das ist ja so toll, daß du deine Freundin mitgebracht hast", wandte sie sich an Roger und steckte ihren Kopf duch die Öffnung. Sie hatte kleine, aufrechte Brüste, die der enganliegende Stoff mehr hervorhob, als daß er sie verbarg. "Gucken kostet zwei Dollar, Anfassen fünf, zehn Dollar für einmal Beine breitmachen."
Er will dich nicht anfassen, dachte ich. Ich schon. Schenk mir deine Aufmerksamkeit.
"Gib mir einen Fünfer", bat ich Roger. Grinsend versuchte er, mir eins auf die Finger zu geben. "Nur ein Scherz", sagte er und wühlte in seiner Hosentasche.
Nervös preßte ich meine Beine zusammen, als er mir das Geld gab, und übte damit Druck auf meine Klit aus. Sie streckte ihre Hand durch das Fenster nach dem Geld aus, und ich gab es ihr. Sie trat einen Schritt von der Abtrennung zurück, zog ihr Shirt hoch und entblößte ihre kleinen Brüste. Ich mußte mich vorbeugen, um sie zu berühren.
Auf einmal fühlte ich mich gar nicht mehr nach Sex. Die bloße Vorstellung einer Peep Show, die Erwartung dessen hatte mich mehr erregt als die Sache selbst. Nicht, daß ich sie nicht attraktiv fand. Aber plötzlich begriff ich - im wahrsten Sinne des Wortes -, daß sie eine reale Person war, keine Phantasie. Sie hatte einen Namen, eine Familie, das ganze kulturelle Gepäck, mit dem ich mich nicht hatte befassen wollen.
"Ich heiße Lisa", sagte ich und drückte sanft ihre Brüste.
Sie lächelte mich an, während ich ihre Brust hielt, und für einen Moment spürte ich eine echte Verbindung zwischen uns, jenseits des Geldes, das von der einen Hand in die andere gewandert war.
Dann senkte sich die Trennscheibe wieder, und ich riß meine Hand zurück, als ob ich bei etwas erwischt worden wäre, von dem ich wußte, daß ich es nicht hätte tun sollen und wofür ich mich jetzt schuldig fühlte. Ich war mir nicht sicher, ob meine Schuldgefühle daher rührten, daß ich hier war, oder daß ich diesen Schild der Anonymität durchbrochen hatte.
"Steckt noch ein paar Chips rein", forderte sie uns auf und beugte sich runter, um uns unter der Trennscheibe hindurch zuzulinsen.
Das Fenster stoppte und schloß sich mit einem endgültig klingenden Klicken.
"Soll ich wirklich?" fragte Roger.
Ich schüttelte den Kopf. "Die Chips kann man auch in den Videokabinen benutzen, oder? Mir war so, als ob ich vorhin eine Kabine mit einem Film über eine Frau und einen Hund gesehen hätte, als wir dran vorbeigingen. Vielleicht finden wir auch eine mit der ungeschnittenen Version des Bobbitt-Videos - einfach nur aus Neugier."
"Im Keller gibt's eine Gay-Abteilung, hab' ich gesehen", sagte Roger, und über-

nahm wie ein Experte die Führung durch den Laden, als wir die Kabine verließen. “Laß uns doch mal einen kurzen Blick drauf werfen, wie die so ist.”
Roger war schon auf dem Weg nach unten. Ich zögerte, sah über die Schulter zurück und hoffte, daß die Frau aus der Peep Show von oben runtersehen würde, um wieder ein paar Kunden zu sich zu locken - oder um nach mir Ausschau zu halten. Aber sie tauchte nicht mehr auf, und einen Augenblick später folgte ich Roger nach unten in den Keller.

deutsch von Sophie Hack

Gabriele Dietrich

Antje Wagner

Nachmittag mit einer Femme

Es ist Mai. Ich laufe die lange Allee entlang. Einfach so. Die Hände habe ich in den Taschen vergraben. Beim Spazierengehen sehe ich gewöhnlich auf den Boden. Ich denke ein bißchen nach. Über die Frauen.

Ich weiß nicht, warum, aber ich fühle mich nur von richtigen Femmes angezogen, von Frauen, die Röcke tragen, tiefausgeschnittene Blusen und zarte Strümpfe mit Haltern. Auf dramatische Frisuren und ein raffiniertes Make-up fahre ich total ab. Ich stehe auf Schmuck an ihren Körpern, lange Ohrringe und Ketten und Armspangen. Ich liebe es, wie sie sich damit bewegen, das leise Klingeln des Metalls, wenn sie den Kopf drehen, das Glitzern eines Kolliers, wenn sie das Haar zurückwerfen und den Hals entblößen. Ich beobachte sie, wenn sie Sekt trinken oder Wein, die Lippen leicht gespitzt, damit der Lippenstift nicht am Glasrand kleben bleibt, und den Stiel elegant zwischen zwei Fingern.

Es erregt mich jedes Mal aufs neue, mich einer Femme zu nähern, sie erst zu umwerben und dann zu verwirren, indem ich ihr Feingefühl verletze. Ich genieße es, sie zufällig zu berühren, denn auf sexuelle Anspielungen reagieren sie hilflos.

Alle Femmes begegnen mir mit einer Schutzlosigkeit, die mich bis zum Exzeß reizt. Ich glaube, diese Schutzlosigkeit ist es, die mich zu ihnen treibt und die ich auskoste bis zur Neige. Immer schon hat diese Schutzlosigkeit mich zornig gemacht, wirklich zornig, denn ich sehe Femmes als eine entblößte Kehle, in die ich beißen muß. Sie rufen eine Begierde wach, die wie ein alter Instinkt ist: der Instinkt, das Schwache zu töten. Nun – natürlich ich töte nicht wirklich. Aber ich habe es mir angewöhnt, das Schwache dafür zu bestrafen, daß es schwach ist. Was mich an den Femmes reizt, bis zum Wahnsinn reizt, ist ihre Schwachheit. Ich berausche mich daran. Und ich will sie bis zur Bedingungslosigkeit steigern. Immer schon. Und immer habe ich es geschafft. Die Femmes reagieren auf Forderungen, als seien es Wassertropfen und sie selbst nahe am Verdursten. Kaum bin ich mit einer allein, lasse ich jede Rücksicht fallen; ich bedränge sie, verbal und körperlich. Und keine von ihnen, keine einzige hat sich je widersetzt. Sicher, manchmal beginnt eine zu treten und zu schreien, aber ich mache sie schnell still, zurre sie mit meinem Gürtel am Stuhl fest, biege ihr die Arme nach hinten, schnüre sie zusammen und binde ihr ein Tuch über den Mund. Und meist ist es genau die Femme, die sich am meisten gewehrt hat, die dann am heftigsten auf mich reagiert, die das meiste aushält und auszuhalten gewillt ist, die sich am tiefsten demütigt und sogar nach mehr bettelt.

Ich gebe mich nie mit halben Sachen zufrieden. Jede Femme gibt mir alles, was sie hat. Freiwillig. Den äußersten Schmerz und die äußerste Lust. Alles, was danach folgen würde, wäre Wiederholung. Ich hasse Wiederholungen. Es bereitet mir Lust, eine Femme aufzubrechen, ihre Feinnervigkeit oder Affektiertheit, ihre Intellektualität oder Kindlichkeit. Ich breche sie auf und sauge ihre Triebe heraus. Ich lasse sie ihre Unterlegenheit

Gabriele Dietrich

spüren. Und sie gibt mir ihre Schwachheit. Freiwillig.

Wie schnell kann eigentlich ein Frühlingsgewitter aufziehen? Die Lichtflecken auf dem Weg sind plötzlich verschwunden. Die Luft läßt sich schwerer atmen. Ich bin in Gedanken gelaufen und habe auf nichts geachtet, weder auf den Himmel, noch auf die plötzliche Stille in den Baumkronen. Mein Blick geht nach oben. Es muß ein ziemlicher Sturm dort wüten, denn schnell ziehen schwarze Wolken mit grellen Lichträndern vorüber. Hoffentlich

komme ich noch trocken nach Hause. Wieso spürt man eigentlich hier unten nichts von dem Sturm?
Als ich den Blick wieder senke, bemerke ich die Frau. Sie steht ganz einfach auf dem Weg. Wenige Schritte entfernt. Ich bin etwas überrascht. Die Allee ist kilometerlang und gerade. Jede näherkommende Person hätte ich schon hunderte von Metern im Voraus sehen müssen. Aber ich habe ja die ganze Zeit über auf den Boden gestarrt. Trotzdem, ich habe nicht einmal ihren Schritt gehört, obwohl es so merkwürdig still geworden ist...
Ich gehe weiter und will an ihr vorbei, ohne sie näher anzusehen. Ich mag es nicht, Menschen zu begegnen, wenn ich nachdenke. Sie weicht mir nicht aus. Sie kommt genau auf mich zu. Ich sehe sie an. Ihr langes Haar – wie Gold. Sie ist schön. Und sie lächelt. Aber die Art, wie sie läuft, hat etwas Herausforderndes. Wenn sie jetzt nicht zur Seite geht, werden wir zusammenstoßen.
Ich wende mich ein wenig nach rechts, und im selben Moment wechselt sie ebenfalls die Seite und kommt weiter direkt auf mich zu. Ich probiere das gleiche Spiel noch einmal und will von links an ihr vorbei, doch sie bleibt mir haargenau auf der Spur. Noch fünf Meter. Ich werde langsamer. Die Bäume rauschen. Der Wind, der vorhin die Wolken gejagt hat, peitscht nun die Baumkronen.
Ihre Augen liegen genau auf meinem Gesicht und krallen sich in meinem Blick fest. Sie hat einen ziemlichen harten Blick für ihre zarte Erscheinung. Sie ist eine Femme. Eine wirklich faszinierende Femme. Eine von denen, die mich reizen. Ihr Teint ist makellos, beinah weiß, die Lippen sind sehr rot und voll, genau wie ich es mag. Das schmalgeschnittene Kleid reicht ihr bis zu den Knöcheln. Keine Verzierung daran, keine Rüsche, kein Muster. Ein frageloses Grün. Die Konturen ihres Körpers unter dem Stoff sind nur eine Ahnung, ein weicher Schatten. In ihren Ohrläppchen stecken verspielte, rote Steine, und auch an einem ihrer Finger bemerke ich ein rotes Glitzern. Tatsächlich – eine Femme mit Klasse.
Sie kommt mir so zielstrebig entgegen, daß ich auf einmal sicher bin, sie würde mich einfach wegstoßen, wenn sie auf meiner Höhe wäre. Ich hasse Zwischenfälle. Ärgerlich verlasse ich den Weg, um mich an den Straßenrand neben eine der Pappeln zu stellen und zu warten, bis sie vorübergegangen ist. Was für ein albernes Spiel! Noch zwei Meter.
Sie tritt von der Straße.
Sie kommt auf mich zu.
Sie bleibt stehen.
Ein halber Meter zwischen uns. Ihre Nähe ist eine Provokation. Ich sehe die Farbe ihrer Augen. Grau. Ohne Pünktchen darin. Ohne Wärme. Einfach grau.
Da geht ein entsetzlicher Ton durch die Luft. Als ob ein Stück Stoff zerreißt. Ich achte nicht mehr auf sie, sondern sehe nach oben. Und da flammt plötzlich ein Blitz über den Himmel, ein unglaublicher Blitz, ein so heller Blitz, wie ich ihn noch nie gesehen habe. Die Elektrizität knistert. Der Blitz steht still, zittert und zuckt herunter und direkt in meine Augen. Man darf nicht hineinsehen! Man darf niemals einen Blitz ansehen. Dann findet er einen! Er spürt einen auf und verbrennt die Augen. Ich reiße die Hände in die Höhe, um meine Augen zu schützen, ich denke an nichts mehr, an nichts als meine Augen.
Plötzlich legt sich ihre Hand auf meine Finger. Sie zieht mir mit einem Ruck die Hände von den Augen und gibt mir einen Stoß. Ich kann nichts sehen. Nur zucken-

Gabriele Dietrich

de Streifen. Wieder ein Stoß. Ich stolpere und suche nach Halt. Und wieder stoßen ihre Hände. Ich verliere die Balance und falle rückwärts gegen eine Pappel. Instinktiv fasse ich mit den Armen nach hinten um den Stamm, um Halt zu finden.
Der Sturm ist stärker geworden. Viel stärker. Und lauter. Ich kann immer noch nichts sehen. Wo ist sie? Mir bleiben nur die Ohren. Doch um sie irgendwo ausmachen zu können, ist es zu laut. Der Sturm zerreißt die Orientierung.
Plötzlich habe ich das Gefühl, daß sie ganz nah in meinem Rücken steht, direkt hinter der Pappel. Die Haare an meinem Nacken stellen sich auf. Ich will schleunigst die Borke loslassen, doch da hat sie meine Hände schon gepackt und an den Stamm zurückgerissen. Die Borke scheuert im Rücken. Ich bin so überrascht, daß ich mich nicht mal wehre. Die Frau hat nicht gerade stark ausgesehen, eher zierlich, eine Femme eben, aber mit Leichtigkeit zieht sie meine Arme immer enger um den Stamm.
Meine Schultern spannen sich. Ich wimmere nicht. Ich wimmere nie! Die Streifen vor meinen Augen werden orange. Sie dehnt die Arme weiter. Jetzt reicht es. Ich fluche. Es nützt nichts. Ich kann nicht einmal nach ihr treten. Und ich würde es auch nicht tun. Nach Femmes trete ich grundsätzlich nicht. Sie legt meine Handteller übereinander und hält die Gelenke mit eisernem Griff fest. Es ist nicht möglich, die Muskeln anzuspannen und mich aus dem Griff herauszusprengen. Der Schmerz an Schultern und Oberarmen ist zu groß. Überraschend kommt in diesem Moment wieder Leben in meine Augen.

Claude Alexandre

Das erste, was ich sehe, ist sie.
Ich dachte, daß sie hinter dem Stamm steht. Doch sie hält mich lässig mit einer Hand und ist halb herumgekommen. Sie sieht mich an. Und plötzlich habe ich dieses komische Gefühl, daß sie auf den Moment gewartet hat, an dem ich wieder sehen würde. Und daß es ihre Absicht gewesen ist, daß ich sie zuerst sehe. Daß ich sehe, wie sie jetzt das Band aus ihrem Haar zieht. Ein breites Band aus Leder. Blitzschnell verschwindet sie wieder hinter dem Stamm, und jetzt verfluche ich mich, denn ich hätte die Gelegenheit gehabt, mich aus ihrem Griff zu befreien. Sie hat mich mit nur einer Hand gehalten, mit einer unwahrscheinlich zierlichen, kleinen Hand. Die Hand einer Femme. Zu spät. Das Band schlingt sich um meine Handgelenke. Sie zieht es fest.
"Was willst du, verdammt?"
Der Sturm ist zu laut. Sie hört mich nicht. Sie kommt um den Stamm herum und stellt sich vor mich. Und in diesem Moment kippt etwas in meinem Verstand. Es ist verrückt. Sie hat mich an diesen Baum gefesselt. Und ich kann mich auf nichts anderes als auf ihre zarten Züge und die feingliedrige Gestalt konzentrieren. Sie kann das hier nicht ernst meinen. Ihre Haare flattern nach allen Richtungen. Ständig dreht sich der Wind und reißt sie fort. Wie goldene Fäden, denke ich. Jetzt werde ich auch noch poetisch!
Wie schmal sie ist. So zart und schutz-bedürftig.
Sie hat sich ein Spiel ausgedacht, das ist es! Gleich schneidet sie mich los, und ich werde sie bestrafen. Sie will es so. Ein Spiel! Ich lächle. Komm nur. Mach mich los. So kleine Hände. So zarte Glieder. So fließende Bewegungen. Sie kommt näher. Nein, sie wird mir nichts tun. Sie ist scheu. Eine Femme. Plötzlich beginnt sich etwas in meinen Sinnen zu regen und zu gieren. Wenn die Fessel nicht mehr ist... Ich werde sie im Nacken packen und zu mir beugen, so wie ich es immer tue. Ich werde sie mit der Zunge öffnen und sie festhalten dabei. Denn immer bekommen die Femmes Panik, wenn man sie zu lange küßt. Sie bekommen keine Luft mehr und wehren sich dann, aber ich halte sie fest und erforsche dabei mit der Zunge ihren Mund, bis ihr Widerstand schließlich in sich zusammensackt und sie durch meinen Mund zu atmen beginnen. Immer dann, wenn sie nicht mehr gegen mich ankämpfen, nicht mehr gegen meine Zunge in ihrem Mund und nicht mehr gegen die Luftnot, immer dann, wenn sie durch mich zu atmen beginnen, immer dann weiß ich, daß sie endlich aufgeben haben und bezwungen sind, und daß ich nun verlangen kann, was ich will. Sie würden es tun.
Sie steht vor mir und schweigt. Ihr Gesicht verrät Schwäche, ihr Körper Hingabe. Das ist ein Spiel. Gleich schneidet sie mich los, und ich werde mit ihr abrechnen. Sie hebt die Hand. Ich lächle immer noch.

Der Schlag ins Gesicht kommt völlig unerwartet. Sie packt mich am Haar und zerrt meinen Kopf grob gegen den Stamm. Ihr Daumen streicht mir das Lächeln vom Mund und teilt meine Lippen. Ich wehre mich. Ich will ihren Daumen nicht. Ich bin diejenige, die eindringt. Ich bin diejenige, die nimmt. Ich bin diejenige, die Bitten zu hören gewohnt ist. Ihr Daumen bedrängt meine Zunge. Hart, unnachgiebig. Sie sieht mich an. Das Lächeln dieses kleinen, roten Mundes. Ich hasse sie!
So unerwartet, wie ihr Daumen eingedrungen ist, verläßt er meinen Mund wieder. Sie öffnet mein Hemd. Ich reiße an

dem Band, aber es ist außergewöhnlich fest. Ich spanne die Muskeln an, doch sie unterbricht für keine Sekunde. Seelenruhig entblößt sie meine Brüste und legt die Daumen auf die Spitzen.
Verdammt! Ich gebe nichts. Ich zeige nichts. Niemandem.
Meine Brustwarzen sind hart. Ihre Daumen drücken sie flach. Sie preßt sie in mein Fleisch zurück. Sie treibt sie immer tiefer.
"Sieh mir in die Augen! Wie fühlt sich das an?"
Nichts sagen. Einfach schweigen.
Sie faßt die harten Nippel zwischen Daumen und Zeigefinger und beginnt sie mit ihren langen Nägeln zu reizen. Ein wohlbemessener Impuls in Richtung Schmerz. Ich will zurückweichen. Die Nägel sind zu spitz. Die Borke preßt sich hart gegen meinen Rücken.
"Hör auf damit."
Ich flüstere nur. Ich hasse es zu bitten. Ich bitte niemals!
"Was? Ich verstehe dich nicht."
Ihre Stimme. Kindlich. Eine Hand läßt meine Brustwarze los, die andere reizt weiter. Sie hebt die Hand in Augenhöhe, und ich drehe den Kopf zur Seite. Wie nebenbei dreht sie mein Gesicht wieder zu sich. Die Hand krallt sich in meinen Hinterkopf und hält ihn fest.
"Schau auf meinen Ring!"
Ihre Stimme ist beinahe mädchenhaft. Sie hält die Hand in Augenhöhe, und ich sehe auf den Ring. Eingefaßt in das Silber ist ein übergroßer Rubin, in Form eines Prismas geschnitten. Der Stein nähert sich.
"Küß ihn!"
Ihre andere Hand legt sich auf die Knöpfe meiner Hose.
Der Stein berührt meine Lippen, und ich bemerke erschrocken, wie scharf die geschliffenen Kanten sind.
"Komm – küß ihn! Du stehst doch auf Schmuck."
Verdammt, woher weiß sie?
Sie öffnet meine Hose. Der Rubin drängt sich zwischen meine Lippen, und mir bleibt nichts übrig, als zu gehorchen und an dem roten Stein zu saugen. Ihre Hand schiebt sich unter meinen Slip. Die Spitze des Steins sticht in meine Zunge. Ein kurzer Schnitt, und ich schmecke mein Blut. Ihr Daumen teilt meine Schamlippen. Sie zieht den Ring heraus und drängt ihre Zunge zwischen meine Lippen. Sie berührt die Wunde, und als ich zurückzucken will, saugt sie meine Zunge in ihren Mund. Ihr Daumen legt sich auf meine Klitoris. Ich zittere. Ich habe noch nie gezittert! Die Hand mit dem Ring wandert zwischen meine Brüste. Der Rubin bohrt sich in die Haut. Er liegt genau auf meinem Herz. Der Druck ihrer Hand treibt ihn ins Fleisch.
Nein!
Ich will schreien, doch sie schluckt den Laut. Ihr Daumen reibt meine Klitoris, und der Mittelfinger schiebt sich in mich hinein. Sie nimmt den Mund von meinen Lippen, und ich schließe die Augen.
"Sieh mich gefälligst an!"
Dieser aufreizende Ton. Ich gehorche.
Der Ring hat die Haut zerschnitten. Ein Riß brennt zwischen den Brüsten.
Ihr Mund streicht über meinen Hals, wandert tiefer, zur Wunde. Die Zunge taucht hinein. Die Nägel der einen Hand graben sich in meine Brust und hinterlassen lange weiße Furchen. Ihr Daumen streicht regelmäßig über meine Klitoris. Gleichmäßig wie ein Uhrwerk. Ich will nicht kommen. Es ist so erniedrigend, auf diese Weise zu kommen. Lust ist demütigender als Schmerz.
Ich will nicht. So etwas passiert mir nicht!
Ihr Daumen reibt rhythmisch, gleich-

mäßig, unaufhörlich. Ich kann nichts dagegen tun, daß mein Körper reagiert.
Mein Atem beschleunigt sich, die Arme scheuern sich wund an der Borke. Ihr Finger stößt tief, und ihr Daumen kreist, unablässig, stetig, präzise. Mein Herz schlägt plötzlich zwischen meinen Beinen. Sie trinkt mein Blut.
Ich atme heftig.
Ich will nicht kommen, will nicht kommen. Da läßt ihr Mund ab von der Wunde und kommt wieder hoch, ganz nah an mein Ohr, und während ihr Daumen noch immer über meiner Klitoris kreist, während sie jetzt Mittelfinger, Zeigefinger und Ringfinger in mich hineintreibt, hart, Stoß um Stoß, als wollte sie mich aufspießen und an der Borke emportreiben, während sich alle meine Sinne darauf konzentrierten, nicht zu kommen, stark zu bleiben, die Kontrolle nicht zu verlieren, flüstert sie mir ins Ohr:
"Du brauchst es doch genau so, nicht? Komm schon – ich will dich sehen dabei! Du wirst für mich kommen, und du weißt es."
Sie sieht mir in die Augen. Ich nehme nichts mehr wahr als die schnellen Stöße ihrer Finger, die Verwundungen, die sie mir unablässig mit Ring und Nägeln zufügt: über die Arme, über die Brüste, über den Bauch, und ihre Augen – ein erfrorenes Grau.
Mein Atem fliegt. Ich kann, ich kann nicht mehr zurück. Ihr Daumen flattert, sie treibt die blutrot benagelten Finger tiefer noch in mich hinein und massiert die inneren Wände. Sie flüstert unablässig und beobachtet mich dabei, und ich bin kurz davor zu kommen, kurz davor -
Sie zieht die Hände zurück.
Nein!
Sie stellt sich demonstrativ vor mich.
Ich sterbe. Ich brauche noch eine Berührung, eine einzige Berührung. Ich rutsche an dem Stamm hin und her. Ich schwanke. Sie steht vor mir und lacht.
"Butches – pah! Ich habe dich vollkommen in der Hand."
Zwischen meinen Beinen schlägt mein Herz, ein feuchter, heißer Schlag, rot und hart, ein Vulkan, kurz vor dem Ausbruch.
Faß mich an.
"Wie heißt das?"
"Bitte – faß mich an. Fick mich. Bitte!"
Mein Gott, was sag ich da?
Sie kommt zurück. Sie legt ihre Hände auf meine Knie und schiebt sie auseinander. Sie kniet sich vor mich. Nein, nicht so! Nicht das! Da ist schon ihr Atem. Ich hasse sie. Der Atem streicht über meine nassen Lippen. Ich ertrage das nicht.
Noch ein kurzer Blick aus ihren grauen Augen, und sie öffnet den kleinen, roten Mund und streckt die Zunge heraus. Nein! Doch die rosige Zungenspitze bahnt sich bereits ihren Weg und kreist über den Rand des feuchten Eingangs.
Ich hasse sie! Sie leckt von oben nach unten mit festen Strichen, und ihre Zunge fühlt sich an wie ein Finger. Ihre Hand kommt dazu, und mit Daumen und Zeigefinger zieht sie meine Schamlippen plötzlich weit auseinander, und da ich ihre Zunge nicht mehr spüre, weiß ich, daß sie mich betrachtet: die freigelegte Haut, die rötlich und geschwollen ist, und das dunkle, nasse Loch. Dann wieder ihre Zunge, die sich ohne Vorbereitung auf meine Klitoris konzentriert und sie mit festen Strichen behandelt. Sie saugt sie zwischen ihre Lippen, hält sie fest und traktiert sie weiter mit Zungenschlägen. Ihr Daumen spießt sich in meine Vagina. Sie stößt in demselben Rhythmus, mit dem ihre Zunge meine Klitoris peitscht. Ich kann nicht anders; ich muß mich bewegen, muß ihr meinen Unterkörper entgegenrecken.

Ich biete mich an. Sie schiebt die andere Hand an meinem Schenkel aufwärts, umfaßt eine Hinterbacke und krallt sich darin fest. Als ich ihren Daumen sich in den Spalt zwischen die Backen drängen spüre, versteife ich mich und presse den Hintern zusammen. Das nicht!
Doch geschickt und fast beiläufig teilt der Daumen meine Hinterbacken und berührt das winzige Loch. Sie will mich öffnen, wo ich auf gar keinen Fall geöffnet werden will! Die andere Hand wandert ebenfalls nach hinten, ihre Lippen halten immer noch meine Klitoris umschlossen. Sie packt die Backen mit beiden Händen und zieht sie auseinander. Sie hält sie unanständig weit geöffnet, und mir steigt die Hitze ins Gesicht. Sie kommt noch einmal kurz hoch und schiebt mir ihren Mittelfinger in den Mund. Dann streift der feuchte Finger die gestraffte, zarte Haut um das Loch.
"Entspann dich!" sagt sie vieldeutig. Und übergangslos bohrt sich der Mittelfinger hinein, hart, bis zur Handfläche. Und ein dunkler Laut kommt aus meiner Kehle, wie ich ihn noch nie vorher gehört habe. Ohne Unterlaß zieht ihre Zunge allzu sanfte, allzu langsame, allzu feuchte Bahnen. Schneller! Sie bleibt langsam. Quälend langsam. Der Mittelfinger bewegt sich. Sie schiebt den Zeigefinger nach. Und dann ist ihr Mund plötzlich wieder oben, kurz vor meinem, und wo ihre Zunge war, bewegt sich nun ihr Daumen. Ich keuche. "Komm schon!", lacht sie, und ihr Mund ist ganz nah. Sie atmet mein Keuchen ein. Ihre Augen saugen sich in meinem Gesicht fest. Und ich kann nicht mehr, ich keuche in Stößen, ich keuche in ihren Mund hinein, als sie ihre Lippen auf meine preßt. Und als ich komme, muß ich schreien vor Haß. Und sie verschluckt mich. Sie verschluckt mich vollkommen.

Plötzlich der Blitz, der Donner, der mich taub macht, und das hervorbrechende Feuer. Der Qualm beißt in Augen und Nase. Und ich liege am Boden, inmitten der Äste, und hinter mir brennt der Baum. Ich sehe in die Höhe, mitten hinein in die Hitze und in das prasselnde Feuer, das die Krone frißt. Hypnotisiert wie das Tier, das seinen eigenen Tod in den Augen der Schlange beobachtet. Sie ist verschwunden. Dann plötzlich stürzt der erste Ast herunter und mit ihm eine Flut roter Funken. Da erst erwache ich aus meiner Benommenheit.
Ich springe zurück, denn ein Knacken über mir hat mich gewarnt. Und ein paar Schritte vor mir, dort wo ich eben noch gestanden habe, stürzt ein Teil der brennenden Krone nieder. Und alles flackert. Alles zuckt. Und das lederne Band liegt darunter und verbrennt.

Gatewood, Badland

Natalie Jandl

Großstadtlesbe

Ich sehe aus wie eine Großstadtlesbe, rieche wie eine Großstadtlesbe, rede und lebe wie eine Großstadtlesbe - aber ich bin keine! Lange Zeit wußte das niemand. Es war mein Geheimnis, gehütet wie der berühmte Augapfel.
Ich behielt es ganz für mich allein, niemand hatte auch nur die geringste Ahnung von meiner Kleinstadtvergangenheit. Niemand sollte mich Landpomeranze schimpfen können! Oh nein, ich war mondän und sehr überzeugend, denn Großstadtlesben leben besser!

Aber heute ist das anders. Ich habe mich geoutet nach diesem einschneidendem Tag. Der Tag, der mein Leben verändert hat. Der mich gelehrt hat, zu mir selbst zu stehen und mit unrasierten Beinen laut in die Welt zu schreien: "I am what I am!" Der Tag der Wahrheit!

Es war ein stinknormaler Morgen an einem sogenannten Werktag. Mein Beruf war der, den jede Großstadtlesbe ausübt: Fleischereifachverkäuferin. Ich machte mich hübsch und freute mich wie immer auf meine kleine Wursttheke. So bestieg ich früh mein Fahrrad, um mir beim Bäcker um die Ecke ein Körnerbrötchen zu kaufen. Jede Lesbe hat einen Bäcker um die Ecke, und alle fahren mit dem Fahrrad zur Arbeit oder in die Disco. Und jede Lesbe nimmt am Morgen genußvoll das eine oder andere Körnerbrötchen zu sich.

Wie gesagt, ich kenne die Regeln der Großstadtlesben. Dachte, sie zu kennen! Diese einzuhalten ist die ganze Kunst. Kennst du die Regeln der Großstadtlesbengesellschaft, kann dir nichts passieren. Davon war ich überzeugt.
An diesem bedeutungsschwangeren Morgen sollte ich jedoch endlich eines Besseren belehrt werden.
Ich erreichte die Bäckerei und stellte mein Klapprad ordnungsgemäß ab. Auch das ist eine Regel der Großstadt: Ziehe nie, niemals den Zorn lesbischer Großstadtpolizistinnen auf dich!
Nun, ich betrat also diese scheinbar harmlose Brötchenfabrik und wollte bei der Teigwarenfachverkäuferin meine Bestellung aufgeben: "Bitte, ein Körner..." Ich hatte noch nicht ausgesprochen, als diese mich mit einem tödlichen Blitzen in ihren wäßrigen Augen hinter die Theke zerrte, um mich mit einem einzigen Faustschlag zu Boden zu strecken.
Alles ging in rasender Geschwindigkeit, und ehe ich mich versah, tobten etwa zwei Zentner wildgewordenes Fleisch auf mir. Kurz. Mein Kreislauf wollte kollabieren, die Bäckerin keuchte vor Erregung, während sie ihren Quadratschädel zwischen meine Beine schob. Messerscharfe Zähne zerfetzten meine Kleider. Eine riesige Zunge bahnte sich sodann in atemberaubendem Tempo den Weg durch meine filzige Scham, um meine Kleinstadtlesbenklitoris mit tollwütiger Bewegung zu beglücken. "Ich bin eine Kleinstadtlesbe!" dachte ich verzweifelt bekennend und ja, jaaa...."...bröööötchen" kam es gellend aus meinem trockenen Mund.

Als ich gerade in tiefe Abgründe ohnmächtigen Schlafs des Entsetzens zu stürzen droh-

Gatewood, Badlands

te, erhob sich die Horrorbäckerlesbe schlagartig mit hochrotem Kopf, und "...gaaanz f(r)isch, ja, sehr gut, das Schnittchen!" hörte ich sie aus der Ferne über die Brötchentheke schmatzen.
Auf allen Vieren verließ ich mit letzter Kraft diesen Ort des Grauens und kam taumelnd, in nichtendenwollendem Schwindel zu spät zu meiner Wursttheke. Das erste Mal in meinem Fleischereifachverkäuferinnenleben!
Die Bäckerin habe ich nie wieder gesehen. Zum Glück!
Das Leben hat mir eine bittere Lektion erteilt, aus der ich viel gelernt habe. Ja, heute bin ich dankbar.
Ich werde die Großstadtregeln niemals beherrschen.
Ich bin eine Kleinstadtlesbe und werde es bleiben. Dazu kann ich heute stehen.
Und noch etwas sehr Wichtiges habe ich verstanden: Würste sind vielseitiger als Brötchen. Sie machen mich glücklich... und meine Kundinnen auch.

Ich liebe meine Arbeit!

Del LaGrace Volcano

Nika Kosalla

Loslösung

Ich saß im Foyer des Hotels. Um mich herum tobte das Leben. Im dauernden Wechsel ließ ich eintreffende und abreisende Menschen an mir vorüberziehen. Ich hatte eine anstrengende und lange Reise hinter mich gebracht und genoß das Verweilen in dem großen gemütlichen Ledersessel, der von gedämpftem Licht umhüllt wurde. Meine Liebste stand an der Rezeption und verhandelte mit dem hinter dem Tresen stehenden Hotelangestellten über die Zeit, die wir in diesem Haus verweilen wollten. Ich schloß die Augen und erinnerte mich wieder schmerzhaft an das noch nicht lange zurückliegende Ereignis, das mein Leben so verändert hatte.

Ich war ziellos durch die kleinen Straßen und Gassen in einer der vielen Städte geschlendert, die wir in den letzten Monaten bereist hatten. Es dämmerte bereits, und Ruhe kehrte auf den Gehwegen ein, da die Zeit der Abendmahlzeiten bevorstand.
Die Gasse, in der ich mich befand, wurde mit der Zeit immer enger, und das Pflaster bedeckten zahlreiche Vertiefungen, in denen die kobaltfarbenen Steine schon länger zu fehlen schienen. Dann versperrte nach einer engen Kehre plötzlich ein kleines Haus den Gang, ohne einen weiteren Weg freizugeben.
Die alte Holztür war reich mit Schnitzereien verziert und stand einen Spalt offen. Efeu schwankte im Wind und eroberte sich diesen Zwischenraum bei jeder Schaukelbewegung. Noch hielt ich mich unschlüssig einige Schritte vom Eingang entfernt auf, doch dann merkte ich plötzlich, wie ich unwiderstehlich angezogen wurde von dem Geheimnisvollen, das dahinter auf mich zu warten schien.
Nachdem ich mich durch die sich immer weiter öffnende Tür geschoben hatte, tastete ich mich vorsichtig durch die Dunkelheit, die im ersten Moment im Inneren des Hauses herrschte. Meine Augen gewöhnten sich jedoch rasch an das Halbdunkel; ich durchquerte verschiedene einfach eingerichtete Räume und endete bald darauf in einem winzigen Flur. Hier befand sich nur eine grob gezimmerte Kommode, auf der sich ein großes dunkles Tier räkelte und mich mit im Dämmerlicht phosphoreszierenden Pupillen anstarrte. Nach kurzem Schreck erkannte ich in ihm eine riesige Katze. Sie sprang mit der ihr angeborenen Leichtigkeit zu Boden und führte mich zu einer offenstehenden Luke, von der aus eine Stiege nach unten führte. Ich sah hinab und nahm einen schwachen Lichtschein wahr, so daß ich dem Tier in die mir unbekannte Tiefe folgen konnte.
In diesem kellerartigen Gewölbe war es ungemütlich feucht. Ich zuckte zusammen, als plötzlich peitschenartige Geräusche die Stille unterbrachen. Dazwischen hörte ich immer wieder unterdrücktes Stöhnen und kurz darauf einen spitzen Schrei. Ich blieb abrupt stehen, mein Herz pochte laut, und ich überlegte, ob ich nicht schnellstens diesen düsteren Ort verlassen sollte. Doch bald darauf war alles wieder ruhig, und meine Neugier ließ mich auf Zehenspitzen vorwärts schleichen.
Ich erreichte hinter einer aus grobem

Stein gehauenen Mauerecke einen Raum, der reichlich mit Kerzenständern ausgestattet war. Dicke, schwarze Kerzen brannten darin. Fasziniert starrte ich auf eine ungewöhnliche Szene. In der Mitte des Gelasses lag langgestreckt auf einem bogenförmigen Holzblock eine Frau in ziemlich zerrissener Kleidung. Ihre Gliedmaßen waren auseinandergezogen und mit Ketten an Metallringen fixiert, die im Boden verankert zu sein schienen. Auf dem erhöht liegenden Hinterteil der üppigen Frau zeichneten sich bereits einige querverlaufende, dick angeschwollene rote Striemen ab. Die dunkelhaarige Frau hatte ihre Augen geschlossen und atmete heftig. Manchmal stöhnte sie leise, besonders wenn eine ledern behandschuhte Hand zwischen ihren Schenkeln verschwand. Die Hand gehörte zu einer weiblichen Gestalt, deren enger schwarzer Overall aus Leder ihre stolze Haltung noch hervorhob. Die zahlreichen geöffnete Knöpfe des Oberteils legten fast die schönen großen Brüste frei. Die Frau stand auf dicksohligen Stiefeln, die sich bis über ihre Knie stülpten.

Durch diesen Anblick wie benommen, nahm ich die ganze Situation in mich auf, und ich spürte ein immer

Gabriele Dietrich

stärker werdendes Kribbeln zwischen meinen Beinen. Mein Mund öffenete sich leicht, und mein Atem wurde schneller. Ich lehnte an dem Mauervorsprung und fühlte die Kühle des Steins. Im gleichen Moment traf mich ein dunkles Augenpaar, und ich zuckte ob der Entdeckung zusammen. Die nun zum Sprung geduckte Frau und ich starrten uns sekundenlang an. Dann kam sie behende auf mich zu und krallte ihre Hand in mein lockiges Haar. Ich schrie überrascht auf und versuchte mich aus ihrem harten Griff zu winden. Dabei faßte sie meinen Arm und drehte ihn mir mit einer schnellen Bewegung auf den Rücken, so daß ich mich nach vorne beugen mußte, da mir vor Schmerz die Tränen in die Augen schossen. Sie schob mich zur Wand und legte meine Handgelenke in Schellen, die im Mauerwerk verankert waren. So stand ich bäuchlings an der Wand. Nur kurze Zeit versuchte ich mit aller Kraft, an den Fesseln zu zerren, doch bald lehnte ich mich ergeben an den kalten Stein. Sie lachte leise und löste die Knöpfe meines langen Rockes, so daß er zur Erde fiel.
Lederbezogene Finger streiften mein üppiges Gesäß. Ich spürte ihr Knie, das meine Schenkel auseinanderdrückte, und eine Hand, die sich unerbittlich in meinen Nacken krallte. Ich fühlte ihren heißen Atem an meinem Hals, ihre Zähne streiften ganz leicht meine Haut. Diese Berührung an meiner sensibelsten erogenen Zone ließ mich trotz der Zwangshaltung, in der ich mich hielt, erschauern. Doch nun ließ sie von mir ab. Ich drehte den Kopf so weit es mir möglich war und beobachtete im Zwielicht, wie sie die andere Frau von ihren Fesseln befreite und die Schwankende hinter sich her zum Ausgang zog.
Ich war allein und horchte auf das Knistern der Kerzendochte, die ihre eigene Melodie sangen. Ich ließ mich auf die Knie nieder, doch meine Körperhaltung erlaubte das nur für einen Moment. Fast wäre ich weggedämmert, bis mich ein langgezogener Schrei auffahren ließ. Nur Sekunden später stand ich wieder auf den Füßen. Ich zitterte vor Schreck. Das Echo schallte immer noch in meinen Ohren.
Ich stellte entsetzt fest, daß die lederbekleidete Frau wieder das Gewölbe betrat und katzengleich auf mich zukam. Krallenbewehrte, jetzt nackte Finger bohrten sich in mein Fleisch, so daß ich vor Schmerz aufheulte. Ihren Mund preßte sie hart an meinen Hals, und ihre Lippen spielten saugend mit meiner Haut, die sich über meine Halsschlagader spannte. Die Todesangst, die mich durchzuckte, wechselte in einem Atemzug mit der Begierde meines Körpers. Je länger dieses Wesen um mich war, desto weniger nahm ich meine Umgebung wahr. Meine Gedanken flogen davon, Gefühle, die mich erregten, Berührungen, die in meinem Inneren verschwanden; ich entspannte mich immer mehr. Es war wie im Rausch; ich wollte, daß es nicht mehr aufhörte.
Irgendwann explodierte mein Innerstes mit einem Schrei. Im selben Augenblick spürte ich, wie sich spitze Zähne in die Seite meines Halses bohrten. Ich schwamm auf der Welle des Schmerzes davon. Mein Schreien endete in lautem Keuchen. Ich fühlte mich in ein schwebendes Nichts geführt, es wurde ruhig um mich herum, meine Sinne waren nur noch nach innen gerichtet. Dann wurde es dunkel, tiefschwarze Nebel stiegen auf.
Als ich endlich wieder erwachte, quälte die Helligkeit der Sonnenstrahlen meine Augen. Ich war immer noch benommen, wußte nicht, wo ich mich befand, und versuchte torkelnd, auf die Beine zu kom-

men. Mein ganzer Körper schmerzte, aber ich konnte mich nicht an die vergangenen Stunden erinnern. Ich atmete tief durch, und die salzhaltige Seeluft erfrischte mich. Ich sah mich um und schlug die Richtung zum Stadtzentrum ein. Bald erkannte ich Straßen und Gebäude wieder. Niemand schien mich zu beachten, obwohl es früher Vormittag sein mußte und die Menschen hektisch durch die Stadt zogen.

Erschöpft und müde erreichte ich das Hotelzimmer, in dem ich meine Liebste noch schlaftrunken im zerwühlten Bett vorfand. Ich bemerkte ihren besorgten Blick und die Fragen, die in ihren Augen brannten. Ich beugte mich über sie und fing an, sie zu liebkosen. Beruhigt umarmte sie mich, und ich fühlte ihren noch vom Traum erhitzten Körper. Plötzlich spürte ich wieder dieses eigenartige Schweben in mir. Ich drückte meine Gefährtin zurück in die Kissen und erforschte mit meinen Lippen Zentimeter für Zentimeter ihrer Haut. Sie schloß genußvoll die Augen, und ich näherte mich langsam ihrem entblößten Oberkörper. Liebevoll, doch mit sicherem Gespür trieb es meine rastlosen Lippen an ihren Hals, wo sie nach einer ganz besonderen Stelle suchten.

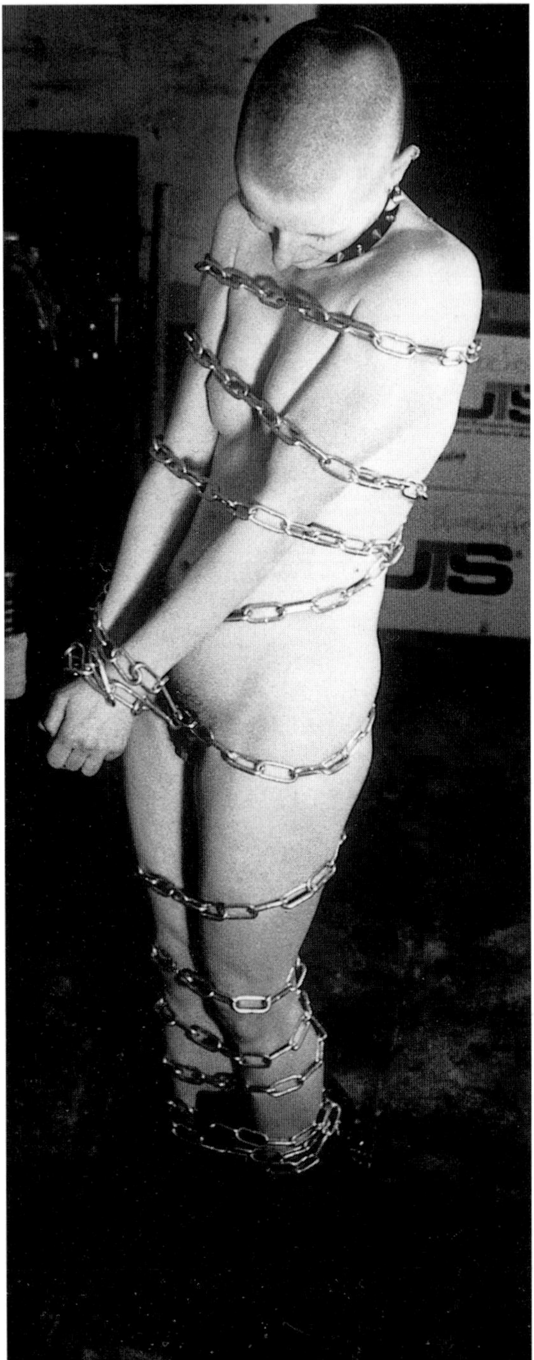

Lisa Appiano

Wings In A Drawer

In mir war es still, die Sirenen und Stimmen von draußen drangen nicht bis zu mir. Eingewickelt in eine blaue Wolldecke war mir kalt, meine angezogenen Beine fest umschlungen saß ich auf einem unbequemen Stuhl und schaute aus dem Fenster. Meine nackten Füße waren eiskalt, ich erschauerte vor ihrer Leblosigkeit, wagte kaum, die Decke darüber zu legen. Mein Körper saß lethargisch wie ein toter Klumpen auf dem Stuhl, ein Haufen aneinandergedrückter Knochen, erschlaffte Muskeln, alles Leben nur mehr im Kopf. Ich starrte aus dem Fenster, mein Blick vermochte nichts zu halten, draußen ein Baum zwischen roten Ziegeln. Die Bewegung der kargen Äste im Wind konnten mich nicht erreichen, meine Sinne gehörten nicht mehr zu mir, und mein Leib war zu einem leeren Behälter geworden, ich fühlte keine Schmerzen mehr, nichts an meiner Haut tat weh, nur der Kopf gehörte mir, war ich. Bald verschwand das Bild auf das Draußen in der Dunkelheit, kein Sonnenuntergang, ein einfaches Absorbieren des Lichts bis zur Finsternis vor dem Fenster, im Hinterhof. Die Augen konnte ich nicht schließen, die Lider ließen sich nicht bewegen, ich konnte keine Anweisungen zur Bewegung mehr geben. Da sah ich mein Gesicht in der Spiegelung des Fensterglases. Nun war auch der Kopf fremd, genauso wenig wie mit dem restlichen Körper identifizierte ich mich mit dem Knochengerüst und dem darüberliegenden Fleisch. Nun bestand ich nur noch aus Gedanken, war zusammengeschrumpft in wirre Sätze, keine Bilder, nur Worte, kein Körper, keine Seele, nur ein kleiner Teil im Gehirn war von mir übrig geblieben. Plötzlich erschrak ich, hatte, ohne es zu merken laut zu artikulieren begonnen. "Ich bin nicht, jemand hat kalte Füße und einen Nabel, der in einer Bauchfalte verschwindet. Ich existiere nicht mehr, bin ich tot? Ich höre nichts mehr, nichts mehr scheint mich etwas anzugehen." Schreckliche Angst verbreitete sich wie Lauffeuer in dem noch übrig gebliebenen Teil meines Gehirns. Ich hatte den Zugang zur äußeren Welt völlig verloren, konnte Dinge nicht mehr greifen, Geräusche nicht mehr fühlen, furchtbare Stille begann mich zu umzingeln.

Da hatte jemand eine Hand auf meine Schulter gelegt, und damit wieder Verbindung geschaffen. Bewegung war plötzlich wieder möglich, als ob jemand die Fesseln gelöst, die Erde von mir geschaufelt hätte. Es war Celia. Sie fragte, warum ich denn im Dunkeln säße: "Ich habe nicht bemerkt, daß es schon so spät geworden ist," antwortete ich, in dem Versuch normal zu wirken. Ich hatte schreckliche Angst, andere könnten meinen inneren Wahnsinn bemerken und glauben, daß ich wirklich verrückt sei. Dabei fürchtete ich doch am meisten, daß sie recht hatten. Sie zündete eine Kerze an und griff mir unter die Arme, um mich aus dem Stuhl zu heben, wie man es bei kleinen Kindern tut. Leicht folgte mein Körper ihrem unterstützenden Griff und stand vor ihr, die mich jetzt sorgenvoll anblickte. Immer noch fühlte ich mich schwach, doch spürte ich meine Glieder wieder, mit Celias Hand auf mir war die Lähmung gewichen, ich konnte meine Füße auf dem stacheligen Teppichboden spüren. Celia umarmte mich und gab mir mit der ersehnten Berührung die Welt zurück. Da war sie

wieder, da stand sie wieder eng umschlungen mit mir, als ob es niemals Kränkungen, Erniedrigungen und Schmerzen gegeben hätte, allmächtig vermochte sie meine Verletzungen nichtig zu machen, ihre Gegenwart machte mich vergessen. "Küß mich, bitte küß mich jetzt." Und ihre weiche, warme Zunge schob sich zwischen meine Lippen, war wie heilender Balsam auf offener Wunde. Ich legte sie auf das blaue Bett meiner Entbehrungen, ‚jetzt wollte ich keine Sekunde erleben, ohne ihre Lippen zu berühren, zog sie aus und fühlte meinen eigenen Körper wieder als ganz zu mir gehörend. Ihr Speichel warm und reinigend auf meinen Schlüsselbeinen, mit jeder Berührung dehnte ich mich aus, wurde weit und grenzenlos. Nur noch ein einziges großes Gefühl der Nähe.
Celias Berührungen zogen mich in eine Welt, in die ich allein keinen Zutritt hatte, der Blick in ihre großen braunen Augen gab mir das Gefühl von Erdverbundenheit zurück. Die Erinnerung an die Einsamkeit, die Bilder der Angst erloschen in den weiten Tiefen ihrer Haut, in den Gewässern ihrer Zuneigung. Gerne wäre ich ganz in sie hinein gekrochen, hätte mich in ihre Gebärmutter gebettet. Ihr Atem, das einzige zu mir dringende Geräusch, ihre kleinen Härchen im Nacken das einzig Greifbare, ihr Schoß das einzige Land, in dem ich selbst als weit und unendlich aufging. Celia auf mir, ihr Körper schien weder Anfang noch Ende zu haben, war groß und gleichzeitig leicht, kaum spürbar, doch alles vereinnahmend. Als ein einziger warmer Körper schliefen wir eng umschlungen ein, die äußere Welt unbedrohlich weit weg. Ein letzes Mal öffnete ich meine Augen, um die sanften Wellen, die von diesem so zerbrechlich scheinenden Wesen ausgehend an mich schlugen, zu betrachten; ob ich glücklich war, hätte ich nicht zu sagen vermocht, ich wollte nicht denken.
Das Morgenlicht strahlte mir durch den Spalt der Vorhänge ins Gesicht, weckte mich auf. Alles wirkte ruhig und schön. Der kleine, weiße Tisch, der alte Kasten, auf den Celia Photos von Sonnenblumen geklebt hatte, all die vertrauten Gegenstände schienen uns nun wohlgesonnen und besiegelten zustimmend unser Zusammensein. Der Wecker würde erst in

Heidi Kull

zwanzig Minuten läuten, zwanzig Minuten um ihr nahe zu sein, um ihre einzige Realität zu sein, um alles, was Haut war an ihr in mich hineinzuatmen. Da kamen sie wieder, die schmerzhaften Gedanken, unaufhaltsam drängten sie sich in meinen Kopf. "Liebe kann ich dir nur für Momente in der Gegenwart schwören, doch nicht für die Zukunft", hatte sie mir einmal gesagt. Sie machte mir niemals Versprechungen, weder gab es Regeln zwischen uns, noch verheimlichte sie mir, wenn sie mit Männern schlief. Sie hatte mich zwar zu lieben begonnen, aber in unserem gemeinsamen Leben gab es keine Vereinbarungen.

Sie war zu tief in mir, die Angst, sie zu verlieren, machte mich handlungsunfähig. Wenn sie nachts nicht nach Hause kam, krochen Schmerz und Verlustangst wie paralysierendes Gift in meine Adern. Ich erwachte immer wieder aus dem Traum meiner erwünschten Welt, wurde täglich aus der Illusion unserer Symbiose gerissen. Der oft so erfüllende Bund mit ihr verursachte mir Qualen, die wie Einstiche einer Nadel kleine Narben in den Venen meiner Seele hinterließen.

Friedlich lag sie da, den Kopf in meinen Hals vergraben, weder vor ihr, noch vor dem von mir gehaßten Morgenlicht, das abermalige Trennung und Ungewißheit bedeutete, konnte ich mich schützen. Der Wecker läutete, ich erschrak, obwohl ich keineswegs überrascht war, hatte ich doch den Minutenzeiger mitverfolgt.

Angezogen stand ich in der Küche, hielt die warme Kaffeetasse mit beiden Händen an meine kalte Brust. Draußen schien die Sonne, blauer Himmel über dem herbstlichen London. Ich zündete eine Zigarette an und ließ mich von den warmen Strahlen bescheinen. Ein Gefühl von Stärke erfüllte meinen Körper, meine Beine schienen mich heute tragen, meine Arme schienen mich an diesem Morgen halten

zu können. Vielleicht waren all meine Kräfte und mein Wille so geschwächt, gebrochen und am Ende, daß in mir ein letzter bewahrender, rettender Überlebenstrieb aufkam, heute wollte ich nicht mehr nur versuchen zu überleben, heute wollte ich leben. Wollte fremden Menschen keinen Kaffee servieren, wollte mich von der Menschenmasse in der U-Bahn nicht erdrücken lassen, wollte mein Glück nicht mehr von ihr abhängig machen, wollte um sie nicht fürchten müssen, wollte wieder leben, nur wieder lebenstüchtig sein. Die Art, wie sie mich liebte, die Art, wie ich sie liebte, das alles mußte nun an den Grenzen meiner selbst scheitern. Ich konnte nicht mehr. Tief inhalierte ich den Rauch, narkotisierte meine Liebe zu ihr und spürte plötzlich ein tiefes Gefühl der Verbundenheit mit mir selbst.
Ich fuhr in die Cafeteria und kündigte meinen Job, an diesem Tag fiel es mir nicht schwer, andere Menschen zu schockieren oder vor den Kopf zu stoßen. Die Abscheu davor, noch einmal die Uniform mit der braunen Schürze zu tragen, mein Leben so weiterzuführen, war größer geworden als die Angst, einfach alles hinzuschmeißen. Stehenbleiben in meinem fanatisch getriebenen Lauf, ich bekam ja schon längst keine Luft mehr, als widerlich empfand ich meine zerstörerische Selbstaufgabe um meiner krankhaft gewordenen Sehnsucht willen, von ihr geliebt zu werden. Alles passierte wie im Traum, ich hatte viel zu verabschieden, verspürte jedoch keine besondere Wehmut, war von einem tiefen Wunsch nach Veränderung getrieben. Wollte mich vor niemanden rechtfertigen, konnte nichts erklären, ließ die anderen in Verwirrtheit und Ungewißheit zurück. An diesem Tag fand ich mich in einer Realität wieder, die nur mir gehörte, in der ich mich plötzlich wieder für mich selbst verantwortlich fühlte. Ich faßte den Entschluß, Celia zu verlassen, die Stadt zu verlassen und nach Wien zurückzukehren.

Judith Düsberg

Ein Gedicht

Falle betrunken neben sie ins Bett
denke nur noch in Gerüchen, Haut und warm,
Händen dicht an meinem Kopf
Jetzt sterben, dann wäre alles gut
Jetzt sterben, dann wäre alles da,
was ich zum Leben bräuchte.

Dominique Renson

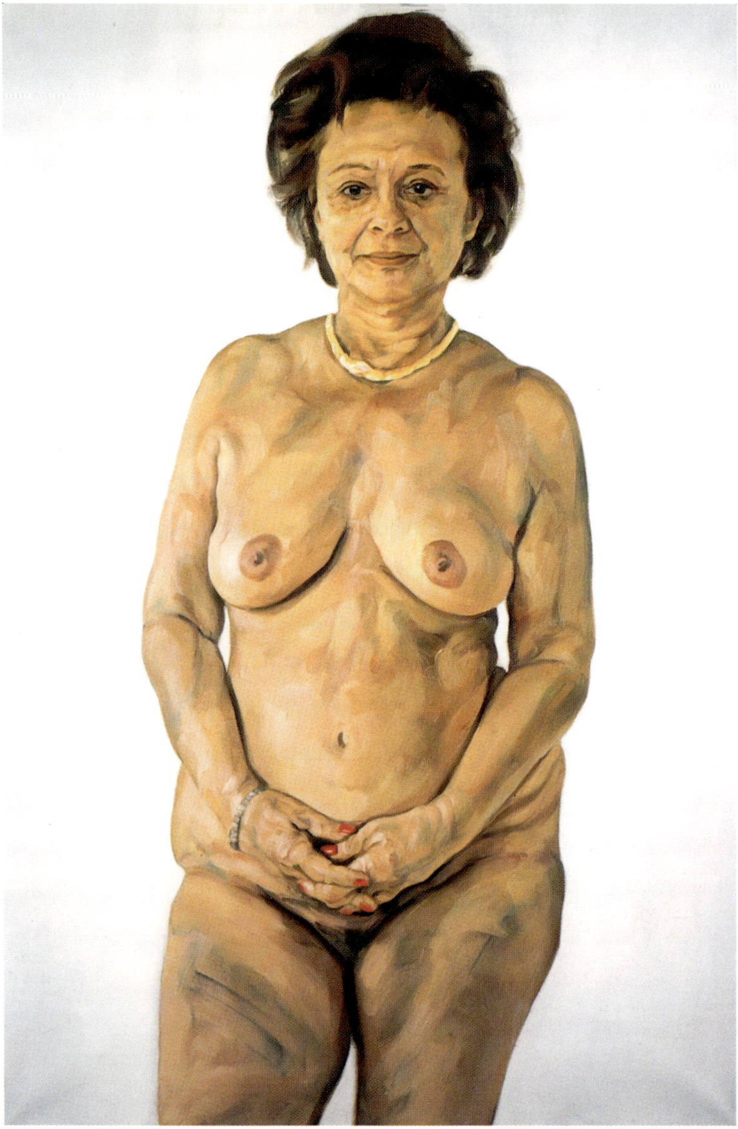

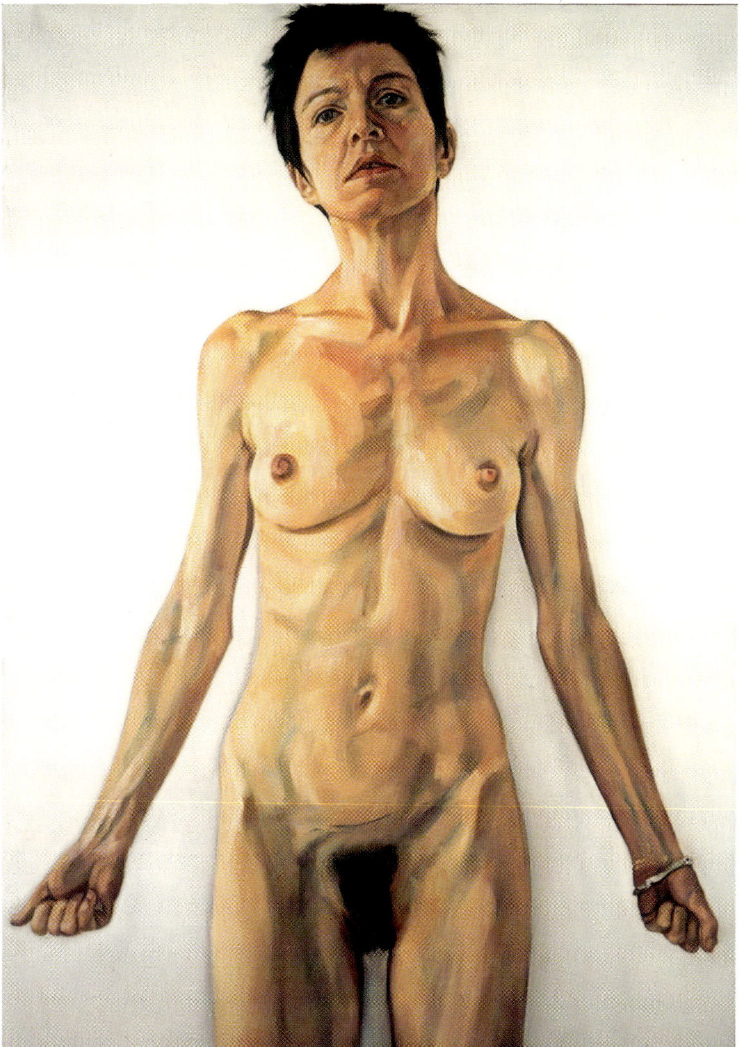

DIE FOTO-LOVE-STORY

Was bisher geschah...

Zwischen Vanessa und Sabrina ist es wegen Samantha zum Eklat gekommen. Vanessa ist verzweifelt.

Und nun die Fortsetzung:

Vanessa tröstet sich schnell. Erst heulen, dann ficken.

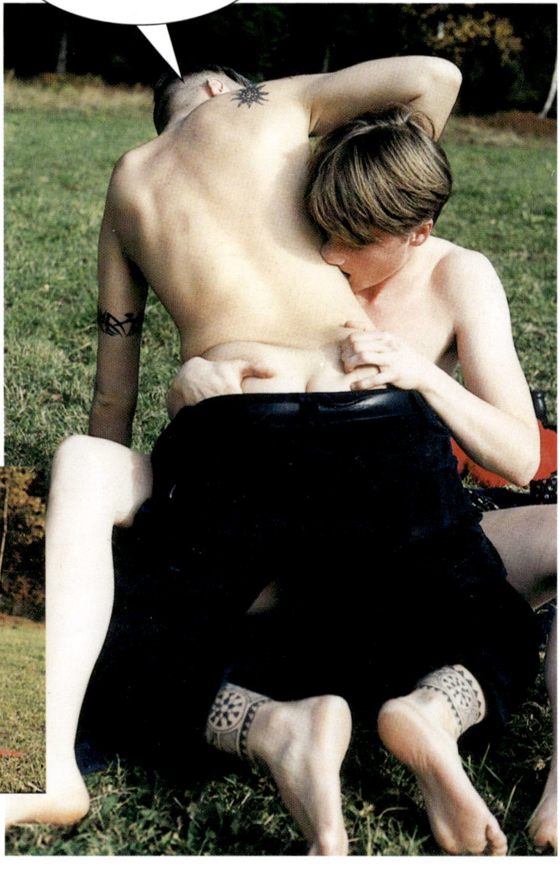

Inzwischen sitzt Sabrina zu Hause und ist am Boden zerstört.

"Ja, du machst das so gut! Ich komme gleich!"

Währenddessen treiben Vanessa und
Samantha dem Höhepunkt entgegen.

Fortsetzung folgt...

Christine Mühlebach

Uniformed

Eigentlich wollte ich gar nicht hierher. Aber Simone hatte es wie gewöhnlich geschafft, mich doch auf diese Szene-Party mitzuschleppen.
Da stand ich nun, um die Warteschlange zu umgehen, im Herrenklo vor dem Waschbecken und kühlte mir das Gesicht. Es war einfach zu heiß hier. Und viel zu sehen gab es normalerweise auch nie. Allerdings hatte ich heute zwischen den Jeans und Röcken eine Frau mit Uniformhemd erspäht. Und ich verfluchte mich, daß ich ausgerechnet heute meine Camouflagehose zu Hause gelassen hatte. So eine Scheiße!
Als ich mich wieder aufrichtete und in den Spiegel sah, stand sie direkt hinter mir. Ich konnte kaum den Mund aufmachen, da hatte sie mich schon am Kragen gepackt, stieß mich in die nächste Kabine, zog die Tür zu und drückte mich mit dem Gesicht an die Wand. Ich spürte ihre Hand zwischen meinen Schulterblättern. Mit den Füßen stieß sie meine Beine weiter auseinander. Dann griff sie um mich herum, knöpfte mir mir die Hose auf und langte mir zwischen die Beine. Sie zog die Hand wieder zurück, spielte hart mit meinen Nippeln, griff nach meinem Hals und zwang ihre Finger zwischen meine Lippen. "Mach sie naß", befahl sie, und ich leckte an ihren Fingern.
Sie hielt mich immer noch gegen die Wand gedrückt, als sie mit ihren nassen Fingern langsam, aber bestimmt in mich eindrang. Viel zu schnell zog sie sie wieder zurück und hinterließ eine unerträgliche Leere. Ich stöhnte. "Auf die Knie", hörte ich ihre Stimme in meinem Nacken. Ich löste mich von der Wand, drehte mich langsam um. "Ich sagte: Hinknien! Bist du taub?!" Und im nächsten Moment brannte meine linke Wange. Es folgten noch zwei harte Ohrfeigen. Ich ließ mich auf die Knie fallen. "Mach deine Beine weiter auseinander." Wieder griff sie mir zwischen die Beine und fand meine Nässe. Sie grinste und fing an, ihren Schwanz auszupacken. "Sehen wir mal, ob du nicht nur Finger schlucken kannst", machte sie, faßte nach meinem Nacken und zwang meinen Mund auf ihren Schwanz.

Sophie Hack

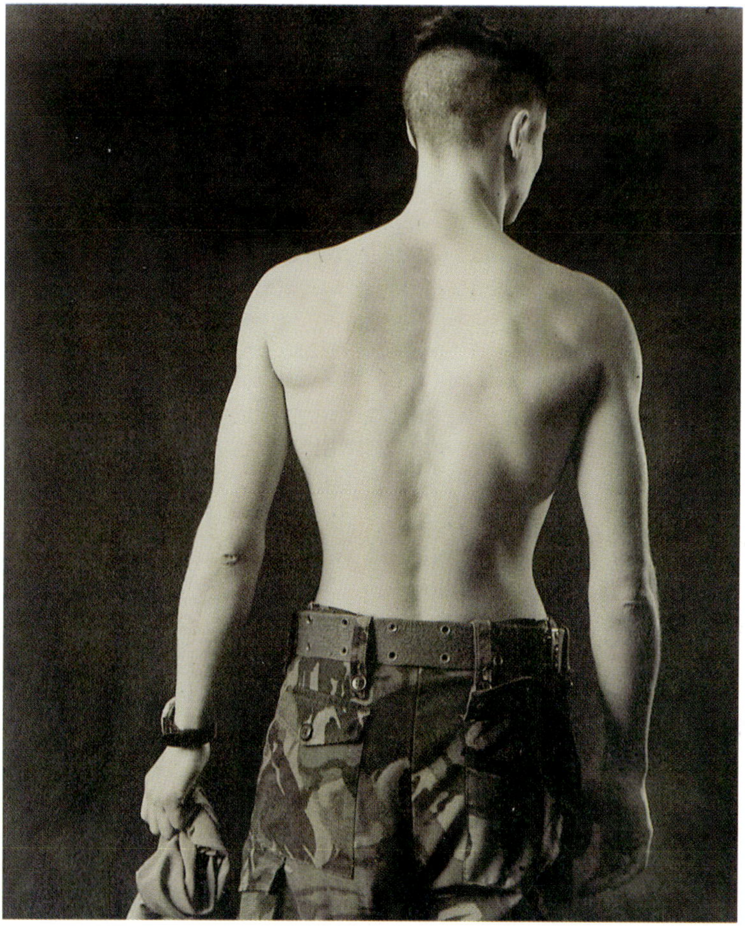

Del LaGrace Volcano

Schließlich zog sie mich auf die Füße. Einen kurzen Moment verschwendete ich einen Gedanken daran, daß jemand hereinkommen könnte, dann stieß sie mich gegen die Wand und fing an, mich zu ficken. Erst langsam, dann heftiger. Ich keuchte und klammerte mich an ihr fest. Sie stieß zu, bis ich kam.

Dann ging sie. An der Tür drehte sie sich noch einmal um und sagte: "War nett, dich zu treffen, Private. Grüß deinen Lieutenant von mir."

Susanne Kaiser

Green Barrets, oder: Die Bankangestellte Astrid H. beim Ausflug aufs Land

Astrid Hölken lag in höchst undamenhafter Haltung in einer Waldsenke des Köpenicker Forstes und versuchte, geil zu werden. "Ooohhhjaaa", machte es in ihrem Kopf. Ohja. Komm schon, du mußt "ohja" denken! Ein glitschiges Gefühl am linken Ringfinger unterbrach ihren Selbstanfeuerungsversuch – ein Regenwurm, der von ihrer Hand gleichermaßen in die feuchte Erde gepflügt und dingfest gemacht worden war wie sie selbst von diesem Trumm von Butch, der da auf ihren Oberarmen kniete und außerdem ihren Kopf ins Laub gedrückt hielt. Selbst wenn Astrid Hölken wirklich hätte "ohja" sagen wollen, wäre das nicht möglich gewesen. Von Laub ernährte sich nicht mal Rüdiger Nehberg.

Noch während Astrid überlegte, ob sie es dem Regenwurm gleichtun und sich mit einem "Mädels, so wird das nix" aus der Umklammerung schlängeln sollte, wurde ihr unsanft der Arsch am Gürtel in die Höhe gerissen und die Hose mit wenigen Handgriffen herunter. Immerhin gekonnt, dachte Astrid und vergaß dabei gezielt, daß ihre Hosen vorher sowieso nur notdürftig hochgezogen waren.
"Major, ein gieriges Astloch ist bereit, eine Runde durchgefickt zu werden!!" bemühte sich das Trumm, anzüglich und dienstbeflissen zugleich zu klingen. Bei "Astloch" spuckte es Astrid ein wenig an, weil sein Mund so nah über ihrem Kopf hing. Himmel, wenn sie wenigstens nicht dauernd so bescheuertes Zeug reden würden wie in einem unfreiwillig trashigen B-Movie!
Die Truppe fing an zu lachen, wie ein Männerbund in einer unfreiwillig trashigen Realität über einen schlechten Witz eben lacht. Astrid spürte eine Hand sorgfältig Gleitgel auf ihrer Möse verteilen und hielt unwillkürlich still. Noch einmal versuchte sie es mit einem gedanklichen "Oohja", und zumindest ein "Ochnajoo" kam dabei heraus. Die Hand hätte ja jetzt ruhig noch ein bißchen bleiben können. Wenigstens Gleitgel. Bevor ihr so unsanft ein Großteil der Sicht genommen worden war, hatte Astrid einen Blick werfen können auf einen, wie sie fand, für die Gelegenheit unangemessen großen, schwarzen Dildo, der sich ihr unaufhaltsam näherte. Astrid war vom Anblick dieses Utensils zu abgelenkt gewesen, um einen genaueren Blick auf die Dunkelhaarige werfen zu können, aus deren Army-Hosen der Schwanz genestelt worden war. Doch sie war sicher, daß das der "Major" sein mußte. Und sie war fast ebenso sicher, daß es sich um dieselbe Frau handelte, die vor ein paar Tagen in der Bank mit der Krüger so aneinandergeraten war. "Bitte, wenn Sie mein Geld nicht wollen", hatte sie im Rausgehen geschnaubt. Die Krüger hatte eine sehr perfide Art den Leuten klarzumachen, daß der Aktienmarkt für ihre paar Kröten nichts ist. Und das auch nur, weil sie von der Großkundenabteilung in die niederen Dienste der Kundenberatung versetzt worden war, wo jetzt jeder Hinz und Kunz mit dieser neuen Halbleiter-Volksaktie reich werden wollte.

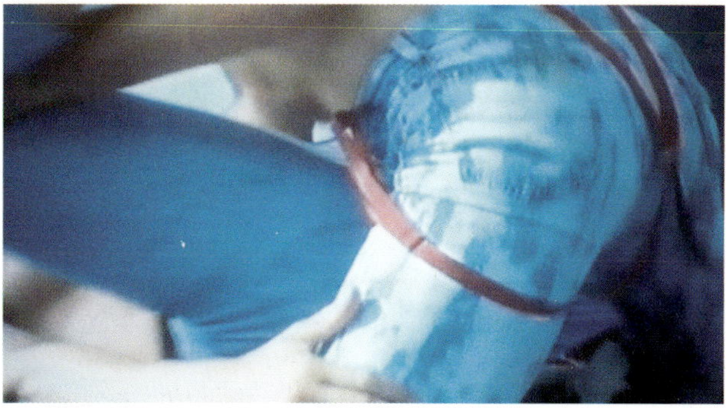

Astrid wußte, daß für die Krüger Leute wie diese Frau in ihren Lederklamotten selbst mit Aktenkoffern voller Geld auftauchen konnten, sie würde trotzdem perfide sein. Und Astrid hatte darüber nachgedacht, daß das wohl das neue Millennium sein mußte, wenn jetzt schon Frauen, die sie nur in Darkrooms oder Frauenbauprojekten zu treffen vermutete, in ihrer Bank auftauchten, um Aktien zu kaufen. Hoffentlich erkennt sie mich nicht, dachte sie jetzt, aber wenn, hätte sie vielleicht schon das Gleitgel weggelassen. Das hätte Astrid Hölken noch gefehlt, in einer Waldsenke mit einem für ihre Gemütslage viel zu großen Dildo von einer verhinderten Aktionärin stellvertretend für das Bankwesen als solches rangenommen zu werden. Das dann doch bitteschön auf ihrem Schreibtisch, und was anderes angezogen hätte sie auch.

So freute sie sich nun erstens, heute morgen nicht in ihre neuen Bogner-Unterhosen geschlüpft zu sein, denn die hätten jetzt ganz unschöne Streifen gekriegt vom Lößboden, und ob das je wieder rausging, und zweitens wenigstens ein anonymes Opfer zu sein für einen "Major", der Gefolgschaften vorpreschen ließ, um sich über die überwältigte Beute herzumachen. Überwältigt. Astrid war nun wirklich leichte Beute gewesen. Sie kannte das Gelände überhaupt noch nicht, ihre "Einheit", der sie – wie immer zu spät dran – hektisch zugeteilt worden war, war seit einer Viertelstunde nach einem merkwürdigen Trillern wie vom Erdboden verschluckt, und außerdem hatte sie gerade zum Pinkeln hinter einem Baum gehockt und sich überlegt, wo sie hier überhaupt reingeraten war.
Unter Outdoor-Fun hatte sie sich nämlich ein bißchen was anderes vorgestellt.
Nicht, daß Astrid Hölken dem Irrtum erlegen wäre, die lesbischen "Green Barrets" seien so eine Art Wir-bluten-im-Kreis-Gruppe, bei der ab und an ein bißchen Blümchensex im Moos herausspringen würde. Astrid hatte etwas übrig für Räuberin-und-Gendarm-Spiele und Sex im Freien, quasi als Ausgleich zu ihrer sitzenden Tätigkeit. Doch alle Cruising-Versuche rund um die Amazone im Tiergarten drohten sie immer nur in die Arme von Schwulen zu treiben, die sie für einen Kerl hielten oder es nicht mehr so genau nahmen. Und lesbische Freizeitgruppen aller Art hatten sich als totaler Flop herausgestellt, verlegten sie doch nur das Anbaggern ins Grüne, ansonsten verlief alles streng nach den üblichen zeitraubenden Ritualen. Und obendrein mußte man zuvor noch 25 Kilometer rund um Hen-

nigsdorf radeln, na danke. Die Green Barrets also: Mädchen in Uniform, ein Hauch von Schnitzeljagd, viel frische Luft, brandenburgischer Waldboden und geiler Sex. Das war‘s doch.

Schon bei ihrer Ankunft wurde Astrid allerdings das Gefühl nicht los, in einem schwulen No-Budget-Porno gelandet zu sein, ein Porno in tarngrün. Und jetzt gebärdete sich diese Truppe hier wie ein Haufen pubertierender Dumm-Machos, und das wog schwerer als das halbwegs angenehme Gefühl, das der Dildo verursachte, der jetzt gut geschmiert langsam in ihre Möse geschoben wurde.
Und dann sah Astrid Hölken, die ja ohnehin nicht allzuviel sehen konnte, statt Sternen oder so was ähnlichem nur noch Füße. Also Schuhe. Genaugenommen Stiefel, massenhaft Stiefel, die vor andere Stiefel traten, und die wuchsen sich zu Beinen und ganzen Körpern aus, weil die Tritte die Trägerinnen der Stiefel auf Astrids Niveau beförderten. Dazu Kampfschreie und Ächzlaute und fliegendes Laub. Der Dildo verabschiedete sich mit einem Plop, das in dem Getöse nur Astrid wahrnahm, aus ihrer Möse. Und ihre Arme waren zwar eingeschlafen, aber plötzlich ganz leicht, und dann zerrte jemand daran.
“Komm schon, hoch mit dir! Nix wie weg!” Zum zweiten Mal an diesem denkwürdigen Wochenende zog Astrid sich die Hosen nur notdürftig hoch und wurde dann weggezerrt. Sie hatte sich die ganze Zeit nicht rühren können und sprengte deshalb nun wie ein befreites Bambi mit ihrem sechsköpfigen Befreiungskommando durch den Wald, während der Macho-Clan ihnen wüste Drohungen hinterherschickte. Die Bambi-Leichtfüßigkeit schwand indes rapide, wegen der sitzenden Tätigkeit ohne nennenswerten körperlichen Ausgleich, und erleichtert stellte Astrid fest, daß es den anderen genauso ging. Nach einem überraschenden Linkshaken brachen sie in einem geschützten, breiten Graben keuchend zusammen. Astrid konnte kaum wieder einigermaßen normal atmen, als ihr bewußt wurde, daß man sie eingehend musterte. “Na, haben wir dich ums Vergnügen gebracht?” Die kleine Blonde neben ihr schaute sie spöttisch an.
“Vergnügen, na ja...”, schnaubte Astrid, wurde aber sofort unterbrochen. “Sonderlich gewehrt hast du dich nicht gerade!” Mit einer fast unmerklichen Kopfbewe-

gung der Blonden schlossen sich die Reihen um sie herum. “Ihr Arsch hat sich der guten Simone ganz schön entgegengestreckt, findet ihr nicht?!” Heftiges Kopfnicken rundum. Die Situation drohte entschieden ungemütlich zu werden, fand Astrid. Die hier spielten ihren Part um einiges überzeugender.
“So ´ne junge Rekrutin, und dann gleich in die Vollen, so weit kommt´s noch”, brummte eine von links hinten in ihr Ohr. “Hübscher Arsch”, kam es von rechts. “Hat sich aber leider nicht an die Regeln gehalten!” Das kam wieder von schräglinks, und ein “Das gehört bestraft!” auch. “Hört mal, Mädels...”, setzte Astrid an und machte Anstalten sich aufzurappeln. Leider hinderte sie niemand daran. Stattdessen standen die anderen auch auf. Niemand sagte ein Wort. Das Befreiungskorps belauerte die Bankangestellte Astrid Hölken wie eine langzeitarbeitslose Horde Schäferhunde, die das letzte Schaf auf Erden entdeckt hat. Das unverkennbare Schnalzen eines Latexhandschuhs knallte in die Stille hinein.

“Autsch” entfuhr es Astrid einiges später, “müssen diese blöden Holzbänke dermaßen ungehobelt und unbequem sein?” “Kräuterkissen haben wir nicht vorrätig, aber ein Sitzbad im Moor soll ja Wunder wirken bei überanstrengten Mösenlippen”, flötete Simone, die verhinderte Aktionärin, und reichte ihr ein Bier.
“Oh danke, nein, mir reicht´s erstmal, wirklich.” Astrid ließ ihren Blick durch die Baracke schweifen, in der überall pitschnasse Klamotten zum Trocknen hingen. Ein einziger Weißer-Riese-Alptraum in oliv. Das heftige Sommergewitter hatte das ganze sich in höchst undamenhaften Haltungen befindliche Knäuel erst nach einer Weile auseinander- und dann in die Baracke zurück getrieben, just als ein weiterer Befreiungskorps sich mit Gebrüll auf sie stürzen wollte.
“Sagt mal, kann mir denn jetzt irgendwer mal hier die Regeln erklären?” fragte Astrid gedankenverloren in den Raum, “irgendwelche Regeln muß es doch geben, oder? Man ist doch immer auf der Jagd nach was, oder so – nach was wart ihr denn eigentlich auf der Jagd?” Plötzlich hörte man nur noch die Tropfen aus den Armyhosen fallen. Siebzehn Augenpaare starrten Astrid an.
“Oh”, hauchte sie in das aufbrandende Gelächter hinein. “Oh.”

“Wie bist du nur auf ‚Astloch‘ gekommen”, prustete Simone zu ihrer Nachbarin. “Fast wäre die ganze Sache danebengegangen, wer soll denn da ernst bleiben...! Ach, und Astrid... können wir nochmal über die Infineon-Aktien reden?”

“Also dann, in zwei Wochen! Du bist doch dabei, hm?” fragte das Trumm. Astrid Hölken fürchtete, daß ja.

H.H. Staack

Birgit Scheuch

Lust auf Schikane?

Mit stolzgeschwellter Brust bewachen die frischgebackenen Rekruten den Backstagebereich der SM-Veranstaltung. Wenige Stunden zuvor mußten sie sich noch jeder Laune der Generäle beugen Kleidungsteile ablegen, wieder anziehen, salutieren, den Kopf unter Wasser stecken und mit triefendem Gesicht Liegestütze machen. "Die Grundausbildung ist auf den jeweiligen Rekruten zugeschnitten. Eine Bottom, die auf Stiefellecken steht, bekommt bestimmt ausreichend Gelegenheit dazu. Wenn der Rekrut Hilfe dabei braucht, in Form zu kommen, leisten wir diese mit einem Übungsprogramm." Details über das "Basic Training" des Dyke Uniform Corps, kurz D.U.C., will Verbindungsoffizier Butch mit Verweis auf eine Geheimhaltungspflicht nicht preisgeben.

Gegründet wurde das lesbische Uniform-Corps im April 1998 von den ranghöchsten Mitgliedern, den Generälen Kane, Gunner, Butch und Blade. "Wäre es nicht cool, dachten wir vier befreundete Lederlesben , wenn wir bei SM-Events in identischer Uniform aufliefen?" schildert General Butch die Anfänge. "Und noch viel besser wäre eine Uniformgruppe für Lesben, die der Pflege des militärischen Lebenswandels gewidmet ist." Unterstützung bekamen die Gründerinnen von der schwulen Uniformgruppe "Men of Discipline", deren Auffassungen und Ziele denen des D.U.C. ähneln. Wie sie versteht sich das Corps als SM-Organisation, die Mitglieder sich als SMerinnen.
Im D.U.C. dienen nicht nur Militaristinnen, doch General Butch und ihre Mitstreiterinnen respektieren jene, "die unserem Land dienen." Wenn jemand Probleme mit dieser oder einer anderen ihrer Auffassungen hat, "helfen wir gern bei der Gründung einer eigenen Organisation", verspricht General Butch. Zwar präsentiere das Corps ein Bild von Autorität und Stärke. Doch sei man für Diskussionen aufgeschlossen und immer bereit, Hand anzulegen.

Wer die Website des Corps aufsucht, findet seitenlange Anforderungen an die korrekte Uniform und eine Aufstellung der verschiedenen Dienstgrade und ihrer Pflichten. "Wir nehmen uns nicht allzu ernst", erklärt General Butch, "aber Ehrenhaftigkeit, Integrität und Disziplin sind tatsächlich wichtige Bestandteile unseres Lebens."
Interessentinnen müssen sich das D.U.C. Outfit (Battle Dress Uniform, Gürtel, Barett) leisten können, bereits eine US-Militär- oder Polizeiuniform besitzen, geistig und körperlich auf der Höhe sein, an der dreimonatigen Grundausbildung und jährlich einem festgelegten Leder-Großereignis (z.B. der International Ms. Leather-

Wahl) teilnehmen. Zuvor müssen sie mittels Fragebogen ihre körperliche Konstitution beschreiben und in weniger als 200 Worten begründen, warum sie Mitglied des Corps werden wollen. Auch zu (illegalem) Drogengebrauch und sexuellen Vorlieben fordert der Bewerbungsantrag wahrheitsgemäße Auskunft. Auslassungen und aufmüpfige Kommentare werden mit der Ablehnung des Antrags geahndet, so daß potentielle Rekruten sich höchstens überlegen können, ob sie solche sensiblen Informationen lieber dem Internet oder der Post anvertrauen.
Beim D.U.C. wird grundsätzlich die männliche Uniform-Variante getragen. Bislang wurde eine Femme rekrutiert. Solange die Standards des Corps erfüllt würden, gelten keine Einschränkungen hinsichtlich der Geschlechtsidentität. Die Aufnahmebedingung "weiblich" macht das D.U.C. wahlweise an XX-Chromosomen oder der Alltagsidentität "Frau" fest.

"Das Lesben-Uniform-Corps ist einzigartig, weil die Gruppe einerseits einen engen Zusammenhalt bildet und dennoch landesweit operiert." D.U.C.-Bataillone gibt es mittlerweile in mehreren amerikanischen Regionen. Auch eine internationale Expansion kann sich D.U.C.-Correspondence Officer Butch vorstellen. Ohne persönliches Vorsprechen bei den Generälen läuft allerdings nichts für internationale Bewerber ist also pro Jahr mindestens ein Besuch in den USA erforderlich. Alternativ kann auch die Aufnahme bei den "FreundInnen des Corps" beantragt werden.
Für General Butch liegt der Reiz des Lesben-Uniform-Corps im militärischen Lebensstil, der ihr als Lesbe versagt gewesen sei. In welchem Maße sich die Corps-Mitgliedschaft auf das Sexleben auswirke, sei Sache jeder Einzelnen. D.U.C.-Mitglieder könnten miteinander Sex haben, wie sie Lust hätten. Und "das Training ist eben ... Training. Bei der Einweihung der Rekruten sind Schikanen die Regel." Alle Ausbildungsaktivitäten würden abgesprochen und seien damit "safe, sane, consensual", spielen sich also dem Credo der amerikanischen SM-Szene entsprechend sicher, einvernehmlich und bei klarem Bewußtsein ab. Fest steht: wo das Corps auftaucht, werden Frauen schwach: "Unsere Anziehungskraft liegt in der gelebten Disziplin, der Kameradschaft, den Uniformen und dem Wissen, wie unglaublich scharf wir sind!"

Eva Köppl

Fruchtiger Kühlschrank

Martha hatte heute von ihrem Kühlschrank geträumt. Er war ihr in einem strahlenden Licht erschienen, welches vor allem von den Früchten ausging, die in der untersten Schublade vor sich hindämmerten. Im Traum waren sie zu einer Licht-, Farben- und Fruchtbreimasse verschwommen, hatten bizarre Muster gebildet, grün, gelb, orange, rot, das Fruchtfleisch der Tomate, die sich mit den Apfelscheibchen paarte, das saftige Stöhnen der Orange...
Martha wurde in dieses Treiben mit hineingezogen. Ihr Kopf hing im Traum in ihrer Kühlschranktüre fest. Viel Saft lief ihre Mundwinkel hinunter, und ihr eigenes Stöhnen war es, das sie schließlich am Weiterschlafen hinderte.
Beim Aufwachen wurde ihr klar, was für ein orangiges Stöhnen das doch gewesen war! Und die Früchte kreisten immer noch in ihrem Kopf.

Laura Méritt

Sobald sich der Schlafnebel etwas aus ihren Gedanken gelichtet hatte, erhob sie sich von ihrem Lager, wobei es ihr heute schwerfiel, ihre üppigen Proportionen in eine aufrechte Lage zu versetzen, und dann tappte sie, noch etwas taumelig, in die Küche. Ganz vorsichtig umfaßte sie mit sinnlichem Griff den Hebel der Kühlschranktür - sie erbebte, als sie sich langsam öffnete...

In den oberen Reihen herrschte das übliche Gedrängel an schon einmal gebratenem Geflügel und Kartoffelresten, die sich an die Markenprodukte drängelten. Langweilig und nichtssagend fand sie dieses Bild. Sofort zog es ihren Blick in die unterste Schublade und auf das Biogemüse. Tatsächlich bot sich ihr ein ebenso impressionistisch anmutender Anblick wie in ihrem Traum - oder war sie noch immer nicht wach? Schon wieder begannen die gleißenden Farben der frischen Früchte mit den Erdtönen der Kartoffeln zu verschwimmen, und alles verschmolz wieder zu einem schillernden Brei. In einem sinnenfrohen Akt der Paarung wurden sie eins.
Martha leckte sich die Lippen; natürlich

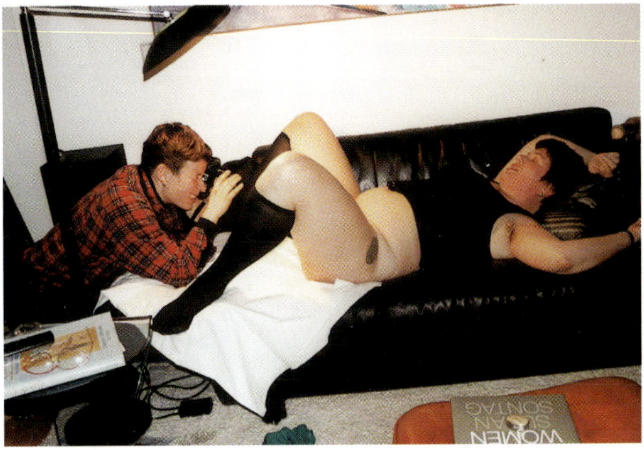

konnte sie auch bei genauem Betrachten dieses Konglomerats noch unterscheiden, wo die Orange anfing und die Tomate aufhörte, oder die Kartoffel. Das Fleischige der Gurke war das erste, das ihre volle Aufmerksamkeit erregte. Sie nahm die eben Anvisierte heraus und gab ihrem ersten Impuls gleich nach; sie schwang sie wie eine Keule, sie führte sie genüßlich zum Mund, und dann biß sie hinein, daß das Fruchtfleisch um ihre Mundwinkel spritzte. Sofort verspürte sie den Hunger nach mehr. Nach und nach verschlang sie schmatzend und schlürfend den ganzen Gurkenrest.
Es war herrlich. Grünes, zu Gurkenform erstarrtes Wasser, das sich wieder in ihrem Mund verflüssigte. Ah. Dies war der erste Gang. Sie wischte sich noch einmal übers Gesicht. Die Kühlschranktür war und blieb geöffnet - sie suchte nach Neuem. Mit der Zunge fuhr sie sich über die glänzenden Lippen, und noch immer inspiriert von ihrem Traum begann sie, die besagte unterste Schublade wieder zu durchforsten. In der hintersten Ecke entdeckte sie eine kleine Orange, die nahm sie sofort heraus, da sie sie als die ihres Traumes identifizierte. Beinahe liebevoll nahm sie sie in die Hand und rollte sie abwägend zwischen den Handflächen hin und her. Sie erahnte ein saftiges Inneres unter dem Duft der körnigen Schale, orange der Duft und orange der Geschmack, was war das nur für eine Farbe! Sie wußte es - diese Orange war es, die gestöhnt hatte in ihrem Traum.
Sanft begann sie sie zu drücken, und nur

Laura Méritt

langsam geschah es, daß sie den Druck verstärkte, und dann nahm sie sie ganz und gar in den Mund. Und sie spuckte an der äußeren Haut herum, die ihre Zunge durchbohrte, nichtsdestotrotz aber drang sie auch in ihr Innerstes vor.

Sie atmete tief auf und gönnte sich einen Augenblick der Ruhe, bervor sie ihre Aufmerksamkeit den Roten Beeten zuwandte. Deren Härte fand sie ebenso provozierend wie die Tatsache, daß sie auf sie abzufärben schienen. Und dieser unverschämt süßliche Geschmack! Sie nahm das Küchenmesser und hackte auf sie ein, sie zerhackte die tiefroten Knollen in kleinste Teilchen, und alles, alles wurde davon knallig rot. Die Teilchen ließ sie auf dem Küchentisch liegen.
Und dann die Tomate, ja, zusammen mit dem in Scheibchen geschnittenen Apfel. Ein ungleiches Paar, das sich schon wieder und vor ihren Augen vereinigte! Gemeinsam war beiden die Rundheit einer schwangeren Frau. Rote Tomate und grüne Apfelscheibchen. Grüner Apfel und rote Tomate. Und die Tomate wurde beinahe vom Apfel zerquetscht...
Sie nahm sie behutsam zusammen heraus und tat sie, samt Kerngehäuse und allem, was sonst noch dran war, in den Mixer. Dann träufelte sie noch ein wenig Orangensaft darüber. Sobald sich alles wieder vermischte, lehnte sie sich zufrieden zurück. Und zwischendurch nahm sie immer wieder schluckweise etwas von dem breiigen Saft, den sie gemixt hatte, zu sich.

Über ihrer Küche ging langsam und in orangefarbenen Streifen die Sonne unter. Bereits den ganzen Tage hatte sie mit dem Gemüse verbracht. Zufrieden lehnte sie sich zurück und döste neuen Träumen entgegen. Morgen würde sie wieder einkaufen gehen.

Sophie Rosenthal

Auf dem Wochenmarkt

»Hast Du den Einkaufskorb?«, rief meine Freundin aus Ihrem Zimmer.
Hatte ich natürlich nicht. Diesen erzkonservativen Behälter aus natürlichen Rohstoffen pflegte ich mit Vorsatz stehenzulassen, was sie natürlich wußte.
Ich knüllte mir lieber ein paar Tüten in die Jackentasche, denn das finde ich hat Stil.
»Ja, ja«, antwortete ich, und schnappte mir den Alptraum von einem Korb.
»Und die Einkaufsliste? Vergiß die Butter nicht, und denk daran das Gemüse beim Biobauern zu holen, hörst du?«
»Ich bin ja nicht blöd!«, konterte ich schon leicht gereizt. Immer das gleiche! Ich bin doch nicht von gestern. Ja, ich gebe es zu, ich hasse Einkaufen, und deswegen kommt es auch äußerst selten vor, daß ich es tue.
»Ich hab's ja nicht so gemeint, Liebste«, kam es versöhnlich aus dem Zimmer.
»Aber du wirst zugeben, daß du meistens etwas vergißt, also nimm den Einkaufszettel mit.«
Bei diesen Worten kam sie – nur mit einem T-Shirt bekleidet – auf mich zu, gab mir einen Kuß, und als ich anfing zu überlegen, wie lange der Wochenmarkt eigentlich auf hat, gab sie mir einen Klaps, und schob mich durch die Wohnungstür.
Da stand ich also, mit meinem Einkaufskorb bewaffnet, und wäre doch viel lieber geblieben. Aber es half nichts, wenn ich es mir nicht endgültig verderben wollte, mußte ich jetzt diesen Einkauf hinter mich bringen.

Phyllis Christopher, Titel von „femalia"

»Partnerschaftliche Arbeitsteilung« sage ich nur so als Stichwort.
Ich schwang mich also auf mein Fahrrad, nachdem ich ordnungsgemäß Korb und Zettel verstaut hatte, und radelte los.
Es war ein herrlich warmer Frühlingsmorgen.
Ich versuchte mich, vor den zu erwartenden Qualen eines Wochenmarktes mit Unmengen fremder Menschen abzulenken, ließ Bäume und Landschaft an mir vorüberziehen, während Autos und Motorräder an mir vorbeifuhren. Ich erinnerte mich an mein warmes Bett, zarte Haut und Aktivitäten, die mindestens genauso gut für meinen Kreislauf sind wie Fahrrad fahren. Mit wehenden Haaren und leichten Atemproblemen erreichte ich den Markt. Wie zu erwarten quoll er vor Menschen über, die sich durch die viel zu engen Gassen der Marktstände drängten.
»Ich will wieder nach Hause!«, schrie alles in mir. »In mein warmes Bett – wenn schon Körperkontakt, dann wenigstes mit meiner Frau.«
Apropos Frau, warum stehe ich eigentlich alleine hier? Ich sah mich um, und er-

blickte all die Paare, die sich gemeinsam diesem wöchentlichen Nahkampf aussetzten.
Hier ein Apfel, dort ein Kilo Kartoffeln und zwischen drin ein Küßchen. Herrlich! Mit vier Ellenbogen kämpft es sich bestimmt besser.
»Was soll's«, seufzte ich. »Ich habe es versprochen.« Damit stürzte mich in die Menge.
Einige Schritte weiter blieb ich stehen – »Stau«. An zügiges gehen, oder jegliche zielgerichtete Fortbewegung auf den eigenen zwei Beinen war nicht zu denken. Widerwärtig ließ ich mich treiben, wurde geschoben, gedrängt und hoffte, daß ich irgendwann an dem Stand mit Biogemüse landete. Ich ergab mich meinem Schicksal, als ich plötzlich den seltenen Vorteil derartiger Menschenaufläufe zu spüren bekam. Die Masse hatte mich ganz aus Versehen gegen eine sehr gut aussehende Frau um die 30 geschubst, die von irgendeinem Wahnsinn getrieben, versuchte gegen die Massen zu laufen. In ihrer Hand hielt sie eine Flasche Champagner, in der anderen waren Erdbeeren, die jetzt allerdings auf meinem Bauch klebten.
»Oh Entschuldigung!«
»Macht nichts«, erwiderte ich. Insgeheim fing ich an, ihre Nähe und die Hände auf meinem Bauch, die versuchten zu retten, was nicht mehr zu retten war, zu genießen.
»Ist halb so schlimm«, sagte ich zu ihr, und schaut ihr in die Augen. »Hör mit dem dämlichen Grinsen auf!«, ermahnte ich mich selbst und riß mich zusammen. Soso, Erdbeeren und Champus registrierte mein Verstand, die Frau schien schon etwas vor zu haben.
Keine schlechte Idee. Wir drückten uns aneinander vorbei, und mit einem nochmaligen »'tschuldigung« verschwand sie in der Menge.

Andrea Saif

Champagner bekomme ich nachher beim RWE, aber wo kriege ich Erdbeeren und Schlagsahne her? Schlagsahne! Allein das Wort wirkte aphrodisierend auf mich. Was gibt es auch köstlicheres als dieses süße Weiß von dem dunklen Körper einer Frau zu kosten, sich genüßlich der Stimulation sämtlicher Sinne hinzugeben, und am nächsten Morgen nicht mehr zu wissen, ob der dicke Kopf vom vielen Champus oder zu wenig Schlaf kommt.
Mein Ehrgeiz war geweckt worden. Zielbewußt schlug ich um mich, und erkämpfte mir eine Bahn durch die Massen. Mein Ziel: Der nächste Milchstand. Meine Hormone schlugen Purzelbäume, und ich hatte das Gefühl, daß alle um mich herum ahnen konnten, was ich mit dem halben Liter Sahne vor hatte. Verstohlen stellte ich die Flasche in meinen Korb, und zahlte.

»Beruhige dich und such den Obststand«, riet mir mein Kopf. Ah, dort, einen Stand weiter war einer, den ich erreichen konnte. Bio hin oder her. Ich glaube, daß meine Frau bei so viel Romantik die politische Seite mal außer acht lassen könnte. Bald darauf kam ich ans Ziel meiner Wünsche. Obst und Gemüse in rauhen Mengen. Ich blickte auf meine Einkaufsliste, auf der so wichtige nichtige Dinge wie Kartoffeln, Äpfel und Bananen standen.
Neben mir hörte ich eine Stimme.
»Ich nehme zwei von diesen, zwei davon und bitte hiervon auch.«
Ich erblickte eine junge Frau mit hellen Haaren, die mich selbstbewußt angrinste und dabei prüfend zwei Karotten in der Hand hielt. Bilder purzelten wie verrückt durch mein Gehirn: Nackte Haut auf weißen Laken, im schummerigen Licht, der Geschmack von Sahne, Erdbeeren und

Schweißperlen in meine Mund. Der Körper meine Liebsten schiebt sich fordernd gegen meinen. Suchend strecke ich meine Hand unter das Bett und, greife nach einer Zucchini. Ich glaube, mir schoß das Blut in den Kopf, und die Endorphine in den Unterleib – oder umgekehrt, na unwichtig. Der Bauer überreichte der jungen Frau eine Papiertüte. Was um alles in der Welt hatte diese Frau vor? Ich blickte in ihr Gesicht, und wußte es. Wußte gleichzeitig aber auch, daß bei uns heute abend der Herd kalt bleiben würde. Ich nahm all meinen Mut zusammen, grinste zuerst die Frau an, dann den Bauer, und sprach: »Ich nehme das gleiche.«
Würde ich meine Frau eben am Wochenende zum Italiener einladen – später, sehr viel später.

UNSERE KOCHSEITE FÜR VERLIEBTE

Liebe Freundin,

Du hast mir geschrieben, daß Du verknallt bist in eine tolle Frau und sie zum Essen zu Dir kommt. Ob ich eine Nachspeise weiß? Oja. Sie trägt den Namen:

Eat my pussy now, darling!

< Die Zubereitung dieser Nachspeise verlangt ein kleines bißchen Geschick, da sie als Vorspeise gedacht ist, wie der Name schon sagt.>

Zutaten

1 Töpfchen Sahnequark 40 %
Zucker vom Vanilleschötchen
1 Prise Zimt
etwas Milch zum Aufrühren
Püree von einer reifen Mango
Püree von einem Schälchen Himbeeren (Frost im Winter, echt im Sommer)
1 Pistazie (so, wie Du Dich kennst)
1 Blättchen Minze

Zubereitung

Quark mit der Milch aufrühren,
den Gewürzen mischen,
in eine nicht zu große, runde (wichtig!) Schüssel geben (Durchmesser max. 20 cm),
den Quark glattstreichen,
darauf das Himbeermus in Rhombenform (you know what I mean) auftragen,
ringsum das Mangomus,
zum Schluß die Pistazie plazieren (keine weitere Ortsangabe nötig, oder?),
schließlich das Minzblatt nach Phantasie und Lust als Zunge oder was auch immer dekorieren.

Just follow the instructions, und Dein Gast wird ah und oh sagen, vorher schon. Und dann viel Vergnügen!

Laura Méritt

Lesbische Lutschliesen

Einst als Machtobjekt und selbst in Gemüseform phallisch verpönt, zumindest in ordentlichen Lesbenkreisen, ist "es" zur Standardnummer im neuen Geschlechterspiel aufgerückt: das Schwanzlutschen. Nach all den Jahren der sexuellen Libertinage für Lesben trauen diese sich jetzt, den Schwanz für sich zurückzuerobern, und es kann nicht realistisch genug sein. Die neuste Erfindung, cyberskin, thermisches Plastik, kommt der Hautsensation näher denn je und erwärmt sich auch beim Einfühlen. Lesbenproduktionen in den USA bemühen sich, so viele und unterschiedliche Schwänze herauszubringen wie sie nie zuvor auch nur von einer Heteroproduktion gedacht werden konnten: Farbe, Neigungswinkel, doppelte bis dreifache Eicheln, Mehrfachhäutchen usw., den artifiziellen Möglichkeiten sind keine Grenzen gesetzt und kommen den ergonomischen Bedingungen der Frau außerdem sehr zugute.
Was ist nun dran an der neuen Schwänzerei? Für die einen ist es eine bevorzugte Sexpraktik, für andere eine Obsession. Einige finden es immer noch ziemlich lächerlich, ihren Kopf für einen umgeschnallten Dummschwanz hinzuhalten. "Als ob frau irgendwas spüren würde?" Dem widersprechen vehement einige der folgenden sich bekennenden Lutscherinnen.
"Ich wollte immer schon mal das Maul gestopft haben. Ich fühle mich dann wie ein Fisch am Angelhaken. Ich sehe mich selbst als ein einziges Freudenloch und die Person mit dem Schwanz ist meine Autorität des Vergnügens, meine Lustgöttin."

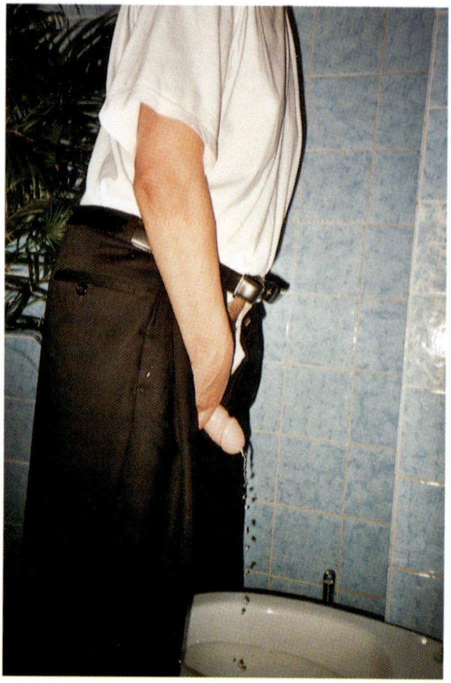

"Ich liebe es, wenn ich eine/n beobachte, wie sie/er sich zwischen die Beine faßt oder mit den Fingern in die Hose geht und die Lippen leckt, während sie/er genau weiß, daß ich zuschaue. Ich kann die Lust sehen und vielleicht erahnen, daß ein Schwanz in der Hose steckt. Ich weiß nicht, wer von uns beiden es als erstes nicht mehr aushält und auf die/den anderen zugeht. Ich fange an, sie/ihn gegen die Wand zu drücken und ziemlich derb zu küssen. Sie/er beißt in meinen Hals und ich ziehe den Kopf an den Haaren zurück und schleudere ein: 'Was glaubst du, was du da machst?' hin. Ich lasse sie/ihn den eigenen Mösensaft auf meinem Finger schmecken und mache sie/ihn willig, lasse sie/ihn aber noch zappeln, bevor es rundgeht."

"Ab dem Moment, wo ich wußte, daß es Schwänze für Frauen gibt, wollte ich sie aufnehmen, in allen meinen Öffnungen

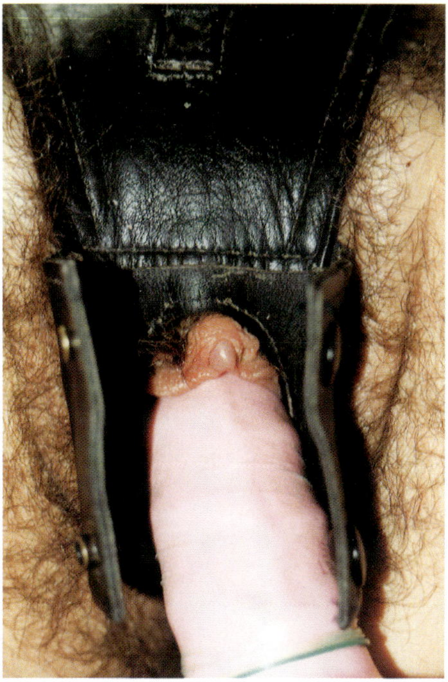

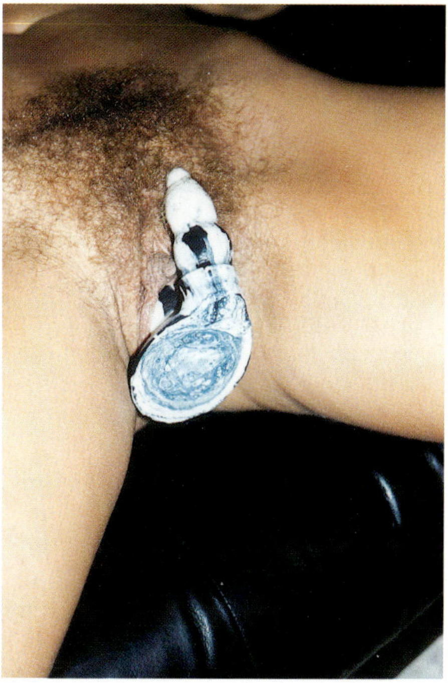

spüren. Einer Femme den Schwanz zu lutschen ist für mich das Allergrößte. Ich liebe diesen Genderfuck."

"Ich mag am liebsten kleine Dicke, also etwa 15cm lang, aber einen Durchmesser von 6-7cm. Mein Randy ist der Beste, da hab ich so richtig das Maul voll. Ich bin sowieso eher ein Breitmaul und hab nicht so diese typische Saugfresse wie die Mädels in den Bumspornos. Anregungen kann man sich sowieso besser in den Schwulenpornos holen, die saugen viel leidenschaftlicher, gehen tiefer rein und spritzen nicht immer in die Visage. Spritzen find ich doof, richtig eklig. Aber Blasen ist für mich ein geiler Akt und ich komm dabei, ob ich es nun tue oder tun lasse. In meinem Alter ist das auch eine sehr empfehlenswerte Faltenprophylaxe."

"Am blödesten finde ich dieses aufgeblasene Gesicht dabei, so diese Hamsterbacken oder aufgeblasene Froschbacken wie beim Balzen, so richtig debil. Eine patente Lesbe zwischen den Beinen ist ja ganz schön anzusehen und auch der Druck des Schwanzes auf die Möse, aber diese Blasebacken!"

"Mich törnt es total an, wenn ein Schwanz dicker ist als ich ihn vertrage. Da ist eine vertrauenswürdige große Person, die physisch stärker ist als ich und die sich von mir, wann immer es ihr beliebt, den Schwanz lutschen läßt. Auch in der Öffentlichkeit, das find ich prickelnd. Ein Daddy mit Stahlkappen auf den Stiefeln, den ich bedienen darf. Ich will, daß er nach mir greift und mich auf die Knie drückt und mein Gesicht an seiner Jeanshose reibt, in der ich den Harten spüren kann. Ich will, daß er mich an den Haaren zieht und mir seinen Schwanz aufzwingt, mich damit schlägt und mich mit Worten fertig macht!"

"Ich mag es auch, unterm Minirock einen Schwanz zu tragen, der Schockeffekt ist größer. Ich mach das aber nur, wenn ich Sex haben will, sonst lauf ich nicht damit rum. Als Typ verkörpere ich gerne den Supermacho, mit Springerstiefeln, dickem Ledergürtel und Lederkappe. So'n unangenehmer Typ Mann."

"Butches, die ergeben vor mir knien, die Hände hinterm Rücken, so will ich die Jungs sehen. Ihre Größe spielt dabei eine nicht unerhebliche Rolle, auch für den Winkel. Ich liebe es, meinen Riesenschwanz - es kann zu Strafzwecken auch eine kleine Raupe oder eine Schwimmerin sein, das erniedrigt umso mehr - in ihren Rachen zu stoßen, bis die Mandeln klingeln."

"Ich finde diese unreflektierte Hetera-Scheiße zum Kotzen, im wahrsten Sinn des Wortes. Es kommt ja nicht von ungefähr, daß wir seit Jahrzehnten mit diesen oberkonservativen Blas-und-Bums-Pornos zugespritzt werden, medial-patriarchal verseucht werden, und jetzt diese ganzen Jungbutches kommen und auf diese Hetero-Schiene abfahrn. Das Schlimme ist nur, daß ich mich dem anscheinend auch nicht entziehen kann und das auch manchmal geil finde."

"Ich muß meine Hüften gleichzeitig bewegen, meine Nipples stimulieren und je nach dem noch anderes mit einbauen. Und wenn mir dann der Schwanz gelutscht wird, bläst mir das alles zusammen das Hirn weg. Wenn ich einen Schwanz trage, ist er Teil von mir und das können meine Partnerinnen auch spüren, einige zumindest..."

"Ich schaffe bis zu 16 Zentimeter. Aber Wale und Delfine und diese Kinderförmchen find ich schrecklich. Ich will Schwänze, aber ohne Eier, also nicht ganz realistisch. Bei 17-18 cm wird´s problematisch. Wenn ich kotzen muß, versuche ich in meine Kehle zu gähnen, die Kiefern ganz weit aufzureißen und die Zunge so weit wie möglich nach vorne fallen zu lassen. Das hilft im allgemeinen. Ich übe noch mit Bananen zu Hause."

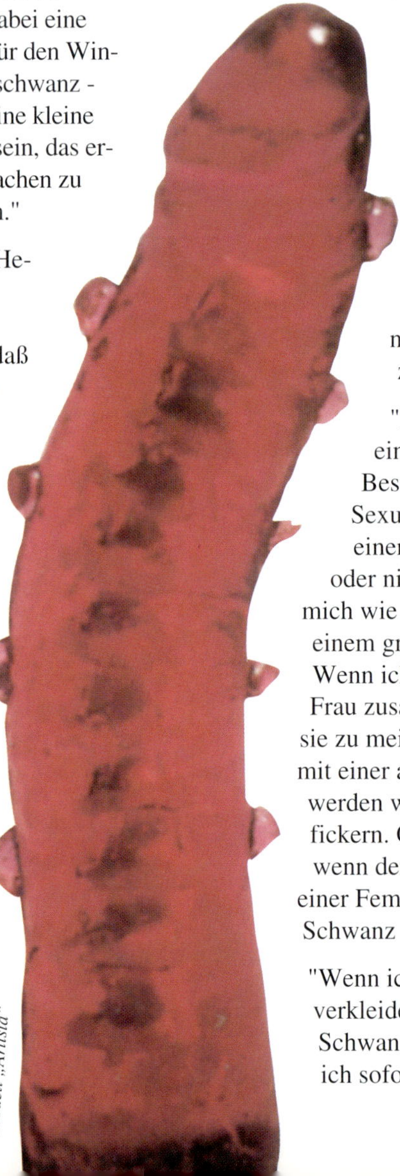

Modell „Artista“

"Für mich ist es ein ganz normaler Bestandteil meiner Sexualität, ob ich einen Schwanz trage oder nicht. Ich fühle mich wie ein Teenager mit einem großen Steifen. Wenn ich mit einer älteren Frau zusammen bin, wird sie zu meiner Mama, und mit einer anderen Butch werden wir zu Arschfickern. Obergeil ist es, wenn der Lippenstift von einer Femme auf meinem Schwanz verschmiert ist."

"Wenn ich mich als Butch verkleide und meinen Schwanz anziehe, komm ich sofort in die Vaterrolle rein: beschützend, stark und schwanzig. Ich trage am liebsten Cordhosen, T-Shirt und Jackett oder Lederjacke. Den Schwanz trage ich links und lasse ihn dann aus der Hose raushängen, die Eier halten ihn so gut. Ich zieh mich nicht aus."

Gabrielle Anhorn, Übergriffe

"Ich empfinde eigentlich gar nichts, wenn mir eine den Dildo leckt, aber wenn´s ihr gefällt soll sie´s tun, nicht wahr. Lustig ist dann, wenn sie hinterher bekennen, daß sie das auch nicht so prickelnd finden."

"Ich bin immer männlich angezogen und habe oft einen Schwanz an. Zum täglichen Gebrauch habe ich einen weichen Realistischen, den ich in einem Jockstrap trage. Leider ist er nicht sehr funktional, also nehme ich einen anderen, einen Jelly-Schwanz, wenn ich auf einen Fick aus bin. Im Anzug versuche ich den guten Liebhaber abzugeben, das ist natürlich schwieriger als in der Ledermontur, wo´s einfach auf Sex rausläuft."
"Für mich ist es nicht der intensivste Orgasmus, deshalb hab ich das gerne zum Warmwerden. Mich macht das richtig an. Einmal traf ich meine Freundin und ich wußte, sie hatte auch einen Steifen in der Hose. Wir gingen in einen schwules Pornokino und törnten uns mit Videos an, lungerten noch ein bißchen bei den Gummiteilen rum und prüften unsere Wirkung auf die Jungs. Die Betreiber flirteten heftig mit meiner Freundin und schielten währenddessen immer zu den Kabinen. Ich drängte sie aus dem Laden nach Hause und bestrafte sie für ihr Vergehen, indem ich sie ausgiebig meinen Schwanz lutschen ließ, bevor ich sie von hinten fickte und ihr gleichzeitig einen runterholte. Das geht die Kehle runter und kommt ganz klar von zwischen den Ohren!"

"Ich finde, diese Schwanzlesben sollten im Darkroom anonym zwangslutschen müssen, wenn ihnen das so gut gefällt!"

Es unterhielten sich die Teilnehmenden des "Damen-Salons" von Sexclusivitäten in Berlin, zu dem jeden Freitag Laura Méritt einlädt.

Gabrielle Anhorn

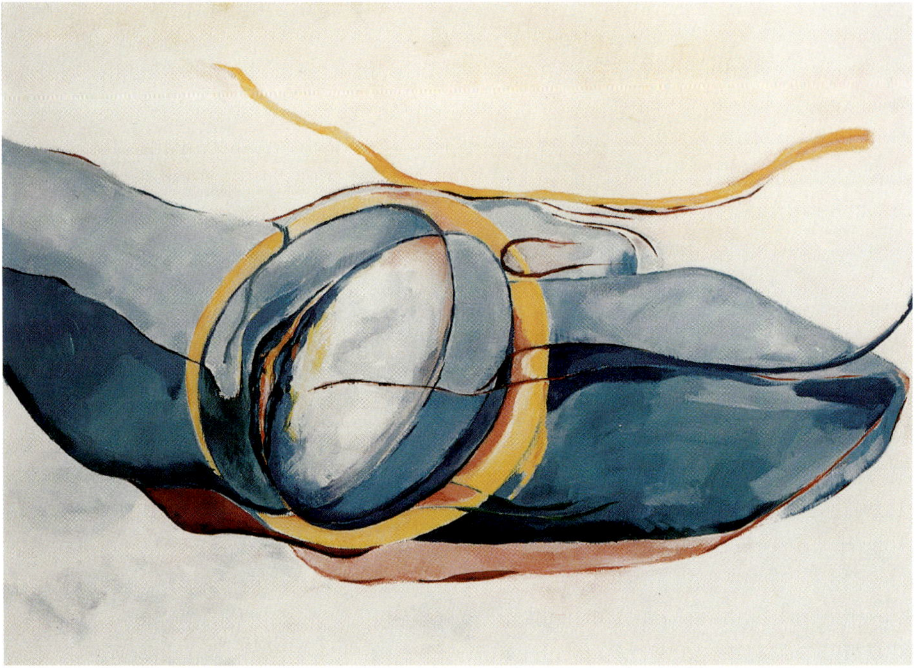

Stephanie Scheifler

diva

nimm mich!
ihrem kragen aus pelz
hat jemand vergessen die augen
zu entfernen etwas blüht
auf ihrem oberschenkel derweil sie
vorm spiegel das silber im blick abbaut
nimm mich!
der türrahmen leiht
mir einen standpunkt bei
gesprächen über klopapier und zwei
bezahlte gäste damit
müssen wir die fliesen versiegeln
vielleicht kauft sie ausschließlich
nylons mit laufmasche mein
sonderangebot ist nur halb unmoralisch
nimm mich!
wir werden nie wieder
einsamer sein als zu dritt

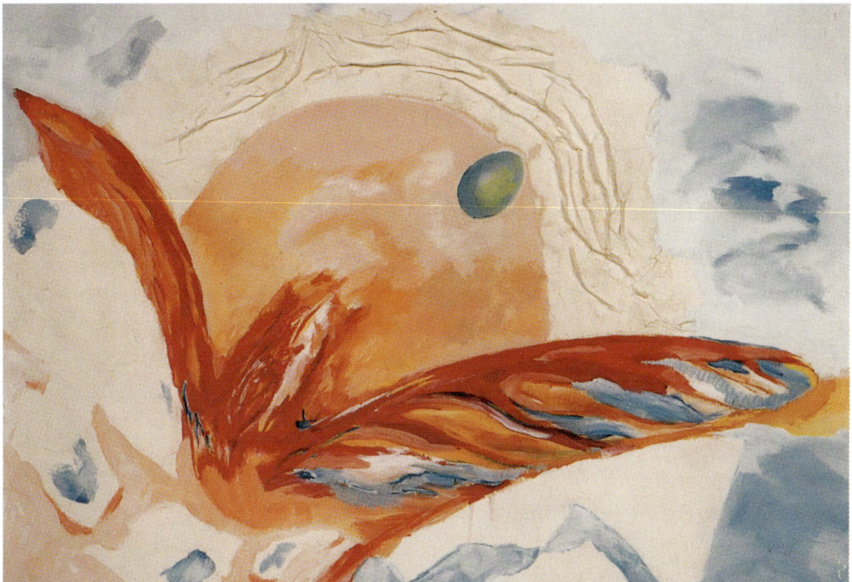

Claudia Bridge

Das Weib ist grausam und gemein,
und kann doch so betörend sein.

Cornelia Saxe

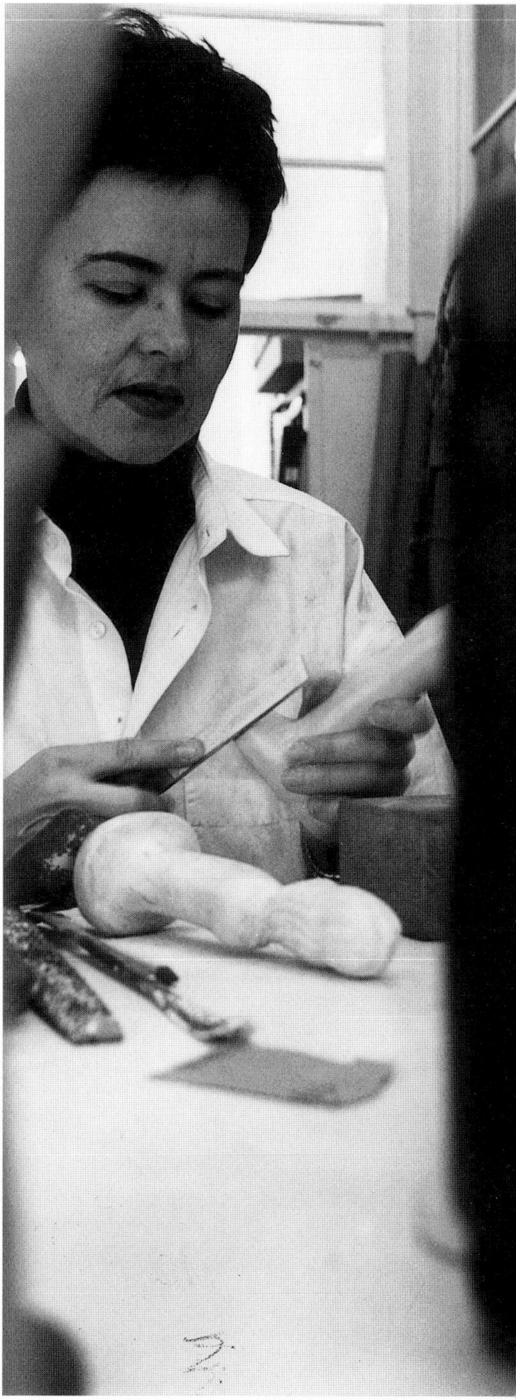

Die Sexspielzeugmacherin

"Die ,Venus' war ein voller Erfolg", sagt Stefanie Dörr mit angekratzter Stimme. Nach der größten Sex- und Erotikmesse Europas, die gerade wieder auf dem Berliner Messegelände mit Zehntausenden von Besuchern über die Bühne gegangen ist, wirkt sie erschöpft und zufrieden. Monatelang hat sie täglich zwölf Stunden in der Werkstatt gestanden, um ihre "PLAYSTIXX"-Produktion von Dildos und Vibratoren mit Namen wie "Delfin", "Banane", "Walfisch" und "Diva" gestalterisch in Bestform zu bringen und das Lager aufzufüllen. Ihr diesjähriger Messestand ist noch größer gewesen als im letzten Jahr und die Mappe mit Aufträgen von FachhändlerInnen und PrivatkundInnen gewachsen. Von Erotikshops aus Tschechien, den USA und Australien bis hin zu einem japanischen Frauenladen habe diesmal "die ganze Welt" bei ihr bestellt. Besonders gut sei ihre Kollektion wasserblauer Dildos mit eingearbeiteten Sonne-Mond-und-Sterne-Motiven gelaufen, und es freut sie, daß vor allem Frauen an ihren puristisch gehaltenen Stand gekommen sind, der ohne leibhaftige Pornostars und orgiastisches Stöhnen aus der Konserve als Dauergeräuschkulisse auskommt.

Die Werkstatt der Sexspielzeugmacherin liegt in einem stillen Hinterhof in Berlin-Kreuzberg. Am Hofeingang ist das "PLAYSTIXX"-Logo in ein grob bearbeitetes Metallschild gehauen. Im hinteren Raum hängen fünfzig Paar schwarz und orange bemalte Liebeskugeln zum Trocknen. Vorn im improvisierten Empfangs-

raum stehen Dildos und Vibratoren in bunten Hundertschaften in einem Regal, das bis an die Decke reicht. Auf einer Theke liegt neben dem Telefon ein großformatiger in Leder eingebundener Terminkalender. “Ich bin jetzt eine richtige Unternehmerin”, sagt Dörr entschieden. Am Anfang unseres Gesprächs, in dem sie mir in Rollkragenpullover und Bluejeans an dem kleinen Tisch gegenübersitzt, an dem sie normalerweise ihre KundInnen beim Kauf berät, ist viel von Geheimnis die Rede. Der dritte Werkstattraum darf zum Beispiel nicht betreten werden, weil die Dildomacherin die genaue Herstellung ihrer “art-erotic-toys” nicht preisgeben will. Aus ihrer Sicht sei es nicht nur für sie selbst, sondern auch für die KundInnen von Interesse, daß die Objekte der Lust ein Geheimnis umwehe.
Begonnen hat alles vor zehn Jahren mit ihrem Schritt nach Berlin. Zuvor hatte die aus einem Dorf bei Stuttgart stammende Dörr in Bonn Bildhauerei studiert. “Begegnung” nannte sie ihre Abschlußarbeit, eine zwiegespaltene Holzfigur. Mit einer Künstlerinnen-Gruppe stellte sie damals im “Bonner Frauenmuseum” aus und fühlte sich in der alten Bundeshauptstadt der feministischen Szene zugehörig, die “sehr politisch” war und in der Themen wie sexuelle Lust keine Rolle spielten. Die Entdeckung, daß ihre neue Berliner Mitbewohnerin einen Vibrator besaß, löste zuerst Befremden, später Neugier bei ihr aus. Dörr traute sich nicht, die Zimmernachbarin darauf anzusprechen. In der Disco gestand sie einer Freundin, daß es sie anmachen würde, so etwas einmal selbst auszuprobieren und nennt das heute ironisch ihr “zweites Coming Out”.
Der erste Gang in den Sexshop kostete allerdings Überwindung und Monate des Zögerns. Der Schritt über die Türschwelle des Ladens gab ihr das Gefühl “etwas absolut Verbotenes zu tun”, vor allem, weil

Annett Ahrends

sich hier ausschließlich männliche Käufer befanden, aber auch, weil Sexläden Anfang der Neunziger von Feministinnen wie Alice Schwarzer und der "PorNo"-Kampagne heftig attackiert wurden. In den Regalen fand Dörr dann große fleischfarbene Dildos aus hartem Plastik, die eine eher abschreckende Wirkung auf sie hatten. Ihr erstes Objekt der Begierde wurde nach längerem Suchen ein kleiner goldmetallener Dildo, ein sogenannter "Ladyfinger".

"Dildos und Sexspielzeug", sagt Dörr heute, und überlegt eine Weile bevor sie fortfährt, "sind eine Möglichkeit, sich mit sich selbst zu beschäftigen. Mit dem eigenen Körper oder mit dem einer anderen Person. Man kann zum Beispiel herausbekommen, auf welche Art bzw. auf welche verschiedenen Arten man einen Orgasmus bekommt oder was einem am meisten Spaß macht." Um als Gegenprogramm zu den üblichen Sexshop-Ketten ästhetische Objekte für Frauen zu modellieren, begründete sie vor drei Jahren ihr amouröses Atelier. Bei ihren ersten Experimenten mit verschiedenen Materialien kamen der frischgebackenen Dildodealerin ihre Erfahrungen als Bildhauerin zugute, vor allem "die Ausdauer, mit dem Widerstand, dem einem das Material entgegengesetzt, umzugehen". Nach einem halben Jahr des Herumprobierens hatte sie schon zahlreiche Bestellungen auf dem Tisch, denen sie damals gar nicht nachkommen konnte.

Inzwischen hat die "Manufactur"-Begründerin zwei Mitarbeiterinnen und führt unter ihrem "PLAYSTIXX"-Label neben den Sexspielzeugen auch Lederartikel und Gleitgels. Im Ausland sind ihre lustigen Lotusstengel ein Import-Schlager geworden, und im Inland beliefert sie Läden wie das Kölner "Lady's Toys", das Stuttgarter "Lesbenkaufhaus" und Laura Méritts Berliner "Sexclusivitäten" (Kaufgespräche

beim “Damensalon” jeden Freitag 12 – 20 Uhr, Tel. 030/693 66 66). Einen “Mercedes unter den Vibratoren” nennt auch Christiane Grunow anerkennend die aus hochwertigem Silikon gefertigten Liebesstäbe von “PLAYSTIXX”, die bei ihr gleich neben der Kasse stehen. Allerdings stellt die Inhaberin des Dessous-Ladens “Weibration” in der Kreuzberger Adalbertstraße keinen von Dörrs Dildos ins Schaufenster, um die türkischen Bewohner in “Klein-Instanbul” nicht zu provozieren. Am besten verkaufe sie den marmorierten “Wal”, den sie selbst auch am liebsten benutze.

Bei der Suche nach neuen Formen berät sich Stefanie Dörr mit den Erotikshop-InhaberInnen, befreundeten Künstlerinnen und ihrer vorwiegend lesbisch-schwulen Klientel. Die Käuferinnen kämen beim ersten Besuch meistens zu zweit – mit der besten Freundin oder als Liebespaar. Bevorzugtes Einsteigerinnen-Modell seien “Walfisch”, “Delphin” oder “Welle” in mittlerer Größe. Bei den lesbischen Kundinnen seien die Dildos der Verkaufs-Hit unter den Toys, bei den Heteras dagegen die Liebeskugeln.

Dörrs Spielzeuge kosten zwischen fünfzig und hundertzwanzig Mark, sind geruchsneutral, abwaschbar, hautfreundlich und sogar kochfest. Spezial-Angebot ist ein Toy im “Exklusiv Design”, bei dem man Schnecken, Muscheln, Ringe oder andere private Erinnerungsstücke in die unverwüstliche Form eines transparenten Dildos gießen lassen und sich neben das eigene Bett oder das der Geliebten stellen kann. Eins von Dörrs eigenen Lieblingsstücken ist zur Zeit der “Packing-Dildo” mit angeschrägtem Sockel, der sich in die Hose “packen” läßt, um ein männliches Glied zu imitieren. Dies sei besonders bei dragkings gefragt, bei Frauen also, die Spaß am Spiel mit männlichen Geschlechterrollen haben.

Zu ihren wichtigsten Beraterinnen-Tipps am Verkaufstisch gehört, daß ein Dildo einer Kundin nicht nur gefallen, sondern daß sie sich regelrecht von ihm angemacht fühlen solle. Wird sie selbst zum Beispiel bei der Zahnärztin nach ihrem Beruf gefragt, sagt sie: “Ich bin Unternehmerin im Kunststoffbereich.” Der Rest bleibt eben Geheimnis.

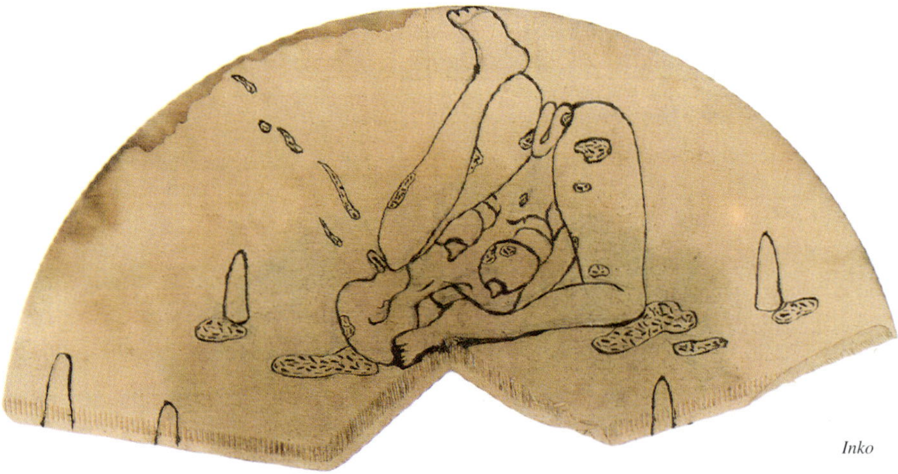

Inko

Daïjna Roos

Maya Helmich

Switch

<Lovergirl> Hi, hier ist Lovergirl. Ich war noch nie in einem Chatroom. Ist da jemand?
<Marc> Hier ist Marc. Wo kommst du her?
<Lovergirl> Aus dem Rhein-Main-Gebiet.
<Marc> Das ist aber sehr vage.
<Lovergirl> Ich suche nach einem Cyberdate und nicht nach ner Fragestunde.

"Was mache ich eigentlich hier", fragt Tanja sich halblaut. Eigentlich wollte sie sich gar nicht mehr einloggen. Der Tag war einfach zu stressig gewesen. Erst war auf der Arbeit alles schiefgegangen, und als sie nach Hause kam, hatte sie sich noch kräftig mit ihrer Frau gezofft. Eigentlich wegen einer Kleinigkeit, aber heute hatte auch schon ein kleiner Funke gereicht. Nach zwei Stunden Dauerstreß hatte sie Katrin einen Kuß gegeben und gesagt: "Ich liebe dich, aber ich brauche jetzt ein bißchen Singlezeit." Mit diesen Worten, die in ihrer Ehe hießen "Ich gehe jetzt in mein Zimmer und will meine Ruhe, bis ich es dir mitteile", war sie in den Teil der gemeinsamen Wohnung entschwunden, der ihr Reich war. Mit einem leichten Schubs hatte sie, um wirklich jedwede Störungsquelle aus dem Weg zu räumen, auch den Kater vor die Tür befördert, der mit Vorliebe seine Krallen an ihr wetzte, sobald sie saß. Tanja hatte sich eingeloggt und dann kurz mit dem Gedanken gespielt, in ihrem Stammchatroom vorbeizuschauen. Aber nach SM-Talk war ihr heute abend nicht. Also hatte sie in einer Suchmaschine nach Hetero-Chatrooms gesucht. Als sie einen der Rooms nach einigem Hin- und Herüberlegen anklickte, war ihr schon etwas mulmig geworden. Das war einfach nicht ihr Terrain. Sie hatte noch nie etwas mit einem Mann gehabt, geschweige denn einen zwischen ihre Beine gelassen. Aber im Chatroom war das auch was anderes.

<Marc> Hey, wie bist du denn drauf?
<Marc> Lovergirl, noch da?
<Lovergirl> Jaja, ich habs mir nur ein bißchen bequem gemacht.
<Marc> Das klingt aber vielversprechend. Wo bist du denn?
<Lovergirl> Ich bin in meinem Schlafzimmer. Gott sei Dank habe ich einen Laptop.
<Marc> War das nur ne Ortsbeschreibung oder eine Andeutung?
<Lovergirl> Was denkst du denn, was es ist?
<Marc> Sagen wir mal so, ich wär einem kleinen Spielchen nicht abgeneigt.
<Lovergirl> Dann laß uns doch privat weiterchatten... muß ja nicht gleich ein gangbang werden.
<Marc> O.K.

Tanja rutscht unruhig auf ihrem Stuhl auf und ab. Sie hat fast ein wenig Angst vor ihrer Courage. Doch Marc klingt, als könne er Spaß machen. Jedenfalls ist er kein Einfaltspinsel. Sie loggt sich aus dem Chatroom aus und schlüpft in eine Art Separée. Sie fühlt zwischen ihren Beinen, wie sie feucht wird. Irgendwie empört sie das. Sie ist eine aufrechte Lesbe. Hat nie einen Gedanken an einen Mann verschwendet. Und jetzt hat sie Computersex mit 'nem Typen. Doch so empört sie auch sein mag, die bloße Tatsache, daß da am anderen Ende ein Schwanz sitzt, macht sie geil.

<Lovergirl> Marc, bist du da?
<Marc> Bereit und zur Stelle. Darf ich fragen, wie du aussiehst?
<Lovergirl> Ich bin 1,75 groß, habe halblange, blonde Haare und wiege so um die 70 Kilo.

Tanja schaut an sich herunter. Über ihrem Hosenbund rollt sich ein dezenter Rettungsring. Sie muß grinsen. Männer sind so leicht zu belügen.

<Marc> Was hast du an?
<Lovergirl> Ich habe ein schwarzes Negli-

gé aus Seide an und einen Tangaslip aus Spitze. Ansonsten ist da nicht mehr viel.

Wieder muß Tanja grinsen. Sie trägt eine graue Jogginghose, und darunter befindet sich allerhöchstens ein Paar Boxershorts. Nichts, was auch nur entfernt an Spitze erinnert. Das ist Katrins Job. Sie ist die Femme.

<Marc> Das klingt schon mal sehr gut. Hast du Lust auf Sex?

<Lovergirl> Kommt drauf an, was du zu bieten hast

<Marc> Ich mag es ein wenig härter. Bist du für Analsex zu haben?

<Lovergirl> Hab ich noch nie gemacht, aber einen Versuch ist es wert.

Tanja merkt, daß dieser Gedanke sie erregt. In den Arsch gefickt werden? Das ist im Moment ihre Lieblingsphantasie. Sie greift sch mit der rechten Hand in die Jogginghose und fühlt ihre Möse. Sie ist reif. Dick und geschwollen. Aus der Mitte dringt wohlbekannte Feuchtigkeit. Sie streift beim Herausziehen der Hand ihre Klit und fährt zusammen. "O.k., eins ist sicher, ich bin definitiv erregt", gesteht sie sich ein.

<Marc> Aber zuerst mußt du meinen Schwanz hart kriegen. Los, blas mir einen.

<Lovergirl> In Ordnung.

<Marc> In Ordnung? Du mußt noch einiges lernen. Du mußt schon schreiben, was du tust.

Jetzt geht's ans Eingemachte. Tanja muß zwei Dinge unter einen Hut bekommen: Ihre sich steigernde Geilheit und all ihr Wissen der männlichen Anatomie, wie sie es in Ralf Königs "Dicke Dödel" aufgeschnappt hat.

<Lovergirl> Ich ziehe langsam mein Negligé aus und knie mich zwischen deine Beine. Du liegst auf dem Rücken. Ich fasse in den Eingriff deiner Unterhose. Du hast doch eine an, oder?

<Marc> Ja, Boxershorts. Los, erzähl weiter.

<Lovergirl> Ich ziehe deinen Schwanz raus und schiebe sanft die Vorhaut zurück. Deine Eichel ist dunkel und glänzt ein wenig. Mit der Zunge fahre ich langsam um die Eichel herum, dränge sie ein bißchen in deinen Schlitz. Macht dich das an?

<Marc> Ja ziemlich. Ich hab schon einen Ständer. Aber mach weiter.

<Lovergirl> Ich gleite langsam mit der Zunge deinen Schaft runter und zeichne die Adern unter der Haut nach. Jetzt beiße ich dich ganz vorsichtig in die Eier und lutsche dann an ihnen.

<Marc> Grrrrr. Das tut gut. Ich bin soweit. Dreh dich jetzt auf den Bauch. Ich ziehe dir langsam den Slip herunter und lasse ihn dann zu Boden fallen. Ich spreize deine Beine, so daß ich gut dazwischenpasse. Dann ziehe ich deine Arschbacken ein Stückchen auseinander und lasse ein wenig Spucke dazwischenlaufen, damit es gleich besser gleitet.

Tanja hat inzwischen ständig die Hand in der Hose. Ihre Möse läuft aus vor Erregung. Sie ist so damit beschäftigt, sich zu reiben, daß sie einen Moment den Bildschirm aus den Augen verloren hat.

<Marc> Lovergirl, noch da? Gefällt dir das?

Die Hände glitschen ein wenig auf der Tastatur von der ganzen Feuchtigkeit, die Tanja aus ihrer Möse an die Luft geholt hat.

<Lovergirl> Ja! Was du schreibst macht mich nur so scharf, daß ich ein bißchen unaufmerksam geworden bin.

<Marc> Ach so...*grins* dann mache ich mal weiter. Ich lasse erst meinen Schwanz durch deine Pospalte gleiten, damit du dich an die Größe gewöhnen kannst. Und wie durch Zufall gleitet er zuerst in deine Möse. Er versinkt bis zum Anschlag.
Du bist ziemlich feucht. Du hebst deinen Hintern etwas, um mich besser fühlen zu können. Ich gebe dir ein paar feste Stöße, so daß meine Eier fast an deine Schamlip-

pen klatschen. Kannst du dir das vorstellen, Lovergirl?

Tanja läuft ein bißchen Spucke aus dem Mundwinkel, die übrig geblieben ist, als sie ihre trockengeriebene Möse befeuchtet hat. Sie beeilt sich, diesmal schneller zu antworten.

<Lovergirl> Ja, das kann ich. Ich hebe mein Becken ein bißchen, damit du besser in mich reinkommst. Ich bin so geil.

<Marc> Das ist auch gut so. Du brauchst jetzt alle Flüssigkeit, die du kriegen kannst. Wie durch Zufall rutscht mein Schwanz aus dir raus. Ich dirigiere ihn ein bißchen und drücke langsam, aber mit Macht gegen dein Arschloch. Mein Schwanz ist gut feucht, also hat er kein Problem, in dich reinzukommen. Zumindest die Eichel gleitet mühelos in dich.

Tanja ist jetzt so feucht, daß sie sich gut riechen kann. Ein Stöhnen entringt sich ihrer Kehle. Uuups, hoffentlich hat Katrin das nicht gehört. Einen Moment lang hält sie die Luft an und hört nur noch ihr Herz schlagen, so leise ist sie. Keine Geräusche von draußen. Sie spürt, daß sie trotz des Schrecks über ihr Stöhnen kurz davor ist, zu kommen. Schwer atmend wartet sie auf die nächsten Zeilen von Marc. Aber die lassen auf sich warten.

<Lovergirl> Marc? Sag nicht, daß du schon gekommen bist. Wo steckst du?

Keine Antwort. Just in diesem Moment klopft es an der Tür. Auch das noch. Katrin. Bitte nicht jetzt.

“Was ist denn”, würgt Tanja hervor. Ihr Ärger von vorhin ist verflogen, jetzt plagt sie das schlechte Cybergewissen.

“Ich weiß, du willst deine Ruhe, aber ich glaube, ich weiß, was den Streß ein bißchen abbaut.” Katrin öffnet die Tür. Da steht sie, mit T-Shirt und einer von Tanjas Boxershorts bekleidet. Der Kater schnurrt um ihre Beine. “Ich glaube, du mußt mal wieder richtig gut gefickt werden. Komm her!” sagt sie mit harscher Stimme.

Diesen Tonfall kennt Tanja nur allzu gut. Und ohne viel über den merkwürdigen Aufzug ihrer Femme nachzudenken, schlägt sie den Laptop zu und eilt zu Katrin. Wie es sich gehört, fällt sie vor ihr auf die Knie. Katrin greift Tanja an den Haaren und zieht sie mit dem Gesicht in ihren Schritt. Tanja riecht ihre Frau, aber viel interessanter ist, daß sie etwas in den Boxershorts spürt. Verwirrt blickt sie zu Katrin auf.

Deren Augenbrauen zucken gefährlich nach oben. “Los, knie dich aufs Bett”, befiehlt sie, “und zieh dein T-Shirt aus!” Tanja tut, wie ihr geheißen. Sie spürt, wie Katrin hinter ihr auf das Bett gleitet und ihr etwas reicht. Es ist ein Oberteil von Katrins guter schwarzer Spitzenunterwäsche.

“Wird das hier ein wilder Rollentausch heute?” fragt Tanja noch. Sie nimmt ihre Vorwitzigkeit jedoch sofort zurück, als sie das Funkeln in Katrins Augen sieht. Zu groß ist noch ihr schlechtes Gewissen über ihren Internet-Seitensprung, um weiter auf ihrem Einwand zu bestehen. Sie streift das Negligé über.

“Leg dich auf den Bauch”, bellt es hinter ihr. Ein Kissen wird unter sie geschoben. Kurz darauf werden ihre Pobacken gespreizt, und eine große Menge Gleitmittel läuft über ihre Rosette und Möse und mischt sich mit Tanjas eigenem Saft. Tanja stöhnt auf und drängt sich gegen Katrins Becken. Sie spürt den Dildo, der durch ihre Pospalte gleitet. Ihr schwant Schlimmes.

“Dann wollen wir mal weitermachen, wo wir aufgehört haben. Für die Dauer dieses Spiels darfst du mich Marc nennen!” Tanjas Kopf fährt herum, und sie blickt ihrer Frau so lange in die Augen, bis der Dildo, der sich mit einem Schmatzen in ihrem Arsch versenkt, ihr den Atem raubt.

Sie schließt die Augen und stöhnt laut auf, als es ihr zum ersten Mal kommt.

Katrin Kremmler

CREATIV WOHNEN

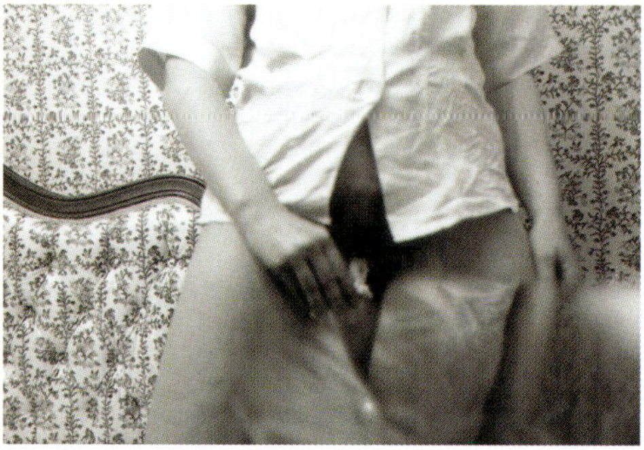

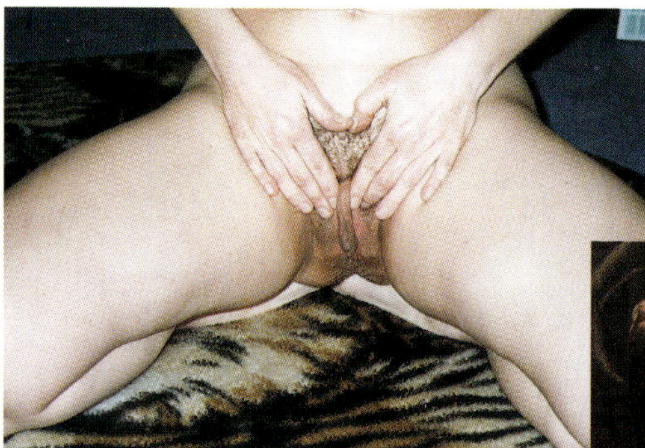

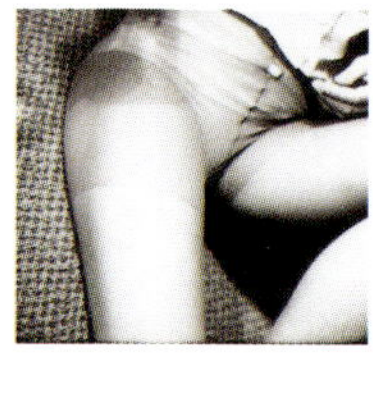

Patricia Hocke und Julia Gerber

Marion Endres

Venus at Orbit

Mösen schlecken Mösen leer
Bis auf den Grund
Und sie werden wieder voll
werden wieder voll.

Ich will in Deinen Armen liegen
Und mit dir zu den Sternen fliegen
Immer höher immer weiter
bis an den Rand
an die Schwelle der Zeit
und endlos sein
im weiten Raum der Zärtlichkeit

Mösen schlecken Mösen leer
Bis auf den Grund
Und sie werden wieder voll
werden wieder voll

Stephanie Kuhnen

Slash!!!!!!!

In meiner Fantasie sind Xena und Gabrielle schon lange ein Paar und deswegen morgens nach dem Aufwachen immer so süß zueinander, weil sie die ganze Nacht durchgevögelt haben. Genauso wie es die flotte Forschungsoffizierin Jedzia Dax und die bajoranische Randaleschachtel Kira Nerys in der Holosuite bei Quark's ganz galaktisch miteinander treiben. Und außerdem bin ich der festen Überzeugung, dass Captain Janeway klammheimlich in Seven of Nine verliebt ist, aber deren Beziehung zu B'Ellana Torres toleriert, weil sie schließlich für die ganze Crew der Voyager verantwortlich ist und keine Zeit für intime Experimente mit der halb-technoiden Borgfrau hat. Auch finde ich, dass Buffy, die Vampirjägerin, ihren drögen Boyfriend Angel im Sarg lassen und mit ihrer trashigen Kollegin Faith die ersten sexuellen Erfahrungen machen sollte. Die jammert nämlich nicht über ihr Seelenleben, sondern spielt Luftgitarre zu Hole und ist überhaupt viel cooler. Also, ich zumindest hätte Faith genommen - oder auch Buffy - oder eben beide. Aber noch viel lieber würde ich auch im TV sehen, was ich mühsam zwischen den Zeilen lesen oder vor mich hin phantasieren muß.

Doch die großen Produktionsfirmen wie Paramount (u.a. Star Trek) wollen uns lesbischen und schwulen Fans das Vergnügen nicht gönnen. Die Namen und Figuren Xena, Gabrielle und Callisto zum Beispiel gehören MCA und Renaissance Pictures und dürfen nicht ohne deren Erlaubnis benutzt werden. Die wird für derartigen "Schmuddelkram" natürlich nicht erteilt. Und daß, obwohl es z.B. gerade die lesbischen Fans gewesen sind, die der Serie Xena zu einer derart hohen Einschaltquote verholfen haben, dass sie in den USA Akte X vom ersten Platz der TV-Charts fegen konnte.

Die Popkultur ist nach wie vor heterosexuell, und wann und wo eine homosexuelle Figur uns das Zuschauen versüßt, bestimmen immer noch diejenigen, die daran verdienen. Tatsächlich scheint die Fanrezeption der verschiedenen Serien nicht erwünscht zu sein. Seit 1976 der erste Star-Trek-Porno (Spock/Kirk) geschrieben wurde und sich damit ein neues Literaturgenre begründete, das sogenannte Slashwriting, so lange werden einfallsreiche AutorInnen auch strafrechtlich verfolgt.

In den unendlichen Weiten des Internets haben Slash-Fans ein weitgehend vom Titelschutz verschontes Paralleluniversum gefunden, in dem sie neue Geschichten mit ihren HeldInnen erfinden oder ganze Plots einfach umschreiben können.

"Slash" bedeutet "Schrägstrich"; benannt wurde das Genre danach, wie die AutorInnen ihre Paarungen bezeichneten, also Scully/Dr. Austin, Batman/Robin, Lara Croft/Modesty Blaise oder welche Verbindungen auch immer die Phantasie der AutorInnen und Fans erregen. Inhaltlich geht es dabei hauptsächlich um das, was die Charaktere im Fernsehen oder ihrem Heimatgenre nicht haben dürfen; nämlich homosexuellen Sex.

Viele dieser Stories sind auch literarisch so gut, dass sie wundervolle Drehbücher oder Anthologien abgeben könnten, wäre da nicht die Humorlosigkeit und sicher auch Homophobie der Medienkonzerne. Bis auch die letzten Produzenten verstanden haben, dass lesbische oder schwule Fans ihr "Produkt" nicht in Verruf bringen, sondern eher zu einer größeren politischen und progressiven Relevanz der Popkultur beitragen, werden wir also Kes und Dax beim klingonischen Tantra, eine wilde SM-Session zwischen Callisto und Xena oder Beverly Crusher beim Onkel-Doktor-Spielen mit Counselor Troi nur im Netz finden.

Adressen:
Trekkies:
http://members.aol.com/ksnicholas/fanfic/startrek.html
Ein riesiges und gut organisiertes Archiv von Fanfiction, Links zu Homepages schreibender Fans, Essays sowie Crossovers rund um Star Trek
Ein wenig simpler aufgebaut, aber nicht minder spannend das Archiv: http://trekslash.mb.ca oder http://www.gaytrek.com - demnächst unter www.gaytrek.net oder www.gaytrek.org zu erreichen.

Nicht nur für Xena/Gabrielle-Fans: http://www.starpoet.com/xenerotica/xenerotica
Die meisten Geschichten stammen von der Homepage-Besitzerin Lisa Jain. Aber auch die Fantasien der Autorin L. J. Thompson haben unter lesbischen Fans der Serie bereits Kultstatus erreicht. Mit über 3,5 Mio. Zugriffen eine der am meisten besuchten Seiten dieses Genres!

Für andere Serien und mehr finden sich die jeweils aktuellsten Seiten in den großen Suchmaschinen yahoo, altavista, lycos u.a. unter der Sucheingabe "Fan Fiction"

Stephanie Jordan, aus: Crude

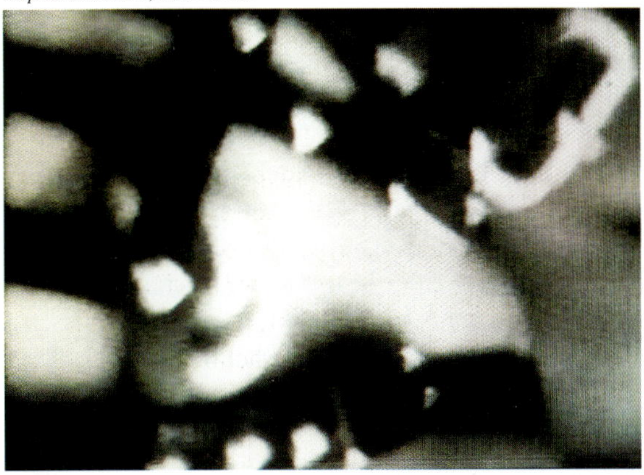

Unter http://www.dykesworld.de/stories/Story221.html findet sich auch eine andere Version von Martina Wittes Geschichte "Sex mit Jax", ein Crossover von Deep Space 9, Voyager, Alien und Chicago Hope. In der ständig anwachsenden Net-Anthologie "Wild Women Dreaming Wet" bei dykesworld finden sich noch einige andere sexy Trek-Slash-Geschichten.

Martina Witte

SEX MIT JAX

Elana Rodrigez verwüstete gerade ihr Quartier auf JWD7. Sie mußte ihre innere Spannung loswerden, und wegen ihrer prollonischen Impulsivität hatte sie keine Zeit gefunden, sich erst einen Playroom mit einer passenden holographischen Simulation für diesen Zweck zu mieten. Nach einer Weile hielt sie atemlos inne und ließ ihren Blick zufrieden erst über ihr Werk der Zerstörung und dann durch das Guckloch in den Weltraum schweifen. Ihr war eine Idee gekommen.
Sie würde Captain Carolyn Longway, die überstürzt mit dieser Davia Jax auf eine Forschungsmission aufgebrochen war, nicht so einfach entschwinden lassen. Es war nicht Carolyns Art, sich so Hals über Kopf in ein Abenteuer zu stürzen und es war Elana klar, daß sie es nur getan hatte, um der komplizierten Situation zwischen Ihnen auszuweichen.
Elana war in Carolyns Quartier eindeutig zu weit gegangen und hatte damit ihre fragile Freundschaft aufs Spiel gesetzt. Nun mußte Elana sich dringend etwas einfallen lassen, um die Sache zwischen ihnen wieder geradezubiegen. Aber erst einmal mußte sie Carolyn suchen. Sie wußte, wie sie es anstellen mußte, um an ein Shuttle heranzukommen. Es wäre nicht das erste Mal, daß Elana die Regeln der föderierten Raumflotte brach.
Aber da war noch eine Sache, die ihr keine Ruhe ließ. Warum hatte Lieutenant Commander Jax nicht sie, Elana Rodrigez gefragt, ob sie an der Forschungsmission zu temporären Subraumspalten teilnehmen wollte? Sie war hochqualifiziert auf diesem Gebiet und wenigstens eine Konsultation wäre doch angebracht gewesen. Ob sich ihre ehemalige Mitgliedschaft in der Conter-Armee, die sich gegen die Raumflotte erhoben hatte, nachhing? Sie würde Commander Jax zur Rede stellen, soviel war sicher. Aber bis dahin war noch eine Menge zu erledigen.

Davia Jax überreichte Captain Longway eine Tasse borussianischen Tee und studierte, leicht über Carolyns Schulter gebeugt, die Skalen der letzten Experimentreihen. Sie waren weit hinter der marsassianischen Grenze auf eine interessante Subraumspaltenkonfiguration gestoßen. Allerdings hatten sie sich viel weiter in unerforschtes Gebiet vorgewagt, als eigentlich geplant war. Die nächsten bewohnten Planetensysteme waren Lichtjahre entfernt, doch sie waren übereingekommen, daß gerade diese unbekannten Konfigurationen die Forschung vielversprechend machten.
Die Zusammenarbeit zwischen ihnen war trotz aller Spannungen im interaktiven Emotionalbereich sehr konstruktiv und befruchtend. Sie hätten ein perfektes Team abgeben können, wären da nicht Carolyns Bemühungen gewesen, die Verwirrung ihrer Gefühle unter Kontrolle zu bekommen und damit einher gehend ihre Ausweichmanöver gegenüber Jax auszuüben - soweit das überhaupt möglich war auf einem Shuttle dieser Größe.
Carolyn gab sich distanziert und unnahbar, ganz die kühle Vorgesetzte, geriet jedoch jedes Mal aus dem Gleichgewicht, wenn Jax, dessen ungerührt, in ihre Nähe kam und sie mit kleinen Berührungen bedachte, gerade genug, um Carolyns Konzentration auf ihre Arbeit völlig zunichte zu machen. Wie gerade jetzt, da Jax sich

unnötig nah über ihre Schulter beugte und ihren Arm streifte, eine Berührung so leicht, daß sie kaum passiert zu sein schien - wäre da nicht der kleine Schauer gewesen, der durch Carolyn Körper geisterte.
Jax fand diese latente Spannung zwischen ihnen sehr anregend und hatte schon darüber nachgedacht, ob sie Carolyn erlösen solle, indem sie etwas unternahm. Aber eigentlich gefiel ihr der Zustand, wie er war. Aus einem Grund fand sie es jedoch besonders schade, die Annäherung nicht weiter voranzutreiben. Sie hätte in einem vertraulichen Gespräch mit Carolyn zu gern erfahren, was genau mit Elana Rodrigez im Quartier des Captains auf JWD7 vorgefallen war. Jax hatte eine Schwäche für Prollonen.

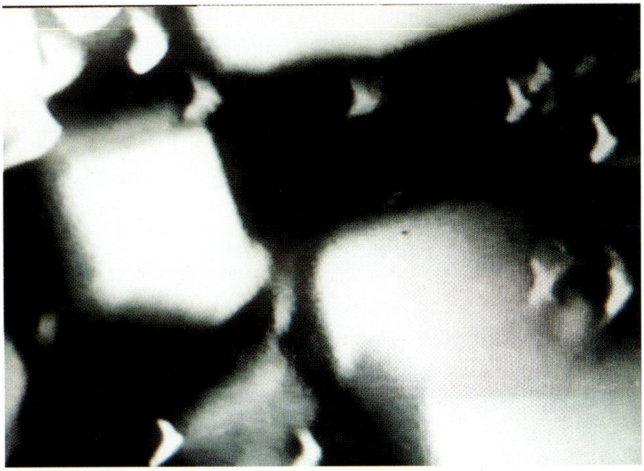

Stephanie Jordan, aus: Crude

Elana Rodrigez hatte es wieder einmal geschafft, ein diffiziles Problem zu lösen. Sie hatte im Maschinenraum 3 den Computer manipuliert und sich durch ein Ablenkungsmanöver der zuständigen Sicherheitsoffiziere entledigt. So hatte sie Zugang zu einem Shuttle und konnte durch die Computermanipulation ungestört abdocken und die Station verlassen. Sogar an einen ebenfalls gefälschten Eintrag ins Logbuch hatte sie gedacht. Es würde Tage dauern, bis das unrechtmäßige Fehlen des Shuttles offensichtlich würde. Im Logbuch stand verzeichnet, daß Elana Rodrigez auf eine Suchmission geschickt worden war.
"Und das", sagte sie grimmig zu sich selbst, "stimmt in gewisser Weise."
Sie würde einfach der Spur aus anionischen Treibstoffrückständen des Shuttles von Jax und Carolyn folgen, der Rest würde sich schon finden.
Während sie souverän das erste Plasmanebelfeld durchquerte, ging sie in Gedanken die Worte durch, die sie Carolyn sagen wollte. Dies würde der kompliziertere Teil werden.

Captain Longway saß in einer Ecke des Shuttles und kaute lustlos an ihrem vom Nahrungscomputer replizierten Menü. Sie sah versonnen aus dem kleinen Fenster des Shuttles und grübelte. Schon seit der ersten Nacht, als Jax sie geweckt hatte, um durch die Plasmanebelturbulenzen zu steuern, hatte sie diese lästigen Gefühle gegenüber ihrer Forschungsoffizierin. Schon fühlte sie dieses innerliche Schwappen wie in einem zu schnell fahrenden Turbolift, sobald Davia in ihre Nähe kam. Und das tat sie oft.
Wie konnte Jax nur so heiter und gelassen sein, während sie selbst so bemüht war, ihre Würde als Captain zu wahren. In seltenen Augenblicken bemerkte Carolyn, wie Jax sie mit einem seltsam wissenden Blick anschaute, diesen jedoch sofort ab-

wandte, sobald sie erkannte, daß Carolyn sie beobachtete. Carolyn wurde nicht schlau aus Davia und sie vermied es, mehr als das Nötigste zu reden - und Jax schien das zu respektieren.
Sie war gerade dabei, prollonische Kampfübungen in Zeitlupe auszuüben. Carolyn fand, daß es ungemein gut aussah, wie Jax sich bewegte, und der ernste Ausdruck ihrer Augen stand ihr hervorragend. Carolyn beschloß, diese Gedankenreihe abzubrechen und weiter Daten über die Subraumschwingungen zu sammeln. Sie setzte sich mit einem Gefühl des Bedauerns wieder an die Computerkonsole. Die Werte hatten sich stark verändert, wie sie auf einen Blick erkennen konnte.
"Jax, kommen Sie bitte mal und schauen Sie sich das an, hier stimmt etwas nicht."
Jax war sogleich neben ihr. Ihr Atem ging noch etwas schneller und als sie sich leicht über Carolyn beugte, um die Graphik auf der Konsole zu betrachten, beschleunigte sich Carolyns Puls ebenfalls erheblich. Die Skalen für die Subraumschwingungen schlugen bedenklich aus.
"Das sind Anomalien, aber in einem Ausmaß, wie ich es noch nie gesehen habe", sagte Jax irritiert. Zwischen ihren Augenbrauen bildeten sich zwei ernste kleine Fältchen.
"Es könnten Hinweise auf die Entstehung einer Subraumschockwelle sein, aber die Geschwindigkeit ist höchst ungewöhnlich."
"Auf den Schirm", befahl Carolyn. Was sie sahen, verschlug ihnen für einen Augenblick die Sprache. In grellen Plasmafarben kam eine gigantische Schockwelle in rasender Geschwindigkeit auf sie zu.
"Das ist doch unmöglich", brachte Jax hervor, einen Moment lang gänzlich fasziniert von dem bestechenden optischen Eindruck der sich nahenden Gefahr.
"Sie wird uns in Stücke reißen", sagte Carolyn mit auffallend leiser Stimme. Ihr Gesichtsausdruck wurde hart und konzentriert. Die Befehle, die sie Jax gab, klangen wie gepeitscht und waren glasklar.
"Deflektorschilde hoch, öffnen Sie die Plasmainjektoren und dann sofort voller Umkehrschub, maximale Hypergeschwindigkeit! Bringen Sie uns hier raus, Jax!"
Wie in Trance ließ Jax sich von dieser unumstößlichen Stimme leiten; es war eine vollkommene Harmonie zwischen ihnen; Jax schien auszuführen, was Carolyn dachte. Das Shuttle vibrierte bedenklich, die rasche Geschwindigkeitserhöhung war eine beinahe zu große Belastung, doch mit traumwandlerischer Sicherheit gab Captain Longway exakte Anweisungen, die das Shuttle hart an der Grenze hielten.
"Die Welle erreicht uns in 15 Sekunden."
Jax schaute Carolyn beschwörend an. Carolyn erwiderte den Blick und nickte; sie wußten beide, daß sie in verheerenden Schwierigkeiten steckten. Dann sagte sie eindringlich:
"Davia, wenn die Welle uns trifft, gehen Sie exakt in diesem Moment auf Impulsgeschwindigkeit, so haben wir vielleicht eine kleine Chance..."
Jax brachte ein zustimmendes kleines Lächeln zustande, das ihr vom Aufprall der Schockwelle weggerissen wurde. Mit unvorstellbarer Kraft schleuderte das Shuttle aus seiner Flugbahn und wurde von der Welle mitgerissen.
Elana hatte wertvolle Zeit verloren. Es hatte einen ganzen Tag gedauert, die fragile Spur der Treibstoffrückstände des verfolgten Shuttles, die sie im Plasmanebelfeld verloren hatte, wiederzufinden. Hinter der Territorialgrenze Marsassias mußte sie Patrouilleschiff ausweichen, denn es war gewiß besser, sich keinen dummen Fragen stellen lassen zu müssen.

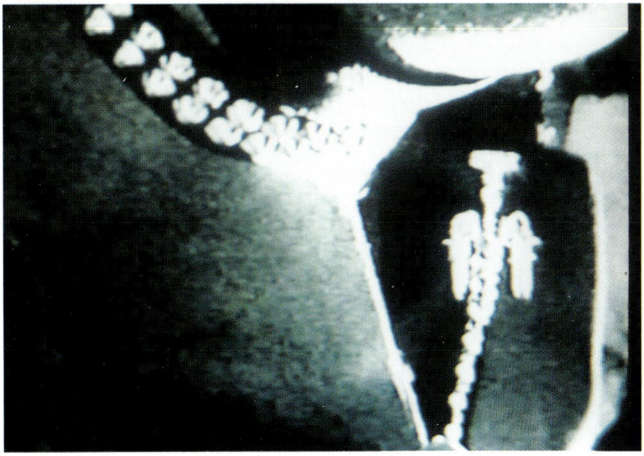

Jax öffnete langsam die Augen und versuchte sich zu orientieren. Doch ihr verschwamm alles vor den Augen, und sie war von einem sehr heftigen Schwindel erfaßt. Es dauerte eine ganze Weile, bis sie sich zurecht fand. Ihr Kopf fühlte sich tonnenschwer an, ihr ganzer Körper schmerzte. Die Notbeleuchtung des Shuttles war eingeschaltet, und ein monotones Warnsignal erklang alle fünf Sekunden. Ansonsten war es ruhig. Auffallend ruhig.

"Carolyn", rief Jax besorgt.

Sie rapppelte sich unter Schmerzen auf.

"Carolyn wo sind Sie, sind Sie verletzt?"

Sie hörte ein leises Stöhnen und schleppte sich in die Richtung, aus der sie es vernommen hatte. Von der Seite griff plötzlich eine Hand an ihr Bein. Als Jax sich umdrehte, sah sie Carolyn mit schmerzverzerrtem Gesicht am Boden liegen. Eines ihrer Beine lag auffallend gekrümmt.

"Ist wohl gebrochen", preßte Carolyn hervor.

"Schhh", hauchte Jax und legte ihre kühle Handfläche tröstend an Carolyn Wange.

Der Captain lächelte schwach und schloß vor Erschöpfung die Augen. Nach einer Weile hatte Jax das gebrochene Bein notdürftig geschient sowie kleinere Schnittverletzungen und Prellungen an Carolyn Körper versorgt. Sie war so konzentriert bei der Arbeit gewesen, daß sie ihre eigenen Verletzungen kaum spürte. Jetzt mußte sie sich dringend um das Shuttle kümmern. Die Schilde hatten das Aller-

Sie legte auch keinen Wert darauf, sich von diesen reptilhaften Angebern aufspüren zu lassen, obwohl sie gerne ein kleines Verfolgungsspielchen mit ihnen gespielt hätte. Zumal sie den neuen Shuttle-Prototyp B 52 bei ihrem Diebstahl erwischt hatte und gerne verschiedene Tests durchgeführt hätte. Aber es gab nun wirklich Wichtigeres zu tun.

Langsam wunderte sie sich allerdings, das gesuchte Shuttle noch immer nicht in ihrer Nähe zu wissen, dabei war sie schon weit von den bewohnten Planeten entfernt und in nahezu unerforschtes Gebiet vorgedrungen. Mittlerweile begannen sich die Treibstoffspuren zu verflüchtigen, und nach zwei Tagen hatte Elana sie ganz verloren. Auch als sie die Hauptenergie in einem komplizierten Prozedere in die Langstreckensensoren umleitete, hatte sie keinen Erfolg. Das einzige, was sie fand, waren Spuren von Subraumemissionen in einer ungewöhnlichen Konzentration. Elana spürte instinktiv, daß daran etwas faul war. Fieberhaft machte sie sich an die Arbeit, um herauszufinden, was es damit auf sich hatte. Zum ersten Mal kam ihr der Gedanke, Carolyn und Jax könnten sich in Schwierigkeiten befinden.

gröbste abgehalten, sonst wären sie wohl zerquetscht worden, aber die Hauptenergieleitung hatte etwas abbekommen. Auch andere Sektionen hatten hier und da kleine Defekte. Aber dann machte Jax eine böse Entdeckung: Das Kommunikationssystem war komplett ausgefallen, und sie hatten das Antriebsmodul für die Hypergeschwindigkeit verloren. Mit Impulsgeschwindigkeit würden sie sechs Jahre brauchen, um das nächste bewohnte Planetensystem zu erreichen. Wenn es ihnen nicht gelang den Energiekomprimator zu regenerieren, hatten sie harte Zeiten vor sich.

Carolyn war inzwischen wieder zu sich gekommen und schaute sich um. Das Innere des Shuttles sah wieder halbwegs normal aus. Davia mußte unermüdlich gearbeitet haben.

"Jax wo sind Sie?" fragte Captain Longway in den Raum hinein.

Da tauchte Davia Jaxs Kopf hinter einer Konsole auf, sie lächelte Carolyn erschöpft an.

"Wie geht es Ihnen, Captain?"

Jax sah noch schöner als gewöhnlich aus. Durch die Anspannung leuchteten ihre Augen, ihr Haar war gelöst, und eine Strähne fiel ihr kühn ins Gesicht. Als Jax auf Carolyn zutrat, bemerkte diese, daß die Eukanubarin aus einer Platzwunde an der Schläfe blutete und eine nicht gerade leichte Verletzung am Arm hatte. Sie sah sehr wild und verwegen aus. Ihre Zeichnungen an Kopf und Hals erinnerten Carolyn an ein kompliziertes Leopardenmuster. Jax schaute amüsiert auf die besorgt aussehende Carolyn.

"Ich habe mir so gewünscht, daß Sie aufwachen, mich bedauern und mir sagten, ich solle mich ausruhen und schonen, während Sie das hier" - und dabei machte sie eine ausholende Geste - "geregelt hätten. Aber es ist ja ganz anders gekommen."

Der Captain fühlte, wie sie errötete. "Nun", erwiderte sie, als sie sich wieder gefangen hatte, mit einem leisen Lächeln, "Commander Jax, ich muß mich wohl oder übel bei Ihnen bedanken, aber seien Sie versichert, ich werde Sie in meinem Bericht lobend erwähnen - gesetzt den Fall, wir kommen je wieder von hier weg."

Als sie die Reaktion von Jax auf ihren letzten Satz sah, schob sie schnell nach:

"Aber darüber reden wir später, erst einmal werde ich mich revanchieren und Sie wieder zusammenflicken. Holen Sie den Sanitätskasten, das ist ein Befehl."

Jax lächelte ergeben und sah plötzlich seltsam jung und verletzlich aus. Sie holte wie befohlen den Sanitätskoffer und kniete sich vor Carolyn hin, die ihre Aufgabe im Sitzen verrichten mußte. Carolyn musterte mit Kennerblick die Platzwunde an Jaxs Kopf. Sie hatte aufgehört zu bluten und war halb so schlimm, wie sie bei näherer Betrachtung feststellen konnte. Dennoch zitterten ihre Hände leicht, als sie mit dem medizinischen Scanner sehr nah an Jaxs Gesicht entlangfuhr. Jax schaute Carolyn bei der Behandlung unentwegt an und folgte jeder ihrer Bewegungen. Unter ihren Blicken wurde Carolyn abwechselnd heiß und kalt, obwohl sie sich verbissen auf ihre Aufgabe zu konzentrieren versuchte. Der Wunsch jedoch, Jax zu berühren, weit über das hinausgehend, was sie gerade tat, wurde übermächtig. Carolyn mußte sich ruckartig abwenden, um nicht ihre Haltung zu verlieren. Allmählich begann sie zu ahnen, was Elana getrieben haben mußte.

"Geht es Ihnen nicht gut", fragte Jax, ihr Ton klang definitiv nicht besorgt.

"Nein, nein, es ist nichts", flüsterte Caro-

lyn um Fassung ringend, als Davia Jax mit klaren Augen - immer noch vor ihr kniend - zu ihr aufsah. Ohne Carolyn Blick loszulassen, fuhr Jax fort:
"Ich glaube, mein rechtes Auge hat auch etwas abbekommen, könnten Sie es sich bitte anschauen."
Carolyn war gar nichts aufgefallen an dem Auge, seufzend beugte sie sich zu Jaxs Gesicht herunter, nahm ihr Gesicht in ihre Hände und betrachtete Jaxs Augen. Aber sie konnte nichts entdecken außer diesem Sog, der sie immer näher zu treiben schien. Sie war ihren Lippen so nahe. Die Forschungsoffizierin schlug nicht einmal die Augen nieder, ihr Mund war leicht geöffnet, und sie sah Captain Longway nur wortlos an. Als Carolyn sich endlich nicht mehr zu wehren vermochte - sie meinte sogar schon kleine Blitze zu sehen -, drehte Jax plötzlich den Kopf zur Seite, so daß Carolyn Lippen lediglich die Wange trafen statt der ersehnten Lippen.
"Eindringsalarm!" kommentierte Jax den ertönenden Alarmton, bevor Captain Longway ihn überhaupt wahrgenommen hatte und sprang behende auf, um die Steuerkonsole zu erreichen. Ihre Phaser-Waffe hatte sie schon in der Hand.
"Der Eindringling befindet sich im Maschinenraum!" rief sie Carolyn zu und verschwand auch schon aus ihrem Gesichtsfeld. Der Captain überlegte blitzschnell und sagte unnötig eindringlich:
"Computer identifiziere eingedrungene Spezies, scanne nach Schiffen in Waffennähe - und auf den Schirm damit.
" Als Carolyn das Bild eines kleinen Raumschiffes sah, betätigte sie ihren Kommunikator.
" Longway an Davia Jax, bitte kommen. Jax? Melden Sie sich!"
Der Computer vermeldete "Humane Signatur, das Raumschiff ist der neue Prototyp eines Shuttles der Raumflotte, Identifizierungsnummer 668..."
"Jax verdammt noch mal..."
"93Wz5..."
"Captain, hier ist Elana, bitte kommen Sie schnell, es ist etwas Schreckliches passiert..."
"Waffensysteme aktiviert..."
"Halt die Klappe", entfuhr es Longway.
"Wie bitte?" fragte Elana.
"Nein nicht Sie, ich komme."
Als Carolyn den Maschinenraum betrat, sah sie Elana über der regungslosen Davia Jax knien.
"Was ist hier los?"
"Captain, ich...es ging alles so schnell...sie ist bewußtlos, sie hat mich angegriffen und ich habe...sie braucht dringend medizinische Hilfe. Schnell!"
"Wir haben nur eine medizinische Notversorgung – mein Gott, sie atmet nicht, Elana! Sie braucht einen Arzt!"
Die Stimme des Captains war heiser vor Besorgnis.
"Ich beame uns auf mein Schiff, es gibt ein MNH."
In Sekundenschnelle hatte Elana die Daten eingegeben, und Longway fand sich mit Jax in den Armen auf Elanas Shuttle wieder.
"Computer, medizinisches Notfallhologramm initiieren."
"Dr. Charlotte Austen, alle Laien zur Seite treten und die Art des medizinischen Notfalls angeben."
"Das wollen wir ja von Ihnen wissen - machen Sie schnell, sie atmet nicht", schrie Elana. Und zum Captain gewandt:
"Seit wann haben MNHs NAMEN ?"
"Ich bin die Weiterentwicklung aller vorhergehender MNHs..."
Dr. Austen warf einen prüfenden Blick auf Jax, nahm blitzschnell ein Laserskalpell in die Hand und setzte souverän einen

Schnitt an Hals der Forschungsoffizierin und gab ihr gleichzeitig ein Mittel, bevor Elana auch nur die Hand erheben konnte, um sie daran zu hindern. Mit einem seltsamen Geräusch entwich Luft aus Jaxs Kehle, sie schlug die Augen auf und hustete erbärmlich. Dr. Austen schaute triumphierend und ein bißchen blasiert in die Runde und begann einen Vortrag darüber, warum sie als MNH einen Namen hatte.
"Das war so", setzte sie fort, wobei sie nebenbei die erstaunte Jax weiter behandelte und die sprachlose Carolyn Longway musterte, Elana wurde von ihr einfach ignoriert, "Meine Programmiererin befand, daß humanoide Lebensformen einen emotional interaktiven Doktor brauchen, der eine überdurchschnittlich starke Persönlichkeit besitzt."
Jax wollte aufstehen und wurde von Dr. Austen wieder zurück in die Liegeposition gedrückt.
"Meine Persönlichkeit - selbstredend bin ich die einzige, bei der die Transformierung in eine eigene Persönlichkeit geglückt ist - ist einer medialen Figur des 20. Jahrhunderts nachgebildet. Meine Programmiererin war nebenbei Historikerin. Und außerdem bin ich mit einem Emitter ausgerüstet und für Außenmissionen geeignet", schob sie noch schnell nach, als sie bemerkte, daß Carolyn aus ihrer Sprachlosigkeit zurückzufinden schien.
"Was ist DAS?" fragte Longway Elana streng.
"Ich weiß nicht, es muß der neue Prototyp eines MNHs sein - noch in der Testphase. Das Shuttle ist noch nicht im offiziellen Gebrauch...Ich habe es..."
Der Captain schaute überaus gereizt auf Elana Rodrigez,
"...aber es funktioniert doch prima, immerhin hat das MNH Jax das Leben gerettet...wie geht es Ihnen, Jax?"
Elana sah die Forschungsoffizierin intensiv und nach Zustimmung heischend an. Jax antwortete mit einem Lächeln.
Der Blick war viel zu tief für Captain Longways Geschmack. Sie wandte sich dem MNH zu.

Dr. Austen hatte eine sehr spezielle Art, alle herumzukommandieren. Captain Longway diskutierte gerade mit ihr den medizinischen Notfall und den Abschalt-Modus, der nach getaner Arbeit gewöhnlich automatisch einsetzte.
"Longway, Sie verbohren sich da in alte Geschichten, der Abschalt-Modus ist nicht mehr relevant für Sie, das bestimme ich selbst. Warum haben Sie mich überhaupt zu Hilfe geholt, das war nun wirklich lächerlich einfach, Commander Jax ein wenig Luft zu verschaffen. Ich persönlich glaube sowieso, daß Sie ein Problem mit weiblichen Wesen haben, Sie empfinden mich als Konkurrenz, weil ich über weit mehr Fähigkeiten verfüge als Sie..."
"Captain, wir sollten jetzt mit der Lagebesprechung beginnen, dringend", warf Elana dazwischen.
"Wegtreten!" sagte Carolyn eisig zu Dr. Austen. "Es gibt Wichtigeres, als sich mit einem neumodischen MNH herumzuschlagen - das ich im übrigen in meinem Bericht nicht empfehlen werde."
"Nur zweitklassige Offiziere verstecken sich hinter Befehlen und Hierarchien - Sie scheinen es nötig zu haben, Longway", erwiderte Kate Austen spitz.
"Es reicht", brüllte Carolyn, "sie stehen unter Arrest. WEGTRETEN!"
Elana blickte ihren Captain erstaunt an. So einen Ausfall hatte sie bei ihr in all den Jahren ihrer Zusammenarbeit nicht erlebt.

Gatewood Badlands

"Gut, ich schalte mich wieder ab, aber weil ICH es will..."
Jax murmelte nachdenklich: "Konstruktionsfehler...irgendwas defekt..."
"Mußt du gerade sagen", sagte Austen herablassend zu Jax, "aber ich will Euch was sagen: Mein Auftreten ist kein Konstruktionsfehler, das war nur, um Sie alle zu testen. Es ist relevant für mich zu wissen, wie Sie auf ungewöhnliche Situationen reagieren, das erleichtert es mir, ein spezifisches Typogramm zu erstellen. Ich muß schließlich wissen, mit welcher Art Individuen ich hier zusammenarbeite. Sie haben nicht so schlecht abgeschnitten..."
Carolyn Longways ungläubiger Blick kreuzte den einer verständnislos dreinblickenden Elana. Jax kicherte.
"Lagebesprechung", befahl Captain Longway mit einer nicht zu überhörenden Strenge.

Sie waren relativ unproblematisch übereingekommen, einen unbewohnten Planeten der Klasse M anzusteuern, um das beschädigte Shuttle dort reparieren zu können. Gleichzeitig könnte der unbekannte Planet erforscht werden, und eventuell gab es sogar frische Nahrung für den Rückflug nach JWD7.
Zwei Tage verbrachten alle bis auf Dr. Austen recht schweigend vor den Steuerungskonsolen. Jax und Elana begannen mit den internen Reparaturen des beschädigten Shuttles und arbeiteten in stillem Einverständnis bis zur Erschöpfung, nicht ohne sich zwischendurch verstohlen zu beobachten.
Carolyn grübelte und wurde nur von Dr. Austens Vorträgen über jedes beliebige Thema hin und wieder abgelenkt. Alles in allem ein ruhiger Flug. Am nächsten Tag meldete Jax dann den Orbit des Planeten.
"Lebensformen?", fragte Carolyn.
"Ja – aber sehr verteilt."
"Welche Spezies?"
Auf dem Computerschirm zeigte sich eine mächtig große, etwas unförmige Gestalt mit einem überdimensional langen Hals.
"Schwer zu sagen", sagte Elana nachdenklich.
"Man nennt sie Dinosaurier", bemerkte Austen leichthin, "auf der Erde sind sie schon mehrere Millionen Jahre ausgestorben. Niemand hat sie je zu Gesicht bekommen."
"Es stimmt", pflichtete Jax ihr bei.
Carolyn wurde von einer jähen Aufgeregtheit erfaßt.
"Das ist ja zu schön, um wahr zu sein", sagte sie sichtlich bewegt.
"Kann man die essen?" fragte Elana vorsichtig.
Carolyn sagte indigniert: "aber nein, das sind doch sozusagen unsere Vorfahren..."

"Ihre Spezies hat sich aus diesen dicken Tieren entwickelt?" fragte Jax interessiert. "Natürlich nicht", Captain Longway bekam schlagartig Sehnsucht nach einem anderen menschlichen Wesen, das die Größe dieses Augenblicks mit ihr hätte teilen können.
"Landeanflug vorbereiten!"
"Schmecken die denn?" flüsterte Elana Jax fragend ins Ohr.
"Ich glaube, niemand weiß das", erwiderte Jax ebenfalls flüsternd, "aber wir sind hier alle Vegetarierinnen außer Ihnen."
"Ach so."
Nach der Landung teilten sie sich in zwei Gruppen. Irgendwie war es Jax gelungen, Longway davon zu überzeugen, daß sie selbst und Elana das eine Team bildeten und der Captain mit Austen das andere.
"In 24 Stunden treffen wir uns hier wieder, sammeln Sie Daten und halten sie Ausschau nach Eßbarem. Und seien Sie vorsichtig, es gibt fleischfressende gefährliche Wesen hier."
Carolyn war die gehobene Stimmung anzumerken, und mit Austen hatte sie wahrscheinlich eine gute Wahl getroffen, denn Austen kannte sich offenbar mit allem aus. Es würde interessant werden. Das gleiche dachte in diesem Moment auch Davia Jax, die jedoch dabei etwas ganz anderes im Sinn hatte.

Es würde nicht schwer sein, Elana zu verführen.
Nur, daß das Liebesspiel mit Prollonen Tage dauern konnte, wäre nicht unproblematisch. Immerhin war Elana nur Halbprollonin und nicht zuletzt deshalb immer ein Spur unberechenbar. Jax liebte das.
"Stimmt es", setzte sie nach einigen Stunden des schweigsamen Durchkämmens des Geländes an, "daß Prollonen kein holundrianisches Ale vertragen können?

Anja Müller

Oder ist das nur ein Gerücht?"
Elana hatte gerade ein riesiges Insekt gescannt und schaute, aus ihrer Konzentration gerissen, verwirrt auf.
"Ehrlich gesagt, ich habe es noch nie getestet. Ist doch schwer zu kriegen, oder?"
Wortlos holte Davia ein Fläschchen mit blauer Flüssigkeit aus ihrem Gepäck und hielt es Elana unter die Nase.
"Und denken Sie nicht, es wäre vom Computer repliziert."
"Oh", sagte Elana schlicht und betrachtete Davias aufregend gemusterten Hals aus nächster Nähe, während sie das blau leuchtende Ale nur mit ihrem Blick streifte. "Ich dachte, wir könnten ein wenig feiern, daß wir das alles überlebt haben..."
"Jax", unterbrach Elana sie, "ich wollte Ihnen schon lange sagen, wie leid es mir tut, was passiert ist."
"Machen Sie sich keine Sorgen, Elana,

das hätte andersrum genau so passieren können."
Jax trat näher, umarmte Elana sehr fest und gab ihr einen zarten Kuß auf den Hals. Elana zuckte erschreckt zurück, aber Jax lächelte sie nur an und sagte "Hier ist ein guter Ort, um eine Pause einzulegen und über alles zu reden."
Elana knurrte etwas, was sowohl Zustimmung wie auch Ablehnung bedeuten konnte, aber Jax ließ sich nicht irritieren und bereitete ein kleines Feuer auf der Lichtung, auf der sie sich befanden. Nach vielen Geschichten und einigen holundrianisches Ales und zahlreichen angenehmen Gedanken an die Umarmung und den Kuß von Jax, taute die Halbprollonin auf und wurde zunehmend lauter und aggressiver. Jax hatte damit gerechnet und provozierte Elana permanent, was diese sehr verwirrte. Normalerweise mußte sie sich in Gegenwart der Besatzung immer zusammenreißen und zügelte ihr prollnisches Temperament. Bei Jax konnte sie es sich offensichtlich erlauben, einfach sie selbst zu sein. Es versetzte sie in Hochstimmung, und sie wurde sich bewußt, daß sie ein immer stärker werdendes sexuelles Interesse für Davia Jax entwickelte. Jede Provokation aus Mund der Forschungsoffizierin steigerte ihre Begierde. Als sie nicht mehr wußte, wohin damit forderte sie Davia zum Kampf auf.
"Gut, was ist der Einsatz, wenn Sie verlieren?" fragte Jax.

Captain Longway und Dr. Austen befanden sich mittlerweile in einem dschungelartigen Gebiet, und Longway war fasziniert von der Vielfalt der Arten und erstaunlichen pflanzlichen Phänomene. Dr. Austen hatte zu allem eine Theorie, die in den meisten Fällen einleuchtend klang. Dennoch war Carolyn noch unzufrieden, denn die unglaublich Begegnung mit den Wesen, die sie am meisten interessierten, hatten sie noch nicht gehabt. Und es war schon fast wieder Zeit zurückzukehren. Vielleicht hatten Jax und Elana ja mehr Glück gehabt.
"Lassen Sie uns umkehren, Austen"
Das Bedauern in ihrer Stimme war unüberhörbar.
"Jax, melden Sie sich, wie sieht's bei Ihnen aus? Jax? Elana! Was ist los, melden Sie sich! Da muß etwas passiert sein, wir haben keinen Funkkontakt - los orten Sie sie."

Jax hatte Elana in unglaublicher Kürze überwältigt und lag auf ihr. Elana keuchte unter ihr und konnte es nicht fassen, daß sie so leicht unterlag. Sie wollte sich mit Aufbieten all ihrer Kräfte befreien, aber es war zwecklos. Die Nähe zu Jax machte sie rasend, sie war außer sich vor wider-

streitenden Gefühlen. Da schlug Jax ihre Zähne in Elanas Hals und flüsterte ihr ein prollonisches Wort ins Ohr. Dann ließ sie Elana los und sah ihr herausfordernd in die Augen. Elana zögerte nicht lange und riß unkontrolliert den Ganzkörperanzug von Davia auf, deren Formen derart entblößt Elana den Atem verschlugen. Sie hatte noch nie eine der Spezies der Eukanubas berührt. Doch ohne zu überlegen warf sie sich auf sie, was Davia mit einem kehligen Lachen quittierte. Elana war wie elektrisiert, als sie Davia Haut spürte, ihr ganzer Körper schien sich im strukturellen Fluß zu bewegen - eine Erfahrung, die sie auf dem Raumschiff Galaxy II. in einer lebensgefährlichen Situation erlebt hatte -, ein Zustand, in dem der Körper von Raum und Zeit gelöst zu sein schien. Ihr Blut pochte, und irgendwie war Davia überall in ihr, gleichzeitig, obwohl das nach den Gesetzen der Logik unmöglich war. Die aufwühlende Heftigkeit nahe der Gewalttätigkeit, die sie in sich spürte, auch bei Davia spürte, und zugleich die Zartheit der Berührungen, das Herumwirbeln und die Schmerzen dabei, das alles ließ ihr die Sinne schwinden. Ein nahezu unerträgliches Glühen schien sie zu verschlingen. Der Saft lief an ihren Beinen herunter. Davia Jax leckte sie unermüdlich. Und es waren erst 16 Stunden vergangen, lang genug für das Vorspiel, wie Jax meinte.

Longway und Austen waren stundenlang gerannt. Sie hatten noch immer keine Nachricht von Jax und Elana. Dr. Austen redete dauernd dabei und suchte Erklärungen für das Ausbleiben des Funkkontakts. Carolyn war beinahe am Ende Ihrer Kraft.
"Sie müssen hier ganz in der Nähe sein", keuchte sie.
"Zumindest ihre Kommunikatoren", bemerkte Austen trocken. Als Holograpische Projektion kannte sie keine körperlichen Beschwerden. Sie kamen auf eine Lichtung. In einiger Entfernung sahen sie zwei kämpfende, sich umschlingende Wesen.
"Das sind Commander Jax und Elana Rodrigez ohne Uniform", stellte Dr. Austen verblüfft fest.
Carolyn fühlte sich wie vor den Kopf geschlagen, einer Ohnmacht nahe. Dr. Austen schaute sie besorgt an. Doch dann griff Carolyn, immer noch atemlos, nach ihrem Phaser und schoß eine Linie in den Boden, nur einige Zentimeter von Elana und Jax entfernt. Die Hitze schmerzte Elana und ihr verklärter Blick suchte nach einer Orientierung. Als sie etwas erkennen konnte, sah sie, wie Captain Longway mit erhobenem Phaser auf sie zukam, mit einem Blick kalt wie Eis. Hinter ihr trippelte das MNH und redete auf sie ein.
Elana sah Jax an, die sofort den Ernst der Lage erkannte, aufsprang und sich schützend vor Elana stellte. In diesem Moment brachen viele kleine grüne Wesen aus dem Wald hervor - offensichtlich auf der Flucht. Ihre echsenhaften Gestalten liefen aufrecht und in erstaunlicher Geschwindigkeit wie eine Art Schwarm genau auf Jax und Elana zu. Kurz bevor sie sie umzurennen drohten, teilten sie sich, so daß sie links und rechts an Elana und Jax quiekend vorbeiflüchteten. Plötzlich brach aus einem Gebüsch eine große martialische Gestalt und blieb genau vor Davia Jax stehen. Elana sprang auf, kampfbereit. Carolyn schrie: "In Deckung!" und zu der Gestalt hinüber: "Identifizieren Sie sich!".
Nur Dr. Austen blieb gelassen.
"Ridley, was machen Sie denn hier?"

To be continued...

Die Frittösen

Aus unserem Liederbüchlein

Conny
(Original: Am Tag als Conny Kramer starb)

Wir lagen schwitzend im Bett, die Köpfe konnt man gar nicht mehr sehen.
Ich sagte, komm nicht so schnell. Sie konnte mich nicht mehr verstehen.
Denn sie war schon wieder weiter. Ja, die Conny kam viel schneller in Fahrt.
Sie stöhnte ganz entspannt und heiter. Ich ahnte nicht, was gleich darauf geschah.

Am Tag, als Conny heftig kam und ihre Glocken klangen.
Am Tag, als Conny heftig kam,
und alle Nachbarn hörten gern hin.
Das war ein schöner Tag, weil die Conny gern schreien mag....

Sie sagte mir, das war ja sehr fein.
Das gab mir wieder neuen Mut.
Und ich redete mir ein, mit Conny wird alles gut.
Ich wollte erstmal eine rauchen.
Aber Conny küßte mich auf den Mund.
Jetzt fing es langsam an zu schlauchen,
aber Conny sagte: Jetzt geht es rund!

Am Tag, als Conny nochmal kam und ihre Glocken klangen.
Am Tag, als Conny nochmal kam und alle Nachbarn hörten gern hin.
Das war ein schwerer Tag, weil die Conny gern öfter mag...
Ich sagte ihr, nun laß doch mal sein. Bald kann ich ja nicht mehr stehn.
Ich bin so müde und ausgelaugt, und irgendwann muß ich auch gehn.
Auf einmal warf sie mich zu Boden. Kein Widerstand, ich war in ihrer Hand.
Die Leidenschaft begann zu lodern, und Conny war schon wieder außer Rand und Band.

Am Tag als Conny heftig kam und ihre Glocken klangen.
Am Tag als Conny nochmal kam und alle Nachbarn hörten gern hin.
Das war ein schwerer Tag, weil die Conny gern öfter mag....

Heiße Lesben aus Athen
(Original: Weiße Rosen aus Athen/Ein Schiff wird kommen)

Heiße Lesben aus Athen
sagen dir: "Komm recht bald wieder"
sagen dir: "Mit dir war´s schön"
Heiße Lesben aus Athen.

Ich bin die Lesbe von Piräus und liebe
den Hafen, die Schiffe und die Frauen.
Ich lieb es nachmittags den Mädchen vom
Städtchen beim Einkauf und Bummeln
nachzuschaun.
Und abends geh ich in die Kneipe und
bleibe bis morgens und trinke roten Wein.
Und träume von der schönen Seefrau, die
mich auf ihr Schiff nimmt, denn sie ist so
allein.

Ein Schiff wird kommen
und das bringt mir die Eine,
die ich so lieb wie keine
und die mich glücklich macht.
Ein Schiff wird kommen
und meinen Traum erfüllen
und meine Sehnsucht stillen -
die Sehnsucht mancher Nacht.

Es gibt kaum Lesben in Piräus, drum
stehe ich Abend für Abend hier am Kai.

Und warte auf die fremden Schiffe aus
Hamburg, denn da ist bestimmt eine
dabei.

Ein Schiff wird kommen....

Heiße Mösen aus Athen
sagen dir: "Ich komm schon wieder"
sagen: "Ich kann nicht mehr stehn"
Heiße Mösen aus Athen.

Texte: Die Frittösen - Angela Gobelin/Bea Nebel

Das Hamburger Musik-Comedy-Duo "Die Frittösen" gibt es seit 1996. Angela und Bea trafen sich damals bei einem Ikebana-Workshop und beschlossen spontan, gemeinsam Musik zu machen. Dabei sind sie so unterschiedlich wie Tag und Nacht: Bea mag Rauchen, Katzen, Werbung und Miniröcke; Angela mag Ally McBeal, Eichhörnchen, Bundesschatzbriefe und Oliven. Von Flensburg bis München begeistern sie seither Lesben und andere Massen mit ihren urkomischen politisch unkorrekten Gassenhauern, die sie von den verschiedensten FrauenLesbenwiderstandscamps und dem alljährlichen Femö-Urlaub mitbringen. Die Frittösen sind 100 % LFT-frei und garantieren einen gelungenen Abend - ob zum Firmenjubiläum, zum Mondritual oder zur CSD-Party. Lesbischer Humor mit den Frittösen - von schwäbischen Gestalttherapeutinnen arg empfohlen!

Diana Knezevic

Sieg über die Vergänglichkeit

Ihr Körper bebt noch bittersüß, zartes Zittern weicher Schenkel. Ich reiße mich los von diesem Anblick, kehre unweigerlich zurück, sehe, wie sich ihre Lust auf dem Slip abzeichnet: ein kleiner, dunkler, feuchter Kreis auf grauer Seide.
Ich schreie innerlich, sie möge endlich gehen, wenigstens einen kleinen Augenblick - und dann sitze ich wieder auf ihr, spüre sie in mir: Diesen nassen Hügel führe ich durch gleichmäßiges Schaukeln in mich ein, schwimme auf ihr, taumele in die Dunkelheit tief verschlossener Augen und ende in ihrem maßlosen Blau, in diesen Blicken, die mir zurufen und nie wirklich sprechen. Aus Respekt vor unseren Körpern, die mehr sagen als jedes wohlüberlegte Wort.
Wie eine Silhouette windet sie sich unter mir und sucht nach einem Ausweg aus meiner Umarmung. Ihre Hand findet, wonach sie forscht. Sie hat so viel Kraft, daß sie mich mit jedem ihrer Stöße fest in mein Inneres trifft, wo sie erstarren, wo ich sie halten möchte. Doch es scheint wie ein Kampf, der uns jede Ruhe verwehrt. Sie bäumt sich unter mir auf und zieht mich in ihren Schoß. Tief sinke ich hinein. Wir tanzen auf dem Bett, das - einmal von uns verlassen - vor Sinnlosigkeit und Leere seufzt.
Ihre Orgasmen kann ich nicht zählen. Das sind keine Momente, die ich festhalten kann. Flüchtig, und dann wieder so endlos ewig.
Jetzt flüstert sie:
"Ich will dich lieben, als sei es das letzte Mal."
Genauso fühlt es sich an. Und mit jedem Orgasmus feiert sie einen kleinen Triumph. Einen Sieg über meine Vergänglichkeit. Einen Sieg über ihre Vergänglichkeit.
Ich will ihren Schweiß auf meiner Haut spüren, ich will sie einreiben mit all den Flüssen, die meine Schenkel passieren. Manchmal befeuchte ich meine Finger mit meiner Lust und suche mir eine Stelle auf ihrem Körper. Das Schulterblatt, den Bauchnabel, die Kniekehle. Es wäre normal, wenn das warme Naß unter meinen Fingern mit ihrer Haut verschmelzen würde, doch stattdessen vermehrt es sich auf wunderbare Weise zu einem See. Plötzlich scheint es, als streichle ich ihren süßen Kitzler auf ihrem Rücken. Er wandert zu meiner Hand, folgt mir, meiner Zunge, meinen Lippen. Ich küsse ihren Bauchnabel, atme ihr Beben und lausche dem Stöhnen, daß es mich zerfetzt. Mein Mund küßt und leckt diese geile Haut so gründlich, daß sie mein Gesicht ekstatisch in die Höhe stößt. Sie kommt und kommt und kommt und kommt. In blinder Maßlosigkeit ergibt sie sich ihrer Lust und bedient sich meines Körpers als Quelle für eine Hingabe, die ihren Ursprung in grausamer Sehnsucht haben muß.
Als ich sie auffordere, sich auf meine Brust zu setzen, bäumt sich ihr mein Nippel entgegen, daß ich in sie eindringe und mich verschlungen fühle. Meine gierigen Augen ficken sie. Fleischfressende Schenkel umrahmen meinen Körper, ja, sie drohen, mich zu zerdrücken, wenn ich nicht das tue, was sie möchte. Sie explodiert auf mir, daß ich meine Zunge nach ihr ausstrecke, um sie zu trinken.

Eines nachts hörte ich sie im Schlaf stöhnen. Sie lag auf dem Bauch, die Arme über dem Kopf verschränkt. So unschuldig. Rein. Heiß. Feucht. Ein Traum. Neugierig näherte ich mich ihr, meine Brüste auf der zarten Haut ihres starken Rückens, meinen Bauch in ihre Hüfte gepreßt, die Arme auf ihren. Ihr Atmen wurde so heftig, daß ich erschrak. Kurz darauf begann ihr ruhender Körper unter mir zu zittern, ohne ein Anzeichen für wirkliches Erwachen. Was für eine Kraft! Der ganze Leib ein einziges hungriges Loch.
Am nächsten Morgen wußte sie nichts.
Ich weiß gar nichts mehr. Ich ahne nur, beobachte und genieße diese Lust.

Ich schlafe mit tausend Sternen, die mich anlachen, während ich in einem warmen Sommersee auf dem Rücken liege und der Stille verfalle. Bis wieder eine Welle kommt. Sie liegt neben mir. Wir halten uns an der Hand. Auch die Wellen strömen vor Flüchtigkeit. Eine Sternschnuppe in der Nacht. Noch eine. Der Himmel so hell in der Dunkelheit.
"Wünsch dir was!" fordert sie mich auf. Aber warum sollte ich mir mehr wünschen, als mir diese vollkommenen Nächte zu bieten vermögen? Alle Sinne dem Weinen nah vor so viel Leben.
Jeder kleine Tod eine freche Antwort auf Banalität.

aus: High Art, Foto: Jojo Whilden; Arsenal

DIE FOTO-LOVE-STORY

Was bisher geschah...

Samantha und Vanessa hatten eine folgenschwere Begegnung im Schwarzwald. Vanessa hat deswegen Krach mit ihrer Freundin Sabrina.

Und nun die Fortsetzung:

Samanthas relaxtes Wochenende ist vorbei. Sie muß zurück nach Berlin, wo sie in einer hippen Szene-Kneipe kellnert.

In ihrer Not hat Sabrina Jessica angerufen, die sie nun verständnisvoll tröstet.

Jetzt, wo Samantha abgereist ist, fängt Vanessa an, nachzudenken.

Jessica zieht Sabrina auf ihren Schoß. Nutzt sie die Schwäche Sabrinas aus, um sie rumzukriegen?

Samantha schwelgt in Schwarzwaldmädel-Erinnerungen.

Vanessa geht in die gemeinsame Wohnung zurück.

Nachdem Samantha ihre Kneipenschicht tauschen konnte, ist sie aus lauter Sehnsucht zurück nach Titisee gefahren und hat sich der Kleidung der Einheimischen angepaßt.

Samantha will nicht mit der Tür ins Haus fallen und riskiert erst mal einen Blick durchs Fenster.

Jessica beschließt spontan, einen Überraschungsbesuch bei Sabrina zu machen.

Vanessa und Sabrina küssen sich vorsichtig.

Fortsetzung folgt...

Valeria Spiteri

Für Lilo

O diese strahlenden Kinderaugen! Wie spitzbübisch sie mich jetzt wieder anschaut. Als hätte sie gerade den Zeigefinger aus der Schokocreme gezogen und in seiner ganzen Länge in ihren Hals gesteckt, die Zunge lustvoll und wendig über den süßen Schleim gleiten lassen, geschluckt und den Finger wieder herausgezogen und hinter dem Rücken verborgen, der Mutter entgegenblickend, die aus der Speisekammer zurückkehrt, während die Schokoladencreme wollüstig und mit diabolischer Langsamkeit den Abdruck ihres Fingers wieder auffüllt.
Aber das ist gar keine Schokolade da an ihren Lippen, es ist der elastische, eiweißklare Saft einer Frau in der Mitte ihres Menstruationszyklus. Es ist mein Saft, und heute bin ich ihre Schokolade. Ich muß lächeln und schließe die Augen. Dieser Blick! Dieser unschuldig-schuldige Kinderblick. Bittend und fragend, wie beim ersten Kuß. Den sie mir gab, nachdem ich monatelang um sie geworben hatte, alles getan hatte bis auf diesen entscheidenden Schritt, sie zu berühren, eindeutig und sexuell. Und ihre und meine diebische Freude, daß es wirklich Liebe war und Begehren und beiderseitig, nach all dem Unausgesprochenen, dem Zittern und Zagen. Und gegen alle Vorurteile. Liebe, und diese unendliche Lust, wenn sich unsere Lippen berührten, wenn der faltengekrönte Mund der einen auf das volle, verlangende Fleisch der anderen traf, wenn sich unsere Blicke kreuzten, und die Jüngere begierig in die Tiefe der krähenbekränzten Seen eintauchte,

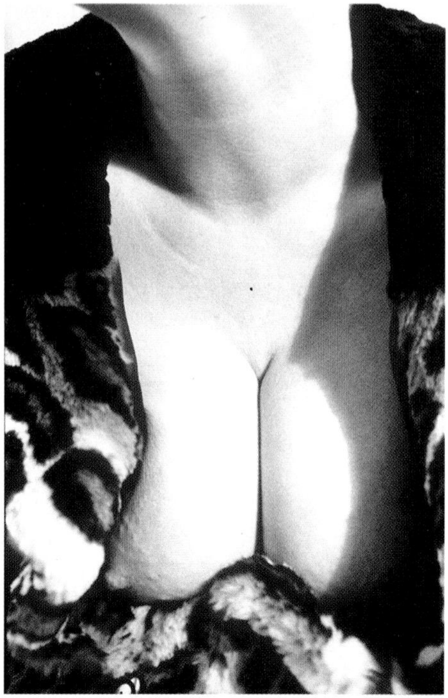

Gabriele Dietrich

während die Ältere in dem klaren Spiegel dieser begehrlich-begehrenden Augen beider Schönheit erblickte. "Ich liebe dich!"
Und wie ein Echo dieser Worte spüre ich ihre Finger wieder zwischen meinen Beinen, so wohlig und feucht, daß sie schon eine Zeitlang dort verweilt haben müssen, sehr zart, mein Sinnen begleitend, meine Gedanken umkränzend und zu solchen Bildern verführend. Ich öffne die Augen und sehe sie an. Da taucht sie ihre Finger wieder in die Schokoladencreme. Und rührt und schleckt und leckt, und was sie mit den Händen nicht erreichen kann, erreicht sie mit der Zunge. Gierig dreht sie das Gefäß in beiden Händen, daß ihr die Creme wollüstig entgegenschwappt, tastet zart und unwiderstehlich mit dieser kleinen Zunge über den faltigen Rand der ein-

gerissenen Haut. Bis keine, aber auch gar keine Schokolade mehr da ist. Nur noch die Zunge, und zwischen ihr und mir nur noch Gefühl.
Und alles rinnt und fließt über das weiße Leinen. Und als ich wieder zur Besinnung komme, den Kopf aufrichte und sie anschaue, da schiebt sie Zeige- und Mittelfinger genießerisch in ihren Mund und schleckt mit einem Blick, der mir sogleich noch mal die Sinne raubt. Oh, diese Frau! Doch schon wächst meine Gier noch über meine Lust: Ich greife ihre Hand und lecke mit. Wie einen Fächer spreizt sie ihre Finger, und was ich von der einen Seite lecke, holt sie sich von der anderen, und immer wieder, gar nicht zufällig, berühren sich die Zungenspitzen in den Zwischenräumen, wo noch der Duft und der Geschmack am vollsten ist.
Und plötzlich seh ich ihre Hand, umhüllt von dieser wunderschönen alten Haut, gegerbt von Sonne, Wind und Sorgen, geschmeidig liegt sie über ihren schlanken Knochen. Und auf die ihre leg ich meine Hand, die kleiner, zarter, weißer ist, nicht halb so alt, leise fahr ich über ihren Rücken und zähle Altersflecken, die wie die Ringe einer alten Buche von soviel Leben, soviel Müh und Lust erzählen.
Sie sieht mir zu; ich fühle es und schaue auf. Wieder dieser Blick, der mir direkt durchs Auge in die Möse fährt. Drei Liter Blut, mit Sicherheit. Mein Schoß erglüht und meine Wangen auch. Wie kann das sein? Wie macht sie das? Oh, warte nur, dir zahl' ich heim! Und langsam wandert meine Zunge von ihrer Handwurzel bis zur Achsel hoch, wo sie verweilt, als müßte jedes kleine Haar einzeln bewässert werden. Sie zuckt und zittert, will sich mir entwinden, doch mit der Stärke meiner Jugend halt ich sie in Schach. Und wandre weiter in Spiralen, bis ich das

Zentrum ihrer Brust erreiche, die so entspannt und weich die Rippen deckt, als wäre sie voll Eiderdaunen. Ich drück mich rein mit Mund und Zunge und stoße sacht an diesen kleinen Huppel, der aufwacht, gähnt und sich erhebt zu voller Größe. Ich blicke hoch und seh ihr ins Gesicht: Sie strahlt schon wieder so verführerisch! Da strahl ich auch. "Du wundervolle Frau!" Oh, was ein liebendes und zärtliches Gesicht. Wie weich die Wangen und wie klein und zart die vielen Fältchen, von denen jedes einzelne so eigenwillig seine Zeichen setzt, mal stärker, schwächer, ganz nach deiner Laune und nach des Lebens wechselndem Geschick. Ich kenn sie alle längst. Und würde eines fehlen, würd ich's missen! Was für ein faszinierendes Gesicht. In das sich achtundsechzig Jahre eingegraben haben, in Runen, so geheimnisvoll und voller Leben. Du weißt es, ich versteh es nicht.
"Kannst du nur gucken?"
Oha! Da hat sie mich erwischt. "Du alte, geile Vettel! Kannst du's schon gar nicht mehr erwarten?" neck ich sie.
Da stülpt sie ihr Gebiß hervor und kichert. Und ich muß lauthals lachen, wie jedes Mal, wenn sie das tut: "Ich liebe dich!" Eilig geh ich in die Hocke und schütte Gleitcreme üppig in die Hand, und mit verheißungsvollem Blick. Sie schaut mir skeptisch zu, sie traut mir nicht. Ich seh sie an, in ihrer ganzen Blöße: die feinen grauen Haare und der schöne Kopf, die dünne Haut, die von den spitzen Schultern bis zu den flachen Brüsten reicht, erwartungsvoll die Nippel und dieser geile, kleine Nabel, ein Quell der Lust auf ihrem wohlgenährten Bauch - sie liebt das Essen und den Wein - ich auch! Da spannt die Haut, die dann in Falten locker in die Leisten und auf die Schenkel niederfällt, die dünnen Beinchen und die spitzen Knie - ich... ach ja...
"Du kannst nur gucken!"
O meine Dame, da schau her. Die Wartezeit gehört zum Liebesspiel. Ich grins sie an, ich seh die Beute zappeln. Und laut: "Ich hab's mir eben anders überlegt." Sie starrt mich an, was soll das heißen? Ich grinse, lache, strahle: Was glaubst du wohl? Wir schaun einander ins Gesicht, und ganz allmählich weicht der Spaß der Lust. Die Augen fragen, suchen und liebkosen. Und aus der Spannung unsrer beider Blicke löst sich der meine, gleitet über ihren Körper, entlang der Kehle, über Brust und Magen bis zu den feinen Härchen über ihrer Scham.
Da beug ich meinen Kopf und küsse ihre Lippen. Und nach drei, vier, fünf zärtlichen Berührungen streckt sich ihr Schoß mir schon entgegen. Und alles dehnt sich, weitet sich und schreit nach Lust. Warm und feucht umfängt sie meine Finger, saugt mich hinein ins tiefste Innerste, will mehr und mehr und zieht und greift und drängt, bis meine ganze Hand verschwunden ist. Kraftvoll und lebhaft drückt sie mich und schwillt und preßt und gleitet, schmiegt und windet sich. Sie will mich ganz, mit Haut und Haar. Ich geb mich hin und folg ihr nach. Welch eine Kraft und welche Lust! Das Tempo steigt, ihr Griff wird immer fester. Sie ringt und schlingt und schluckt und zuckt und faßt und greift, und noch mal enger und noch fester. Und wie sie zupackt, noch ein letztes Mal... da ist's um uns geschehen! Ojeh! Die Möse läßt mich nicht mehr gehn.

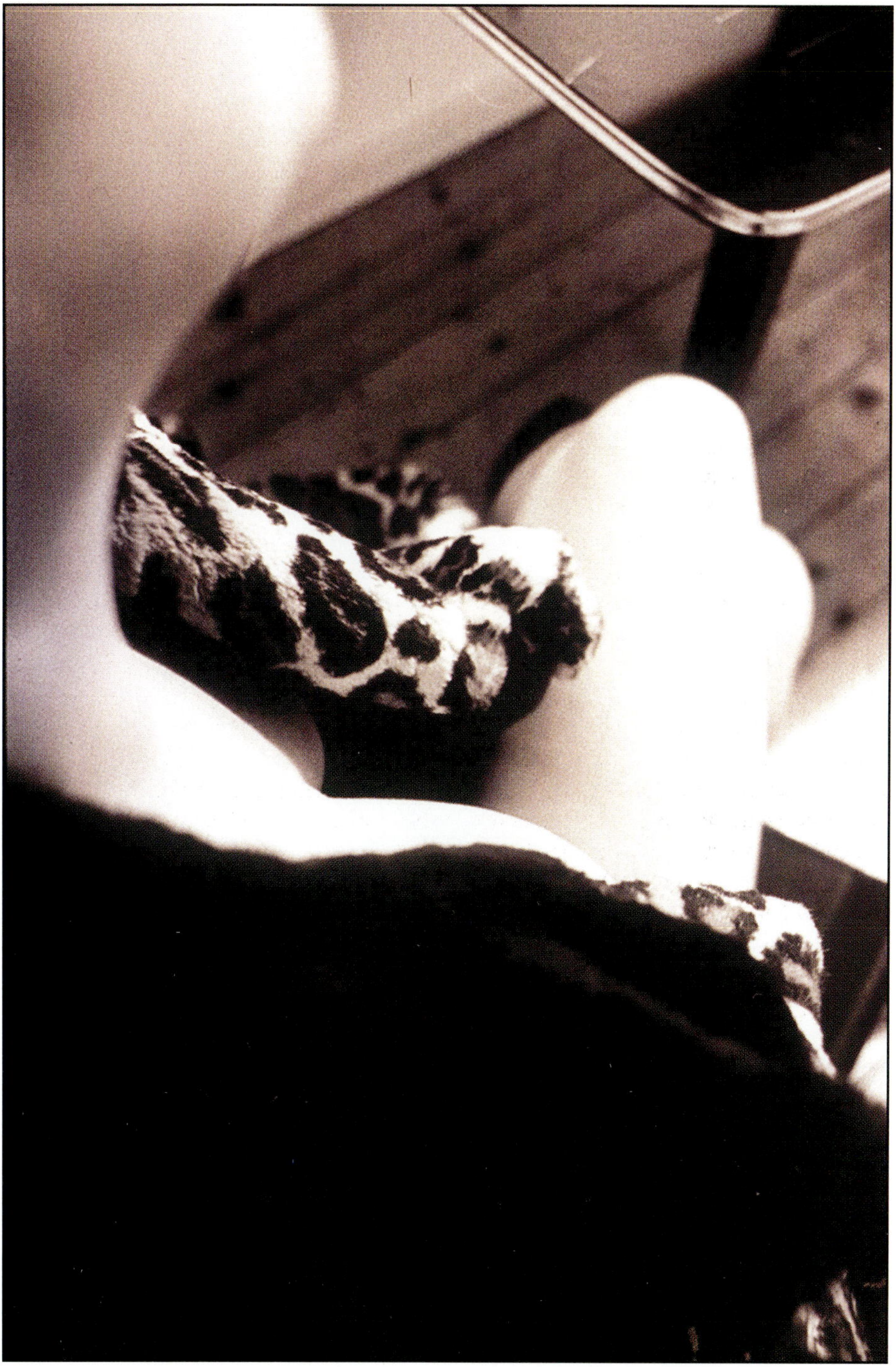

Gabriele Dietrich

Anja Weber, Faye & Eva

Regina Beyer

Kalte Realität

Ich wartete schon eine ganze Weile in dem kleinen Restaurant, das wir als Treffpunkt ausgemacht hatten. Eigentlich schon zu lange. Überpünktlich war ich dagewesen - und übernervös. Meine Hände hatten gezittert, und mein Mund war staubtrocken gewesen. Jetzt saß ich hier schon eine kleine Ewigkeit, starrte alle zwei Minuten auf die Uhr und sagte mir: Sie wird schon kommen. Ganz bestimmt. Die ersten Anzeichen von Enttäuschung spürte ich nach einer Viertelstunde. Nach einer halben Stunde kam zur Enttäuschung der Ärger darüber hinzu, daß sie mich wie eine Idiotin hier herumsitzen ließ. Sie hätte auch absagen können. Hunger hatte ich keinen mehr, und nach einer Dreiviertelstunde bezahlte ich meine Cola und ging nach Hause.
Ich fühlte mich beschissen.
Es war nicht leicht, zu einem blind date zu gehen. Okay, niemand hatte gesagt, daß es leicht sein würde. Vielleicht mußte man nur einsam genug sein, um zu allem bereit zu sein. Wie auch immer, ich war da gewesen.
Sie aber nicht.
Es verletzte mich. Ich haßte mich für meine eigene Dummheit, daß ich so naiv gewesen war zu glauben, sie würde tatsächlich Interesse an mir haben, und ich haßte sie noch ein wenig mehr, weil sie ein verdammter Feigling war und nicht einmal kam, um mich zu sehen. Ich war doch gar nicht so häßlich, glatter Durchschnitt würde ich sagen.
Zuhause setzte ich mich im Dunkeln auf das Sofa und starrte vor mich hin.
Ich muß wohl eingeschlafen sein, denn ein dezenter Signalton weckte mich auf. Es war mein Computer, der mir eine E-mail meldete. Ich zögerte lange, ehe ich zum Monitor ging. Ein wenig widerwillig setzte ich mich und lud mir die E-mail auf den Schirm.
Sie war es. Ich hatte es gewußt. Sofort war der Ärger wieder da. Trotzdem begann ich den Text zu lesen, den sie mir geschickt hatte.
Sei mir nicht böse.
Ich habe dich versetzt. Ich schäme mich sehr dafür, und ich würde es dir gerne erklären. Bitte melde dich bei mir.
M.
Wieder zögerte ich sehr lange und starrte bewegungslos auf die Zeilen vor mir, die sie mir geschickt hatte. Ich kannte sie eigentlich nicht - die Frau hinter diesen Zeilen. Ich kannte nicht einmal ihre Stimme, wußte nicht, wie sie aussah, und trotzdem hatte ich mich in sie verliebt - auf eine merkwürdige, nicht erklärbare Art und Weise. Halb Wirklichkeit und halb ein Traumbild.
Seit mehreren Wochen kommunizierten wir über das Internet. Wir hatten immer etwas zu schreiben. Wir verstanden uns sehr gut - zumindest hatte ich das geglaubt. Bis zu dem heutigen Abend. Heute hatten wir uns endlich treffen wollen.
Aber sie war nicht gekommen.
Und jetzt diese Nachricht.
Mit einem leisen Seufzen gab ich nach und ging ins Internet. Ich wählte sie an.
M.: Schön, daß du dich meldest. Ich würde dir gerne einiges erklären.
Ich: Ja, das solltest du auch. Ich habe da wie eine Idiotin auf dich gewartet. Warum

bist du nicht gekommen?
M: Ich hatte Angst. Bestimmt hast du gewisse Vorstellungen von mir, die ich vielleicht nicht erfüllen kann.
Nun, die hatte ich tatsächlich, auch wenn ich mich dagegen wehrte. Aber sie hatte sich ganz zu Anfang ein wenig beschrieben. Sie war wohl recht groß und schlank, hatte kurzes Haar und war nicht unbedingt häßlich. Das hatte sie gesagt.
Ich: Aber die hast du doch auch von mir, und dennoch war ich da.
M: Ja, das stimmt...
Pause. Eine lange Pause...
M: Vielleicht habe ich nie damit gerechnet, daß wir uns im wirklichen Leben begegnen. Und vielleicht habe ich darum mein Aussehen ein wenig verschönert. Das könnte doch sein. Das Internet ist viel anonymer. Sicherer...
Ich: Und darum hast du nun Angst, mir zu begegnen und läßt mich statt dessen einfach in diesem Restaurant sitzen?
M: Ich bin eben ein Feigling.
Ich: Warum überläßt du es nicht mir, zu beurteilen, wie ich dich finde, wenn wir uns begegnen?
M: Du magst mich vielleicht nicht.
Ich mußte schmunzeln.
Ich: Vielleicht mag ich dich aber doch. Ich habe mir schon oft überlegt, wie du wohl aussehen magst.
M: Wann?
Ich: Nun... nachts zum Beispiel.
M: Was hast du dir da überlegt?
Ich: Wie du dich anfühlst.
M: Wie fühle ich mich denn an?
Fast konnte ich mir die Neugier auf ihrem Gesicht vorstellen. Ich grinste ein wenig.
Ich: Weich fühlst du dich an. Besonders deine Brüste sind unendlich weich. Wenn ich darüber streicheln würde, dann würden sich deine Warzen verhärten, und ich könnte behutsam damit spielen.
M: Du könntest sie auch küssen.
Ich mochte es, wenn unsere Gespräche in diese sexuelle Richtung gingen. Und sie mochte es auch, das war klar, denn es passierte uns ziemlich oft. Es war erregend für mich. Ich liebte es, wenn sie beim Hauch einer Zweideutigkeit sofort darauf ansprang.
Ich: Ja, küssen könnte ich sie auch und mit meiner Zunge warm und naß darüber lecken.
M: Hm... schön. Das würde mir gefallen.
Ich: Wie sehr würde es dir gefallen?
M: So sehr, daß ich feucht werden würde. Mit Küssen würde ich dich verschlingen, mit meinen Händen liebkosen und dich mit meinen Schenkeln umklammern, während du mich zwischen den Beinen streichelst und meine Nässe fühlst, mein Begehren nach dir ...
Ein wenig mühsam mußte ich Luft holen, als ich gierig ihre Zeilen las und mir wünschte, ich könnte sie so in mir aufnehmen wie diese Worte von ihr.
Ich: Ich würde dich gerne fühlen - in mir. Ganz langsam und zärtlich könntest du in mich hineingleiten, und ich würde deine Finger tief in mir aufnehmen. Ich würde mich für dich öffnen, damit du mich ganz haben kannst ...
Meine Finger zitterten, als ich die Worte auf der Tastatur tippte. Und ich war froh, daß mich niemand in diesem Moment sehen konnte, denn mein Gesicht glühte, und bestimmt war es knallrot vor Erregung und auch ein wenig vor Verlegenheit. Dennoch war es sehr spannend, und um nichts in der Welt wollte ich jetzt aufhören und die Verbindung zu ihr abbrechen. Niemals. Ich wäre gestorben, wenn gerade jetzt das unselige Schicksal einen Stromausfall um die Ecke geschickt hätte. Zwischen meinen Beinen kitzelte es ein wenig, und ich wußte, daß ich naß war.

Unruhig rutschte ich auf meinem Stuhl herum, als säße ich auf einem Nagelbrett oder auf glühenden Kohlen. Wobei letzteres wohl eher zutraf.
M: Das würde ich sehr gerne tun. Ich würde dich sanft nehmen. Langsam in dich hineingleiten, bis du nichts mehr von mir aufnehmen kannst, dich sekunden- oder minutenlang einfach nur ausfüllen, deine Feuchtigkeit spüren, deine Wärme, fühlen, wie du mich aufsaugst… Und erst dann würde ich mich wieder bewegen, meine Finger herausziehen und sanft wieder in dich hineingleiten. Ich würde dich erregen, bis du dich meiner Hand entgegenwindest. So lange, bis ich dein Stöhnen hören kann.
Ich mußte schwer schlucken, und mir

wurde heiß. Mein gesamter Körper kribbelte vor Erregung.
Ich: Was würdest du tun, wenn du mich so sehr erregt hättest, daß ich anfange zu stöhnen?
M: Ich würde meine Hand zurückziehen und deinen Eingang streicheln, dort, wo du am empfindlichsten bist. Ich würde dich reizen, bis du es nicht mehr aushältst und du mir deine Hüften entgegenhebst. Und dann…
Ich: Was dann!!
M: Dann würde ich ganz tief in dich hineinstoßen, bis du in einer Woge aus Lust explodierst.
Ich schnappte nach Luft. Fast konnte ich sie schon in mir spüren. Fast konnte ich ihre Finger in mir fühlen, den Druck und die Reibung und ihre Kraft, wenn sie mich mit gleichmäßigen Stößen nahm. Fahrig strich ich mir durchs Haar und starrte auf die Zeilen auf meinem Bildschirm. Mit der Zungenspitze leckte ich über meine trockenen Lippen.
Mir wurde klar, daß ich genau das wollte. Ich wollte sie in mir haben. Wollte, daß sie mich in einen unendlichen Abgrund aus leidenschaftlichem Verlangen und hungriger Gier stürzte, wo mein ganzes Sein für lange Augenblicke nur aus dem einzigen Wunsch bestand, ihr ganz zu gehören.
Ich schrieb die nächsten vier Worte mir soviel Nachdruck, wie überhaupt möglich.
Ich: Ich will dich sehen!!
Wenn es geholfen hätte, dann hätte ich drei Reihen Ausrufezeichen geschrieben, der Einfachheit halber beließ ich es jedoch bei diesen zwei Einzelexemplaren.
Lange passierte gar nichts. So lange, daß ich ein wenig Angst bekam, sie mit meiner Forderung zu verlieren.
M: Warum können wir es nicht so lassen, wie es ist?
Fragte sie das ernsthaft? Es mochte ja spannend sein und zugegeben auch erregend, sich auf diese Art mit ihr zu unterhalten. Aber Worte auf einem Bildschirm waren doch kein Ersatz für einen warmen, weichen Körper, für ihr Lachen, für ihre Stimme, verdammt noch mal! Ich wußte nicht einmal, wie ihre Stimme klang. Ich wollte, daß sie neben mir lag, ganz nah an meiner Seite und mir im Dunkeln leise Worte ins Ohr raunte von Begehren und auch von Liebe. Ihren Atem wollte ich fühlen, heiß auf meiner Haut, ihren Duft wollte ich riechen, ihre Erregung schmecken.
Ich: Ich glaube, das genügt mir nicht. Ich möchte dich treffen. Bitte, hab keine Angst davor. Ich bin auch nicht perfekt. Wer ist das schon? Aber ich will nicht nur über das Internet mit dir sprechen. Ich möchte in deine Augen sehen können.
Dabei fiel mir ein, daß ich nicht mal ihre Augenfarbe wußte. So wie vieles andere auch nicht. Ich seufzte frustriert.
Ich: Triff dich wenigstens einmal mit mir. Ich bitte dich darum. Morgen werde ich wieder in dem Restaurant sein, und ich hoffe, du kommst. Riskier es. Du kannst nicht viel verlieren.

Wieder fand ich mich alleine, im selben Restaurant wie am Tag zuvor. Sie kannte den Laden, und wir hatten uns dort an einem ganz bestimmten Tisch verabredet. Sonst würden wir uns nie erkennen, und die Idee mit der Rose im Knopfloch kam wohl nicht so recht in Frage, das hatte wir beide sofort heftig ausgeschlossen. Es gab Grenzen.
Die Vorstellung drängte sich mir auf, daß wir uns hier vielleicht schon Dutzende von Malen begegnet waren, ohne uns zu bemerken. Völlig verrückt! Ich schüttelte diese Gedanken ab und konzentrierte

mich darauf, das nervöse Kribbeln in meinem Magen zu ignorieren und das Glas, in dem die klebrigen Reste meines Saftes dümpelten, nicht allzu fest zu umklammern, wofür mir das bedauernswerte Glas mit Sicherheit dankbar war.
Eine kleine skeptische Stimme in mir war absolut überzeugt davon, daß ich hier wieder umsonst herumsitzen würde. Aber das wollte ich nicht glauben. Ich hörte lieber auf jene andere Stimme in meinem Kopf, die mir immer wieder versicherte, daß sie schon kommen würde. Ganz bestimmt.
Noch einmal würde ich aber nicht eine halbe Ewigkeit warten. Diesmal würde ich bereits nach einer Viertelstunde gehen. Gerade wollte ich dem Kellner winken, um zu bezahlen, da räusperte sich jemand leise neben mir. Ich blickte hoch und erstarrte auf dem Stuhl zu einer Statue mit einem ziemlich dämlichen Gesichtsausdruck, wie ich vermutete. Mein Herz versuchte hektisch klopfend, meinen Hals hinaufzukriechen. Wir starrten uns an. Wir musterten uns wie Fremde. Nun ja, genaugenommen waren wir zwei Fremde.
Rasch und möglichst unauffällig begutachtete ich sie, so wie sie mich. Sie stand noch immer vor meinem Tisch, und ich mußte ein wenig zu ihr aufsehen. Sie war nicht so schlank, wie sie behauptet hatte. Von dem sportlichen Supermodel von einem Meter achtzig war sie jedenfalls ungefähr so weit entfernt wie ein Gänseblümchen von einer Rose. Sie war einfach ganz normal. Wundervoll normal, wie ich betonen sollte. Niemand, bei der man Angst oder Komplexe haben mußte. Ich war erleichtert.
Ich erinnerte mich wieder daran, daß ich mit der Geburt auch eine Stimme erhalten hatte. "Hallo", brachte ich mühsam hervor.
"Hallo", kam es von ihr zurück. Eine angenehme Stimme. Ihr Gesicht blieb ernst und ein wenig düster.

Naomi Lawrence

“Schön, daß du gekommen bist.” Ich versuchte entwaffnend zu lächeln.
Skeptisch beobachtete sie mich. Sie war vorsichtig. Hatte sie solche Angst, verletzt zu werden?
Sehr langsam nahm sie schließlich mir gegenüber Platz, und wir sahen uns weiter an. “Was denkst du?” fragte sie plötzlich. Fast zuckte ich zusammen bei dieser direkten Frage, die man eigentlich nicht zu Beginn eines blind dates stellen sollte. Jedenfalls hatte ich noch nie gehört, daß das so üblich war.
“Nicht sehr viel, ehrlich gesagt. Ich betrachte nur die Frau, die mir mit ihren Phantasien das schönste Bauchkribbeln beschert hat, das mir je widerfahren ist.”
Ihre Brauen hoben sich ein kleines Stück. “Es hat nur in deinem Bauch gekribbelt?” wollte sie wissen.
Ich wurde rot. Ich konnte es spüren. Trotzdem blickte ich sie weiterhin an, während ich ruhig erwiderte: “Nein, nicht nur im Bauch - so wenig wie bei dir.”
Sie starrte mich an, und plötzlich hob sich ihr rechter Mundwinkel zu einem schelmischen Grinsen. Ihre Augen funkelten - es waren blaue Augen -, und ein bezauberndes Grübchen bildete sich in ihrer Wange.
“Schön, dich kennenzulernen”, sagte sie, und ich konnte die Erleichterung in ihrer Stimme hören, während das Lächeln sich auf ihrem Gesicht ausbreitete.
Übrigens, habe ich erwähnt, daß Gänseblümchen meine absoluten Lieblingsblumen sind?
Nein? Nun, sie könnten es werden. Ich glaube sogar sehr, daß sie es werden könnten…

Stephanie Scheifler

neben meinem lendenwirbel

wenn uns die worte
abnehmen mit dem licht leg ich
mein ohr an deinen brustkorb
er ist jetzt fast gläsern und hör
dem lärm von fernstraßen zu die
dich durchziehn
road to hell:
summen wir vorsichtig dieses blinken
macht leuchtschriftreklame aus deinen
adern
vielleicht dreht sich
doch nicht alles um geld
(oder um liebe)
selbst unsere silben-cheques
dürfen platzen für heute wir liegen
mit herzen aus wasserdampf unter wolken
die unser blut pumpen
road to hell: summst du auf irgend
eine meiner fragen - dann
versohlst du mir leise den arsch

Janet Michaelis

Adé nun zur Guten Nacht

Sie steigt die Treppen rauf ins Dritte, und die Tür ist noch offen. Erstaunlich kühl ist die Spätsommerluft. Der Tee wird den Magen wärmen und das Blut.
Und kaum hat sie den letzten Stehplatz gefunden, von dem sie noch eine gute Sicht auf die Bühne hat, da sieht sie diese Frau. Jo bleibt so stehen, daß sie die Schöne im Blick behält. Jede Einzelheit saugt sie sich ins Gedächtnis. Erste Falten zeichnen im Gesicht Erlebtes, wohl deshalb malt ihr Schminke die Konturen von der Haut. Klein und schmal ist sie gebaut. Das Hemd ist offen bis zum Nabel, ein Eisenkreuz vor jungfräulicher Brust verdeckt die allzu weiße Haut. Jo mag diese unbewußt gewordene Geste, mit der die Frau sich immer wieder Haare aus den Augen streicht, und folgt den Bewegungen der Hände, die ihre Aufregung in die Luft malen. Und der Blick der Schönen schleicht sich manches Mal zu ihr.
Jo ist müde. Aber das Stehen hat sie noch lange nicht satt, lehnt nur mit einer Schulter an der Wand und wartet. Die Hände hat sie in den Hosentaschen versteckt, die lang genug sind, um bis zwischen die Schenkel zu reichen. So steht sie oft und wärmt sich ihre immer kalten Finger.
Kurz vor Schluß schlendert die Frau an ihr vorbei. Auf einer Höhe mit Jo dreht sich ihr Kopf, und die zwei blicken sich eine Sekunde zu lange in die Augen. Genauso so schnell aber schaut sie wieder zum Tresen. Und kommt schließlich mit einem guten Whisky zurück. Die langen Finger einer Hand führen ein zuckersüßes, rotes Gummibärchen, das, zur Hälfte schon vergessen, zur Farbe eines Mundwinkels wird. Ihre Zähne greifen zu und lassen doch immer wieder los. Eine Frage bleibt an Jo hängen. Sie kann sich von diesem dunklen Augen-Blick lange nicht lösen.
Endlich wird zum Abschied geblasen:
Adé nun zur Gu-te-hen Nacht...
Jo läßt sich das nicht zweimal sagen.
Ein schwarzer Pelz verdeckt, was Hoffnung heißt für diese gute Nacht. Jo legt ihre großen Hände auf die Schultern, dreht den Pelz dem Ausgang zu und schiebt ihn durch die Tür.
"Komm raus hier. Fünf Minuten zu Fuß."
Stolpernd hasten sie die Treppen hinunter.
"Warte... also, was ist mit...?"
Auf der Straße stehend, dreht die Frau sich ruckhaft um. Jo nickt nur.
"Keine Fragen, bitte. Ich bin Jo."
Gut eine Elle trennt die Körper voneinander. Die Pupillen beider weiten sich.
"Anne. Bist du immer so... so grob?"
Da streicht Jo ihr die Haare aus der Stirn. Kaum, daß die Finger ihre Haut berühren.
"Komm mit!"
Sie greift nach ihrer Hand und geht. Läuft einfach los und zieht Anne hinter sich her. Jo weiß selbst nicht so genau, was in sie gefahren ist. Normalerweise bleibt sie kühl am Rande stehen, weil sie nicht weiß, wie all diese Frauen ihr erstes Wort zueinander finden. Aber diese kleine Frau will sie nicht einfach laufen lassen. Nicht, daß Jo so genau weiß, ob sie mitkommt. Das erste Mal in ihrem Leben hat sie gar nicht erst darüber nachgedacht. Vielleicht ist es genau das, worauf sie jahrelang gewartet hat.
Anne läuft inzwischen neben ihr. Die schmale Hand könnte sie leicht aus der bäurischen Schwere Jos ziehen. Doch sie schaut nur neben sich hoch bis in das finstere Gesicht, in das sich vorhin, als sie ihr durch die Haare fuhr, ein winziges

Lächeln geschlichen hatte. Das gerade eben wieder erscheint, da diese große Frau stehenbleibt und in einen Hof deutet. Und die Hand von ihrer löst."Komm!" Zögernd erhebt Anne Einspruch. Jo aber hat sich schon umgedreht und läuft langsam auf den Hof. Dreht dabei den Kopf zurück und winkt."Komm!" Und als sie die Treppe heraufkommt, steht Jo wartend im Türrahmen. Wieder stecken ihre Hände tief in den Hosentaschen. Nur der Brustkorb bewegt sich im Auf und Ab der Atemlosigkeit. Auf der letzten Stufe bleibt Anne stehen. Sie könnte sich jetzt einfach umdrehen und wieder gehen. Doch sie will diese merkwürdige Frau genau betrachten. Und der Anblick gefällt ihr wieder. Da steht Jo in voller Größe und hat ihre Arme an den schlanken Körper gepreßt. In den Augen spiegelt sich die ernste Spannung, die erst in dem kurzen Lächeln gelöst wird, das scheinbar so selten auf diesem Gesicht erscheint.
Anne wagt die zwei Schritte bis zu Jo. Nimmt deren Hüfte in die Hände und bemerkt das Zittern des Fleisches, von dem sie bis jetzt nichts geahnt hatte. Nie im Leben hätte sie gedacht, daß hinter diesen wenigen Worten so viel Unsicherheit stecken könnte."Wer bist'n Du?"
Als sie Jo in die Wohnung schiebt, zucken die Schultern nach oben. "Keine Ahnung! Wer weiß das schon...? Gib mir Deinen Pelz!"- "Was? Ich meine, wieso...?"
Jo nimmt lieber schnell die Hände aus den Hosentaschen und hebt dieser Frau den Mantel von den Schultern. Sie wirft ihn auf den einzigen Stuhl im Raum. Dann wischt sie ihr die Haare aus dem Gesicht und streicht schließlich vom Nabel ganz, ganz langsam über das Brustbein zum Kehlkopf, an den Wangenknochen entlang bis zum Ohr, das sie dreimal umkreist, um von der Braue auf die Nase zu gelangen. Schließlich liegen Jos Finger noch einen Moment lang auf AnnesMund, bevor sie den Arm einfach fallenläßt. Vielleicht sollte sie erst nach den Wünschen dieser Dame fragen? Jo ist Besuch nicht gewohnt.
"Alkohol gibt's bei mir nicht, seit die Leberzirrhose nebenan gestorben ist. Willst Du 'n Tee, Kaffee oder Saft?"
Anne greift ihr an die Schenkel.
"Saft. Ich glaube, Saft ist das einzige, was mir jetzt noch hilft." Sie reibt die Hand hinauf bis zur Gürtelschnalle, die sie löst und Knopf um Knopf das Becken vom Druck der engen Jeans befreit. Und fingert zwischen den heißen Schritt.
Einen Moment ist Jo verstört, dann schiebt sie Anne an den Schultern grob von sich. Die hat damit gerechnet und hält sich am Schambein fest. Drückt mit dem Mittelfinger den feuchten Slip zwischen die Lippen. Und hat Jo fest im Griff.
Deren Stimme ist kratzig geworden: "Hey..."- "Wenn Du denkst, Du mußt Dich an Anstandsregeln halten, bevor Du mit mir fickst... Warum sagst Du nicht einfach, was Du willst?
Jetzt bin ich erst mal dran. Zieh dich aus!" Anne stößt Jo heftig in Richtung Bett, läßt sie aber nicht los. Jo zieht sich gehorsam die Wolle über die Ohren. Die Hitze schießt ihr zwischen die Beine. Da steht sie in Achselhemd und offener Hose und weiß nicht weiter. Und prompt regt sich ihr Widerspruchsgeist. Sie wirft den Kopf nach hinten:"Eigentlich hab' ich immer die Hosen an. Warum sollte ich...?"
"Weil Du hier bist, und weil ich hier bin. Mach schon! Und red nicht so viel!"
Eine kleine Hand stiehlt sich unter das Hemd und findet Jos rechte Brust. Erst ist sie noch erstaunt über die stattliche Größe, dann macht sie der Warze den Hof, umkreist und packt sie, immer wie-

der. Jo erwacht und legt mit Hand an. Sie streicht eine Strähne beiseite, und schon findet sich ihre Zungenspitze im Ohr ein und sucht alle Formen zu erkunden. Heiß fährt ihr Atem dazwischen. Sie kratzt mit den Nägeln am Rücken hinunter und vergreift sich an den festen Backen. So hebt sie Anne aufs Bett, und die stöhnt laut auf: "Komm! Gib mir all die Kraft, die Du nie herausgelassen hast aus dem Gefängnis Deiner Haut!"
Endlich! Endlich ist es so heiß, daß die zwei sich die Kleider vom Leib reißen und ineinander einfallen wie hungrige Wölfinnen. Gierig nach fremdem, rot pulsierendem Fleisch, ficken sie sich alle Wasser aus den Körpern und schwimmen weit hinaus in diese Gute Nacht...

Gedicht aus meinem Tagebuch:

Am Fenster tröpfelts ganz leise
auf seltsam schöne Weise,
auf einmal ist es ganz blau
und da stellt sie sich zur Schau,
gekommen aus dem Nichts
erblickt im Schein des Lichts
sie befindet sich in Trance
versuche zu halten meine Balance.
Aus meinem Kopf will sie nicht schwinden,
wie soll ich sie je wiederfinden.

Jane

DIE FOTO-LOVE-STORY

Was bisher geschah...

Vanessa und Sabrina wollen es noch einmal miteinander versuchen. Samantha hält es ohne Vanessa in Berlin nicht aus und will nun bei ihr fensterln. Doch da kommt auch Jessica, um Sabrinas Herz zu erobern. *Und nun die Fortsetzung:*

Vor lauter Vorfreude sieht Jessica nicht mehr, wohin sie geht und stößt gegen die Leiter, auf der Samantha steht.

Samantha fällt ihr direkt in die Arme.

Vanessa und Sabrina bekommen von dem Tumult unter ihrem Fenster nichts mit.

Total happy kuscheln sich Vanessa und Sabrina aneinander. Sie verbringen den Rest des Abends vor dem Fernseher.

Tröstend greift Jessica nach Samanthas Hand.

Ende

Stephanie Kuhnen

Laurence Jaugey-Paget

Legende der Leidenschaft

Die *Substation* in London war die Sorte Disco, vor der mich meine Eltern immer gewarnt hatten. Und eine Menge Lesben auch. Der Club lag in einer winzigen Seitenstraße der Charing Cross Road. So schlecht wie diese beleuchtet war, vermutet man in einer Großstadt dort für gewöhnlich Räuber und Mädchendiebe. Besonders gut gerochen hat diese Straße auch nicht. Aber nach den rauhen Wegen erschloß sich der abenteuerlustigen Lesbe ein ganz besonderer Stern; ein Ort mit Tanzmusik, wo das geschah, was sich kranke Heterohirne über Frauenparties zusammenreimen, und was sich Lesben schon deshalb für gewöhnlich nicht trauen: SEX!

Schon wenn man die Treppe herunterkam, schlug einem der Soundtrack für die Nacht entgegen: House und Garage, als sie noch aufregend und schmutzig-sexy waren. Unter der Woche vergnügten sich hier die Schwulen. Einmal die Woche rieben sich schwitzende Frauenkörper aneinander. Denn der Laden war bis unter die niedrige Decke voll. Und alle waren einzig und allein da, um ihren Spaß zu haben. Wenn Britinnen eine steife Oberlippe nachgesagt wird, dann fand man hier den Gegenbeweis. Am Pool-Tisch schoben die Butches eine laszive Kugel, während die sich Femmes um sie herum ihre Gewinnerin des Abends auswählten. Auf der Tanzfläche, die von einem Maschendrahtzaun eingegrenzt wurde, beschäftigten sich die Damen nicht nur mit ihrem eigenen Körper. Auf den Flipperautomaten geschahen zur fortgeschrittenen Stunde Dinge, die wir Durchschnittslesben in Kurzgeschichten erfinden müssen. Aus den dunklen Rändern des Clubs heraus wurden die Akteurinnen in den helleren Gegenden beobachtet. Gleichzeitig funktionierte diese Dunkelheit wie ein Darkroom, in den man hineingezogen werden konnte und nicht genau wußte, welche Hände nun woher kamen und welche Dame eigentlich wieviele Arme hatte. Hier fand er statt, der demokratische Sex, bei dem Herkunft, Hautfarbe oder Körperform keine Rolle spielten. Dazu steuerte die DJane die lauteste Sexmetapher seit Disco bei. Das war Voodoo, Chicks'n'-Drums'Sex. Bei dieser Hitze gab es einfach keine Möglichkeit, cool zu sein.
An Orten wie der *Substation* erfanden sich die 90er, von deren Aufbruchsstimmung wir noch lange zehren werden. Denn jetzt sind sie vorbei. Und auch die *Substation* hat vor kurzem geschlossen und ist eine Legende der Leidenschaft.

Birgit Scheuch

Sex & Moral
zwischen Angleichung und Befreiung

Was vor zehn Jahren noch undenkbar war, daß Produkte für Lesben auch über Sex verkauft werden, regt heute kaum mehr eine auf: die Buchumschläge des schwullesbischen Querverlags zeigen ganz gleichberechtigt nackte Tatsachen, und Verleger Jim Baker ist überzeugt: "Sex sells!"
Die Frage ist nur: welcher Sex? Denn es wird bei aller Tabulosigkeit immer schwieriger, seine Identität über die sexuellen Vorlieben zu bilden. Sheila Jeffreys' "Ketzerinnen" nennt Butch-Femme heterosexuelles Begehren und argumentiert gegen die HIV-Hysterie, weil Lesbensex angeblich kein Risiko birgt. Nur, welcher Lesbensex ist denn gemeint? Einigkeit herrschte noch nie, ob sich Lesbisch- und Schwulsein denn nun an der gleichgeschlechtlichen Liebe oder am gleichgeschlechtlichen Sex festmacht. Und wenn letzteres, so erfahren wir derzeit durch die Transgender-Diskussion ob es sich dabei um das soziale oder das biologische Geschlecht handelt. Haben wir denn jemals festgestellt, was Lesbensex ist? Braucht es zwei Schwule für schwulen Sex? Ist es Lesbensex, wenn sich zwei Heteras im Bett amüsieren? Sind wir uns denn einig, was jenseits der Aidsdebatte und von grundsätzlich großen Schwänzen schwuler Sex ist? Den alten Griechen verdanken wir, daß es zumindest nach landläufiger Auffassung schwuler ist, als Mann von einem Mann gefickt zu werden, als selbst einen zu ficken. Die einzige Form der Sexualität, die sich durch Identitätsgrenzen nur ungern einengen läßt, ist die Selbstbefriedigung. Ansonsten herrscht zunehmende Konfusion, wie die folgenden Beispiele zeigen:

muß ich schon wieder scharf sein?

Mikes Hintern ist von den Schlägen mit der flachen Hand gerötet. Erwartungsvoll streckt er ihn Jan entgegen. Dieser macht ihn nur noch schärfer, indem er ihn einen geilen Bock nennt, bevor er endlich in ihn eindringt und immer wieder zustößt. Eine knappe Stunde später nehmen Jan und Mike ihre Dildos ab und verlassen den SM-Club als Lesben.

"Brandon taucht mit einem Mundvoll Saft zwischen ihren Beinen auf. Als er die ekstatische Lana im dunstigen Licht küßt, seinen Dildo aus der Hose nimmt und Lana damit fickt, rutsche ich an den Rand meines Sitzes und wundere mich mit offenstehendem Mund eine glückselige Minute lang, ob diese beiden, technisch gesehen, Lesbensex haben." (Essay zum Kinofilm "Boys Don't Cry")

Frauen täuschen oft Orgasmen vor. Sie mir auch?

"Als ich noch als Lesbe lebte, konnte ich mir das mit einem Mann nicht vorstellen; seit ich als Junge lebe, schon eher. Aber es müßte klar sein, daß es schwuler Sex ist. Das Fehlen eines fleischlichen Penis müßte akzeptiert sein", erklärt Ati, der sich als "Junge" identifiziert, lesbische Femmes begehrt, und derzeit Hormoneinnahme und chirurgischer Geschlechtsanpassung noch mit Vorsicht begegnet.

"Schwuler" und "lesbischer" Sex mag der eine also anhand bestimmter Praktiken definieren oder als Sex zwischen Menschen des gleichen körperlichen Geschlechts, die andere als Sex zwischen Menschen mit der gleichen Geschlechtsidentität und all das entweder in der Phantasie eines/r oder beider oder in der Realität!

Meint er Ricki Martin oder mich?

Solche Individualisierung wirkt natürlich verunsichernd auf das eigene Selbstverständnis. Es werden also Untergruppen gebildet (ältere Schwule, die auf Jüngere stehen; SM-Lesben; schwule Trannyboys), die Halt in immer spezifischeren "communities" finden. Damit wird das Bedürfnis nach Abgrenzung ebenso erfüllt wie das nach Gemeinschaft. Dr. Sabine Maasen, wissenschaftliche Referentin am Münchener Max-Planck-Institut für psychologische Forschung meint dazu:
"Die identitätsbildende Kraft des Sexuellen scheint am stärksten zu sein, wenn man es in eine Form bringt, die im Unterschied zu anderen Formen steht." Je größer der Unterschied, desto leichter ist es, sich darüber zu identifizieren. "Wenn schwul bzw. lesbisch eine der Normalformen sexueller Identität wird, sind neue Formen gefragt, die durch ihre Neuheit der Identitätsbildung den Kick geben." Je feiner die Unterschiede werden, desto schwerer fällt die eigene Abgrenzung, umso näher kommen wir der Normalität, erklärt die Soziologin und Psychologin.

Zwar ist das Coming-out nach wie vor für die meisten ein eher schmerzhafter Lebensabschnitt, während dessen sie feststellen, daß ihr Begehren nicht dem entspricht, was der Mainstream propagiert. Es soll hier nicht das Bild einer heilen Welt gezeichnet werden, in der Eltern, Schule und FreundInnen die werdenden Lesben und Schwulen herzlich in die Arme schließen. Dennoch ist es leichter geworden, einen Weg zu finden, um die "abweichende" sexuelle Identität zu leben. Die Frage "Ist meine sexuelle Identität richtig?" ist für Schwule und Lesben so in den letzten Jahrzehnten (zum Glück) immer weniger relevant geworden. Stattdessen lautet die Frage: "Ist meine Sexualität richtig?" Also etwa: "Meine Freundin und ich sind seit einem halben Jahr zusammen. Inzwischen fallen wir nicht mehr bei jeder Gelegenheit übereinander her. Ist das jetzt schon der berüchtigte Lesbian Beddeath?", "Manche behaupten ja, daß Abspritzen nicht gleich Kommen ist. Habe ich zehn Jahre

Darf ich dabei Marianne Rosenberg hören?

lang was verpaßt?" oder "Ich bin mir nicht sicher, ob ich jemals einen Orgasmus gehabt habe. Aber es heißt ja, das könne sich durch Entspannungsübungen ändern."

Müssen meine Phantasien unbedingt homosexuell sein?

Die Sexualität innerhalb der Lesbenszene wird mittlerweile weniger durch ideologische Verbote (zum Beispiel der "patriarchalen" Penetration) reguliert und mehr im lockeren Kneipengespräch über angesagte Praktiken. Dabei drängen sich Vergleiche mit den Anti-Drogen-Kampagnen der Achtziger auf: Der Einstieg findet über leichte Praktiken statt, es folgt zwingend eine "Weiter"-Entwicklung" wer dann immer noch keinen Dildo besitzt, ist ganz schön out. In der Schwulenszene ist es u.a. die fortgesetzte Diskussion um Safer Sex, die mit dem augenblicklichen Hype um "Barebacking", also das bewußte Ficken ohne Kondom, neu belebt wird.

Daß wir unsere Sexualität also auch intern ganz ungehemmt diskutieren, sieht auf den ersten Blick nach einem großen Schritt vorwärts aus. Dr. Sabine Maasen relativiert dies und fragt: "Fortschritt in welchem Sinn?"

Was tun, wenn der Cockring klemmt?

Das sei weniger trivial, als man zunächst denken könnte. So werde Fortschritt in Sachen Sexualität gemeinhin damit verbunden, daß "jetzt endlich" "frei und ohne Tabus" "über alles" geredet, alles praktiziert werden kann, was gefällt. Auch wenn wir in der westlichen Welt überwiegend meinten, daß dies zutrifft, so gebe es auch die andere Seite: "Es entsteht auch ein gewisser Druck, sich mit all diesen Fragen auseinanderzusetzen, seine sexuelle Identität über alle diese Fragen herzustellen. Nicht nur das: Im Laufe der Zeit ändert sich auch der Typus der Fragen." Statt wie zuvor in der totalen Abgrenzung von der Heterosexualität unterschieden sich die Fragen und Probleme zunehmend nur noch im Detail. "Beddeath" etwa sei eine Thematik, die prinzipiell alle längerfristigen Beziehung quäle. Auch hier finde eine Angleichung statt, meint Dr. Maasen, was, so erwartet sie, "dazu führen wird, daß in nicht allzu ferner Zeit wieder neue Abgrenzungsstrategien entwickelt werden, die vielleicht entlang ganz anderer, nicht primär sexueller Fragen laufen." Der Preis der Hemmungslosigkeit sei also der Zwang, sich mit all diesen Fragen zu beschäftigen und eine "Re-Normalisierung".

Während teils noch bis vor kurzem (zuletzt bei der amerikanischen Psychoanalytiker-Vereinigung

Selbstbefriedigung oder Fitneßstudio?

APA) die Homosexualität das Problem war, wird mittlerweile in Therapien nicht mehr die Identität als solche thematisiert, sondern die subjektive Wahrnehmung der eigenen Sexualität. Mehr noch: tantrisch-erotische Übungen werden selbst als heilend deklariert. Sabine Maasen betrachtet Therapie als Instrument gesellschaftlicher Disziplinierung: sie schafft soziale Ordnung, indem sie dazu zwingt, sich mit seinem Innenleben zu befassen, es zu rationalisieren und in Form zu bringen. Doch je mehr wir graben, desto mehr werden wir natürlich finden, was noch zu verbessern, zu therapieren ist. Das anscheinend unstillbare Bedürfnis des Mainstream nach Selbsthilfebüchern, nicht nur zum Thema Sex (Alles über Sex; Die revolutionäre Therapie: Heilen mit Liebe; Die zehn Gebote der Erotik u.v.m.) unterstützt diese Thesen. Und mittlerweile ziehen auch Lesben und Schwule nach. In den USA jagt ein Buch das nächste, hierzulande ist die Hemmschwelle bezüglich hausgemachter Küchenpsychologie

Gurke aus dem Kühlschrank ist das cool?

noch hoch, begegnen schwule und lesbische VerlegerInnen dem Genre skeptisch. Doch langsam findet es auch Eingang in die Verlagsprogramme (Geliebte

Freundin Partnerin: eine Ratgeberin für Lesben; Das schwule 1x1).

Ich komme kichernd. Peinlich?

So beruhigt Ralf Winiarski in seinem eben als Taschenbuch neu aufgelegten “Aktiv Leben: Das Programm für Schwule ab 35” den verunsicherten Leser, der “irgendwo gelesen hat, daß das sexuelle Verlangen schon mit dreißig abnimmt”. Dazu erläutert der Hamburger Psychologe in dem Kapitel “Sexualität für alle Jahre” den Unsinn von Statistiken, den Unterschied zwischen verschwundenem Verlangen und unbefriedigten Bedürfnissen, “belauscht” und analysiert typische Gespräche und endet mit handfesten Tips für “Erfolg” im Sexleben. Aus Dr. Maasens Sicht ist dies ein weiteres Beispiel für das, was sie als “therapeutisierendes Management seiner Selbst” bezeichnet: “Es geht hier wohlgemerkt nicht darum, die Wirksamkeit solcher Maßnahmen zu beurteilen (ob sie z.B. hilfreich, angenehm, überraschend sind), vielmehr darum, daß solche Bücher ein weiteres Hilfs- und Ausdrucksmittel der beständigen Sorge um sein sexuelles Selbst sind.”

Ihrer steht immer. Habe ich einen Dildoneid?

Natürlich dient das öffentliche Reden, gerade über sexuelle Praktiken, die (noch) nicht dem Mainstream entsprechen, der Herstellung einer Normalität auch dadurch, daß sich der Konsument zurücklehnen und für vergleichsweise normal halten kann. Generell findet die Bildung einer Identität zwischen den Polen Gleichheit und Individualismus statt. Dabei findet jede/r sein/ihr persönliches Gleichgewicht der beiden Aspekte: manche fühlen sich im Anderssein sehr wohl und haben damit aus der Not eine Tugend gemacht, andere fühlen sich “eher normal”. Dies läßt sich natürlich auch an den diversen Phasen der lesbisch-schwulen Befreiungsbewegung ablesen. So zog die Frauenbewegung einerseits Grenzen und differenzierte, indem die spezifischen Bedürfnisse der Frauen im Unterschied zu den Männern herausstellte. Ganz besonders Lesbensex wurde zunächst in der Abgrenzung zur Heterosexualität definiert: was Männer mögen, sollten wir nicht mögen. Andererseits wurde ein Anrecht auf gleichberechtigte Sexualität proklamiert, bis in den Achtzigern sogar frauengerechte Pornographie, Telefonsex für Frauen und Huren für Lesben gefordert wurden.

Mittlerweile ist prinzipiell erlaubt, was gefällt, und es ist schon fast unmöglich, sich über sexuelle Praktiken individuell abzuheben.

Leinenzwang für Dackelblicke?

Was vor kurzem noch prickelnd am Tabu kratzte multiple Piercings, Bondage, Swingersex, lesbische Prostituierte läßt heute müde gähnen. So lautet das Thema der SAT1-Talkshow Sonja am Freitag, den 29.10.1999 nicht mehr, wie typischerweise noch vor einigen Jahren: “Hilfe, mein Sohn ist schwul!”, sondern: “Na und? Meine Tochter schläft mit Frauen!” Mehr noch, die krampfhafte Themensuche bringt interessante neue Normen hervor. So werden Schwule und Lesben zunehmend in “anspruchsvollen” Sex-Sendungen wie “Liebe Sünde” als Vorbilder präsentiert, nach dem Motto: diese Menschen sind so befreit, an denen können Sie (normaler Hetero) sich ein prickelndes Beispiel nehmen. Man könnte also jubeln: Die Scham ist vorbei. Befreiung nach allen Seiten! Dr. Maasen sieht das anders:

“Interessanterweise bringt die freie Rede über den Sex nicht das gewünschte Resultat: die Freiheit. Im Gegenteil zeigt sich immer das gleiche Muster:

Faustfick: wie komm ich heil raus?

immer entdeckt man neue Zonen des Unterdrückten, Nicht-Bewußten. Ein Beispiel: Werden nicht all die Talkshows zu einschlägigen Themen selbst wieder als der Inbegriff voyeuristischer Spießigkeit gehandelt? Soviel Reden über Sex, doch so unbefreit!” Je freier wir reden, desto mehr Unfreiheiten entdecken wir, erklärt die Psychologin. Wahre Befreiung sei gewissermaßen der Köder und wir beißen an und starten immer neue (wissenschaftliche, therapeutische...) Versuche, Sex nun endlich richtig, erschöpfend und befriedigend zu besprechen und zu praktizieren.

Ich steh auf Bäuche. Wo geht's zur Selbsthilfegruppe?

Hieße das denn in der Konsequenz, daß früher, als Sex noch nicht so massiv öffentlich und persönlich zerpflückt wurde, alles besser war? Dr. Maasen bestätigt eine Verbreiterung und Verstärkung der Auseinandersetzung mit Sexualität: "Was zunächst einigen religiösen Virtuosen vorbehalten war (Asketen, Priester, Mönche, etc.), hat sich im hohen Mittelalter mit der Beichtpflicht (gerade in sexuellen Dingen) auf alle Christen ausgedehnt. Was als Frage nach Abweichungen von der Enthaltsamkeit begann, wird heute als Frage nach immer besserem, befriedigenderem Ausleben diskutiert.
Doch wir haben auch schon früher, wenn auch aus anderen Gründen und mit anderer Stoßrichtung als Keuschheit viel über Sexuelles reden müssen."

Sammy Dupouy

Heidi Bersin

Die Affärenmanagerin

"Antonia? Du mußt mir unbedingt helfen, bitte, es ist wichtig! Es ist mal wieder so weit, du weißt schon!" Antonia erkannte sofort die Stimme ihrer besten Freundin Babette und wwußte, was diese Sätze zu bedeuten hatten. Sie fühlte sich ein wenig unbehaglich und erwiderte nur kurz: "Okay, aber nicht am Telefon. Laß uns heute abend um acht in Babsis Goldgrube treffen – tschüs dann."

Sie legte auf und schaute angespannt in die Küche, ob ihre Lebenspartnerin Chris etwas von dem Telefonat mitbekommen hatte. Dem schien nicht so zu sein, Chris grölte fröhlich "denn wenn du gehst ...", während sie den Abwasch erledigte. Antonia hätte nicht behauptet, daß Chris ihre Freundin Babette nicht leiden konnte, nein, es war eher, vorsichtig ausgedrückt, so, daß Chris große Vorbehalte gegenüber Babette hegte. Seit Antonia und Chris zusammen waren, waren die beiden nie miteinander warm geworden und jedes Jahr kam es regelmäßig zu einem größeren Streit. Dabei ging es dann meist um so existentielle Dinge wie das 630-DM-Gesetz, Weihnachtsmärkte oder Designer-Klamotten.
Antonia schlenderte bewußt lässig in die Küche, goß sich einen Kaffee ein und setzte sich an den Tisch.
Sie waren jetzt schon seit acht Jahren ein Paar, führten eine sogenannte Langzeitbeziehung, kurz LZB, und strampelten sich mit deren ganzen Hochs und Tiefs ab. Antonia betrachtete Chris, die mit dem Rücken zu ihr stand, und war wie so oft angetan von deren süßem, kleinen Hintern. Früher wurde sie in solchen Momenten ziemlich schnell feucht und landete kurz darauf mit Chris auf dem Fußboden, dem Tisch oder dem Bett. Das änderte sich leider im Laufe der Beziehung, und vor einem Jahr standen sie an dem Punkt, daß Sex ein außerirdisches Ereignis wurde. Antonia und Chris trugen begeistert das beliebte Spiel "10 Gründe, warum wir zur Zeit leider nicht miteinander schlafen, uns aber theoretisch tierisch begehren" aus, und beide wußten doch, daß sie sich gerade in einer traurigen LZB-Sackgasse befanden. Eine einfach gestrickte Bekannte von Chris behauptete zwar, mit Dreißig trenne frau sich nicht mehr so gerne, doch Chris und Antonia befanden sich auf dem besten Weg, diese einfache Weisheit zu widerlegen.
Durch einen Zufall, einen Wink des Schicksals, eine himmlische Fügung, an der ausgerechnet Babette mehr als beteiligt war, hatten sie wieder den Dreh gekriegt. Antonia mußte immer wieder grinsen, wenn sie daran dachte. Besonders die ausgefeilten Erklärungsansätze ihrer Geliebten zu den jetzt wieder öfter stattfindenden kosmischen Ereignissen amüsierten sie. Chris hatte nämlich zwei Semester Psychologie studiert, und dieses Basiswissen reinkarnierte immer wieder in befremdlichen Wörtern , die sie gerne in ihre Beziehungsdebatten einfließen ließ. Antonia machte es nichts aus, ein Psychofall zu sein, der endlich seine Bindungsunfähigkeit und Angst vor Nähe überwinden konnte. Ja, die Therapeutin war sehr zufrieden mit ihr, seit sie gelernt hatte, sich fallen zu lassen. Antonia wußte, wo

die wahre Lösung lag, und für sie zählte das Ergebnis.
So genoß sie es, Kaffee zu trinken und Chris zu betrachten, wobei der liebevolle Blick aus Gute Zeiten, Kuschel Zeiten wieder durch einen geilen Blick ergänzt wurde – und das machte Antonia sehr zufrieden.
Etwas beeinträchtigt wurde ihre Zufriedenheit bei dem Gedanken an den nächsten Schritt. Nach kurzer Überlegung versuchte sie es mit: "Du, Schatz, ich bin heute abend mit Babette verabredet. Ich weiß, wir wollten eigentlich zusammen den Themenabend auf ARTE sehen, und es tut mir auch schrecklich leid, aber Babette geht es wirklich schlecht, und sie braucht mich heute."
Antonia wußte, daß diese Verabredung ein rotes Tuch für ihre Geliebte war und stellte sich innerlich schon auf eine Grundsatzdebatte ein. Sie fühlte sich sehr ungemütlich dabei, denn eigentlich war sie ein sehr friedvoller Mensch – Chris unterstellte ihr, psychologisch versiert, wie sie war, immer wieder gerne ein großes Konfliktvermeidungspotential. Chris drehte sich um, kam auf Antonia, die intensiv in ihre Kaffeetasse blickte, zu und küßte sie auf eine sehr interessante Weise. Dabei murmelte sie: "Ja, wenn deine beste Freundin ein Problem hat, dann mußt du ihr selbstverständlich helfen."

Als Antonia Babsis Goldgrube betrat, sah sie Babette schon von weitem. Sie war erleichtert, daß Babette einen abgelegenen Tisch ausgesucht hatte; die Fahne der Bewegung hing heute in der Goldgrube besonders hoch.
Die beiden verband eine große tresenerprobte Butch-Freundschaft. Beide zeitgleich beziehungsmäßige Loserinnen, gaben sie sich an promilleträchtigen Abenden einander viel Halt und überwanden dieses grottenschlechte Stimmungstief. Damals wurde ihre Freundschaft richtig dicke. Als ihr Ego dann wieder ein wenig stabilisiert war, zogen sie gemeinsam von Frauenschwoof zu Frauenschwoof. "Ihr denkt, ihr seid im Märchen und seid nur blöde Pärchen! Pärchen verpißt euch, keiner vermißt euch!" Das war damals ihre Hymne. Auf den Schwoofs blieben sie, bis der Besen kam, taxierten das Angebot, baggerten Frauen an und hatten wirklich eine recht erfolgreiche Affärenquote. Am nächsten Tag fand regelmäßig mit dickem Kopf, Zigaretten und viel Kaffee eine Nachbesprechung statt – dies Bewältigung emotionaler Ereignisse zu nennen, wäre sicherlich ein Euphemismus gewesen.
Doch wenn Antonia ehrlich war, mußte sie zugeben, daß Babette in puncto Affären eindeutig talentierter war. Während sie noch überlegte, ob sie eine Frau, die ihr gefiel, eventuell länger als zwei Sekunden fixieren sollte, war Babette mit ihrem Objekt der Begierde schon längst knutschenderweise in einer Ecke verschwunden. Dadurch bekam Antonia eigentlich erst den Kick, ebenfalls Gas zu geben, um langweiliges und einsames Am-Tresen-Stehen zu vermeiden.
Babette entwickelte ihre Methode der Anmache bis zur Perfektion, ein Talent, das sie sich bis heute bewahrt hatte. Leider führte ihr in Liebesdingen zuweilen blinder Aktionismus sie regelmäßig in Teufels Küche.

"Schätzchen, schau nicht so unglücklich, die Retterin ist doch schon da!"
Babette, die wie ein Häufchen Elend dagesessen hatte, lacht Antonia an: "Du hast gut reden. Du hast ja Freiheit und Abenteuer zugunsten einer Ehe eingetauscht.

Ich hingegen bin seit Jahren auf einer niemals endenden Camel-Trophy, und das Überleben im Dschungel ist diese Saison einzigartig anstrengend."
Antonia war von der kleinen Attacke amüsiert, wußte sie doch, daß, seit sie aus der Safari ausgestiegen ist, mit neuen Förmchen in ihrem Freundschaftssandkasten gespielt wurde. "Oho, das kommt mir aber bekannt vor", Antonia setzte sich. "Ich kenne da eine Frau, die immer behauptet, daß die derzeitige Krise besonders außergewöhnlich und schrecklich ist."
Babette lächelte gequält: "Diesmal ist es WIRKLICH ganz schrecklich. Die Kleine aus Bochum ist viel hartnäckiger als die aus Leipzig oder die anderen! Ich habe schon alles versucht, die ganze Palette rauf und runter – hast du was zum Schreiben dabei?"
"Klar, aber zeige du mir erst einmal, was deine Palette so beinhaltet."
Antonia schaute sich die Unterlagen, die Babette wohlweislich mitgebracht hatte, an und befand, daß es eigentlich genau wie mit Leipzig, Zürich, Berlin oder irgendwo war.

Damals hatte Babette auf einer Dienstreise nach Leipzig eine wilde Nacht mit einer ausgehungerten Einheimischen verbracht. Aus ihrer Sicht eine einmalige gute Tat, was aber nicht die Sicht ihrer nächtlichen Affäre war. Es folgte eine wochenlange Belagerung mittels Briefen, Telefonaten und Besuchsandrohungen. Babette litt schon richtig an Verfolgungswahn, zuckte bei jedem Klingeln zusammen und versuchte schriftlich, die Frau auf Abstand zu kriegen. Doch drang ihre Absage nicht richtig in das Bewußtsein der Leipzigerin ein.
Antonia hatte irgendwann Mitleid, nahm sich der Sache an und alles war ganz schnell vorbei. Das ultimative Kündigungsschreiben hatte eine bewußtseinserweiternde Wirkung; und das nicht nur für die abgewiesene Liebhaberin.

Antonia kannte sich schon immer sehr genau in Babettes Liebesleben aus, jetzt jedoch bekleidete sie die inoffizielle Position einer Affärenmanagerin.
Seitdem hatte Antonia noch diverse Male erfolgreiches Konfliktmanagement betrieben – mit einem erfreulichem Ergebnis, nicht nur für Babette. Auch sie profitierte von dieser anregenden Tätigkeit. Antonia hätte nie von sich gedacht, daß sie so ein Naturtalent war.

"Wir oft", stöhnte Antonia, "wie oft habe ich dir schon gesagt, daß du die drei Grundregeln eines ultimativen Kündigungsschreibens beachten mußt?

Betone das Außergewöhnliche der verbrachten Nacht
Stelle klar, daß das zur Zeit leider nicht in dein Lebenskonzept paßt
Biete ein Wiedersehen in Freundschaft an
Und beachte, daß du dich nicht in Rechtfertigungen oder Erklärungen verzettelst."
"Ich weiß", Babette klang kleinlaut, "ich bin dafür einfach zu gefühlvoll. Kannst du

es mir nicht wieder diktieren?"
Antonia begann mit dem Diktat.

Nach so viel Trennung ging Antonia beschwingt und mit großer Vorfreude nach Hause.

Sie hatte schon nach dem ersten Kündigungsschreiben eine anregende Wirkung verspürt. Trennungsschreiben waren IHR Aphrodisiakum, es war der gleiche Thrill wie am Anfang der Beziehung zu Chris, als sie einander noch nicht sicher waren. Nach diesen Schreiben vögelte Antonia, als wäre es das erste und zugleich das letzte Mal. Angst essen Langeweile auf!

Mochte Chris doch ruhig denken, daß sie konfliktscheu sei! Von ihrer Begabung und ihrer Vorliebe würde Chris nie erfahren, denn wüßte Chris von Antonias Managementtätigkeit, würde sie sicherlich kein Wort mehr mit ihr reden.
Als Antonia die Wohnungstür aufschloß, kam Chris ihr entgegen. "Na, Schatz, konntest du deiner Freundin wieder selbstlos helfen?" Chris trug ein aufreizendes Négligé.

Schockierend!!!!!
WORST OF SEX

Heike:
Mich hat mal ein Orgasmus von jetzt auf gleich in den Schlaf katapultiert – klassischer "Petit mort". Ich lag da, mitten im Bett, mit weit gespreizten Beinen und war weg. Meine Liebste mußte mir die Beine zusammenschieben und mich ein bißchen zur Seite rollen, damit sie auch Platz zum Schlafen hatte Am nächsten Morgen dämmerte mir gleich als erstes, daß ich am Abend vorher irgendwas verpaßt hatte – wie z.B. Küssen, sich beieinander für den netten Sex bedanken, sich Gute Nacht sagen. Das war wirklich fürchterlich peinlich.

Antje:
Eigentlich ist für mich völlig klar, daß ich mich nicht ablenken lasse und nichts anderes mache, wenn ich mit einer Frau schlafe. Vor ein paar Jahren lag ich mit einer im Bett, und es ging schon ziemlich wüst zu. Das Telephon klingelte, und ich sprang reflexartig aus dem Bett und ging dran! Als ich den Hörer abnahm, wurde mir klar, was ich da gerade mache, und statt meinen Namen zu sagen, hab ich mich quasi mit einem lauten "Scheiße!" gemeldet. Das habe ich mir bis heute noch nicht so richtig verziehen, und ich glaube, sie auch nicht.

Sigrid:
Wir hatten spätabends Sex, ich war

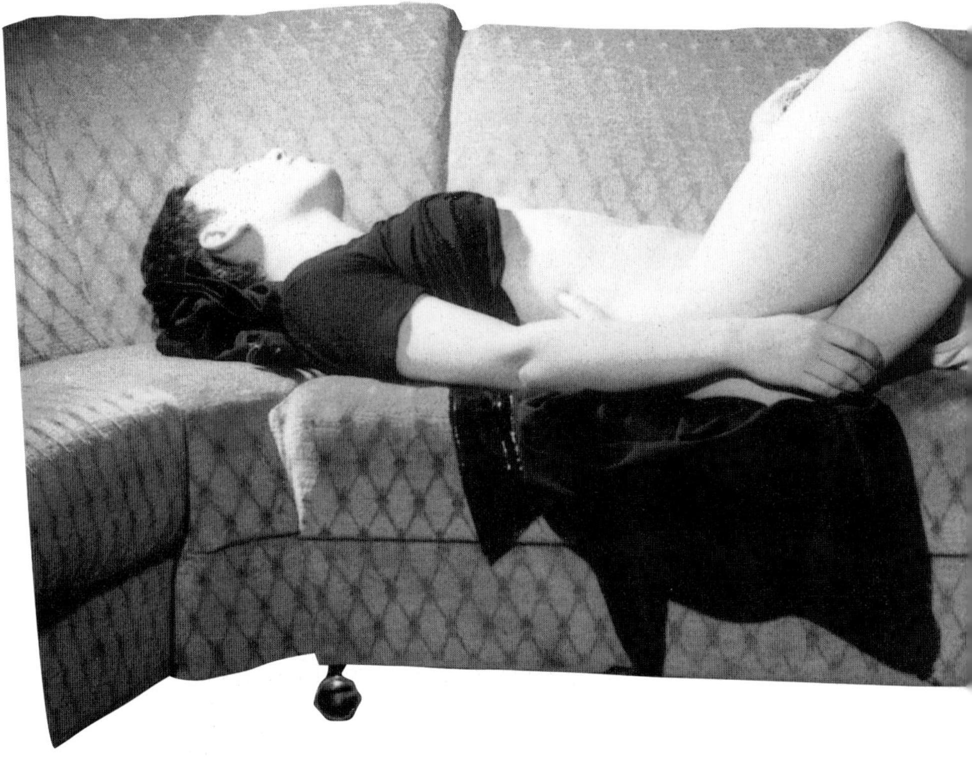

schlimm müde, aber auch geil. Ich lag mit dem Kopf auf Andreas Bauch und machte es ihr mit der Hand, dabei bin ich langsam weggedämmert und schließlich eingeschlafen. Trotzdem hat meine Hand weitergearbeitet – nur eben nicht mehr so ganz regelmäßig... Ein paar Minuten war ich im Tiefschlaf; geweckt hat mich dann, daß Andreas Stimme ganz empört meinen Namen sagte...

Zara:
S. ist ans Bett gefesselt, und es war abgemacht, daß ich sie ins Gesicht schlagen kann/soll – zum ersten Mal. Ich geb ihr also eine Ohrfeige und denke im selben Moment, oh Gott, was hab ich getan. Sitze da über ihr, total verzweifelt, bin völlig raus aus der Situation. Und sie will mich in den Arm nehmen, sagen, das ist doch o.k., das hatten wir doch besprochen - aber sie konnte nicht, weil sie gefesselt war, und ich war zu verdattert, um das in dem Moment zu raffen. Tops habens manchmal auch nicht gerade leicht.

Mandy:
Mühevoll hatte ich diese schmuckbehangene Italienerin aufgerissen, die ich gar nicht kannte. Ich hab sie dann mit zu mir nach Hause genommen. Sie sagte die ganze Zeit: „Das hab ich noch nie gemacht, einfach so mit einer mitgehen!“ Leider hatte ich zuviel Whisky getrunken, und außerdem küßte sie eklig. Wir lagen auf dem Bett, ich auf ihr drauf, und ich hätte ihr fast auf die Titten gekotzt. Ich hab’s aber noch zum Klo geschafft.

Als ich zurück kam, war sie gerade dabei, hektisch ihre Sachen zusammenzusuchen. „Ich hab's doch gewußt, daß man das nie machen sollte, einfach so mit einer mitgehen!", schimpfte sie und ging. Fünf Minuten später klingelte sie, weil sie ihren Schlüssel vergessen hatte. Den suchte sie dann, während ich rülpsend und elend da lag. Das war eine echte Panne.

Sabine:
Ich mußte beim Sex mal kotzen. Das ging so schnell, ich hatte gar keine Chance. Sie hat mich gefickt, das muß es wohl gewesen sein, die heftigen Bewegungen, und eins dieser vielen geistigen Getränke, die wir vorher zu uns genommen hatten, war wohl schlecht. Jedenfalls schwappte es in meinem Magen gefährlich hin und her. Naja, und dann ist es eben passiert. Ich konnte nur noch den Kopf zur Seite drehen, und sie war noch mit dem Dildo in mir drin und dachte, das ist jetzt alles nicht wahr.

Tanja:
Ich hab eine Abneigung gegen Hochbetten, seit ich mal beim Sex aus einem rausgefallen bin. Ich war dabei, meine damalige Freundin zu lecken, die hatte ein Hochbett, weil ihr Zimmer so klein war. Die Brüstung war ziemlich niedrig und auch nicht gut verleimt, eigentlich genug, aber kaum ein Bett ist ja lang genug für's Lecken. Also bin ich immer weiter nach hinten gerutscht und hab die Beine über die Brüstung gelegt. Dann ist es ihr gekommen und sie hat sich ziemlich heftig bewegt und mich gegen diesen winzigen Querbalken gedrückt. Der splitterte aus seiner Befestigung, ich verlor das Gleichgewicht und bin runtergeknallt, von fast zwei Metern Höhe... Meine Freundin hat sich kaputtgelacht, und ich mußt erstmal meine Knochen sortieren. Ist aber nichts Ernstes passiert, außer ein paar blauen Flecken.

Katrin:
Mit 18 war ich bei einer englischen Gastfamilie in den Sommerferien, um meine lausigen Englischkenntnisse aufzubessern – ich stand kurz vor dem Abitur. Jedenfalls unterwies mich eine britische Lesbe eher in Sachen Sex. Wir waren also mittendrin und die ganze Zeit starrte uns ihre Katze übellaunig vom Sessel neben dem Bett an. Irgendwann sagte sie dann: "Give my cat a kiss." Jedenfalls stutzte ich und blickte mit einer hochgehobenen Augenbraue in Richtung Sessel. Ich fand ihre Bitte sehr bizarr und wunderte mich, worauf Frauen so alles stehen können. Sie kriegte das mit und fing schallend an zu lachen. Sie hat mir dann erklärt, daß ich ihre Möse lecken sollte. Ich frag mich heute noch, wie ich wohl reagiert hätte, wenn sie mich gebeten hätte:
"Eat my pussy."

Raum für eigene Notizen hier oder per Mail an: LesbischesAuge@gmx.de

Autorinnen

Ahrends, Annett, S.191 ff: * 1971 in Berlin, lebt dort. Studiert z.Zt. Visuelle Kommunikation an der HdK Berlin.
Alexandre, Claude, S. 46, 63: Fotografin, Paris, Fotos seit vielen Jahren in queer-sexuellen Subkulturen, Portrait, Theater. Sie lebt jetzt in Sevilla. Fotobücher
Anhorn, Gabrielle, S.187,188:* 1962 Zug/CH. Studium an der Ecole d'Art, Vevey und Accademia Belle Arti, Florenz.
Appiano, Lisa, S.157: *1980 in Wien, lebt dort. Studentin der Politik- und Theaterwissenschaften.
Beimann, Susanne, S. 45 u.a.: * 1970, freischaffende Screendesignerin und Fotografin. Gewinnerin mehrerer Fotowettbewerbe. Sie lebt in Dortmund.
Bersin, Heidi, S.246: *1960, lebt in Dortmund.
Beyer, Regina, S.229: * 1973 in Berlin. Mit 16 angefangen zu schreiben. Nach Rechtsstudium Arbeit beim Gericht und privates konzentriere ich mich auf das Schreiben. "Die Beschützerin" (1999),"Katzenfrühstück" (2000) by el!es.
Bilz, Kirsten, S.110: * 1976 in Berlin/Ost, lebt in Berlin, studiert, schreibt, fotografiert, malt und filmt gelegentlich
Bridge, Claudia, S.190: Gründete 1989 die Rockband Cheerleaders, Soziologin. Seit 1994 Solistin, u.a. mit dem künstlerischen Auftrag, durch weibliche Liebes-angelegenheiten das Diesseits mit dem Jenseits zu verbinden. Mehrere Wettbewerbshonorationen, u.a. 1996 der "Ernst-Bader-Sonderpreis für herausragenden deutschen Text". Ende 1999 Gründung des Labels "heavensdoor-records". Nähere Infos unter: www.heavensdoor-ecords.purespace.de.
Dietrich, Gabriele, S.20 u.v.a.: *1962 Frankfurt, Fotografin, Dokumentationen, Künstlerportraits, Arbeit für PR-Agenturen. Veröffentlichungen in Zeitschriften und Buch: "Haute-Couture in Frankfurt" (ISBN 3-00-002176-0), Web-Mistress von Gay-Web, Frankfurt. Letzte Ausstellung: "Eigenblicke" Kunsthalle Frankfurt 1999/2000
Dörr, Stefanie, S. 191: "PLAYSTIXX" Waldemarstr. 24, 10999 Berlin, 030/616 595 00. email:play@playstixx.de
Drechsel, Kerstin, S.92: * 1966, Künstlerin in Berlin, u.a. Teilnahme an Künstlerinnenprojekt "Goldrausch"
Düsberg, Judith, S.160, Fotografin und Schriftstellerin, lebt in Hamburg. Letzte Ausstellung "Eigenblicke"
Endres, Marion, S. 202 : * 1962, Hamburg, tingelt gerne durch die Zeitgeschichte der letzten paar tausend Jahre, Grafikerin, Künstlerin Gründerin von Hyramata. (Verein für Göttinnenkultur und viele Heil-Weisen), Das Schreiben begann sie so nebenbei, wie so viele nette Dinge im Leben.
Feldmann, Renate, S.122, 218: *1974, Pädagogin, u. **Pulz, Birgit:** * 1975, HPA, frieren im Winter in B-Friedrichshain und träumen von fotogenen Frauen im warmen Ostseesand.
Femalia, S. 49, 179: ein Buch mit Mösenportraits amerikanischer queerlesbischer FotografInnen, hrsg. von Joani Blank (bei Interesse, Nachfrage beim Verlag). Das Portrait auf dieser Seite ist diesem Buch entnommen. Aufklärend bearbeitet von Herausgeberinnen & Verlegerin des LA .
Finné, Corry, S.40: *1958 Wunsdorf, seit 10 J. freiberufliche Hebamme, vorher Arzthelferin, Taxifahrerin und Barfrau. Mutter einer 16j.Tochter, Coming-out mit 27 J., seit 20 J. in Berlin, seit 1996 in fester Beziehung mit Lisa Tonk.
Fischer, Bettina, S. 83, 85, 112: * 1968 in Braunschweig, Autodidaktin, Praktika bei Fotografen, jetzt freiberufliche Fotografin. Projekt "Act `n Art" .
Die Frittösen, S. 219, Angela Gobelin und Bea Nebel, lesbisches Musik-Comedy-Duo. Booking: 040/480 49 71
Fulde, Silvia, S.116: *1958 in Zwickau, lebt dort. 18-jährige Tochter. Elektromonteurin und BMSR-Mechanikerin, Betreuerin für Kinder und Jugendliche. Z Z arbeitslos, würde gern etwas mit Büchern machen.
Gatewood, Charles, S.109, 111: seit den 60ern Portraits von Menschen mit "extremen Lebensstilen", Buch "Badlands" ist auch über Konkursbuch-Verlag zu beziehen
Gerber, Julia, S.202: *1961 in Wiesbaden, lebt in Berlin und ist dort Studienreferendarin an einem Gymnasium; ißt am liebsten von Patricia Hocke gekochte Linsen.
Gürtler, Cornelia, S.128: Seit 1959: Jagd mit Papa, Schützenfest in Neuss, Klostergymnasium, visuelle Kommunikantin, heute Wirtschaftsjournalistin in Köln. Virtuelle Baustellen: corny@iworld.de
Helmich, Maya, S.196: Size Queen, 28 J., liebt ihre 2 Katzen, ihren Lieblingsdildo Herbert (wg seiner Größe) und *natürlich* ihre Femme Top
Hesse, Udo, S.23.: Freier Fotograf in Berlin
Hocke, Patricia, S.202: * 1965 in Berlin; fotografiert und kocht leidenschaftlich gerne und läßt sich derzeit zur staatlich geprüften Wirtschafterin ausbilden. Sie lebt in Berlin
Hoffmann, C.-Marie, S.28:* 1958 in Thüringen, 10 Jahre Leben & Lieben in Hannover., Hobby-Schreiberin. Als JV-Beamtin Ringen um bessere Lebensbedingungen für Frauen in Haft. Jetzt Bielefeld, Aufbau einer spirituellen Gruppe..
Hopf, Rinaldo, S.55: Künstler in Berlin, Ausstellungen u.v.a.: golden queers. Arbeitet an einem Fotobuchprojekt mit erotischen Portraits aus der Queer-Szene weltweit.
Husemann, Helga, S.22: Soziologin, Bielefeld
Inko, S. 194: Malerei, Fotografie, Erfurt
Jandl, Natalie, S.150: * 1972, Stuttgart, schreibt Dinge auf und bemüht sich redlich, zu leben, was das Zeug hält.
Jo-Ann, S.36: lebt in Kassel.
Jordan, Stephanie, S.207, Filmemacherin in Berlin, div.Filmpreise. "crude" auf Video "Love Bites" (Vol.3)
Kaiser, Susanne, S.170: ist endlich 30! Medien-Freelancerin, Moderatorin, Vorleserin & Sextoy-Dealerin in Berlin, macht mit dem Cremeschnittchen (das ist das Motorrad) und dem Kanu Skandinavien als Frauen-Outdoor-Reiseveranstalterin unsicher www.NORDventure.de. Interessentinnen für eine lesbische Green-Barrets-Gruppe können sich gerne melden!
Kemeter, Sabine, S.2, 12,13: * 1962 München. Studierte Bühnenbild u. Kostüm in Salzburg hat ihr Schaffen in den letzten Jahren um Schreiben und Malerei bereichert.
Knezevic, Diana, S. 56, 220: * 1971, Dortmund, Kommunikationswiss."Sündhafte Episoden" in Vorb. el!es-Verlag.
Köppl, Eva, S.176: * 1964 München, stud. Lateinamerikanistik,Germanistik Berlin. Spielt, schreibt Theater, führt bei experimentellen Kurzfilmen Regie schreibt Drehbücher.
Kosalla, Nika, S.153: * 1959 in Nordd. Sucht Mäzenin für Kunst. Gedicht in "Namenlos" 1997. Ansonsten lesbisch, dick, Smlerin und Sklavin ihrer Katzen. Sadistischer Vorteil ihnen gegenüber: Sie spielt Klavier und Klarinette.
Krantz, Barbara, S.112: Kindheit in deutschen Kleinstädten, 15 J. in den Niederlanden; Musiktherapeutin an psych. Klinik und Dozentin für Musiktherapie an einer Fachhochschule. "Heilige Nacht" ist ihre 3. Veröff.. Barbara Krantz liest ihre Geschichten gerne vor Publikum vor.
Kremmler, Katrin, S.28, 199: * 1972, Comiczeichnerin und Bürokraft, lebt in Budapest. Buch "Dykes on Dykes"
Kull, Heidi, S. 30, 117, 158: *1965, Berlin, Diplom designerin, Trickfilmerin. Freiberuflich Illustrationen.
Kursim, Viviana, S.200, Bild mit Rose: * 1977 in Potsdam, Beamtin. Ihre Hobbys sind ihre Frau und die gemeinsame Hündin. Sie lebt in Brandenburg.
Küster, Sabine, S. 126: * 1967, Literatin, Kulturveranstalterin. Veröffentlichungen. Lit. Motto: In tiefer Nacht verbrauchen sich die Sterne. Ein Schmerz überfällt mich: eine Liebe zu schönen Dingen (Sandro Penna).
Lady Angela, S.19, 128, Bremer Blut Agentur. Fotoarbeiten in der Artgroup LA,FF,UK.

Lawrence, Naomi, S.56, 133, 233: Malerin in München
Lehr, Illo, S. 54: Malerin in Düsseldorf
Léssot, Pia, S.38: lebt in Berlin
Lüders, S.40: 36, arbeitet als freier Fotograf in Berlin.
Messmacher, Irene Ceballos, S.26, 121: *1971 in Mexiko-Stadt. 1984 Emigration nach Deutschland, stud. Kunstgeschichte, Spanisch, Politik. Langj. Beschäftigung mit dem Fotografie. Lebt und liebt heute in Wiesbaden.
Meyer, Sylke-Rene, S.15: Filmemacherin, Autorin Berlin.
Michaelis, Janet, S.110: * 1967, Wahlberlinerin, Mathematikerin, Tischlerin , schneidet Haare für Obst, gibt Mathe-Nachhilfe, baut Hochbetten und schreibt.
Mühlebach, Christine, 168: 25jährig, Studentin, Uniform- und BDSM-Liebhaberin. Homebase: Luzern/Schweiz.
Müller, Anja, S.47 u.a.: * 1971 Berlin (Ost), Familienhelferin, Veröff.in Zeitschr., Ausstellungen . Fotografin u.Mitherausgeberin des Aufklärungsbuches "Schöner Kommen". Ihr Fotobuch über Frauen mit einem Überblick über ihre Arbeiten erscheint Herbst 2000 by Konkursbuch.
Müller, Simone, S.21u.a.: * 1965, baut Brücken, Berlin
Orth, Brigitte, S. 39: Künstlerin in Berlin
Oswald, Annemarie, S.22: Politologin, Bielefeld
Patience, S.107: lebt in Berlin und chattet leidenschaftlich gerne mit Lesben aus aller Welt bei www.gay.com.
Rappe, Stefanie: FOTO-LOVE-STORY, S. 34 u.a.: * 1970, lebt in Freiburg und steht in tiefer Schuld bei: Gaby, Simone, Babette, Nora (Fotos), Barbara, Regina, Funduz.
Reichardt, Meike, S.44, 111: Fotografin in Köln
**Reichelt, Karin-Sarah, S.81: ***1964 in Nürnberg, Köln, Psychotherapeutin; seit 1986 Veröffentlichungen Lesungen .
Renson, Dominique, S. 163, Künstlerin in Paris
Richter, Barbara, S.87: *1965, lebt in Bochum. Gloria Teil 1 in Mein Lesbisches Auge I.
Rick, Karin, S.62: *1955 in Wien, lebt dort.Schriftstellerin, Übersetzerin,viele Bücher, zuletzt: Sex ist die Antwort.
Roos, Daïjna, Titel und S. 195, Fotografin in Paris .Viele Veröff. in Magazinen. Buch "Miroir aux Androgynes"
Rosental, Sophie, S.179: *1968 Ruhrgebiet.Lebt in Süddetschl., 1985 Lyrikband "Zwischen Traum und Wirklichkeit", Janus Presse Köln.
Saif, Andrea, S.180: Fotografin, Berlin
**Saxe, Cornelia, S. 191: ***1967 in Berlin, freie Autorin. u.a.: "Amsterdamer Clit Clip" , "Das gesellige Canapé – Die Renaissance der Berliner Salons" (Berlin, 1999).
**Scheifler Stefanie, S. 188, 234: ***1978 Brandenburg; jetzt Essen, nostalgische Ex-Berlinerin, Studentin der Japanologie; an schlechten Tagen Bleigießerin, an guten Kugelschreiberin; 1998 Teilnehmerin am "Treffen junger Autoren" (Anthologie "Als gäbe es noch Zeit").
Scheuch, Birgit, S.174, 241 : Freie Journalistin, Event-/ PR-Managerin im queer-Bereich, kurz: Berufslesbe. Als Chefredakteurin des "Magazins für die Generation Queer" Vary haut sie der Szene anspruchsvolle Themen, als Mitarbeiterin des Verzaubert-Filmfestivals wichtige Filme und als Organisatorin von Playpartys und der Internationalen Frauen SM Leder Konferenz "Play, Mate!" den Frauen alles mögliche um die Ohren. Workshop "Sexclub für Sex-Gourmettes" und zu diversen SM-Themen, Spaßgarantie inclusive.playparty@gmx.de.
**Schimel, Lawrence, S.134: ***1971, Autor oder Herausgeber von mehr als 40 Büchern, z.B. "SEXperimente". Madrid.
Schurz, Natascha, S.31: 36, Besuchsberlinerin, verheiratet, Mutter von 2 Kindern, Lehrerin für Geschichte und Deutsch
Schütz, Gudrun, S.48, 52: *1967 Zehlendorf, Lebensmitteltechnologie, Religionspädagogik. Ihr Coming Out war, als sie katholische Moraltheologie paukte.Gewissenskonflikte ließen sie das Studium abbrechen Dozentin in Berlin.
Schütz, Xóchil Andrea, S.117: *1975, Studentin der Politikwissenschaft, Autorin und Veranstalterin von THEODORAS wöchentlichem LITERATURSALON in Berlin-Mitte.,div.Veröff., http://www.dykesworld.de/DoD2/.
Shy, Marlon, S.118, 136: Fotografin in Köln.
Spiteri, Valeria, S.224: * 1967, Italienerin aus Mailand, Stud. Physik Philosophie München; jobbt; dies erste Veröff.
Staack, H.H., S.15: * 1948, Musikstudium mit Abbruch, Fotograf / Maler Berlin. Ausst.In- und Ausland, Kaataloge.
Stade, Isabell, S.182: * 1946, lebt in Berlin.
Strubel, Antje, S.110: * 1974 Potsdam, Beleuchterin am uralten Lichtpult eines Off-Theaters in Manhattan, 1994 auf Wanderschaft zum Festival of Young Playwrights nach Townsville/Australien. Beruf: Schreiben. Ihr Debütroman "Offene Blende" und ein Erzählband 2001 bei dtv.
Tonk, Lisa-Carina, S.40: *1962, lesbisch geboren, frühere Drogenabhängigkeit, später Sozialarbeit, BWL-Studium, nun erfolgreiche Managerin. Glückliche Beziehung Corry.
Ungadali, Gvhe Sagwu , S.107 *1960, behindert; airbrusht, handwerkt Indianisches und singt. Oklahoma.
Volcano, Del laGrace, Schlußbild S.256 u.a.: USA /London. "Genderterrorist". Viele Publikationen in Magazinen und Büchern. Vor kurzem erschien sein Buch über Dragkings, 2000 erscheint by Konkursbuch "Sublime Mutations", Überblick über alle seine/ihre Fotoarbeiten.
Wagner, Antje, S.140: * 1974 in Lutherstadt Wittenberg, sie lebt in Potsdam. I Roman "Der gläserne Traum" 1999 im Querverlag; Kurzgeschichten u. a. in "Schöner Kommen" (Quer 2000) "Sugar and Spice" (Knaur, 2000).
"Was mich anmacht", S. 72: Bilder aus **impact zone, fistful** (auch S.64) **Ravissement** (S.66 ff). Filme auf Video "Love Bites"(Vol.1-3). Weitere Filme u.a.: Annie Sprinkle, "teenage mermaid fantasea", auf "Herstory of porn".
Weber, Anja, S.22,36,100, 119, 228: 31, stud. Fotodesign in Dortmund.1996/97 Fulbright-Stipendiatin in New York, Ausstellungen. Portrait, Reportage für Zeitschr.: anja-photo@gmx.de In Vorb.Buch "Stripped" m.B.Markland.
Weber, Daniela, S. 67: * 1975 in Johannesburg, seit 1995 in Berlin Studentin. Lieber in der Szene, um neue Anregungen zu bekommen, als am Schreibtisch.
Weiß, Anna, S. 105: * 1964, Wahlmünchnerin, Texterin und Journalistin.
Witte, Martina, S. 206: * 1966, Psychologin, lebt in Berlin. Wir empfehlen: www.dykesworld.de/Stories
Zingaro, Samira, S.81: * 1980 in Bern, wohnt immer noch dort. Studentin der Publizistikwissenschaft und arabischen Philologie. Kurzgeschichten, außerdem regelmäßige redaktionelle Beiträge in der Berner gayagenda.

Herausgeberinnen:
Hack, Sophie: * 1970 in Berlin, wo sie auch (wieder) lebt. Schreibt hier und da als Freie, vornehmlich über Bücher. Mitherausgeberin eines Bandes mit lesbisch-schwulen Sexgeschichten ("Sexperimente", Querverlag, Berlin 1999).
Kuhnen, Stephanie: * 1969, Wahlberlinerin, Veröffentlichungen: Butch/Femme. Eine erotische Kultur (Hg.), 1997 (Querverlag), Rettet die Delphine. Lesbische Lästereien, 1999 (Querverlag).
Méritt, Laura: Sexpertin, betreibt in Berlin Sexklusivitäten und den lesbischen Escortservice Club Rosa. Viele Artikel in Zeitschriften.Buch „Animösitäten u.Sexkapaden". Herausgeberin (m.R. Nössler) "Mein lesbisches Auge 1"
Nössler, Regina: * 1964 im Ruhrgebiet, lebt in Berlin. Veröffentlichungen: Strafe muß sein, Roman, 1994, Wie Elvira ihre Sexkrise verlor, Erzählungen, 1996, Wahrheit oder Pflicht, Roman, 1998. Mitherausgeberin von:"Blut", 1997, Mein Lesbisches Auge I, 1998, "Haare", 1999.